三島由紀夫

春雪

文洁若 李芒 译

重慶出版集團 重慶出版社

图书在版编目（CIP）数据

春雪 /（日）三岛由纪夫 著；文洁若，李芒 译. —重庆：重庆出版社，2014.1

ISBN 978-7-229-07179-0

Ⅰ. ①春… Ⅱ. ①三… ②文… ③李… Ⅲ. ①长篇小说—日本—现代 Ⅳ. ①I313.45

中国版本图书馆CIP数据核字（2013）第274709号

春雪

CHUN XUE

［日］三岛由纪夫 著 文洁若 李 芒 译

出　　品： 华章同人

出版监制： 徐宪江 秦 琥

责任编辑： 王昌凤

特约编辑： 秦 沛

营销编辑： 史青苗 刘 娜

责任印制： 杨 宁

装帧设计： 周伟伟

重慶出版集团 重慶出版社 出版

（重庆市南岸区南滨路162号1幢）

投稿邮箱：bjhztr@vip.163.com

三河市天润建兴印务有限公司 印刷

重庆出版集团图书发行有限公司 发行

邮购电话：010-85869375/76转810

重庆出版社天猫旗舰店 cqcbs.tmall.com

全国新华书店经销

开本：850mm×1168mm 1/32 印张：13.375 字数：220千

2014年3月第1版 2021年8月第11次印刷

定价：58.00元

如有印装质量问题，请致电023-61520678

序

文洁若

三岛由纪夫是日本当代著名小说家、戏剧家。他于一九二五年生在东京，原名平冈公威。其祖父曾任桦太（即库页岛）厅长官，父亲曾任日本农林省水产局局长。他的童年和少年时代是和祖母一起度过的。祖母夏子出身名门，经常带他去看能乐和歌舞伎的演出。后来他之所以能写出日本古典戏曲《近代能乐集》（1956），并在《春雪》（1965）中反映没落贵族的思想感情，是和这位祖母的熏陶分不开的。他六岁入学习院初等科，十二岁升中等科，一九三八年，在学习院《辅仁会杂志》上发表第一部短篇小说《酸模》。他是个早熟的作家，十六岁时，即以三岛由纪夫的笔名在《文艺文化》（1941年9月至12月）上连载中篇小说《花儿怒放的森林》。一九四四年他毕业于学习院高等科，由于成绩名列前茅，天皇奖赏他银表一块，同年十月入东京帝国大学法学部，次年二月应征入伍，但因军医检查有误，当天就被遣送回乡。

一九四六年六月，经前辈作家川端康成的推荐，三岛在《人间》杂志上发表小说《烟草》，遂登上文坛，转年十一月大学毕业，就职于大藏省银行局，不出一年就辞职，专门从事创作。他著有二十一部长篇小说，八十余篇短篇小说，三十三部剧本，以及大量散文，其中有不少曾被译成欧美多种文字。他曾两次被提名为诺贝尔文学奖候选人。作品有十部被改编成电影，三十六部被搬上舞台，七部得过各种文学奖。影片《忧国》是他根据自己的小说自编、自导、自演的，上映后，创造了当时最高票房收入的新纪录，并在一九六五年的“图尔短篇电影节”上获第二名。在这部影片中，主人公年轻军官武山因不愿奉命去讨伐“二二六事件”[1]中的叛军而剖腹自杀，新婚的妻子也陪他自刃而死。

二二六事件对三岛的影响是强烈的。他曾写道：“二二六事件的挫折确实使一位伟大的神死去了，当时我是个年仅十一岁的少年，只是朦朦胧胧地觉察到这一点。然而在十二岁的多感年龄迎接战败之际，我意识到当时的神的死亡这一可怕残酷的实感，与十一岁的少年时代所觉察到的，似乎息息相关。”[2]

三岛对战后日本的现实十分不满。他感到“照此下去，日本的文化、传统，将从意识上被破坏”，“应该考虑发动一次昭和维新”。一九六七年和一九六八年，他曾率领三十多名

1　“二二六事件”是发生于一九三六年二月二十六日的日本法西斯军人武装政变事件，企图成立军人政府，建立军事独裁。由于军阀集团内讧，政变于二十九日被平息。但其后执政的广田内阁使日本进一步法西斯化。

2　见《英灵之声》中所收《二二六事件和我》，河出书房一九六六年版。三岛曾说，他在两件事上对裕仁天皇感到不满：一是天皇下令镇压二二六事件，二是一九四六年一月一日天皇发表了《凡人宣言诏书》，否定了天皇的神性。

右派学生去自卫队受训，并以“三岛小队”为基础，成立了由一百来名“私兵”组成的“盾会”，自任队长。一九七〇年十一月，在东京举办了“三岛由纪夫展”，这个由照片组成的展览是三岛亲自安排布置的。展览结束后，他于二十五日率领“盾会”的四名会员，占领了离东京闹市不远的自卫队驻屯地的总监室，从阳台上向一千名自卫队队员发表演说，企图煽动自卫队哗变。因无人响应，他按照日本传统方式剖腹自杀。

三岛在预先写好并广为散发的《檄文》（原载《产经新闻》1970年11月26日）的最后部分写道：“我们要使日本恢复日本的本来面目，然后死去……我们是由于深深期望具有非常纯粹的灵魂的各位作为一个男子汉，一个真正的武士而醒悟，才采取这一行动的。”

此事曾在日本国内外引起巨大震动。法国女作家玛格丽特·尤斯纳在《三岛或空虚的幻影》[1]一书中说：“倘若有一日反动的国家主义革命在日本取得胜利，哪怕是暂时的，‘盾会’必将成为其开山鼻祖。”[2]小说家井上光晴在《未能发表的〈三岛由纪夫之死〉和〈何谓保卫国家〉》一文中写道：“不管怎样看，三岛由纪夫的自杀也是污浊的。太平洋战争末期，我们曾陪一位朋友——即将出击的特攻队员坐了几个小时。我无论如何也忘不掉他那副语无伦次的样子，苍白的脸抽搐着，

1　玛格丽特·尤斯纳（1903—1987），法国小说家、散文家、戏剧家、诗人。一九八〇年当选为法兰西学院院士，是获得这项荣誉的第一位妇女。《三岛或空虚的幻影》一书于一九八〇年由葛利玛尔出版社出版。

2　引自涩泽龙彦的日译本，第八十三页，河出书房一九八二年版。

嘴唇发干。把以精心布置的舞台为背景而剖腹的三岛由纪夫，同那在‘保卫天皇’的吆喝声中被迫充当炮灰的青年这两者之死相比较，我感到极其焦躁和迷惘。我不得不联想到‘为了天皇陛下’而在战争中被杀死的成千上万丈夫、兄弟和儿子的悲惨命运……三岛曾大言不惭地说：‘我毫无保留地否定战后天皇宣布自己是人（不是神）这一举动。我甚至为此对天皇本人怀有反感。’究竟三岛由纪夫心目中的天皇和天皇制是什么样的呢？倘若他如愿以偿，凭着自卫队的武装暴动修改了宪法，地地道道的天皇制得以复活，那么日本和生活在这片国土上的人，将会落何下场呢？”[1]

《丰饶之海》是由四卷具有连贯性的作品所组成，被誉为三岛作品的“顶峰之作”。前三卷《春雪》《奔马》《晓寺》分别出版于一九六五年、一九六七年、一九六八年，第四卷《天人五衰》“最终回”原稿是在作者剖腹自杀的当天上午交给出版社的。三岛曾多次说，《丰饶之海》是他的毕生事业。

系列小说《丰饶之海》从日俄战争一直写到二十世纪七十年代初，二十世纪发生在日本的重大历史事件差不多都涉及了。作者用佛教轮回转生的传说，将没有血缘关系的四代人联系在一起，保持了故事的完整性和连贯性，同时也写出了各个时代的特征。《春雪》无疑是四卷当中艺术性最高的。尤其是第三章中用庭园的美景来烘托人物的美。第十二章中，主人公清显和聪子乘人力车去赏雪的场面，写得情思隽永，令人联想

1　见《三岛由纪夫》文艺读本，第一三九页，河出书房一九七五年版。

到《源氏物语》及《枕草子》中某些段落，说明作者不仅受到了西方文艺思潮的影响，也继承了日本古典文学的传统。清显从小养尊处优，长成一个既任性自私，又优柔寡断的人。他明明知道早在青梅竹马时期就认识的聪子对他一往情深，但当他随时可以把聪子娶到手时，却不屑于承认自己爱她。待到聪子迫不得已和亲王正式订婚，并获得天皇敕许之后，为了偷尝禁果，他才去和聪子频频幽会，致使她怀了孕。正如他的挚友本多所说："你一开始就去跟权力和金钱都奈何不了的对手较量。正因为那是不可能的，你才被迷住了，对吗？倘若是可能的，就视之如瓦砾了。"（《春雪》第38章）日本评论家田中美代子认为："他的悲惨命运并非像罗密欧和朱丽叶那样不可避免地来自外界，而是他自愿地招致和选择的。"[1]这一卷以聪子打胎后削发为尼、清显心碎而死结束。

本多是贯穿四部曲的次角。他是唯一掌握轮回转生这一秘密的人，而当事人勋和月光公主，却至死都被蒙在鼓里。第二卷《奔马》的主人公勋是作者最钟爱的人物，甚至可以说是他本人的化身。勋纠集了二十名志同道合的小伙子，策划"昭和维新"，目的是暗杀一批要人，实行天皇亲政，维护皇道尊严。事泄被捕，但获释后，他又采取单独行动，刺杀了财界巨头藏原，随即剖腹自尽。

在《晓寺》上半部中，地点转到暹罗，时代背景是一九四〇年，日本已与德、意缔结了三国轴心同盟，将侵略的魔爪伸向东南亚。这在小说中也有所反映。第十章中有这样几段描述：

1　见《金阁寺·春雪》解说，第四〇二页，新潮社一九七九年版。

“分店经理谈了本多不在期间，曼谷人心的恶化。他说，由于英美巧妙的宣传，这里的人对日本怀有恶感，还是多加小心为好。隔着车窗可以瞥见，街道上拥挤着一群群以前不曾看到过的老百姓。

“这里谣传日本军队很快就要从法属印度支那打过来，各地的治安情况也不好，所以大量的难民拥到曼谷来了。”

在曼谷，本多遇到了幼小的月光公主，偶然瞥见她的左边侧腹上有三颗黑痣，从而知悉她是由清显—勋—转生的。

下半部以战后初期的日本为背景。月光公主已成长为十八岁的少女，只身到东京来留学。本多从钥匙孔里偷看她与庆子爱恋的场面，再度看见那三颗黑痣。果然，她回国后，二十岁就被毒蛇噬死。

最后一卷《天人五衰》以六十年代末叶至七十年代初为背景。倘若说清显献身于恋爱，勋追求武士道，月光公主则至少也还有肉体美。《天人五衰》的主人公透却说得上是战后在日本出现的“愤怒的一代”的变种。年近八旬的本多发现这个孤儿身上有三颗黑痣，也没有调查清楚月光公主去世的日期和他的生日，就把他过继为养子，但他却对本多百般虐待。庆子从本多那里了解到轮回转生的秘密，便当面戳穿了透是冒牌货，指出他完全没有二十岁就死亡的迹象。透的自尊心受到伤害，自杀未遂，双目却失明了。

第四卷的末尾与第一卷的末尾遥遥呼应。六十年前，不论本多还是清显都未能见到刚刚削发为尼的聪子。而今年过八十的本多重访月修寺，终于见到了出家六十载依然保持着绝色美貌的聪子。阔别经年后，本多与老尼进行了一番禅语般的问答。老尼坚持说，她根本没听说过清显一名，并问道："本多先生，你果真在今世见过这个清显吗？你现在能够斩钉截铁地说，我和你以前确实在这个世界上见过面吗？"

这下子可把本多闹糊涂了。他说："假若清显君压根儿不曾来过世上，那么勋也不曾来过，月光公主也就不曾存在了……而且，说不定连我都……"

老尼说："这就要看您怎样去领悟了。"

本多感到迷惘，觉得此刻与老尼会晤，也成了虚虚实实的事。

作者在本卷第八章中引用佛典，说明了"天人五衰"的含义：

"尔时，摩耶在天上见到五种衰相。其一，头上花萎；其二，腋下出汗；其三，顶中光灭；其四，两目频瞬；其五，本座不乐。"

作品中不但写了本多的衰老，透的未老先衰，也流露出作者本人在执笔时不断地转着寻死的念头。本卷刚刚脱稿，他就演出了剖腹自杀的一幕。

最后引用一段玛格丽特·尤斯纳所做的《丰饶之海》题解作为结束。她写道："这个题名原出自开普勒[1]和第谷·布拉

1　开普勒（1571—1630），德国天文学家和占星家。

埃[1]时代的占星天文学家的古老月理学。'丰饶之海'指月球中央那片广漠的平原。该平原跟月亮这整个卫星一样，是既没有生命也没有水和空气的一片沙漠。此题名一开始就鲜明地表示出：促使那四代人依次活动的一连串沸腾的众多计划，以及与之针锋相对的计划，骗子获得成功，真实遭到破坏，到头来是一场空，也就是虚无。"[2]

二〇一三年五月三十日

后注：《丰饶之海》是以《滨松中纳言物语》[3]为文献根据的梦与转生的故事。附带说一下，书名是月海之一的拉丁名Mare Foccunditaris的日译。

---

1 第谷·布拉埃（1546—1601），丹麦天文学家。逝世前他把自己一生观测天文的资料赠给他的学生和助手开普勒，为开普勒发现行星运动三定律创造了条件。

2 见《三岛或空虚的幻影》，第五十五至五十六页。

3 菅原孝标之女于一〇五三至一〇五七年所著。

一

在学校谈到日俄战争的话题，松枝清显便问自己最亲密的朋友本多繁邦，是否清楚地记得当时的情形。然而，繁邦的记忆也已经模糊，说脑海里只影影绰绰地留着到门外去观看提灯游行的印象。清显觉得，战争结束那年，二人都已十一岁，按说应该有个比较鲜明的记忆。同学们谈论起那时的情景来，尽管都是那么洋洋得意，其实也不过鹦鹉学舌，现趸现卖，用大人的话来装点个人虚无缥缈的记忆而已。

在松枝家族中，清显的两个叔父都是那时战死的。因此，奶奶至今还以两个儿子的名义领取遗族抚恤金，只是一直供在神龛上，没有使用。

也许正是出于这种原因，家里保存着的日俄战争相册中，有那么一张给清显留下了最为深刻的印象。那张照片的标题是《追悼得利寺一带的战死者》，摄于明治三十七年[1]六月二十六日。

1 明治三十七年是一九〇四年。

这张暗褐色的照片，同其他形形色色的战争照片比起来，格调大不一样，构图酷似绘画，数千名士兵活像是画中人物，安排十分得体，一块高耸在中央部位的白木墓碑，形成整个画面的重心。

远景是一座座平缓的山峦，弥漫着一片烟霭。左手山麓连着野地，从低到高徐缓地扩展开去，右手的远景同矮小的树林一起消逝在黄尘弥漫的地平线上。再往右看，展现在眼前的是一条缓缓向右侧升起的林带，中间望得见浑黄的天空。

前景中耸立着六棵高树，各自保持着均衡的间隔，看来给人一种和谐的感觉。树的种类虽然看不清楚，却都是直溜溜的，梢头的群叶随风摇曳，呈现着一股悲壮的气氛。

原野扩展开去，尽头闪映着微弱的光，眼前是一片匍匐在地的荒草。

看上去，画面正中那白木墓碑和白布翩翻的祭坛，以及上面的鲜花，都显得那么渺小。

此外，就都是士兵了，大概足有几千人。前景中的士兵都背着身子，头戴垂着白布的军帽[1]，肩挎武装带，并未排成整齐的队列，一团一簇乱乱的，垂着头。只有左边角上的几个士兵，仿佛是文艺复兴时期绘画中的人物，把阴沉的脸半扭向这边。再看，左侧深处，无数士兵形成了个巨大的半圆形，一直伸展到原野的尽头。当然，人数众多无法识别每个人的模样，只是聚集在稀疏的树林中，远远地伸展开去而已。

1　当时的日本兵除战斗时戴钢盔之外，行军和战场上没有战斗的时候，都戴便帽，除了脸部外的三面都从帽檐垂下一层白布，大概是用于遮阳和挡风。

无论是前景还是远景的士兵，仿佛都被一种奇异而阴郁的微光映照着，绑腿或长筒靴闪现着轮廓，低垂着的颈项和双肩也线条历历。这些景象，使得整个画面弥漫着难以言状的沉痛气氛。

所有这一切，都说明人们把一颗颗波浪般激荡的心献给了中央的小小白色祭坛、鲜花和墓碑。这个占满整个原野的巨大集团，宛若怀着莫大的哀思，徐缓地朝着中央部位聚缩，不啻是一个沉甸甸的巨大铁环……

正是这张陈旧的暗褐色照片酿出的悲哀，仿佛是永无穷尽的。

清显那年十八岁。

他那颗纤弱的心，沉浸在悲伤和悒郁之中。然而，养育他的家庭，可以说对此并未发生过什么影响。

他的家坐落在涩谷区的高台地带，是一所宽绰的府邸。在这样的府邸中，要找出一个怀有他这种情感的人，是很难的。倘非父亲松枝侯爵对于自家在幕府[1]末期尚属卑微的武士门第感到耻辱，而把年幼时的嫡出长子清显托养于公卿之家，清显就不会被培养成持有这种性格的青年了。

松枝侯爵的府邸，占据着涩谷区郊外的广阔地域，在十四万坪[2]的地盘上真可以说楼阁群立，高甍竞挺。

1　幕府，本意为将军出征时的营帐。源赖朝灭平氏后，建立了镰仓幕府（1185—1333），即总揽军政大权的中央政府。此处指江户时代的德川幕府（1603—1867）。

2　日本的面积单位，1坪约为3.3平方米。

主要建筑物虽说是日本式的，庭园的一隅却耸立着英国设计师建造的壮丽的西式楼房。据说，不必脱鞋便可进屋的[1]，只有以大山元帅[2]府为首的四家，其中之一便是松枝这座府邸了。

庭园的中心地带是一泓背靠红叶山的湖水，湖中央有座小岛。划船游弋，既可观赏萍蓬草开花[3]，又可摘莼菜。坐在正房大客厅中或洋楼宴会厅内，又得以展望湖中佳景。

安置在岸边和岛上的灯笼，多及二百。岛上还挺立着三只铁铸的仙鹤：一只低头向下，两只仰望长天。

红叶山筑有瀑布的喷口，瀑布则叠成几重倾泻下来，沿着山腰，从石头桥下穿过，注入佐渡赤石暗处的瀑布潭中，同湖水汇成一体，季节来临时便滋润菖蒲的根部，绽开美丽的花朵。湖中垂钓，鲤鱼、鲫鱼都钓得到。侯爵每年两次允许郊游的小学生前来参观。

清显童年时代，曾经受到过下人的哄吓，很怕湖中的甲鱼。那还是祖父卧病的时候，蒙人赠送一百只，以资滋补。它们被放在湖中就繁殖起来了。下人们说过，手指头一旦被咬住，就没法挣脱了。

这里既有几处举行茶会的房间，又有台球室。

1　日本式住宅的房间，在地板上铺约七厘米厚的草垫，表面镶一层细纹的草席，进屋要脱鞋；西式建筑则可穿鞋进入。

2　大山岩（1842—1916），是日本武士、政治家、军人、元帅陆军大将、从一位大勋位功一级公爵。他在大日本帝国陆军创立初期至日俄战争期间活跃。

3　萍蓬草，属于睡莲科，生于湖沼中。秋季开花，花黄色，单生于花梗顶端， 亦浮于水面。

正房后面，有祖父亲手种植的扁柏林。这一带常常会挖到野山药。林间小径，一条通向后门，一条走上平缓的丘陵，就到了坐落在宽阔草坪中，家人称为“神殿”的家庙了。那里祭祀着祖父和两位叔叔。石阶、石灯笼和石牌坊，都是一般的造型，唯有石阶下面左右两侧，一般应放石狮子的地方，却安置着一对日俄战争中用的炮弹，上面涂了白漆。

比家庙地势稍低的地方，奉祀着稻荷神，前面是一座十分美观的藤萝架。

祖父的忌日是五月末，每当全家聚集在这里祭祀他，藤萝总是繁花正茂。女人们往往避开日晒，待在藤萝架下。这时，她们比平日更仔细地化了妆，那一张张白白的脸，在藤萝花色的掩映之下，看上去仿佛是笼罩着一层优雅的死之阴影。

女人们……

这个府邸里确实住着不计其数的女人。

首先应该提到的自然是祖母。她住在离开正房的隐居处，由八名侍女伺候着。母亲有个习惯，不论晴雨，每日清晨，总是整装后带上两名侍女，去向祖母请安。

这位婆母每天总要用欣赏的态度，把母亲端详一番，然后眯起眼睛来慈祥地说：

“这种发型，对你来说，恐怕不大合适，明儿梳个时髦的发型瞧瞧，准保会更合适的。”

然而，等到第二天果真遵照她的嘱咐梳得时髦一些，祖母却又说道：

"我说都志子，你毕竟是个古典美人，时髦发型并不合适。明儿还是梳个丸髻来，再瞧瞧吧。"

这样，在清显的记忆中，母亲的发型是常常变来变去的。

梳头师傅领着徒弟每天都长时间地待在府邸里，主人那里自不必说，还要分管四十多个女侍的头发。然而，梳头师傅对男人的发式却只关心过一次。那还是清显在学习院[1]中学科一年级时，要到宫中去参加庆贺新年的集会，担任托持下摆的角色。

"尽管学校里规定要剃光头，您今儿个换上这身大礼服，可不能光着头呀！"

"不过留起头发来要挨训斥的。"

"好嘛，瞧我给您打扮一番吧。虽说要戴帽子，可等您摘下帽子来，看上去准保比旁的公子们更有男子汉的风采。"

话是这么说，可十三岁的清显，脑袋剃得精光，看上去发痕青青，十分凉爽的样子。结果是梳过的部位感到疼痛，发油渗到皮肤里，不管师傅怎样夸示技术高明，映在镜中的脑袋却并不见得有什么起色。

然而，清显却在这次庆贺宴会中获得稀有的美少年的赞誉。

明治大帝曾经一度临幸这个府邸。为了隆重迎驾，特意在庭园里举行御览相扑大会。那时，以那棵大银杏树为中心，张起幔帐，请陛下坐在洋房二楼的阳台上，观赏相扑。记得自从承蒙圣恩准予觐见，并被抚摸了头部，到今年入宫托持下摆，已经过去四个年头了，兴许陛下至今还记得自己的面孔哩。

1　学习院是东京的一座专收皇族、华族子弟的学校，创立于一八七七年。第二次世界大战后，与女子学习院合并，作为私立学校向一般人开放。

“是啊，是啊，少爷的头可是天皇抚摸过的呀！”

梳头师傅说着便往后挪动身子，虔敬地朝着清显那还有些稚气的后脑勺拊掌膜拜起来。

托持下摆的侍童，穿上长及膝头下的短裤，身着一式的天鹅绒蓝色上衣，前胸两侧佩戴四对白色的大丝绒花，同样，两侧袖口和裤腿上也装饰着毛茸茸的白丝绒花。腰间佩剑，白袜黑漆皮鞋，上面嵌着纽扣。镶白花边的宽领中间，系着白绢领带。插着大羽毛的拿破仑式帽子，用绢带吊在后背。从成绩优秀的华族[1]子弟中挑选二十几人，在新年的三天之内，轮换着，由四人托持皇后的下摆，二人托持皇妃殿下的下摆。清显分别托持皇后和春日宫皇妃殿下的下摆各一次。

在轮到清显为皇后托持下摆的时候，他随着皇后走过近侍焚过麝香的廊子，肃穆地来到谒见大厅。在庆贺的宴会开始之前，一直侍立于赐见的皇后身后。

皇后气度高雅，聪慧超人，但此刻已年将六十高龄。相比之下，春日宫皇妃方近三十年华，不论是美貌、气度，还是丰腴的体态，都夸耀着自己的美好青春，仿佛是一朵盛开的鲜花。

皇后素尚质朴，她当时礼服的下摆，已被清显忘得一干二净，如今还记得的，只剩下皇妃殿下那白色毛皮上面飞舞着黑色斑纹、边缘上闪烁着无数颗珍珠的下摆了。皇后的下摆有四

1　华族是明治时代（1868—1911）设置的身份制度。一八六九年二月，将此头衔授予江户时代的公卿和诸侯。一八八四年颁布《华族令》，设置公、侯、伯、子、男等爵位，授予对国有功的政治家、军人、官吏和实业家。其地位在皇族之下，士族之上，享有种种特权。一九四七年废止。

个把手，皇妃殿下的下摆有两个把手，清显等侍童已经反复练习了好几次，所以按照规定的步数握着把手走，并不困难。

皇妃殿下头发乌黑，润泽光亮，盘结的云髻下方还垂着几根发丝，同白皙丰腴的脖颈浑然成为一体，一直飘到大礼服中袒露出的丰润的肩头上。她端正姿势，坚毅地径直走去，身体的移动并未连带下摆，但在清显看来，那面扇形扩展开来的馥郁的洁白颜色，随着音乐的旋律，恰似山巅残雪被飘忽不定的云翼掩映着，忽隐忽现一般，给人一种或浮或沉的感觉。此刻，他发现自己有生以来头一次从中感受到女性美那种令人炫目的优雅的核心。

春日宫皇妃在下摆上也洒了大量法国香水，一股股高雅的香气压倒了陈旧的麝香气味。在走廊上，清显稍微趔趄了一下，皇妃的下摆一霎时被拽歪了。这时，皇妃略微偏过头来，望了望这位失态的少年。她脸上浮现出善意的微笑，丝毫没有嗔怪的意思。

皇妃殿下并不是那么明显地转过头来的，而是依然直着身子，只把脸颊微微地动了一下，并使对方看到那莞尔一笑。那当儿，几丝鬓发轻轻掠过她那庄严的白色面颊，乌黑的眸子从细长的眼角流露出的微笑仿佛闪映着火光，端正的鼻梁无意中给人一种清秀的感觉……皇妃此刻那略微看得见的侧脸，好像是清澈的水晶横截面，从侧面能透视般圣洁，真不啻是刹那间闪现在长天的一弯彩虹。

且说，在这个宴会上，父亲松枝侯爵亲眼看到自己的儿子身穿华丽的礼服，出现在皇宫里，实现了长年的美梦，因而沉浸在这种喜悦之中。尽管过去已有迎驾天皇至私邸的显赫身份，但唯有此刻，才真正从心灵深处彻底清除了那种虚妄的荣誉感。他从儿子的英姿中，看到了侯爵与宫廷之间真正的亲密交往，以及公卿和武士门第的最终结合。

在宴会上，侯爵还听到人们夸奖自己的儿子，先是感到高兴，继而又泛起一种不安。十三岁的清显漂亮得有些过分了。即便同别的侍童们相比，丝毫不用偏爱的眼光来看，清显的漂亮也是出人头地的。白色的面颊，由于兴奋而似乎泛起一点点红晕，眉宇清秀，那双孩提般使劲张大的眼睛，被长长的睫毛遮掩着，放射出也可用艳丽二字加以形容的黑色光芒。

侯爵听到人们议论，受到触发，首次清醒地感觉到这个嫡生儿子的超人美貌，似乎蕴含着一种虚幻的影子。侯爵心中有了不安的兆头。然而，因为他是个高度的乐天派人物，这种不安只不过是当场一刹那的念头，很快就消逝了。

毋宁说，这种不安正淤积在饭沼的心中。他是在自己十七岁的当口，清显托持下摆的前一年，住进这座府邸的。

饭沼是作为清显的学仆[1]，由鹿儿岛的乡村中学推荐，以学业体格兼优的资格，被送至松枝家的。松枝侯爵的祖代，在此地被视为豪爽之神。饭沼只是根据自己家里和学校的传闻，想象侯爵家的生活情形。然而，来此一年之间，侯爵家的奢侈恰好同他脑子里的印象相反，这就刺伤了这位纯朴少年的心。

对于别的事情尽可以采取视而不见的态度，但对托付给

1　原文作“書生”，是寄食人家、边照料家务边上学的工读生。

自己的清显，却不能这么办。无论是清显的漂亮，还是他的纤弱、感受事物的方法和思考、关心事物的方法等等，一切的一切，饭沼都不满意。侯爵夫妇的教育方法，也使饭沼大感意外。饭沼心想：“我要是当上了侯爵，绝不会这样培养自己的儿子。侯爵对于祖先的遗训，究竟采取的是什么态度呢？”

侯爵除了对祭祖的事情很是虔诚认真之外，平日就很少谈及祖先的遗训。饭沼总想，假若侯爵能够谈谈祖先的往事，表示美好的追慕和缅怀之意，那该多么好哇。然而，经过这一年的相处，连这样的一点点愿望也都消逝了。

清显完成托持下摆的使命，回到府邸那天晚上，侯爵夫妇在家族范围内设宴祝贺。这位十三岁的少年，竟然也半开玩笑地被劝着喝了酒，双颊泛起红晕，到了睡觉的时刻，饭沼扶着他走进寝室。

少年躺在绢面被窝里，把头搁在枕上，嘴里吐着热气。从短短的发际到耳根之间一片绯红，皮肤奇薄，简直能够透视内部的纤脆的玻璃体组织似的，浮动着青筋。口唇在昏暗的光线中也现出绯红的颜色。从嘴里吐出的气息之声，仿佛是还不知人间苦恼之严峻的少年，在嬉戏地模拟着一种苦恼唱出的歌。

长长的睫毛，还有经常闪动的纤柔的眼睑……饭沼望着这张面孔，心里明白，今天晚上不能期望他会像一个完成了光荣使命的雄伟的少年那样，发出什么感激和忠诚的誓言。

清显又把湿润的眼睛睁开来，仰望着天花板。在他这样湿润的眼睛凝视之下，尽管一切的一切都同饭沼的意愿相反，但他只有相信自己对清显的一片忠诚。清显像是感到有点儿热，要把自己那光润微红赤裸的臂垫到后脑勺的部位去，饭沼便为他往上抻了抻薄棉睡衣的领子，说道：

“这样会感冒啊，该是睡觉的时候啦。”

“我说饭沼，我今儿出了个错儿。你要答应不向爸爸妈妈说，就告诉你吧。”

“怎么回事呀？”

“我今儿托着皇妃殿下的下摆时，打了个趔趄啊。皇妃殿下笑了笑，饶了我哩！”

饭沼对于这种轻浮的语言和责任感的缺乏，以及那湿润的双眸上浮现出的恍惚神色，统统都感到憎恶。

二

这样度过十八年岁月的清显，逐渐感觉到孤立于自己的环境，想来这也是很自然的事情吧。

这种孤立并不只是来自家庭。学习院也把院长乃木将军[1]的殉死作为最崇高的行为，向学生灌输；如若将军是病死的，恐怕就不会有那种像煞有介事的做法了。一向对所谓自豪、骄傲等表现异常讨厌的清显，由于学校弥漫着一种素朴刚健的风气，而感到厌恶。

若论朋友，只是与同班的本多繁邦过从甚密。当然，想跟清显交朋友的人很多，然而他不喜欢同龄同学的那种少年的鄙俗，并在高声唱院歌的时候，避免沉醉于粗疏的感伤。本多在这种年龄的人中，确实罕见。他沉静、稳重、温和而富于理智，单凭着性格就把清显征服了。

1　乃木将军（1849—1912），名希典，是日本陆军大将，中日甲午战争中任第一旅旅长，日俄战争中任第三军司令官，战后任学习院院长。明治天皇逝世后，他与妻子一道自杀殉死。

话虽如此，本多和清显，无论是外表还是气质，并不那么相似。

本多的长相看上去比他的年龄老一些，五官过于一般，却有一种装模作样的神态。他对法律感兴趣，平常总是把一种尖锐的直观的力量深藏在内心，从不让人看出来。表面上看来，他毫无肉感的魅力，然而却给人这样一种印象：仿佛有一堆柴火在他的内心深处一直炽烈地燃烧着，发出噼噼啪啪的响声。这种印象来自本多露出这种表情的时候：严峻地眯起轻度近视的眼睛，轻锁双眉，微微张开一向紧闭着的口唇。

清显和本多，也可能是同根生出的植物，却呈现着完全不同的外表，长出了迥然相异的花和叶。清显往往将自己的内心毫无顾虑地和盘托出，赤身露体，容易受伤。他那不能实现种种意图的肉体，常常像一只小狗淋着初春的冷雨一般，总是湿漉漉的。本多则相反，也许是他在自己的人生刚刚起步的时候，由于早就觉察到它的危险，从而情愿避开那过分明显的雨水，而缩身檐下。

然而，他们二人确是亲密的朋友。每天在学校见面还不满足，一到星期天必然整天在彼此的家里待一起。当然，清显家宽绰得多，又有良好的散步环境，本多来的次数就多些。

一九一二年十月，枫叶刚刚披上红装的一个星期天，本多到清显家来玩，说是要在湖上泛舟。

若在往年，这是观赏红叶的好时节，客人当然要多起来，但今年夏季适逢明治天皇驾崩，国葬之后，即便是夙尚豪华交谊的松枝家，也不能不谨慎从事，因而庭园格外闲寂。

“那只游船是三人搭的，就叫饭沼划，咱俩坐。”

“用不着叫别人划，我来嘛。”

本多说着，想起刚才把本来不必引路的自己，硬是默然而郑重地从门厅引到这个房间来的那个青年。他绷着脸，眼睛充满一片阴暗的神色。

“本多，你讨厌他吗？”清显含着微笑。

“也并非讨厌，不过总觉得摸不透他的性情。”

“他在我家已经待了六年，对我来说，他就像空气一样。我觉得，我们俩也并不意气相投，但他对我怀有献身精神和忠义之心，又勤奋好学，正派可靠呢。”

清显的房间，位于正房外的一座小楼的二层楼上。本来是日本式的房间，如今铺上地毯，摆设西式家具，改成了西式房间。本多坐在凸窗上，转过身去眺望红叶山、湖水和湖心岛全景。湖水洒满过午的阳光，一片和煦。系着游艇的一小片湖湾，就在岸边紧靠楼窗的地方。

于是，他又偷看友人那萎靡不振的样子。本来清显的脾气，就是什么都不率先采取行动，有些事情起初似乎并不中意，而后来却很自然地又会感兴趣。因此，诸事都非得本多出主意，拖着清显去干不可。

清显说：

“望得见游船吧。”

“唉，望到啦。”

本多边说边泛着诧异的神色回过头来……

当时清显究竟要说什么呢?

如果硬要加以说明，那么他是想说自己对什么事情都不感兴趣。

他早就觉得，自己仿佛是一根含毒的小刺，扎在他这个家族的一支粗壮的指头上。所以如此，乃是因为他学会了优雅。直到五十年前，这个地方武士家庭还是素朴、刚健而贫寒的，转瞬之间就大为发迹。随着清显的成长，一股子优雅之风悄悄地潜入这个门第。然而不同于原本对优雅就持有免疫力的公卿贵族之家，在这里，它会立即作为一种迅速没落的征兆显现出来。对此，他就像蚂蚁预测洪水那样有所感。

他就是一根优雅的毒刺，而且他十分清楚，自己这颗心讨厌粗野，喜欢高尚，其实一切都是徒劳的，宛若无根之草。欲加蛀蚀而并非蛀蚀，欲加侵犯而又不予以侵犯。这位英俊少年想，自己对于家族来说，毫无疑问是有毒的，然而却属于全然无益的毒，而这种无益，可以说是自己出生的意义。

清显觉得，自己的生存就在于是一种精妙的毒素，同他十八岁的倨傲性格紧紧结合着。他决心毕生都不弄脏自己这双白净漂亮的手，连个茧子也不能让它磨出来。要像一面旌旗，只为清风而生存下去。对自己来说，唯一的真实，就是每逢想到无穷尽和无意义的死而复苏，看到行将衰落就炽烈地燃烧起来，为着既无方向又无归宿的“感情”而生存下去……

所以，他眼下对一切都不感兴趣。游船嘛，这是父亲从外国进口的，样式漂亮，涂着蓝白两色的油漆。对父亲来说，这小船就是文化，采取物质这个形式的文化。

然而，游船嘛，对自己来说，又是什么呢？……

本多又有本多的特点，清显在这样的时候突然陷入沉默状态，而他凭着天生的直觉是很能理解的。虽说与清显同岁，可他已经是个青年了，他决心要做个“有用”的人，并已完全确定了自己的使命。对待清显，他总是留心做到迟钝些、马虎些，因为他晓得这种巧妙的马虎态度，很容易被友人接受。清显的心灵的胃口，对于人工的厚饵，具有惊人的消化力。连友情也包括在内。

“你这家伙，要是搞个什么运动，才合适呢。本来并不是读书过多了，可你这副疲惫不堪的面孔，却活像读了万卷书似的。”本多毫不客气地说。

清显默然微笑着。诚然，书是不读的，却常常做梦。一夜连着一夜，不知做了多少梦，绝非万卷书所能比，他实在是“读”累了。

昨夜也不例外，他在梦里看见自己的白木棺材，安置在一间有着宽敞的窗户、空荡荡的屋子正中。窗外弥漫着拂晓前青紫色的昏暗，一片小鸟的叫声响彻周遭。一个年轻妇女垂着乌黑的长发，扑在棺木上，耸动着纤弱的肩膀，唏嘘不已。他想看看这女子的面孔，然而只能望到她那洁白而像是浮泛着一片忧愁的富士前额[1]。巨大的豹斑纹的毛皮半覆盖着那白木的棺材，毛皮边缘饰有无数的珍珠。黎明时分微暗的光泽，凝聚在那排珍珠上。房间里没有焚香，却飘荡着西洋香水那活像是熟

1　妇女的富士山形前额发际（往昔的美人条件之一）。

透的果实的气味。

清显则是从半空中俯瞰着这般光景的。他确信自己的骸骨就躺在棺木之中。虽是确信不疑，无论如何也想亲眼看看，加以确认。然而，他的存在宛如早晨的蚊子，在半空中停下翅膀，却绝对无法望到钉死了的棺木内部。

由此产生的一种焦躁心情，无限地越来越强烈，他就醒了。清显一直把梦写在日记里，昨晚的那个梦也被记到日记里。

他们二人终于下到游船中，解开了缆绳。一眼望去，整个湖水把半染的红叶山映在怀中，似在燃烧。

刚上船时，船身那种不规则的摇晃，唤起了清显对这个世界的不安定感觉。这是一种最让他觉得亲切的感觉。一瞬间，自己心灵的影子，仿佛激烈地摇晃着，鲜明地映在清爽地涂成洁白颜色的船舷上，顿时使他快活起来。

本多用桨顶了一下石砌的湖岸，把船划到辽阔的水面上去。绯红的水破碎了，泛起轻盈的涟漪，仿佛把清显的茫然自失也扩展开去。宛如发自喉咙深处的、粗犷的声音般的阴郁水声。清显感到，自己十八岁的秋季的一天，这天下午的一个时辰，切切实实地滑了过去，而且一去不复返了。

“划到湖心岛去瞧瞧吗？”

“去也没意思，什么也没有呀。”

“嗳，别那么说，划去瞧瞧嘛。”

本多这活泼的声音，从划着船的胸腔中喷出来，表现了少年人应有的兴高采烈。清显耳朵里遥遥地听着湖心岛那边的瀑布声，凝神注视着湖水深处。那里，由于混浊和红光的反射，一下子无法看清。他知道，里面有鲤鱼在游动，水底的某一块岩石根处还潜伏着甲鱼。于是，心中又泛起幼时的恐怖感，随即消逝了。

晴朗的阳光照射着他们刚刚剃过、看上去富有青年人朝气的脖颈。这是个平静无事、富贵荣华的星期天。然而，清显依然觉得这个世界宛如一个装满水的皮袋，底下开了一个小孔，从那里听到了“时间”的水珠一滴滴落下来的声音。

两人到了松林之中只有一棵枫树的湖心岛，登着圆形草坪上的石阶到了岛顶的三只铁鹤处。两人坐在仰天长啸的两只铁鹤脚旁，接着躺下来，仰望着晚秋的晴朗长空。羊胡子草扎着穿了和服的脊背，清显感到刺痛难挨，本多却感觉脊背下面正铺着一层必须经受的最甘美、最痛快的苦难。两只铁鹤的长颈映入两人的眼角，它们长年经受风吹雨打，被白色的鸟粪弄脏，但那长颈却自然地伸开去，形成的曲线似乎随着白云的飘浮，也在轻轻地摇动。

“多么美好的日子啊！这么悠闲，这么美好的日子，也许一辈子也不会有几回的。”

本多似乎充满一种预感，这么想着也就这么说出口来。

清显问道：

“你这家伙是说觉得幸福吗？”

“我没这么说呀。”

“没说就好。你这家伙的想法使我感到可怕。我说不出你那么大胆的话。”

“你这家伙一定野心特大。野心家往往装扮成悲哀的样子。你已经这样了，究竟还想要什么东西？”

“一件有决定意义的东西，究竟是什么，我也不知道。”

这位美貌异常、一切均处在未定状态的年轻人，觉得疲倦般地回答道。尽管他们之间的交往如此亲密，可是他那颗任性的心，却不时地由于本多那种锐利的分析能力和充满自信的话语，以及“有为青年”的神态，而感到烦恼。

他突然翻过身来，腹部压着草，隔着湖，抬头远望着正房大厅的前庭。嵌在白色沙砾中的踏脚石，保持着一定的间隔，延伸到湖滨，那一带形状更为复杂的湖湾上架着几座石桥。他发现，那里有一群女人。

三

清显捅了捅朋友的肩膀，让他把视线移向湖岸。本多也转过头来，从草丛中把视线移向湖岸那一群人。这样，两人活像一对年轻的狙击兵一样，在窥视着。

平日母亲高兴的时候，常常出来散步，照例都是只带着贴身的女侍。今天却加入了一老一少两位客人，正走在母亲身后。

母亲、老太婆和女侍们的穿着都朴素，只有一位年轻女子穿的是天蓝色刺绣和服。无论在白色沙砾上，还是湖水旁边，她那身绢衣都闪烁着清凉的光辉，宛若黎明时分天空的曙色。

仿佛是在留神脚下那一块块不规则的踏石，一阵阵笑声从那里发出，消逝在秋日的长空。听上去，这种过分清脆的笑声，含有矫揉造作的成分。清显本来就对府中的妇女们这种装模作样的笑声感到厌恶；然而清显发现本多却似雄鸟在谛听雌鸟的鸣啭，眼睛里闪耀着光辉。两人的胸脯，压断了这晚秋时节枯得又干又脆的草茎。

清显深信，想必只有那位身着天蓝色服装的女人，不会发出那种笑声的。女人们离开湖滨走上通往红叶山的小径，像是特意选中了渡过几座石桥的难行的路径。女侍们拉着主人和客人的手，开始跋涉，望过去依然有些装模作样，随后这群人的身影隐没在草丛中，从两人的视界里消逝了。

“你们家的女人可真多呀，我家却是个男人的世界。”

本多像是为自己方才那种热情劲儿做了解释，站起身来，躲在西边那棵松树底下，眺望着女人们的艰难跋涉。红叶山西侧山根处是一片平地，九段的瀑布的上面四段由红叶山西侧倾泻下来，然后被引到佐渡赤石下面的瀑布潭中。女人们正在渡过瀑布潭前边的踏石，那一带的红叶格外鲜艳，竟连第九段的小瀑布迸发的白色泡沫，也都隐没在枫树丛中，只见那一带湖水被染成暗红色。清显远远地望着身穿天蓝色衣裳的女人，正由女侍牵着手，渡过踏石。她低垂着的脖颈，使清显联想起了春日宫皇妃那令人难忘的丰腴的洁白脖颈。

渡过瀑布潭，有一段小径沿着平坦的湖滨伸展开去，这里的滨岸最挨近湖心岛。清显那热心的视线一直跟踪至此，才从侧脸看清了那身着天蓝色衣裳的女人正是聪子，不禁觉得泄气。为什么自己一直肯定她是并不相识的美丽女郎，而未发觉就是聪子呢！

既然对方已经打破自己的幻觉，自己也就再不需要隐藏着了。于是他边拂掉裙裤[1]上的草籽儿，边站起身从松树下面走出来，站在足以让对方看到的地方叫了一声：

1　原文作“袴”，是日本人套在和服外面穿的一种裤子，裤脚肥大，像是裙子，男女都穿。现在用于礼装。

“喂！”

本多看到清显突然快活起来，也惊诧地探出了身子。每逢梦破碎之时反而快活起来，是本多早就晓得的友人的脾性，否则一定会觉得被清显抢了先。

“那是谁？”

“聪子小姐嘛。不是给你这家伙看过照片吗？”

清显言语中表现出对这个名字有点儿轻视的神气。岸上的聪子的确是个美貌的女子。然而，这位少爷却断然采取了不予承认的态度。这是因为，他深深地知道聪子是喜欢自己的。

对于爱慕自己的人采取轻蔑态度，甚至冷酷地对待，恐怕再没有别的友人能像本多这样早就深知清显这一不良倾向了。本多推测，清显自从十三岁上，听到人们为自己的美貌喝彩，便在心灵深处养成了这种倨傲心理，这恐怕是霉菌一般的感情，是一碰就几乎要发出铃声的银白色的霉菌之花。

其实，作为朋友，清显给予自己的危险的魅惑，也许正来源于此。不少同班同学想同清显交朋友，而终归失败，甚至遭到他的嘲笑。唯有本多一人，在这种实验中获得成功；对于他的冷酷毒素，本多采取了独善其身的策略。这也许是误解，清显之所以厌恶那眼光阴暗的学仆饭沼，是因为在饭沼的脸上，发现了那些司空见惯的失败者的面影。

——本多虽未见过聪子，却从清显的谈话中已经熟知了。

绫仓聪子之家原为羽林家二十八家[1]之一，发源于被称为藤家蹴鞠[2]之祖的难波赖辅，并且是赖经家的分支，到了第二十七代成为侍从，迁至东京，住在麻布区旧武家宅邸。她家夙以和歌[3]和蹴鞠驰名，嗣子在幼时就受赐从五位[4]下，论家世能够晋任大纳言[5]的官职。

松枝侯爵憧憬自己的门第所缺少的风雅，至少想在下一代得到与大贵族相称的风雅的熏陶。为此，便征得父亲同意，将幼年的清显寄养于绫仓家了。在这里，清显所耳濡目染的是公卿的家风，他沉浸于比自己长两岁的聪子的钟爱中。在上学之前，聪子成了清显唯一的姐姐，唯一的朋友。绫仓伯爵保留着京都口音，性格温和，教给年幼的清显吟咏和歌，学习书法。绫仓家至今尚保存有王朝时代的双六[6]盘，常常玩到深夜，胜者

---

1 羽林为日本近卫府的别称，设中将、少将。羽林家，仅次于五摄家、清华家、大臣家，可经近卫少将、中将，升为中纳言和大纳言等。

2 蹴鞠是中国古代的一种足球运动，在我国流传很广，十二世纪传到日本，成为日本朝廷和公卿家喜爱的游戏。通常由八人足蹬皮鞋，用足背往上踢起鹿皮球，不使落地。一般以踢起的回数、路线和姿势的优劣，判定胜负。

3 和歌是日本古典诗歌，与日本古代盛行过的汉诗相对，即日本诗歌之意。其中，以短歌为主要形式，只有音数格律，为五、七、五、七、七，五节三十一音。

4 五位是日本古代律令制所规定的官阶。同一个级别，有正、从、上、下之分，正位高于从位，上位高于下位。第二次世界大战后取消。

5 大纳言是日本古代政府中高级官职。

6 双六是由中国唐代传入日本的游戏，起源于印度。该游戏由二人面对一木盘（双六盘），各摆黑白棋子十五颗，凭骰子的点数向前移子；抢先将全部棋子移进对方阵地者为胜。

可以得到皇后下赐的、用模子打的点心什么的。

尤其是伯爵关于优雅的熏陶活动，一直持续至今。最为典型的是每年正月，宫中都举行御歌会[1]，伯爵为执事人，清显从十五岁那一年起，也应邀参加。起初，他还觉得是尽义务，后来逐渐成长，不知不觉地对这种年初举办的风雅活动，产生了翘盼的心情。

聪子如今已经二十岁了。清显有一本相册，从孩提时代两人和睦地脸挨着脸的照片，直到最近的五月末，聪子参加神社的祭礼时的倩影都有，统统保存在里面，她成长的足迹堪称历历在目。她已二十岁了，虽说妙龄已逝，但还没结婚。

“那个就是聪子呀。那么，那位大家搀扶着的身穿深灰色披风[2]的老夫人是谁呢？”

“啊，那是……是的，是聪子的大伯母，一位门迹[3]。戴上那样的怪头巾，都认不出了。”

她确是位稀客，肯定是首次前来。要是聪子独自来，母亲不会这样，必定是为了接待月修寺门迹，才想起请客人参观庭园的。是的。恐怕是因为门迹很少进京，聪子才带她来松枝府上观赏红叶的。

清显寄养在绫仓府上的时候，据说受到过这位门迹不同

---

1 歌会，即吟诗（和歌）活动。因在宫中举行，故加“御”字。

2 原文作“被布”，是穿在和服上的一种外衣。

3 门迹是皇族、贵族出家当住持（或住持尼）的寺院，也用来称呼该寺的住持（或住持尼）。

寻常的爱护，不过那时的事情，他早已忘得一干二净。只记得在学习院中等科读书的时候，门迹进京来了，受到绫仓府上款待，清显从而见过她一面。然而，他对门迹那慈祥高雅的白皙面孔，以及和蔼之中蕴含着一股凛然之气的言谈，记忆犹新。

——岸上的人们，听到清显的声音，便一齐停下步子。这时，两个年轻人便从湖心岛的铁鹤旁边，穿过深深的草丛，宛如海盗一般，突然蹿了出来。能够清清楚楚地看得出人们吃了一惊。

母亲从饰带[1]中抽出扇子，指着门迹那边，做了个致敬的身势，于是清显便从岛上深深地施了一礼，本多也跟着他这样做，门迹还了一礼。当母亲打开扇子，做了个召唤的动作时，那金色的扇面便被红叶辉映得一片通红。清显领会，此刻必须催促朋友，把游船划向湖岸。

“只要有什么借口能到我家来，聪子就绝对不会放过。这回她又抓住了一个极为自然的机会——大伯母成了她的囮子。”

就连帮着本多急迫地解缆的当儿，清显也嗔怪似的说。本多听来，则觉得清显嘴里说是要同门迹寒暄，却如此急切地要到对岸去，于是就不能不怀疑这话无非是在为自己辩解罢了。他的白白的纤细手指去帮友人抓粗缆绳所表现的焦灼，足以引起这种怀疑。

本多背朝对岸，把船划过去。清显的眼睛宛如受到红色水面的反射而充满兴奋，且神经质地有意躲避本多的目光，一个

1　穿和服时束在上面的腰带，特指女和服上装饰用的带子。

劲儿地把视线投向湖岸。这也许是正处于成长期的男性的一种虚荣心。这位深知自己的童年，感情上又完全控制过自己的女性，在自己心灵上最为脆弱的部位唤起反应，清显是不想让朋友知道的。想当年，连自己身体上的小小白色的拟宝珠似的蓓蕾，兴许都被聪子瞧见过哩。

游船划到对岸时，清显的母亲向本多道谢说：

“啊呀，您可划得真好！”

她长着一张瓜子脸，八字形的眉宇略带些哀愁。然而这张即便是含笑时也给人以哀愁感的面孔，未必表明她具有一种多愁善感的心性。她是现实而又迟钝的人，丈夫的粗俗的乐天主义和放荡行径把她培育成这样的温驯之人，然而她是绝对无法进入清显那细腻的内心世界。

聪子则紧紧盯住清显，连他离船上岸后的一举一动都不放过。她那刚强而清澈的目光，也许会觉得是爽朗而宽容的，然而清显却总是畏惧，在那视线里似乎能读到某种批评的含意。

“法师今日光临，我们想聆听她宝贵的说法，满怀着期待。那之前，想先请法师观赏红叶山，可你却粗野地大喊大叫，真叫人大吃一惊啊！方才你们在岛上干什么来着？”

“茫然地望着天空来着。”

清显故意含混地回答母亲的问话。

“望着天空？天空中能有什么呢？”

母亲对于眼睛看不到的东西，从来是不理解的；可她对于自己这种习性并不觉得可耻。清显却认为，这乃是母亲的唯一长处。这样的母亲，今天却说是要聆听佛法的宣讲，表现出特别的心意，怪滑稽的。

门迹听着母子的对话，不失客人的身份，恭谨地含着微笑。

清显尽管有意不看聪子，聪子却一直凝视着清显的脸，凝视披散到他那艳丽的面颊上的乌黑光润的鬓发。

这样，人们簇拥着门迹，开始攀登山径，观赏红叶，猜测啼啭在枝头的小鸟的名称，竞相游乐。两个青年男子无论怎样把脚步放慢，自然还是会走在前边，离开那团团围着门迹的一群女人。本多便抓住这个机会，首次提到聪子，并夸赞她的美貌。

“你这么觉得吗？”

清显以一种漠然的口气神经质地回答道。然而，却听得出，倘若本多贬低聪子的容貌，说她丑陋，立刻就会使清显的自尊心受到损伤。显然，清显想的是，不管自己是否关心，哪怕同自己只有那么一点点关系的女人，也都必须是美的。

一行人好不容易走到靠近瀑布潭的地方，站在桥上仰望高处第一段大瀑布初泻处的景观。母亲正一心盼望着初次见此光景的门迹会称赞几句的当儿，清显却发现了一个不祥的迹象：这使今天这个日子令人难以忘怀。

“怎么回事呀！瀑布口上的流水怎么豁成两岔啦？”

母亲也发觉了，并以打开的折扇遮着树枝间射下来的阳光，仰望着那个地方。虽说是为了使瀑布的倾泻表现出别致的风姿，在岩石的组砌方面要匠心独具，但总不会在瀑布初落处就弄成这种豁开两岔的丑态来。想来，那里确是有块突出表面的岩石，但不会把瀑布的姿态弄乱。

“到底是什么呢。看上去仿佛是什么东西卡在那里啦……”

母亲感到困惑，于是对门迹说。

门迹宛若即刻看到了什么，却只是默默地露出了微笑。此刻，清显的处境是必须如实地把看到的真相告诉大家；但他生怕说出口来会使人们大为扫兴，因此踌躇着，更何况他晓得大家都已看出来了。

“那不是一条黑狗吗？头朝下垂着哩。”

聪子十分率直地一口咬定。众人听罢，仿佛这才明白过来似的，骚动起来。

清显感到自尊心受到损伤。聪子的勇气简直不像个女人，敢于直言不讳地指出那是一条不祥的狗的尸体，不论是那天赋甜脆的声音，还是深谙事理轻重而表现出的适度的明朗性格，都准确地在直率中蕴含着袭人的优雅。这种优雅宛若玻璃容器中之水果，闪映着新鲜生动的色泽，竟然使得清显对自己的踌躇感到耻辱，同时也害怕聪子那教育者般的语气。

母亲立刻命令女侍去把失职的园艺师喊来，顺便就这种有失体统的事情，向门迹表示歉意。谁知门迹却出于佛家的慈悲心肠，提出了一个出人意料的建议。

“像这种情况落在我的眼里，恐怕也是缘分注定的。赶紧掩埋了，修个冢做个佛事。为它祈祷冥福吧。”

这条狗多半是已受了伤，或者得了病，想在源头处喝水，却失足淹死，尸体顺水漂流，便挂在岩石上了。本多虽说被聪子的勇气所感动，同时感觉到那瀑布初泻处澄明天空中飘浮着的淡淡的云彩，那沐浴着清冷的泡沫倒悬着的漆黑的狗尸，那湿漉漉、光闪闪的长毛，那张着口露出的洁白牙齿和红黑的口腔，都像是近在咫尺。

观赏红叶，居然变成了埋葬狗尸，这对在场的人们来说似乎是一种令人愉快的变化。女侍们的言谈举止顿时显得活跃起来，却隐蔽着内心的浮躁。众人在桥对面仿照凉亭建造的观赏瀑布用的茶室歇息，只见园艺师匆匆跑来，说尽了道歉的话语，接着就攀上险处把湿漉漉的狗尸抱下来。大家望着他找好合适的地方，挖个坑，掩埋了。

“我去摘把花来，请清少爷帮帮忙好吗？”

聪子预先制止了侍女帮忙，却对清显这么说。

“给狗献什么花呢？”

大家听到清显这种勉强的口气，都笑了起来。此刻，门迹已脱掉披风，露出了罩着小袈裟的紫色法衣。众人觉得这种尊贵人物的存在，会很快使不祥之气得到净化；这种即便很小总属于不愉快的事情，也会消融在广阔明朗的长空中。

“要法师来给它超度，真是多么有造化的狗呀！来世一定会托生为人吧。”

母亲这话已经是笑着说的了。

这时，聪子正在清显前面攀上山径，她眼明手快旋即摘到一枝迟开的龙胆花。然而，映在清显眼睛里的，却只有那枯萎的野菊花。

由于聪子毫无顾忌地弯下腰去摘花，她那裹在淡蓝色和服下摆中的腰身给人一种与苗条的身子不般配的成熟了的丰满的感觉。清显透明而孤独的脑海，仿佛是沉淀在水底的沙土被搅了起来，浮起了一片微浊的涟漪，从而感到厌恶。

聪子摘了几枝龙胆花，蓦然伸直了腰，刚好挡住了把眼神投向远方、跟在后面的清显。此时此刻，那从未特意看过的聪子美妙的鼻梁和动人的大眼睛，却逼近清显的视线，只觉得梦幻般一片朦胧。

“假如我突然不在了，清少爷，您会怎样呢？”

聪子压低声音，很快地问了一句。

四

诚然，聪子一向就是这样，时而会故意说出一些耸人听闻的话来。

虽说并非蓄意做戏，却丝毫不露事先叫人安心的那种开玩笑的神情，活像要公开一种惊天动地的大事似的，言语中暗含着极其严肃和伤感的情调。

“说什么你不在了，为什么？”

清显本来同她很熟了，但也不得不这么反问一句。

像这样表面上装作漫不经心，内心里却蕴含着不安的问话，正是聪子所期待着的。

“那理由嘛，没法跟你说哩。”

这样，聪子就在清显那心灵的玻璃杯中透明的清水里，洒下一滴墨汁。清显没来得及防备。

清显用锐利的目光凝视着聪子。聪子常常对他来这么一手。这就是使他怨恨聪子的原因。因为她时时无缘无故地让他感到莫明其妙的不安。这时，在清显的心田中，一滴墨汁眼看着就不可抗拒地扩散开去，那里的水被染成一片暗灰色。

聪子微含忧伤、眨着紧张神色的双眸，在愉悦地颤动着。

回到众人面前，清显那低沉的情绪、满脸不高兴的样子，令人感到惊讶。这在松枝家的众多女人中，成了闲谈的话柄。

——在清显那任性的心灵中，还蕴藏着这样一种奇特的倾向，这就是自己加重侵蚀着自己的不安。

倘若这是一种恋爱之心的话，而且有着这么强烈的韧性和持久精神，那该多么符合青年的特性啊。他却不是这样。他很清楚，自己与其说向往艳丽的花朵，莫如说更向往一颗长满刺的灰暗花朵的种子。这种子也许正是聪子播在土里的。清显除了为它浇水，培育它发芽，等待它最终在自己的心田里成长繁茂起来以外，对任何事物都漠不关心。他是在目不斜视地孕育着不安。

他被给予了这种“兴趣”。从那以后，他心甘情愿做了不愉快的俘虏。一方面，对于聪子给他造成这未能解开的谜，感到恼火；同时，又对自己的优柔寡断，当场未能刨根问底，解开这个谜，不胜愤慨。

记得，同本多二人在湖心岛小憩的时候，他曾经说过渴望得到“一种决定性的东西”这样的话。近来，他动辄就这么想：尽管并不晓得是什么东西，但在即将得到那闪光的“决定性的东西”的关头，聪子那淡蓝色的衣袖却插进来，把他推回“未决”的沼泽中去。实际上，这种决定性的东西，也许只不过尚在伸手够不着的远处闪烁着光辉，刚好在要向前迈进一步的当口，遭到了聪子的妨碍。

更令人可气的是，解开这个谜和消除这种不安的途径，恰恰是被他自己的矜持堵塞了。

“所谓聪子不在了，究竟是怎么回事？”

即便是向别人探询，也只能用这样的问话方式。其结果，人家就会疑心他在深深地关怀聪子。

“怎么办哟？怎样做才能叫人相信这是跟聪子毫不相干的事情，而只是我自己的一种抽象不安的表现呢？”

清显不知这么想了多少回，想来想去，总是踏步不前，毫无进展。

每逢这么苦恼的时候，竟连平日讨厌的学校也成了散心的地方。每天午休时刻，他都同本多一起度过，然而本多的话题，也多少使他感到了厌倦。这是因为，本多自那天在正房客厅里，同大家一起听过月修寺门迹说法以来，整个身心都被征服了。清显当时原是漫不经心地听的，如今本多又按照自己的解释，把那说法一一向他灌输。

有趣的是，对于清显这种经常耽于幻梦的心灵，那样的说法却丝毫未能投进阴翳；但本多那逻辑性较强的头脑，却把它作为一股新的力量吸收进去了。

坐落在奈良市郊的月修寺，原属于法相宗，在尼姑庵中这是罕见的。该宗那种注重理论的说法，很可能征服了本多。门迹的说法，列举了一些唯心的引导人们入门的浅显易懂的插话。

“门迹不是说她从瀑布中间的狗尸想起那段说法的吗？”本

多说起来。"那又无疑是她出于对你一家人表示慰问的慈悲心。她那夹杂着贵族语言的古典京都话，那宛若微风轻摇着的幔帐，听起来似乎无动于衷却隐约地闪映着各色表情的京都话，大大地加强了那说法给予人们的感动，使人铭刻于心，难以忘怀！

"门迹的讲话，谈到古代唐朝的元晓。他深入名山险岳寻求佛法，云游之中不觉日落西山，野宿于坟冢之间。半夜醒来，感到异常口渴，便伸手捧起身旁洞穴中的水喝下去了，他觉得从来没有喝过这么清凉甘美的水。他又入睡了，第二天清晨睁开眼睛一瞧，曙光把昨天半夜喝过水的地方照亮了。没有想到，那原来是积在骷髅里面的水。元晓顿时觉得一阵恶心，呕吐起来。然而，他从这里悟到一个真理：心生则各种法生，心灭则与骷髅无异。

"然而，使我感兴趣的，却是这位感悟之后的元晓，第二次是否会再喝这里的水，而且能够打心里感到清澄甜美。所谓纯洁，也是如此。你不这么认为吗？不管对方是多么堕落的女人，纯洁的青年依然会从她那里体会到纯洁的爱情。但是，当你知道她是个极端无耻的家伙之后，当你已经明白原来不过是用自己纯洁的心灵，惬意地描绘了一个世界，那么你依然能够再一次从那个女人身上体会到纯洁的爱情吗？假若能够的话，你不认为那该是多么了不起吗？能够把自己心灵的本质同世界的本质，如此牢固地结合起来，你不觉得那是了不起的行为吗？这不就等于用自己的手握住了世界的秘钥吗？"

本多说着这种话，其实他还未接触过女人。同样不了解女人奥秘的清显也无法驳倒他那奇妙的议论。然而，不管怎样，这位任性少年的心灵，实际上与本多迥异，他自己觉得自己生来就掌握了世界的秘钥。这种自信，他还不知道是怎样产生的。自己那动辄耽于梦幻的心态，自恃高傲而又立刻沉浸于不安的性格，和那天生的美貌等等，都使他感觉到自己那柔嫩的肉体的深层镶嵌着一颗宝石。尽管不痛也没肿，但也许是由于那时时从肉体的深层放射出的闪光，而使他保持着近似病人的骄矜。

清显对于月修寺的来历，并无兴趣，也不想详细了解；然而，毫不相干的本多，却到图书馆去查阅得一清二楚。

这是一座比较新的寺院，建于十八世纪初期。第一百三十代东山天皇的公主，为了纪念华年驾崩的父皇，而入清水寺信奉观音菩萨。这期间，她对于常住院老僧关于唯识论的说法感兴趣，逐渐虔诚皈依法相的教义，削发之后，却回避了原来该派的门迹寺，另外开创了新的学问寺，这就是现在的月修寺的前身。法相宗的尼寺至今还保存着这个特点，然而历代皇家寺院的传统在前代已断绝，聪子的大伯母虽有皇家的血统，却成了第一代臣子门迹……

本多突然径直地问道：

“松枝！你近来有什么心事吧？我说什么，你都心不在焉哪。”

“没那么回事！”

清显冷不防给问到虚处，便含含混混地答了一句，用那美丽清爽的眸子望着友人。他宁愿让朋友感到自己傲慢，也并不觉得这有什么可耻；但要让人看穿自己的苦恼，那却是可怕的。

他知道，假如自己敞开胸怀，披露心事，本多就会大踏步地迈进自己的心坎。不管任何人，清显一向都是不能容许他这样做的，因为那样一来，立刻就会失掉这唯一的友人。

此刻，本多也立即理解了清显的心态。他寻思：要是想继续和清显交朋友，就必须少搞一些庸俗的关系。这就好比是一面涂了漆的墙壁，可不要轻率地把手按上去，留下一块手印。看情况，有时对友人的巨大痛苦也要采取视而不见的态度；尤其是倘若把这种含有特殊意义的痛苦隐瞒下来，就能够保持优雅情趣的话。

此时此刻，看到清显的眸子闪烁着一种恳切期望的神色，本多甚至感到喜爱。那眼神，分明是在期望着把一切的一切都停放在朦胧而优美的彼岸……由于这种破裂边缘的严峻状态，友情处于无情的对峙，清显这才头一次变成恳求者，而本多则成为了审美的鉴赏者。两个人暗中所巴望的正是这么个状态，这也就是被称作两人之间的友情的实质。

五

大约十天以后，父亲松枝侯爵偶尔早归，难得老少三人共进晚餐。父亲爱吃西餐，便在洋房小餐厅里开饭。侯爵亲自带清显到酒窖去挑选葡萄酒。那里满满地存放着各色葡萄酒，侯爵细致地对清显说明，什么菜肴用哪种酒，有一种除非是皇族驾临，不能饮用等等，煞是高兴地垂教于清显。在把这种无用的知识灌输给儿子的时候，看上去这位父亲无比愉悦。

正餐前饮酒的时候，母亲得意扬扬地谈到她前天带着一个少年马夫，赶着一辆单马拉的车子，前往横滨买东西的事情。

“连横滨也都觉得西装新鲜，真是叫人吃了一惊啊。一群脏兮兮的孩子，嘴里喊着：‘绵羊[1]，绵羊！’”

父亲则暗示要带清显去参加比睿号军舰的下水典礼，这也是他看穿了清显一定会拒绝才这么说的。

然后，父亲和母亲似乎在苦于搜索大家都感兴趣的话题，

1　绵羊是对给西洋人做妾的日本妇女的蔑称，可能是出于西洋人多穿羊毛衣裳。

清显也看出了这种情形。这当儿，不知何故忽然谈起三年前庆贺清显十五岁时的“待月”活动来了。

那是一种古老习俗，即在庭园中放一只新木盆，装了水，把旧历八月十七日的夜月映在里面，上供庆祝。据说，假如十五岁那年夏夜的天空阴云密布，一生都要为厄运所苦。

父母的话，唤起清显的回忆，那夜的情景清楚地浮现心头。

早露莹莹，虫声四起的草坪中间，放置装满清水的新木盆，清显身穿印有家徽的古式礼服，站立在父母中间。庭园中故意熄灭灯火，周围的树丛和稍远处的屋脊，以及红叶山参差错落的景致，仿佛统统都被那木盆的圆形水面缩小了，统辖起来了。那明亮的桧木板的盆梆隔绝了这个现实的世界，成为另外一个世界的边疆。正是由于自己十五岁的这庆典的吉凶攸关未来，清显觉得自己的灵魂已被赤裸裸安放在这夜露涔涔的草丛上了。自己的内心，从盆梆的里侧展开；而盆梆的外侧，则是自己的外形……

没有人发出一点点声音，庭园中一片虫鸣从未如此清晰地传入过耳际。众人只顾注视着盆里的水。起初，那水一片黑黝黝，被海藻般的云翳封闭着。忽然，那海藻缓缓地移动了一下，微弱的光线眼看着仿佛渗了出来，旋即消逝了。

究竟等了多少时刻呢。一霎时，那盆中凝固了似的模糊昏黑的水面，被划开来，一轮皎小的圆月，千真万确地映照在水中央。众人热烈欢呼，母亲这才松了口气，挥起扇子驱赶着下摆处的蚊子，说道：

“这就好啦，这孩子必交好运！”

说罢，接受了众人异口同声地祝贺。

然而，清显却不敢仰望挂在长空的月亮的本来面目，只是一味地凝视着那沉落在这圆形水中——自己内心深处、更深处的金色贝壳般的明月。于是，他终于这样在自己的内心捕获到一个天体。他那灵魂的罗网，捕获到一只金光闪闪的蝴蝶。

然而，那面灵魂的罗网，网眼太大了；一度捕获到的蝴蝶，难道说不会再远走高飞吗？他虽只十五岁，却过早地害怕丧失什么。刚刚捕获到，就又生怕丧失了它，这种心情形成了这位少年的性格特征。一旦得到了月亮，今后如若生活在没有月亮的世界，那恐怖该是多么巨大呀！纵令他怨恨那月亮……

纵使一副歌留多[1]纸牌只少了一张，这个世界的秩序也会产生不可弥补的裂纹。尤其是清显，由于害怕秩序的一小部分不见了，就宛如一块表少了一个小齿轮，于是使整个秩序封闭在凝聚着的雾霭之中。为了寻找一张失落的歌留多纸牌，要浪费多么大的精力，最终恐怕不只是失落的那张纸牌，竟连全副纸牌本身，都要被当成活像是争夺王冠那样全世界首屈一指的重大紧急事件。清显的感情总是这样波动着，这在他已经是无法控制的事情了。

——一想到十五岁时的“待月”活动，就不知不觉地想起聪子来了，清显不禁感到愕然。

这时，穿着窸窣作响给人以秋寒之感的仙台绫裙裤的管家，刚好前来报告正餐已经备好。于是老少三人走进餐厅，

1　歌留多，是新年时玩的一种印有短歌的日本纸牌。由一人朗诵首句，众人抢取印有那首短歌的纸牌。最后以个人取到的纸牌数量决定胜负。

在饰盘前面坐下来。这些饰盘是向英国定做的，刻着精美的家徽。

清显打从幼年时代，就受到父亲极其严格的有关就餐礼节的训练，而母亲至今对西餐的吃法还不习惯。清显的动作，既落落自如，又不越矩；父亲则至今还残留着刚刚回国时那股子故作正经的严肃劲头。

刚一上汤，母亲就用安详的口吻说道：

“聪子这孩子也真叫人操心。接到了报告，说是今儿早起派了人前去回绝人家了。本来前几天看上去已经下了决心似的……”

父亲说：

“那孩子该是二十岁了吧。这么任性下去，可就嫁不出去喽。咱们算是白白操了心。”

清显注意倾听着。父亲只顾说下去：

“什么缘故呢？也许是认为门户不相称。不过，绫仓家尽管是名门望族，如今已没落到这个地步，难得有一位前程远大的内务部的秀才，还计较什么门第，应该高高兴兴地答应下来才是。”

“我也是这么想呢。就到这儿算了，不必再管她了。”

“不过，清显曾在他们家叨扰过，毕竟是欠了情，咱们有义务帮他们再兴家门。要物色一门他们绝不会回绝的亲事才好。”

“有那么正合理想的人物吗？”

清显听着，脸上泛起高兴的神色。心底的谜这才完全解开了。

“假如我突然不在了”，聪子这话只是指的她自己的亲事。而且那天聪子的心境是倾向于肯定这门亲事的，不外是把这向清显暗示一下，想试探试探清显的心意。如若真像母亲方才所说，她已经在十天之后正式回绝了这门亲事，那原因清显也是一清二楚的：那正是因为聪子爱着清显。

于是，他的世界又呈现出一片清澄，不安消失殆尽，又变成了一杯澄明的水。他回到了这十来天想归又未能归去的他自己那平和的小小庭园，宽心待了下来。

清显感到一种难得的巨大幸福，而且并不怀疑这幸福是由自己明智的新发现获得的。一张有意隐藏起来的纸牌又回到手中，这样纸牌就凑成一副，而这全副纸牌只不过是一般的纸牌……一种难以言状的明晰的幸福感。

至少在当前的一瞬间，他在消除“感情”方面获得了成功。

——然而，侯爵夫妇却不是敏感人物，他们没能发觉自己的儿子突然泛起的幸福感，而只是隔着饭桌互相凝视着对方的脸。侯爵对着妻子那八字眉略带伤感神情的面孔，夫人则守望着丈夫那张坚强的红脸膛儿。他本来就是一个只有活动能力的人物，安逸立刻会在那张脸的皮下引起一种对于活动的刺激。

听起来，双亲的谈话显得起劲的时候，清显也总是觉得他们似乎在举行一种仪式。他们的交谈，不过是循序经过细心挑选后，奉献给对方的玉串[1]。

这种场面，从少年时代起，清显常常亲眼见过。然而，这里从来没有白热化的危机，更没有感情的高潮。即便如此，母

1 系在杨桐带叶小枝上，缠以白色纸条，用来敬神。

亲对于接踵而来的事情，了如指掌；而侯爵也熟知夫人并不糊涂。这种情景，恰似每次瀑布潭的倾泻，垃圾在坠落之前，携起手来，摆着一副毫无预感的神情，从闪映着蓝天白云的水面上滑下去。

不出所料，侯爵用过晚餐匆匆喝了杯咖啡，就提出：

“喂，清显，打场台球吧！”

侯爵夫人说：

“那么，我就退席了。”

尽管今晚又听到了互相欺骗和应付的交谈，清显那颗幸福的心居然丝毫未受到伤害。母亲回到正房去，父子双双走进台球室。

这是个模仿英国、用橡木板镶壁的房间，由于悬挂着先代人的肖像和日俄战争海战图的巨幅油画，闻名遐迩了。格莱斯顿肖像画的作者、英国肖像画大家约翰·米莱斯的门人，访日期间为祖父绘制了这个大幅肖像画，以简洁的构图将穿了大礼服的祖父的身姿在幽暗中浮现出来，那种恰到好处的严谨的写实和理想化的绘画方法，把祖父那种作为明治维新的功臣为世人所敬仰的坚毅风采，和颊部的小疣子等使遗族们倍感亲切的和蔼神态，巧妙地融汇在一起了。每当从故乡鹿儿岛新来了侍女，必定被带到肖像画前面，膜拜一番。祖父临死数小时以前，尽管没有人进来，悬挂的绳子也未朽烂，肖像画却突然掉了下来，发出骇人的声响。

台球室内安放着以意大利大理石镶面的三座球台。日清战争[1]时期介绍过来的三球击法，在这个家里至今还无人问津，他们父子俩依然玩的是四个球。用人已把红白二色的两对球隔开一定的距离摆好，并把球杆分别递给侯爵和清显。清显拿起意大利所产的火山灰做的巧克粉往球杆尖端摩擦，眼睛盯着台面。

绿色呢绒上面，红白二色的象牙球，宛似海螺要伸出触角来，静静地匍匐在圆形阴影的边缘。清显对此毫无兴趣，只觉得这些球仿佛是一种奇异而毫无意义的物象，在光天化日之下，突然出现于一条陌生而人烟绝迹的路上。

侯爵一向对英俊儿子这种漠然的眼神感到忧虑。就在今晚这种最幸福的时刻，清显的眼神依然如故。

“不久，两个暹罗王子要来日本学习院留学，你知道吗？”

父亲想起了话题。

“不知道。”

“大概跟你是同岁，已经和外务省谈过，要求安排他们在我们家里待几天。他们那个国家近来要解放奴隶，建设铁路，像是在搞些相当进步的活动，你也要了解这些，好跟他们相处呀。”

父亲说罢，捋着球杆，朝着主球弯下腰去。清显望着他背部那股子太胖的豹子般、但已不够瓷实的精悍劲儿，倏而绽开了笑容。宛如台上的红白二色的象牙球正在轻轻亲吻，他此刻也在心中试着用自己的一种幸福感，触摸着这个未知的国家。于是，他这水晶般抽象的幸福感，突然出乎意料地受到热带丛林翠绿光辉的映照，焕发出一脉璀璨的生机。

1　日清战争，指中日甲午战争（1894—1895）。

侯爵球艺高超，清显当然不是对手。各自打完五杆，父亲立刻离开球台，说出了清显预料之中的话：

"我出去散散步，你呢？"

清显没有吭声，父亲却又说了一句出乎意料的话：

"或者还是像小时候那样，跟我走到大门口吧？"

清显愕然地用一双闪烁着清光的黑眼珠望着父亲。侯爵至少成功地使儿子吃了一惊。

大门外边有几所出租的房屋，父亲的外室就住在其中的一座里，还有两座住着西洋人。院墙上，各自都向着侯爵的府邸开了一扇木栅门，西洋人的孩子可以自由地到府邸院子里来玩，唯独外室那所的木栅门却上着锁，而且生了锈。

从正房到大门有八百多米。清显小时候，父亲每逢到外室那里去，常常拉着他漫步到大门口，再让用人把他送回来。

父亲出外办事必乘马车，徒步走的时候，去处是固定的。这样被父亲拉着去，清显那幼小的心灵里也觉得不是滋味。他漠然地感到自己有义务为了母亲也得把父亲拉回来，但没有这种力量，这使他感到可气。当然，这种时候母亲也不愿意清显陪父亲去"散步"，父亲却偏要拉着他的手去。于是清显觉察到，父亲是在内心深处期待自己背叛母亲。

在十一月寒冷的夜晚出去散步，是极其反常的。

侯爵命管家为自己穿上大衣，清显也走出台球室，穿上学校制定的翻领铜扣大衣。管家在主人出外"散步"的时候，应在十步之后跟随，此刻正捧着紫色包袱皮裹着的礼物，伺候在那里。

月明风紧，群树枝头正在吼叫着。管家山田幽灵般跟在父亲后边，父亲根本没有理他，清显倒是关心地回过头去望了一次。天这么冷，山田也没穿披肩斗篷，只是平时那身带家徽的裙裤，戴了白手套，捧着紫包袱。他腿脚有毛病，步履有些踉跄。眼镜闪映着月光，仿佛是浮着一层霜。清显不知道，这位几乎终日不曾交谈的无比忠实的汉子，心灵中究竟缠绕着多少生了锈的感情的发条。不过，眼前这位快活而富于人情味的侯爵父亲，往往远不如冷漠而不关心世事的儿子更能尊重别人的内在感情。

猫头鹰在鸣叫，松树梢头也沙沙作响，在清显那浅酌而后就有点儿发热的耳朵听来，仿佛是那张《追悼战死者》的照片上的丛林密叶随风发出的悲壮响声。在寒冷的天空下，父亲正梦想着那长夜深处等待着自己的红润温馨的肉体的微笑，然而儿子却怀抱着死的联想。

醉醺醺的父亲，边走边用手杖尖端把颗颗小石子打得乱飞，突然说出这样的话来：

“你好像不大爱玩哪。像你这么大的时候，我早就有了几个女人了。好吧，下次带你去，多叫些艺妓，偶尔玩个痛快嘛。若不，也可把要好的同学拉几个来。”

“不喜欢。”

清显浑身颤抖，脱口而出。然后便像是钉在地上，一动不动地站住了。说也奇怪，父亲的一句话，使得他的幸福感宛如一只玻璃瓶子掉在地上，摔得粉碎。

“怎么啦？”

“我失陪了，祝您晚安！”

清显转过身来，快步经过灯光昏暗的洋房门前，朝着树丛中灯影幢幢的正房的门厅走去。

这天夜里，清显通宵未能入睡。父亲和母亲的事情，他一点儿也没想。

他一心想的只是怎样对聪子进行报复。

“她把我推进无聊的陷阱，使我受了十天的折磨，她的目的只有一个，就是把我的心搅乱，使我吃尽苦头。我非得对她进行报复不可。然而，我又没有把握，不能像她那样，施展欺骗手段，采取恶劣的方法折磨人。应该怎么办呢？于是，我想最好是让她知道，我也像父亲一样非常鄙视女人。我就不能用言语或书信等，说些冒渎的话，使她受很大的打击吗？平日，我总是心肠太软，未能把这种内心的想法公然表露出来，常常吃亏。恐怕，光叫她明白我对她是漠不关心的还不够，这会给她留下一厢情愿地加以臆测的余地。要冒渎她！这是必要的。要污辱她，叫她再也站不起来！这也是必要的。唯其如此，她才会后悔折磨我吧。”

清显虽是打着这样的主意，但百般焦虑也没想出一个具体办法来。

寝室里，床畔围立着写有寒山[1]诗的六折大屏风。脚部安放着一个紫檀木架，一只青玉鹦鹉停在栖木上面。他原本对正在

1 寒山是中国唐代僧人，有诗三百余首，后人辑为《寒山子集》。

流行的罗丹[1]和塞尚[2]并不感兴趣，谈起爱好来，毋宁说是一贯持消极态度的。此刻，他难以入睡，就用眼睛盯着那只鹦鹉，竟连鹦鹉翅膀上细微的刻纹都浮现在眼帘里。在它那微晕的青色中，笼聚着透明的光影，鹦鹉的全身仿佛只剩下朦胧的轮廓，眼看着就要融化了。这种异常的景象，使他感到惊讶。这也使他发现，一片月光不时从窗帘边缘透进来，单单照耀着那只青玉鹦鹉。于是他粗暴地拉开窗帘，只见一轮明月正挂中天，月影洒满床铺。

月光灿烂，望上去甚至给人一种轻佻的感觉。这使他联想起聪子那身冰凉的绢料和服的闪光，仿佛真切地看到月亮中聪子那双曾经近在咫尺的又大又美的眸子。风已经停了。

清显感到全身火一般灼热，耳鸣阵阵，这并不只是因为室内暖气太热之故。他撩开毛毯，将睡衣的前胸敞开来。但是烈火依然在体内燃烧，火苗似在肌肤下面到处奔窜。他按捺不住了，觉得非把全身沐浴在清冷的月光中不可。他终于把睡衣脱掉一半，成为半裸状态，把面孔伏在枕头上，疲倦地沉思着，脊背朝向月光，然而太阳穴依然感到灼热，脉搏又快又猛。

清显就这样把他那无比白嫩润滑的背部暴露在月光之下。月光在他那柔美的肌肤上面描绘出起伏的微波。但那并不是女人的肌肤，而是尚未熟透的年轻男子的肌肤，洋溢着极其朦胧的严峻的光波。

特别是月光刚好照射着他的左侧腹部位。那里的肌肉随着

1　罗丹（1840—1917），是法国雕塑家。

2　塞尚（1839—1906），是法国画家。

胸部的搏动，微微地起伏着，肌肤越发显得白皙，简直令人目眩。那里长着黑痣，三颗极小的黑痣，酷似犁头星座，因为沐浴着月光，影子就消失了。

六

暹罗国国王拉玛五世，于一九一〇年传位给六世。这次前来日本留学的王子之一是新王的弟弟，也是拉玛五世之子。他的称号是布拉翁·昭（Praong Chao），名叫帕塔纳迪特（Pattanadid），英语则敬称为“希斯·海涅涅斯·普林斯·帕塔纳迪特”[1]。

一起前来的王子和他同年也是十八岁，是拉玛四世的孙子，两人是亲密的堂兄弟。他的称号是蒙·昭（Mom Chao），名叫库利沙达（Kridsada）。帕塔纳迪特殿下以爱称“库利”叫他，他却不忘对嫡系王子的敬重，总是称帕塔纳迪特殿下为“昭·彼”。

两人都是虔诚的佛教徒，热心于佛教。然而，日常的服饰和礼法却全是英国式的，英语讲得很动听。新国王唯恐年轻的王子们过分西欧化，才决定让他们留学日本，王子们对此也没有异议；只是一件事叫人难过，那就是“昭·彼”同“库利”

1 His Highness Prince Pattanadid的译音，意思是帕塔纳迪特王子殿下。

之妹的别离。

这对年轻人的爱情，在宫廷之中，堪称令人赏心悦目的鲜花。两人的关系甚至已经到了一等“昭·彼”留学归来就举行婚礼的程度，关于未来，丝毫没有可感到不安的。然而，帕塔纳迪特殿下在起航的时候所表现出的悲伤，从那不怎么流露激情的民族性来说，确是有些异常。

航海生活和堂弟的安慰，使得年轻王子别离的哀伤，有所缓解。

当清显在自己家里欢迎这两位王子的时候，他们那富有朝气的微黑面孔却给了他非常快活的印象。他们将在寒假期间自由自在地参观学校，即便转年就入学，但正式编班，也得到学会日语，熟悉日本的环境之后，从春季新学年[1]才能实现。

坐落在西式楼房二层楼上的带套间的客房充当了两位王子的寝室，因为这里有从芝加哥进口的暖气设备。松枝全家人聚齐的晚餐之前，清显和客人都显得有点儿拘束，但用罢晚餐，只剩下年轻人，就一下子融洽起来，王子们取出照片请清显欣赏，那上面是曼谷的金碧辉煌的寺院或美丽的风景。

两位王子虽说是同龄，库利沙达殿下尚留有任性的孩子气。然而，清显一旦发现帕塔纳迪特殿下却有着同自己相似的富于幻想的素质，就高兴起来。

他们给清显看的照片之一是以瓦特·波这个名字著称的寺院全景，里面是一尊巨大的释迦卧佛。这张照片人工着色，异常精美，看上去给人一种身临其境的真实感。背景是积云耸立

1　日本的学校，一般都在每年四月开始新学年。

的浓重的热带蓝天，椰子婆娑轻舞的长叶的掩映又为它增色许多，使得这座人世绝伦的金白朱三色交辉的寺院，更加壮丽。无论那一对金色神像守护着的山门和金边红地的门扉，还是那白色墙壁和成排的白柱顶部垂穗的纤细金色浮雕，这一切都悠然向着金朱二色拥簇着的屋顶和山墙的顶端聚拢，最后在中央部位耸立起光彩夺目的三重宝塔，刺向光辉灿烂的蓝天。这巧夺天工的结构令人心荡神驰。

清显把这种对于美的赞叹，坦率地流露出来，使得两位王子感到欣慰。于是，帕塔纳迪特殿下用他那同柔和的圆脸并不相称的过分锐利而细长的眼睛，仿佛是望着远方，喃喃地说：

“由于我特别喜爱这座寺院，因而在来日本的航海途中，好几次梦见它。只觉得它那金光闪闪的屋顶，从夜色茫茫的大海中央浮现出来，慢慢地展示它的全貌。当然，轮船在不断地驶进，在我看到它的全部姿影的时候，轮船总是已经离它很远很远了。从海水中涌现出来的寺院，在星光中闪烁，望上去宛若一弯出现在海上长空的新月。我站在甲板上向它合掌礼拜，然而总觉得梦境离奇，相距那么远，而且是在夜里，却连那金红二色的纤细浮雕，也都看得一清二楚哩。

“我告诉过库利，说是那寺院似乎追着我们到日本去呢。库利却开我的玩笑，说什么追着我们去的恐怕是另外一种回忆吧。每次我都生气，可现在，我的想法有点儿跟库利一样了。

“为什么呢？就是说，一切神圣的东西，都是由梦和回忆的共同因素构成的。在时间和空间上离开我们的东西，出现在眼前，就会变成一种奇迹。而且，这三者有一个共同的特点，那就是无法用手触摸到。离开触摸得到的东西一步，它就变成神圣的，变成奇迹，变成人世所没有的美的存在。本来，一切事物都具有神圣性，唯因被我们抚摸过，就变成污秽的了。我们人类真是奇怪啊，亵渎我们手指触摸的东西，但是自己内心里却持有着成为神圣的素质。”

库利沙达殿下打断他的话，说：

“昭·彼的话难以理解，其实不过是在讲他离别的情人呀。给清显君看看照片怎么样？”

帕塔纳迪特殿下的双颊似乎泛起了一片红晕，但因皮肤浅黑，并不明显。发现他在踌躇，清显不想叫客人为难，就把话岔开：

“您常常做梦吗？我也在写梦的日记哩。”

昭·彼目光炯炯地说：

“等我学会日语，一定让我拜读啊。”

即便是亲密的朋友，清显也一向没有勇气向他公开自己对于梦的执着，如今却能用英语顺畅地诉诸昭·彼的心灵，于是就更觉得他可亲了。

然而，随后他们的谈话却没什么进展了。清显想从库利沙达殿下那淘气的、滴溜溜直转的眸子去探索原因时，却猜到了那是由于他未曾强烈要求看看那张照片的缘故。昭·彼恐怕是在期待着他这种强烈的要求吧。

“请把追随您而来的梦的照片给我瞧瞧吧！”

等清显终于这么一说，库利沙达殿下又从旁插嘴问道：

“是寺院那张，还是情人那张啊？”

尽管昭·彼嗔怪库利沙达殿下不该作这种轻率的对比，库利沙达殿下还是多事地伸长脖颈，指着取出来的照片，特意解释说：

“江特拉帕公主是我的妹妹，江特拉帕（Chantrapa）就是‘月光’的意思，平常我们管她叫月光公主（Yinn Chan）。”

清显看着照片，意想不到的是，她是位平凡的少女，未免有点儿扫兴。她穿一身镶着白花边的洋装，头上扎了一条白色缎带，胸前垂着珍珠项链，加上那装模作样的表情，说是女子学习院一个学生的照片，恐怕谁都不会感到纳闷。满头秀发微波起伏地披在肩上，虽说为她增添了一种情趣，然而，那两道略显刚强的眉毛，稍微愕然张开的双眼，酷似闷热季节的花朵，还有那干巴巴轻轻翘起的嘴唇，这一切都洋溢着尚未发觉自己的美的稚气。当然，这也是一种美。然而，却活像一只做梦也没想到自己能够飞翔的雏鸟，满怀着一种过剩的温馨的自足感。

“比起她来，聪子可是个强似一百倍、一千倍的女性。”清显不知不觉之中便做了这样的比较，“动辄令我泛起憎恶的感情，岂不是因为她过分地是个女人吗？并且，聪子比这个少女美得太多了，而她**知道**自己的美。她什么都知道。糟糕的是，竟连我的幼稚也都知道。”

昭·彼仿佛从清显那凝视着照片的眼神，感觉到他要把自己的情人夺走，就忽然伸出纤细的琥珀色的手，把照片收回去了。清显看到他手指上闪着绿色的光辉，这才注意到昭·彼戴着华丽的戒指。

那是一只总有两三克拉[1]的大戒指，中间镶嵌着一颗浓绿的四角形翡翠[2]，周围装饰着用黄金精雕细刻的一对半兽形门神的面孔。这么显眼的东西，竟然一直没有察觉，足见清显对旁人是漠不关心了。

“这是我的生辰纪念物。我生在五月，所以月光公主为我饯别，赠给我的。”

帕塔纳迪特说明着，还有点儿含羞的样子。

“戴上这么阔气的东西到学习院去上课，恐怕要受到指责，摘掉吧。”

听到清显这种恫吓的话语，两位王子便开始用本国语言商量起平日要把这戒指收藏在哪里的问题来了。随即又对不知不觉地用起本国语言来这一点，表示歉意，用英语把商量的内容叙说了一遍。清显便说，他可以求父亲找一个可靠的银行，存在那里的金库中。这样，大家的关系就越发融洽起来。库利沙达殿下也把自己女友的一张小照片给清显看了，并央求清显一定要把自己的心上人的肖像给他们瞧瞧。

出于年轻人的虚荣心，清显顷刻之间说出了这样的话：

“日本没有像你们这样互换照片的习惯，最近我一定把她介绍给你们。”

——他自己从幼年时期直到今日的照相册里，是有聪子的照片的，但他无论如何也没有给人家瞧的勇气。

1　一克拉等于二百毫克。

2　翡翠（emerald）是一种色彩浓郁的绿刚玉，象征无穷和清廉，系五月出生的人的诞生石。

此刻他意识到，自己长久以来有着美少年的称誉，饱尝过人们赞叹的滋味，但直到十八岁的今天，在府内这种孤寂的生活中，除了聪子以外，竟然没有一个女友。

聪子是女友，也是冤家，并非王子们意识中的那种单用甘美感情的浓蜜捏成的偶人。清显无论是对自己，还是对包围着自己的人们，都感到恼怒。连“散步”中途，醉酒的父亲那种仿佛流露着慈爱的言语，对于这个孤独而善于做梦的儿子来说，都觉得是蕴含着轻蔑的冷笑。

此刻，他出于自尊心曾经拒绝过的一切，都在反过来伤害着他的自尊心。无论是南国健康的王子们的浅黑皮肤，他们那仿佛尖刀般刺人肌肤的锐利目光，还是那年少的修长纤细而善于爱抚的琥珀色手指，这一切都似在对清显说：

“咦？你都这么大了，连一个情人还没有吗？”

清显无法控制自己的感情，但是竭力保持着优雅的气度，说道：

“最近，我一定把她介绍给你们吧。”

他还想到，要怎样才能向这两位异国朋友夸耀一下她的美貌。

原来，清显经过长时间的踌躇，终于在昨天寄出了充满疯狂侮蔑的信。那信的词句，那刻意修改过几次精心写成的文章，一字一句都深镌在脑膜上了。

信是这样开头的：

您的威吓，使我不得不写这封信，这是我深感遗憾的事情。

接着，他又写道：

您竟然把一个无聊的谜，装成一个非常可怕的谜，未附解谜的钥匙就交给我，弄得我两手麻木，全都变黑了。我不得不对您这样做的感情上的动机，提出疑问。您的这种做法，毫无优美善良的感情，不用说爱情了，竟连友情的一鳞半爪也都无法看到。尽管我对于您所以采取这种恶魔般的行动，对于连您自己也未必明确的深邃的动机，怀有一个相当确凿的估计，然而出于礼貌，我就不讲了。

不过，而今您的一切努力，一切图谋，可以说都已成了泡影。我的心情是着实苦闷的（间接地说，也是托了您的福），但如今已经跨过了人生的一道门槛。偶尔接受家父的劝诱，冶游于花柳之巷，走过了凡是男人都要走过的道路。说老实话，已同家父为我物色的艺妓同眠一夜；也就是说，我已经堂堂正正地享受了社会道德所允许的、一个男子汉的愉悦。

所幸，这一夜使我彻底变了样。对妇女的看法也倏然改变，学会了一种新的态度：把妇女当作持有淫荡肉体的小动物，轻蔑地加以**玩弄**的态度。我想，这一方面是这个社会给予我的绝妙教训，同时也是敝人过去虽然未能赞同家父的女性观，而今却硬是用自身的体验明确地认识到自已是家父的儿子。

您读到这里，也许会用已经永远消逝的明治时代那种因循守旧的想法，以为敝人进步的景况是令人可喜的。也许您会觉得，敝人在肉体上施加于艺妓的轻蔑，会在精神上更加提高对良家妇女的尊敬，而暗自高兴哪。

不！断然不是这样！敝人打那天夜里起（若说是进步，那正是如此），冲破一切向前迈进，终于跑到了渺无人迹的旷野中来了。在这里，不管是艺妓和贵妇人，还是良家妇女或行家里手，没有教养的女人或青鞜社[1]的女人，一切的一切都没有区别。在这里，每一个女人，都不过是惯于说谎的“持有淫荡肉体的小动物”。其余的，就都在于化妆，都在于服饰。虽然是难以启齿的事情，但也必须说清楚，而今敝人也只能明确地把您看作是“One of them”[2]了。请您明白，您在幼年时代就了解的那个老实纯真、好对付、很容易充作玩具的可爱的“清少爷”，已经永远地死去了……

——还没有到深夜，清显却匆匆地道过“晚安”离开了房间，这似乎引起两位王子的诧异。当然，清显绅士派头十足，保持了繁缛的礼节，细致地检点了客人的被褥及其他用具，并

1　十八世纪中叶，伦敦有些上层社会妇女时常邀请文人和对文学有兴趣的贵族举行闲谈会，这些妇女被称为蓝袜子。十八世纪以后，英国出现了从事妇女参政运动的青鞜派。青鞜社，参看第一三一页注1。

2　英语，意思是：“她们当中的一员。”

询问过客人的要求等等，然后才彬彬有礼地退了出去。

“在这样的时候，我为什么竟没有一个贴心人呢！”他沿着洋房通到正房的长廊拼命跑去，这么思索着。

这当儿，脑海里几次涌现出本多的名字，然而他对友情的僵化的观念，把本多的名字抹杀了。走廊的窗子被夜风吹响，一排漫长的灯火闪动着昏暗的光。他担心这么气喘吁吁地奔跑，会受到什么人的责怪，便喘着大气在走廊的一个角落里站住了。他把胳膊肘靠在一排万字形雕花的窗框上，装作望着庭园的样子，实际上是努力想把自己的思绪清理一下。不同于梦境，现实是多么缺少可塑性的素材呀。不需要朦胧缥缈的感觉，而是要获得一种切实的思想，能够像一粒精巧地凝缩起来的黑色药丸那样，吃下去马上就会发生效力。然而，他所深刻感到的却是自己的软弱无力。他从暖烘烘的房间走出来，方始感到走廊的寒冷，打起寒噤来。

他把额头伏在窗子那风声作响的玻璃上，望着庭园。今夜没有月亮，红叶山和湖心岛合成一个黑块儿，只能朦朦胧胧地望见走廊的昏暗灯光照得到的地方，寒风吹拂着湖水泛起的涟漪。他仿佛觉得甲鱼正翘起头来窥视着自己，不禁毛骨悚然。

回到正房，刚要上楼走进自己的房间，却在楼梯口上遇到了学仆饭沼，清显脸上泛起难以言状的愠色。

“客人已经安歇了吗？”

“嗯。”

“少爷您也就歇息吗？”

“我还要用功呢。”

已经二十三岁的饭沼，是一个夜间大学毕业班的学生。此刻像是刚刚下学回来，一只手夹着好几本书。他的面孔眼看着失去风华正茂的光彩，增添了几分悒郁的神色；还有那暗色衣橱般的巨大躯体，使清显望而生畏。

清显回到自己的房间，也没点燃炉子，只觉得寒气阵阵，令人坐立不安，涌现在脑海里的思绪一个个打退了，却又扑了回来，奔腾不止。

“无论如何，也得尽快下手。可是已经来不及了吧？尽管已给她写了那样的信，但是我必须在几天之内，千方百计地把她当作亲密的情人介绍给王子们。而且最好采取让人们感到自然的方法。”

椅子上散乱地放着没来得及读的晚报。清显随手打开一张，发现帝国剧场上演歌舞伎[1]的广告，这使他忽然想出了一个主意。

“对了！带领王子们到帝国剧场去好了。况且昨天发出的信此刻还不会到，也许大有希望。跟聪子一起去看戏，父母当然不会允许的，但可以装作是偶然相遇的。”

他冲出房间，跑下楼梯，直奔正门门厅旁的电话室。这之前，他没忘记察看一下门厅旁的学仆房间，只见那里闪出灯光来，饭沼像是还在学习。

清显抄起话筒向接线员说明号码。只觉得情绪激动，方才那种孤寂的感觉消逝得一干二净。

“是绫仓公馆吗？请问聪子小姐在家吗？”

1　歌舞伎是日本的一种古典剧。

他向着一位耳熟的老妪的声音问了一句。接着，从遥远的麻布地区的夜的那边，传来了非常郑重而并不高兴的声音：

“您是松枝府上的少爷吗？非常抱歉，请多谅解，现在夜已经深了。”

“已经睡了吗？”

“不……是这样，我想小姐还没有安歇，不过……”

由于清显态度强硬，终于请聪子来接电话了。她那愉快而清脆的声音，使清显感到幸福。

“清少爷，您有什么事儿呀，都这时候了。”

“说实在的，昨天给您发了一封信。关于这，我有个请求，就是请您收到后，绝对不要拆看，立刻就烧掉。请您答应我吧。”

“不知道您指的是什么……”

聪子对任何事一向都采取暧昧态度，她的语气乍听起来是平和委婉的。可清显早就发现她又在故态复萌了，从而感到焦急。即便这样，聪子的声音在这冬日的寒夜里，听起来却酷似六月的杏，成熟得恰到好处，掂量着沉甸甸的，感觉暖乎乎的。

“正因为如此，才请您什么都别说，信一到，绝对不拆开就投到火里去！”

“是的。”

“就这样约定了？”

“约定了。”

“另外，我还有一个请求……”

“清少爷，今晚您的请求可真多呀。”

“请您买上后天帝国剧场的票，到时候带着老女侍蓼科到剧场来啊。”

“哟……”

聪子的声音断了。清显还担心聪子会拒绝，然而他很快就发觉自己想错了。从绫仓家当前的经济情况来看，恐怕像这种每人要花两元五角钱买票的事，也都不会那么从容了。

“对不起，戏票我派人给您送去。座位安排在一起会引起人们的闲话，就买上离开一点儿的座位吧。我是招待暹罗国的王子去看戏的。”

“哟！多谢您这么亲切周到。蓼科一定会高兴的，我将愉快地前来拜见您。”

聪子坦率地表现出内心的喜悦。

七

本多在学校也受到清显的邀请。他听说是明天要陪两位暹罗王子到帝国剧场去看戏，只觉得有点儿受拘束，但还是愉快地答应下来。当然，清显并未向友人明说会在那里偶然遇到聪子的事。

本多回到家里，用晚餐的时候，也把这件事跟父母说了。父亲对于所有的戏剧通通不感兴趣，但觉得儿子已经十八岁，不应该限制他的自由。

本多的父亲是大审院[1]的法官，住在本乡一带。官邸里有不少房间，里面也有明治时代风格的西式房间，总是洋溢着谨慎正直的气氛。学仆也有几个，书库和书房全是书籍，连走廊都摆着暗色革脊上烫着金字的精装书。

母亲也是个缺乏风趣的女人，担任着爱国妇女会的委员。她觉得松枝侯爵夫人一向对这个组织的活动采取消极态度，为此，她看着儿子同侯爵夫人的儿子过从甚密，并不称心。

1　大审院是明治宪法规定的最高法院。

然而除了这一点，本多繁邦无论是学校的成绩、在家里的学习态度、健康状况，以及日常的行为、礼节，都是一个无可挑剔的好儿子。所以，她自己心满意足，逢人总是夸耀自己教育有方。

这个家庭的一切物品，甚至连最细小的家具什物，都具有规范性。从门厅栽在盆里的松树，仅仅写有一个“和”字的屏风，客厅里的成套烟具，直到带穗的桌布等自不必说，连厨房里的米柜，厕所的毛巾架，书房的笔盘和镇纸之类的用具，都具有难以描述的规范性形式。

就是家里的谈话内容，也莫不如此。在朋友的家中，往往有那么一两个老人，常常说些有趣的故事。比如说，打窗子里望见了两个月亮，就大声叱咤，一个月亮就现了狐狸的原形逃掉了等等。说的人一本正经，听的人十分当真。然而，本多家却在这种风气还盛的时候，就一切看家长严峻的眼色行事，即使是老女侍呢，也都禁止她们谈论这种蒙昧的话。这位家长曾在德国留学多年，学习法律学，他信奉德国式的理性。

本多繁邦常常把松枝侯爵家和自己的家做着比较，觉得有趣。侯爵家过着西式生活，家里的舶来品数不胜数，家风却出人意料地守旧；自己的家过着日本式的生活，精神上西方的气质却占上风。父亲对待学仆的态度也与松枝家迥然相异。

本多那天晚上照例做完第二外语法语的预习，先行准备将在大学学习的知识。同时，为了满足自己对一切事物都喜欢追本溯源的性格和兴趣，又广泛地翻阅了从丸善书店函购的法语、英语和德语的法典解说之类的书。

自从听了月修寺门迹的说法，他就不由得开始对自己一向感兴趣的欧洲自然法[1]思想，觉得不足了。这种思想，从苏格拉底起通过亚里士多德，根深蒂固地统治着罗马法，到了中世纪又由基督教精密地加以系统化，甚至在启蒙时代又一度被称为自然法时代，盛极一时。如今，虽说暂且处于低潮时期，但是，两千年来每逢时代变迁，思潮起伏之时，它就得到复苏，披上新的外衣。世界上再没有像它这样拥有永不熄灭的生命之火的思潮了。这恐怕是因为它保持着欧洲理性信仰的最古老的传统之故。然而，也正是由于这种思想的强大而有韧性，本多才不能不思索这种明朗人道主义的阿波罗神似的力量，一直受到黑暗势力威胁的两千年的历史。

本多又想，岂止是黑暗势力的威胁，即便是亮光也要受到比自己更令人头晕目眩的光明的威胁；而且由于一种洁癖，往往会不断地排除那种比自身更加光明的思想。那种蕴含着黑暗的更加强烈的光明，恐怕是终于未被法律秩序的世界所容纳吧？

尽管这么说，本多并非受到了十九世纪浪漫派的历史法学派，或是民俗学的法学派思想的束缚。明治时代的日本，要求的毋宁是由这种历史主义产生的国家主义的法律学，然而，他却反其道而行之，把自己的脸转向法的根本——普遍的真理。唯其如此，他也倾心于现在并不流行的自然法思想，近来渴望了解法的普遍性所能够包容和摄取的极限。因此，他喜欢怀着一种真挚的幻想，在这样一种领域中奔驰：假如法能够逾越希腊时代以来的人生观制约的自然法思想，迈进更广阔的普遍真

1　自然法，由来于自然，古今中外都能适用的法律。

理（假设有这种真理），法本身也许就会在这个未知的领域里崩溃。

千真万确，这是青年人往往怀有的危险思想。然而，那明亮大地上悬浮在空中的几何学的建筑物的影子，清晰地落在罗马法的世界，以及自己正在学习的近代实定法的背后，呈现屹立不动的姿态。当本多对此感到厌腻以后，一个很自然的倾向，就是偶尔想摆脱明治时代日本至今尊奉的继承法的压迫，把眼光投向亚洲别处的更广阔、更古老的法的秩序。

丸善书店恰好送来了L. 德隆相的《摩奴法典》[1]法译本，他想可能会对自己的疑问给予满意的解答。

《摩奴法典》大概是在公元前二百年到公元二百年之间集大成的印度古法典的大宗，在印度毗湿奴教徒中，至今依然保持着法的生命力。它总共十二章，二千六百八十四条，包括宗教、习俗、道德和法律，浑然形成一大体系。它从宇宙的起源说起，直到关于盗窃罪和继承权的规定。这种亚洲式的混沌世界，同基督教中世纪自然法学那种宏观世界与微观世界秩序井然的照应所形成的体系，着实地表现出鲜明的对照。

然而，一如罗马法关于诉讼权，立足于没有救济权利便无权利这种同近代权利概念相反的思想；《摩奴法典》也在关于国王和婆罗门僧侣在法庭上的庄严仪表的规定之后，把诉讼事件的内容限制在负债不还及其他十八个项目之内。

---

1 《摩奴法典》，古印度有关宗教、哲学和法律的汇编之一。传说它由人类始祖摩奴制定，故名。它系传统上被认为最具有权威性的印度教法典，是研究古印度社会历史的重要资料。

本多发现，连这种枯燥无味的诉讼法，也有其独特的丰富多彩的形象性描写。例如国王在审案的时候，为了弄清事实真相，作了“正如猎人沿着血迹来寻觅负伤之鹿的巢穴”的比喻；又如在列举国王的义务时，把国王赋予王国的恩惠，比作“恰似因陀罗[1]在四月的雨季，使天降甘霖”等等。本多受到这些段落的魅力的感染，终于读到既可以说是奇特的规定，也可以说是宣言的最后一章。

西洋法的定言命令，始终以人类的理性为基础，而《摩奴法典》则提示了理性所无法衡量的宇宙法则，也就是说，它非常自然而轻而易举地提示了“轮回”问题，并使人相信这乃是天经地义的。

“行为生于身体、语言和意念，也产生善或恶的结果。”

“心灵在现世同肉体关联，有善、中、恶三种区别。”

“人们由心灵承受心灵之果，由语言承受语言之果，由身体承受身体的行为之果。”

“人们由于身体行为的错误，来世转生为草木；由于语言的错误，转生为鸟兽；由于心灵的错误，转生为下等的阶级。”

“对所有的生物，能在语言、意念和身体三个方面坚持抑制，又能够完全抑制爱欲和愤恨者，就能有所成就，即获得终极的解脱。”

“人们必须正确地运用自己的睿智，看清个人灵魂的归趋

1　因陀罗是婆罗门教、印度教的神名，原为雷雨之神，后发展成为战神，最后被尊为“世界大王”。摘引自《宗教词典》第四〇六页，任继愈主编，上海辞书出版社，一九八一年版。

是否以法为依据，始终将意念倾注于法的获得。”

这里，也如同自然法一样，法与善业形成了同义语。然而，它们却在下面这一点上有所不同，那就是以所谓悟性为基础，无论如何都难以掌握的轮回转生。从另一方面来说，也许这并非是诉诸人的理性，而是一种关于因果报应的恫吓，比起罗马法的基本理念来，可以说是对于人性缺乏信赖的一种法的理念。

本多不想再沉浸到古代思想深渊的黑暗底层去深入探索这个问题。他却发现了一个新问题，这就是身为一个法律学学生，虽说是站在立法的立场，无论如何也不能摆脱对现行实定法的怀疑和负疚的感情。目前的实定法烦琐的黑色框框和重复曝光般的模棱两可性，常常需要自然法的神的理性和《摩奴法典》的根本思想。譬如说，它们必须视野极其广阔，既能展望那白日清澄湛蓝的长天，又能透视群星灿烂的黑夜幽深的青空。

所谓法律学，真是一门奇特的学问！历来它就是一个贪婪无度的渔夫，他撒开的一张大网，网眼极为细密，能够把琐碎的日常行为一网打尽，同时又能扩展开来，把星辰密布的天空和运行着的太阳网罗其中。

他一心只顾读书，不觉夜已深沉。他心想要赶紧睡觉了，否则明天带着一张睡眠不足、不开心的面孔，去应清显之邀看戏，是很不礼貌的。

每逢想起这位美貌而神秘的朋友，他就担心自己将如何单调地度过青春期，而顿时会浑身战栗起来。他还精神恍惚地想起另一个同学自诩地对他说，曾经在祇园的一家酒馆里同众多的艺妓，卷起棉坐垫，当作橄榄球来玩过。

本多还想起了今年春季发生的一段插曲。对本多一家来说，可算是惊天动地的大事，但在一般人看来，却是极为平常的事情。那一天，在日暮里的菩提寺举行了祭祀祖母逝世十周年的法事，参加祭祀的亲戚们，后来都聚集在本多的家里。

繁邦的从堂妹房子，在客人中最年轻，最漂亮，最活跃。在本多家这种暗淡的空气中，竟然飘荡起这样一个姑娘的高朗的笑声，甚至给人一种新奇的感觉。

虽说是办法事，由于对故人的记忆早已淡薄了，倒是久别重聚的亲戚之间愉快的谈话滔滔不绝。与其说是追忆死者，不如说争先谈论着自家年幼的新生一代。

三十多个客人，在本多家的各个房间里转来转去，看到每个房间里都摆满书，大为惊讶。于是有几个人提出要看看繁邦的书斋，便上楼来，翻弄着他那张写字台边角上的书籍。慢慢地人走开去，只剩下了繁邦和房子两个人。

他俩坐在靠墙摆着的皮面长沙发上。繁邦穿的是学习院的制服，房子却是一身盛装——紫色长袖和服。大家都离去以后，二人就显得拘谨起来，房子那样的高笑声也消失了。

繁邦本想请房子看看相册之类的东西，偏偏没有那样的东西。而且，看上去房子好像突然有点儿不大高兴了。繁邦不喜欢房子那精力过剩的身体、不断的尖声朗笑，还有那种对待长她一岁的繁邦含有揶揄气味的口吻，以及许许多多不够稳重的举止等等。房子身上虽然蕴含着盛夏大丽花般浓郁炽热的美，他却暗想：自己决不会娶这种类型的女人做妻子。

“累啦。嗯，您不累吗，繁哥？”

话音儿刚落，房子那系着腰带的隆起的胸部，宛若一堵墙壁突然坍塌下来，将脸伏在繁邦的双膝上。繁邦立刻闻到一股浓烈的香气，感到一种沉重的压力。

繁邦感到困惑，低下头去望着腿上那沉重而柔软的负荷。仿佛就这样过了好长时间。繁邦觉得自己没有力量改变这种处境；同时，房子把自己的头偎在从堂兄那穿着藏青哔叽裤子的腿上，看着好像也就不想再动弹了。

这时，纸隔扇被拉开来，繁邦的母亲和伯父伯母冷不防走进来了。母亲的脸色变了，繁邦感到心惊肉跳。房子却慢腾腾地转过脸去，非常疲倦似的抬起头来。

“我太累了，头痛呀！”

母亲是爱国妇女会的一位热心的委员，她用忠于职守的护士般的口吻说：

“啊！那可不行，给您点儿药吃吧？”

“不，还不到吃药的程度。”

……以后，这段插曲就在亲戚中成了话题，幸好瞒住了父亲，繁邦只挨了母亲一顿狠狠的申斥。房子呢，从那以后就再也不能到本多家来了。

然而，本多繁邦却始终未能忘怀那时自己的双膝体验到的炽热而沉重的感觉。

回想起来，那时本来是房子的身体、服装和饰带的重量，全都压在自己腿上的，然而感觉到的却仿佛只是美丽而蕴含着复杂感情的头部的重量。他感到女人那被浓密的头发覆盖着的头部，酷似一尊香炉压在自己的腿上，而且透过藏青哔叽的裤子在不断地燃烧。那种热度，宛若远方火灾般的热度，究竟是一种什么样的存在呢？原来房子是在用一种陶器中的火，诉说着一种难以形容的过度的亲热。不过，那头部的重量，却近乎一种严酷而蕴含着嗔怪感情的重量。

房子的眼睛呢？

她侧着伏在膝上，本多低下头来就近看到她的眸子，只觉那眸子夹在微张着的眼睑中间，仿佛是一滴乌黑的小水珠，停在那里，湿润而柔弱，一碰就会破裂的样子；又宛若一只轻盈的蝴蝶暂且停在那里，那长长的睫毛的闪动，活像蝴蝶的翅膀，那瞳仁闪映着翅膀的奇妙的斑纹……

它是那么没有诚意，近在咫尺而又那么漫不经心，仿佛立刻就要飞去，既不安定，又在浮动；酷似水平仪玻璃管中的气泡，从倾斜的位置移到平衡后的中间来，从茫然自失又转为聚精会神……繁邦还从未看到过这样的眼睛。

那绝不是卖弄风情。看上去只会觉得她那眼神，远比方才说说笑笑的时刻令人感到孤独，在毫无意义地准确地反映着内心的惶惑和茫然。

同时，那眼神中扩散出的甚至令人感到迷惑的甘美和温馨，也决不属于故作娇态之类的卖弄风情。

……那么，那种几乎是无限接近地长时间无处不占据的东西，究竟是什么呢？

八

从十一月中旬到十二月十日之间，帝国剧场上演的节目，不是走红女演员的话剧，而是梅幸和幸四郎等的歌舞伎。清显觉得这适于给外国客人欣赏而选定。不过，他对歌舞伎也并不太熟悉。这次演出的剧目《平假名盛衰记》[1]和《连狮子》[2]，也是他没有听惯的。

他邀请本多同来观剧，似乎也是出于这个原因。本多利用午休时间，早已到学校图书馆查阅了这些剧目的资料，做好了向暹罗王子们进行讲解的准备。

当然，王子们观赏异国戏剧，不会有比好奇心更高的要求。当天下课后，清显立刻就把本多带到家中，把本多介绍给王子们。本多用英语把戏的情节做了简要的说明，看来王子们并没怎么用心听。

---

1 《平假名盛衰记》是取材于《源平盛衰记》的历史剧，以木曾义仲战死和一谷会战为背景，描写忠节之武将及其恋爱的故事。

2 意为两代狮子，主要表现的是两代狮子的歌舞伎剧。

清显对于友人的忠实和认真精神，既感到一种负疚又怜悯地笑了。本来，对任何人而言今晚的节目本身并不是宏伟的目标。但是由于担心聪子万一会毁约，已经拆阅了那封信，清显弄得心不在焉。

管家前来报告，马车已经备好。套在车上的马仰首向着黄昏的天空长啸几声，鼻腔里喷出白色的气息。冬季，马身上的臭气减弱，那蹄铁踢着冻地的声音却更加清脆了。在这样的季节，马身上那种受到束缚的骁健的力量，一旦得以施展，便使清显感到喜悦。疾驰于嫩叶丛中的马，无疑是一种活生生的野兽；然而，当那马在奔驰中冲破风雪的时候，它就同白雪融为一体，朔风又会把马的形象包容在冬日的旋荡着的气流之中。

清显喜欢马车。尤其是在心神不定的时刻，马车的摇晃，会把这不安所独有的奇特而执拗的准确旋律打乱，而且又能最为接近赤裸的马屁股甩动着的马尾巴，感觉到马鬃的耸立和马咬牙时垂下来的唾沫丝儿。清显喜欢同时感受到这种兽性力量和车内的优雅气氛。

清显和本多内着制服，外穿大衣；王子们却邪邪乎乎地穿了皮领大衣，一副寒冷的模样。

“我们俩怕冷。”帕塔纳迪特殿下以思虑过度的眼神说。“我曾吓唬过一位留学瑞士的亲戚，说那儿冷得厉害，可万没想到日本竟然这么冷啊！”

跟王子们已经很熟悉的本多安慰他们道：“很快就会习惯的。”

街上走着穿了无袖长外套的人们，店铺前年末大甩卖的旗帜早早就随风翻舞着了，王子们询问是什么节庆的活动。

这一两天来，王子们的眼睛周围仿佛涂了一层青色的眉黛，漂浮着一抹乡愁。这反而给活泼而有些浮躁的库利沙达殿下增添了几分风情。当然，这一切并非任性的表现，比如说无视清显的招待；然而，清显却时刻觉得他们的灵魂已经出了壳，漂荡在大洋深处了。那说不定是件快事，因为整个儿被闭塞在肉体之中而毫不波动的心灵，在他看来乃是令人忧郁的。

日比谷的护城河畔，较早地降下了冬日黄昏的帷幕，帝国剧场那白色砖砌的三层楼房已经幢幢地出现在眼前。

当他们走进剧场时，开场的新编戏正在上演。清显发现在自家座位斜后方两三排的地方，聪子正同老女侍蓼科并排坐在那里，瞬息间用目光致意。聪子到那儿来了，以及她一霎时发自内心的微笑，使清显觉察到一切已经被宽恕了。

这一幕表现的镰仓时代武将的奔驰冲撞，在清显那双已经为泪珠湿润了的眼睛看来，都是影影绰绰地表现着自己的幸福感。他那从不安中解脱出来的自尊心，只觉得舞台上的表演完全都是自己的雀跃心情。

"聪子今晚比平日更漂亮。她来时绝对没有忽视化妆。看她那姿态，不正是我所期待的吗？"

清显不止一次地寻思着，不能回头去看聪子，而只在背后不断地感受着她的美，这处境是多么符合自己的愿望啊！心安理得而又丰盈优雅……一切的一切都是天意的绝妙安排。

今宵，清显所企求的唯有聪子的美，这是从未有过的事。回想起来，清显也从未单单把聪子看作是美丽的女人。清显只是感到，表面上她尽管未曾试图向他进攻，然而，她却是藏着针的丝绸、隐蔽着粗糙衬布的锦衣，而且不管他的心意如何一直爱着他。因此，清显总是把她当作一个平和的对象，决不让她占领自己的心灵；紧紧地关闭心灵的门扉，不让只顾焦急升起的朝阳的含有尖锐批评的光芒，从缝隙中透射进来。

幕间休息了。一切都极其自然地发展着。清显首先低声告诉本多，聪子也偏巧前来看戏了。本多用眼睛往后面瞄了一下，可以清楚地看出他并未相信这种偶然性。望着他这种眼神，清显反而安下心来。这种眼神真诚地说明，这位并不苛求诚实的友人，表现了清显所希望的友情。

人们熙熙攘攘地从彩灯下面走过，聚集到能够直望对面护城河和石垣夜色的窗前来。清显一反常态，兴奋地把聪子介绍给两个王子。当然，他并非不能采取冷淡的态度，只是从礼节上考虑，他模仿王子们谈到情人时那种儿童般热情的神情。

这时，他之所以能够活灵活现地模仿别人的神情，活像发自内心，毫无疑问，乃是由于他目前正在心旷神怡而感到自适的缘故。当然，他本来的感情是忧郁的，离开这种感情越远，也就越会感到自适。这是为什么呢？就是因为自己丝毫也不爱聪子。

老女侍蓼科恭恭敬敬地退避到大厅的柱子后面去，把绣着梅花的衣领掩得紧紧地，表示出决不对外国人坦诚相见的决心。正因为如此，她并未高声为招待自己的女主人看戏一事向清显道谢，这使清显感到满意。

在美貌女子面前立刻会快活起来的王子们，立即发觉了清显介绍聪子时的那种奇特的语调，昭·彼做梦也没发觉清显是在模仿自己的素朴的热情，反而从他那里第一次看到了坦率自然的青年人的本色，从而感到亲切。

聪子尽管全然不懂外国语言，却在两位王子面前表现出不卑不亢的高雅风度，这使本多深受感动。处在四个青年包围之中的聪子，舒适地穿着一身京都风格的三层窄袖便服，仿佛是一枝亭亭玉立的鲜花，华贵而又蕴含着一股严肃的气质。

王子们相继用英语向聪子问话，清显担任翻译。这时聪子那宛若征求赞同而向他发出的微笑，过分出色地起着作用，这又使清显陷入不安。

“她确实没有拆读那封信吗？”

不，假若读过，就决不会采取这样的态度。首先，根本就不会到这儿来。通电话时，那封信还没到，乃是确实的；然而，抵达之后是否依然没有拆读，那就没有确凿的证据了。总而言之，只要问问她，就会得到“没有读”的答复，但是，清显就是没有这么做的勇气，于是他很生自己的气。

同时，他又不禁开始谛听聪子的话语声，注视她的表情，仔细观察有没有不同于前天那种愉快明朗态度的明显变化。他心中又开始嘀咕起来了。

聪子的侧脸，看上去长着冷漠而又不那么高、犹如象牙雕刻的形象完美的隆鼻，双眸眼波流动，忽明忽暗。一般往往被视为下品的眼波流动，在她脸上却略为悠缓，语尾紧接着微笑，微笑平息的关头随即传来的又是二目的秋波，所有的表情都蕴含在优雅的流动之中，谁看到她，都会感到愉悦。

她那偏薄的嘴唇，也隐藏着优美的弹性，嫣然一笑闪露出来的皓齿，闪动着彩灯的余波，柔润的口腔飘动着圣洁的气息，然而，她却随时抬起那柔细的手来把它掩住。

王子们过分的恭维，通过清显的翻译，使得聪子耳朵泛起红晕。那双秀发下面微露形迹的耳垂，那给人以清爽感觉的嫩肉，很像一滴水珠。不过，到底是由于羞怯而泛起红晕呢，还是本来就涂了红胭脂，清显一时难以分辨。

但是，她那双眸子的眼波之光的强烈，却是丝毫无法隐藏的。那里依然蕴含着使清显感到害怕的奇特而能够射穿一切的力量。这才是果实的内核。

《平假名盛衰记》开演的铃声响了。大家回到自己的座位。

“我来到日本后所看到的女人中，她是最漂亮的，你多么幸福啊！”

在并肩走过甬道进场时，昭·彼低声说。此时，浮泛在他眼睛周围的乡愁已经消逝了。

九

松枝府的学仆饭沼，在六年多的工作中，发现自己已经消磨了少年时代的锐志，容易动怒的气势也已衰退；不同于往日之怒气的是，又泛起一种冷漠的愤怒，整日无所事事，冷眼观察着一切。使他发生这种变化的当然是松枝府的新家风了，但根本的原因，还是来自才十八岁的清显。

这位清显，在即将来临的新年，就十九岁了。帮助他以优秀成绩从学习院毕业，然后再让他在二十一岁的时候进入东京帝国大学法学系，饭沼的职务就告终了。然而，令人费解的是，侯爵对于清显的学习成绩，要求并不那么严格。

如果照这么下去，是没有把握考进东京帝国大学法学系的。而凡是学习院毕业的华族子弟都可以免试入学京都帝大或东北帝大。清显的成绩经常在平庸的水平线上浮动着。他既不使劲努力用功，又不投身于体育活动。假若清显成绩卓著，饭沼也会沾光，有可能受到同乡的赞扬，因此，起初饭沼还为此着过急，后来也听其自然了。明摆着的事实是，清显不管怎么折腾，将来至少也必定会成为贵族院议员。

这位清显，在学校同成绩接近首位的本多要好，本多同他虽是那么亲密的朋友，却未给他任何良好的影响，而且毋宁说是站在赞美清显的一边，同他进行着阿谀奉承式的交往，这使饭沼感到恼火。

不用说，饭沼这种感情中包含着嫉妒的成分。本多呢，作为学友，不管怎么说也能够顺理成章地站在承认清显的现状的立场上；但对饭沼来说，清显本身，便是时刻伸在他鼻子前面的美妙失败的证据。

清显那美貌，那优雅，那性格的优柔寡断，那朴素感的缺乏，那对努力的放弃，那耽于梦幻的心性，那姿态的美好，那优美的青春，那柔嫩的肌肤，那梦一般的长睫毛，都在不断地绝妙地毁坏着饭沼曾经有过的企求。这位年轻主人的存在，使他不断地谛听着咯咯的嘲笑声。

这种挫折的咀嚼和失败的剧痛，久而久之，便会使人产生一种近似崇拜的感情。每逢听到旁人责难清显的议论，他就会火冒三丈。同时，他自己也会出于悖理的直感，去理解这位年轻主人无可救药的孤独。

清显动辄要摆脱饭沼，必定也是由于看穿了饭沼心灵深处常常过分地蠕动着这种饥渴的缘故。

在松枝家众多的用人中间，在目光中表现出这样无礼而又明显的饥渴者，只有饭沼一个人。

“恕我冒昧，那位学仆恐怕是个社会主义者吧？”

当一位客人看到他这种目光，发出这样的疑问时，侯爵夫人马上就朗笑起来。因为他的经历和平日的言行，以及天天去家庙参拜等等，夫人都知道得很清楚。

由于失去了说话的对象，这位青年，每日清晨必然要到松枝府的家庙里去拜谒，在心灵深处同今生今世未得相逢的伟大的先祖对话，这已是持之以恒的日课了。

在先前，只不过是赤裸裸地倾诉内心的愤怒，而今则随着年龄的增长，终于变成了由于漫无涯际的巨大不满——几乎把整个世界都覆盖起来的不满——而发出的控诉。

清晨，他比任何人都起得早。漱洗完毕，他穿好藏青地碎白花纹的和服，系上小仓裙裤，朝着家庙的方向走去。

穿过正厅后的女佣房间门前，走进丝柏树林中的小路。霜柱冻胀的地面，木屐的屐齿踏上去，就出现白霜闪烁的莹洁的断层。丝柏的茶色老叶夹杂着干巴巴的绿叶，冬天的朝阳宛若一块白纱撒落下来，就连饭沼呼出的白色气息，都使他感到净化了自己的心灵。小鸟的鸣啭毫不停歇地从清晨淡蓝的天空中传到地面上来。凛冽的寒气一阵阵地侵袭着胸部的肌肤，使他心潮澎湃，使他哀叹："为什么不能陪着少爷一起来！"

这种男子汉的豪爽感情，竟然从未对清显有所启示，一半是饭沼的过错；没有力量拉着清显来进行清晨的散步，一半也是饭沼的失误。六年之间，他连一个"良好的习惯"也未帮助清显养成。

走过一面慢坡，登上平缓的丘陵，树林也到了尽头。这里是一片枯黄的草坪，一条铺了大粒沙砾通向庙堂的甬道从草坪中央伸展开去。甬道尽头，有祭祀的祠堂、石刻的灯笼、花岗岩牌坊和石阶下面的一对炮弹等，在朝阳的照耀中显得井然有致。清晨，这里的气氛，与松枝府上浮荡于正房和洋房那种奢侈气氛迥然不同，洋溢着简单洁净的氛围。饭沼仿佛是走进了用崭新的白木制成的房间，心旷神怡。他在孩提时代受到熏陶的美和善的东西，在这个府第中只有在死的边缘才能找到。

登上石阶，站定在庙堂前面，他隐约地望着胸部红黑色的小鸟拨乱了常绿树的光影，发出清脆的叫声，在眼前翔舞，仿佛是一只鹟鸟。

“先祖有灵！”饭沼同往常一样，双手合十，心中暗诉：“时代的变迁，为什么会成了现在这个样子？青春的活力、雄心和朴素之风，为什么会衰弱下来，变成了这么无情的世界？您杀过人，也险些被人杀掉，越过所有危险境地，创造了新的日本，登上不愧于创世英雄的宝座，掌握了一切权力，最后无疾而终。如今，怎样才能复苏您生前的那个时代呢？这个软弱而悲惨的时代到底要延续多久呢？不，这也许是刚刚开始吧？人们只晓得追求金钱和女人，男人们已经把男人之道抛在脑后。圣洁伟大的英雄和神祇的时代，随着明治天皇的驾崩，已经一去不复返了。像那样使得青年的精力全部发挥出来，起了巨大作用的时代，是否不会再来了呢？

“这个时代到处都开了叫作咖啡店的玩意儿，招徕顾客。由于电车中男女学生的风纪不佳，而专设了女性专用车厢。人们都已失去那种全力以赴的热情，只能抽搐末梢神经，摆动女人般纤细的指尖。

“这到底是什么缘故？为什么会出现这样的世道，所有纯洁的东西都变成了污秽一团。我所侍奉的您的贤孙，已经是这个脆弱时代天赐的产物，我已无能为力。只能以死来尽到我的责任吗？抑或是您先祖有灵，出于高深的旨意，特意要使时代变成这样，而精心安排的呢？”

饭沼忘掉了寒冷，只顾热衷于心灵的对话了。藏青地碎白花纹和服的领口露出富于男子气概、长着黑毛的胸脯，他悲痛自己没有那种能与自己纯洁心灵互相呼应的肉体。另一方面，他又觉得清显尽管生得一副清秀白嫩而优美的肉体，却缺少一颗男子汉所应具备的爽朗而朴素的心。

饭沼在这种虔诚的祈祷中，感到全身发热，包容着凛冽晨风的裙裤里面，忽然两胯之间勃然而动。于是，他便从庙堂地板下面取出扫帚，发疯似的扫起地来了。

十

新年伊始，饭沼被叫到清显的房间里去，聪子家的老女侍蓼科已坐在那里。

聪子已经前来拜过年。今天蓼科独自前来拜年，送来了京都产的生面筋，顺便悄悄地来到清显这里。过去，饭沼对蓼科已有些了解，这回却是首次被引见，但不知道引见的目的。

松枝府上的新年是盛况非凡的。鹿儿岛的几十名代表，年初就来到这座旧藩主的官邸松枝府上，在黑色格子天井的大厅里，受到星冈年菜的款待，饭后还上了乡下人难得尝到的冰激凌和白兰瓜，因而远近驰名。今年却由于为明治大帝服丧，只有三个人晋京。其中有一位是曾经受到先祖青睐的中学校长，饭沼就是他那个中学毕业的。每年饭沼在接受侯爵赐酒时，侯爵总是当着校长的面说：“饭沼干得很好。”今年也不例外，校长对此表示谢忱的话，也如同盖在纸上的图章一般，与往年一模一样，然而今年这种定型的仪式，人数少当然也是个原因，饭沼觉得有名无实，空洞而徒具形骸。

前来给侯爵夫人拜年的女宾席，饭沼当然是从来就必须回避；同样，女宾之中即便是年纪大的，前来少爷的书斋作客，也是异常的。

蓼科身着染有家徽、下摆带花纹的黑色礼服，端坐在椅子上，饮过清显飨客的威士忌，已入微醺境界。她那梳结整洁的白发下面，按照京都风格涂了厚粉的白色前额，仿佛是白雪覆盖下的红梅，泛起了酩酊之色。

他们在谈西园寺公爵的事。蓼科立刻把眼光从饭沼身上移开，又回到这个话题上去：

“据说西园寺先生打五岁就爱好烟酒。将军府第对于子弟管教严格。公卿贵族嘛，您也知道，从小时候就放任成长，不加干涉。这么说是因为孩子一降生就授予五位，就仿佛是在扶养天皇的臣子，家长对天皇持敬畏态度，于是对自己的子弟也就不能严格了。然而，在公卿府上，关于天皇的情况，一切均守口如瓶；一如诸侯那样，在家族之间，决不公开地议论皇室的事情。正是为了这个，我家的小姐们，也是敬畏圣上的。当然，并不会连对外国的国王也都要采取敬畏态度的。”

蓼科对于清显招待暹罗王子们表示了讽谏之意，随即她又连忙补充说：

“当然，托福进了久违了的戏园子，简直觉得仿佛是增了寿哩。”

清显一任蓼科唠叨下去。为了解决一直萦绕在心中的疑问，他才特地把这个老女侍叫到屋里来。敬过酒后，他便匆匆忙忙地问道：自己给聪子的信究竟是否原封不动地烧掉了。没有料到，蓼科的回答却十分干脆。

“啊，啊，是那件事吗，小姐接过您的电话，随后就吩咐我了。第二天一收到您的信，就原封未动，由我亲手投到火里去了。您要是为了这件事，那就请您放心好喽！”

清显听到这话，就宛若从竹丛中突然奔驰到辽阔的原野上来，心旷神怡，立刻在心目中描绘着种种令人开心的梦境。聪子未读自己的信，只是说明一切恢复原状，他却觉得似乎一种新的景观已经展现在面前。

如今，明确地向前迈了一大步的正是聪子。她每年都选择亲戚中的孩子们聚集到松枝府上的日子，前来拜年。这一天，侯爵似乎自任这群从两三岁直到二十多岁的年轻人的父亲，和他们谈笑风生，解答他们提出的问题。孩子们要去看马，聪子也在清显引导之下走向马厩。

马厩悬挂着庆贺新年的稻草绳[1]，四匹马忽而把头伸进料槽里去，忽而突然扬起头，或是退后一步踢起板壁来，精神抖擞，宛似从那光滑的脊背迸发出新一年的锐气。孩子们因向马夫一一打听出马的名字而感到喜悦，有的孩子就把紧握得半散了的“落雁”[2]瞄准马的黄牙齿扔进去。孩子们被马的血丝纵横、神色不定的眼睛睨视着，觉得马把自己当作大人了，又是一阵子高兴。

聪子害怕从马嘴里垂下来的唾液，便站到较远处冬青树的阴影里去，清显也把孩子们托付给马夫，走到她身旁来。

1　新年挂起稻草绳，取意吉祥。

2　日本三大传统的点心之一，用各种面粉与糖、水混合后着色，然后用模子压成各种形状。

聪子的眼角还残留屠苏酒意。也许是由于醉意还没消失，这时她在孩子们的欢笑声中说了一番话。聪子向着走过来的清显，立刻投以迷人的目光，流利地说道：

“那次看戏真高兴啊！您向人介绍我，真好像介绍自己的未婚妻似的，谢谢您啊。当然，王子们一瞧原来是这样一个老太婆，必定是吃了一惊的，可在当时，我只觉得什么时候死去都甘心呢。您竟然有那么大的力量，能够使我幸福，可您就是惜力如金不常使用呀！我简直没有过过这么幸福的新年。今年，一定会有好事情发生哩！”

清显一时不知如何作答，迷惑了一会儿之后，好不容易才用沙哑的声音回答说：

“怎么能这么说呢？”

“人在幸福的时刻，真像是新船入水典礼上从彩带中飞出的鸽子，话语也会随随便便吐露出来的呀。清少爷，您也很快就会懂得的哟！”

果然，聪子在做这种热情的表白时，插进来清显大为厌恶的一句话：“您也很快就会懂得的哟！”这是她对自己的预见多么大的自负，对自己年长的多么大的信心……

——几天前听过这话，今天又从蓼科嘴里得到明确的回答，清显这颗万里无云的晴朗的心，完全被新一年的吉兆所占领，不知何时竟然连那夜夜阴暗的梦也都忘得一干二净，而走进明快的白日梦和希望中来了。于是，他想一反常态，采取并非适合于自己的豪爽磊落的生活态度，从自己身边把阴影和烦恼扫除殆尽，为一切人带来幸福。施舍于人的恩惠和布施，有如操纵精巧的机器，需要熟练的技巧，在论到这一点时，清显却是超乎寻常的轻率。

然而，他把饭沼叫进来，并非是为了扫除身边的暗影，也并非出自善意要瞧瞧饭沼那明朗的面孔。

多多少少的醉意，对于清显的这种轻率举动有些帮助。此外，蓼科这个老女侍，看上去异常郑重，礼仪恭谨，又宛若延续了几千年的古老妓馆的老鸨，风情仿佛镶嵌在一道道凝固的皱纹里，听任清显的放肆。

“关于学习的事情，饭沼把一切都教给我了。”清显故意向蓼科说道，“不过，饭沼并未教给我的，也有很多，事实上有很多事情，他并不知道。所以，在这一点上，以后要请蓼科来做饭沼的老师哩。”

“您这是说到哪儿去啦，少爷！”蓼科殷勤地回答说，“饭沼已经是大学生了，像我们这样无学无识的，怎敢担当……”

“所以，我不是说关于学问的事，什么也用不着教嘛。”

“请您可别挖苦我这上年纪的人。”

他们的对话无视饭沼而继续着。由于没有让座，饭沼只好一直站在那里，望着窗外的湖面。天气阴沉，湖心岛上群鸭聚集，岛顶松树的绿叶看上去有点儿冷冰冰的，整个岛枯草遍地，犹如穿了一身蓑衣。

过了一刻方始听到清显吩咐，饭沼就在小椅子的边缘上坐了下来。他怀疑清显是否真的一直没有注意自己。想必清显要在蓼科面前显示一下自己的威风，才这样做的。饭沼对于清显心灵的这种新的动向，感到高兴。

“我说饭沼，方才蓼科跟女仆们谈话，无意中听到人们的风言风语……”

“唉，少爷，那是……”

蓼科急忙用力地摇手制止，但已经来不及了。

“听说你每天早起到庙堂去拜谒是有别的目的呀！”

“您说别的目的，指的是……”

饭沼的脸上立刻泛起紧张的神色，放在膝盖上的拳头已在发起抖来。

“请您别提这事了，少爷！”

老女侍活似陶偶一般将身子靠在椅背上。这是她从内心深处感到困惑的表现，过分清晰的双眼皮下，眯缝着的眼睛发出锐利的光，一种快感浮现在那镶着并不合适的假牙的嘴角上面。

“前去拜谒庙堂要通过正房后面，当然也要从女仆房间的格子窗前走过吧。听说你每天从那儿跟阿峰见面，前天终于隔着窗子递给阿峰一封情书，是吧？”

饭沼没等听完清显的话，就站了起来。他那苍白的脸上表现出抑制自己感情的搏斗，每一块细腻的肌肉都像是在发出咯吱咯吱的响声。他往日那阴翳般的面庞，就这样孕育着阴暗的火花，看上去立刻就会爆炸似的。清显满怀喜悦地观望着他的表情，深知饭沼十分痛苦，但硬是把他那扭曲的面孔，看作是幸福的。

“从今天起……我辞职啦。”

说完，饭沼就想快步走出去。蓼科极其麻利地跳起身来，扑上前去制止饭沼。这不禁叫清显吃了一惊。一位惯会装模作样的老女侍，一瞬间竟然表现出豹子般的动作。

“你不能离开府上。你要这么做，我的处境就为难了。只是由于我说了不该说的情况，就逼得人家的学仆辞职，这么一来，我也就不能不离开服侍四十多年的绫仓府上了。请你可怜可怜我，静下心来思前想后，谨慎从事，你懂了吧？年轻人死心眼儿可不好；不过话又说回来，这也是年轻人的好处。这又有什么办法呢！”

蓼科抓着饭沼的袖子，简单扼要，颇有分寸地用了老年人沉静而略带责怪的口吻劝说了一通。

这不过是蓼科一生中做过几十次，极其熟练的方法，此刻她深知自己在这个世界上是唯一必要的人物。表面上装作若无其事的模样，企图从内部维持这个世界的秩序。这种人的自信心，来自他熟知事态的产生和发展的奇妙动向，诸如在重要的仪式过程中，本来不会绽线的衣服却突然绽开了口子，根本不可能忘记的祝词草稿却出乎意料地失落了。对于蓼科来说，这种本来不大可能发生的事情，都属于正常的状态，只因她具有机智敏捷、左右逢源的手腕，而常常在自己不能预料到的分内事上，押下赌注。对这位沉着的女人来说，这个世界上根本就没有绝对安全的事情。甚至连一片云影都没有的天空，意想不到的燕子一闪飞过，就会划出一道背时的裂缝来。

蓼科这次的补救工作，麻利稳妥，总之是完善无缺。

事后，饭沼时时想到，有时瞬间的踌躇就会完全改变人的生活方式。那一瞬间，多半像一张纸的清晰的折痕，而踌躇却把人永久地包在那张纸里，纸的表面变成反面，就再也不能出现在纸的表面了。

饭沼在清显的书斋门口，被蓼科缠住，一霎时出乎意料地犯了踌躇。这就一切都了结了。他那颗还年轻的心，琢磨着究竟是阿峰笑吟吟地把自己的情书拿给众人看的呢，还是出乎意料地给别人发现了，从而使阿峰悲伤的。这个疑问，当时酷似乘风破浪的游鱼的背鳍，在飞快地奔驰着。

清显望着走回小椅子前边来的饭沼，他第一次感受到微小而不值得骄傲的胜利。他不再想向饭沼表白自己的善意，只是听其自然地让幸福感驱遣着自己去行动好了。他感到当前确实已经像一个成年人，确实已经能够保持优雅行动的自由了。

“我和你谈这些，根本不是要伤害你，也不是要捉弄你。你应该知道，我和蓼科是为你想办法解决这个问题呀！这件事，我绝不向父亲报告，并且想办法绝不让他老人家知道。

“今后，关于这件事，我想蓼科会出些好主意的。是吧，蓼科，是这样吧。阿峰是我家的女仆当中长得最漂亮的，正因为如此，有些问题。不过，这一点，都包在我身上吧。”

饭沼仿佛遭到狙击、走投无路的密探，瞪着双眼，仔细地听着清显的每一句话，而且顽固地保持着沉默。他觉得清显的话，棱棱角角里，如果加以反刍，都暗含着很多令人不安的成分。如今，也只好不进行反刍，照他这番话的表面含义铭记在心了。

这位一反常态，豁达地说着话的比自己年轻的人，如今比任何时候都像自己的主人。这当然确是饭沼所期望的成果，但并未想到会经过这么出人意料、这么难堪的途径，得以实现。

饭沼感到自己这样被清显击败，酷似被自己内心的情欲击败，从而大为惊讶。他又觉得方才转瞬之间的踌躇之后，一种久以为耻的愉悦，似乎突然同光明正大的忠诚心结合在一起了。那里当然一定会有陷阱和骗术，却在无地自容的羞惭和屈辱的底层，千真万确地打开了一扇小小的纯金门扉。

蓼科随声附和，那声音简直会令人想到晶莹的葱白：

“少爷所说的一切都对。别瞧少爷这么年轻，想得可真太周全了！”

这话本来同饭沼的想法完全相反，然而，如今饭沼的两耳却能顺顺当当地听进去了。

“话又说回来了，”清显说道，“今后，饭沼也不要钻牛角尖，得同蓼科齐心合力协助我呀。我也帮助你实现自己的爱情。总之，大家都要和睦相处！”

十一

清显的梦的日记：

近来很少会见暹罗王子们，却不知为何至今依然做着暹罗的梦。而且又是自己到暹罗去的梦……

自己端坐在一个房间中央的椅子上，身子不能动弹。这个梦中的自己经常头痛。这也是由于头上戴了又高又尖、镶满了宝石的金冠。在雕梁交错的天井里，密密麻麻地挤着一群孔雀，不时地把白色的粪便撒到自己的金冠上。

外面是一片灼热的阳光。一处杂草丛生的荒芜庭园，在烈炎照耀之下一片寂然。若说声音，只能听到苍蝇那微弱的振翅声，孔雀那时时变换方向移动坚硬脚掌和啄理羽毛的声音。一道高高的石垣围着那座荒芜的庭园，石垣上开着大大的窗子，能够望得见几棵椰子树干和堆积不动的几片耀眼的白云。

低下头来就看到自己手上戴着翡翠戒指，好像一直戴在昭·彼指上的东西，不知何时移到自己的手指上来了。那戒指上的宝石被一对门神的怪诞的黄金面孔围拢着的设计，也同昭·彼那只一模一样。

由于外面阳光的反射，在浓绿的宝石中闪映着类似白斑或裂痕的光影，仿佛霜柱般蠕动着。我凝视着这情景，发现那里浮现了一张娇小可爱的女人的面孔。

我还以为那是站在背后的女人的面孔的投影，回头一望却渺无人迹。翡翠中的娇小的女人面孔，在微微摆动着，先前看上去是一派严肃的神情，接着又爽朗地绽开了笑容。

我手背上落满了苍蝇，直发痒，就慌忙甩了甩手，然后再去看了看戒指上的宝石，但是女人的面孔已经消逝了。

由于没能够看清那是谁的面孔，心里又是悔恨又难过的当儿，就睁开了眼睛……

清显记这种梦的日记，从不加入自己随意的解释。可喜的梦就说是可喜，不吉的梦也照不吉的梦记下来，尽力唤起周详的回忆，如实地加以描写。

这种不去从梦中找寻什么意义，而重视梦的真实面目的想法，也许正表现着对自己的存在深怀着一种不安的情绪。醒着时的那种飘忽不定的感情，相形之下毋宁说梦中的更加明确实在。感情是否“事实”，尽管无法确定，那么至少梦却是“事实”；感情无形，梦却是有形有色的。

然而，在记梦的日记时，清显面对不如意的现实未必单是要把这种不满情绪封闭起来。近来的现实，已经明显地呈现出随心所欲的迹象了。

饭沼屈服以后，成了清显的心腹，常常同蓼科联系，想方设法安排聪子和清显幽会。清显拥有这个心腹便心满意足，心想以自己这样的性格本来就不需要朋友，因而不知为什么就和本多疏远起来了。本多虽然感到孤寂，并敏锐地觉察出自己对于朋友已是不需要的存在，过去是考虑到友情的重要而同清显一起度过了无所事事的时间，现在正好用来读书学习。他如饥似渴地阅读英、德、法语的法律书、文学和哲学书籍，倒不是步内村鉴三[1]的后尘，他是钦佩卡莱尔[2]的《成衣匠的改制》[3]的。

一个下雪的清晨，清显正要到学校去，饭沼环视着周遭走进了他的书斋。饭沼这种新增添的卑躬屈膝的样子，消除了过去他那种忧郁的脸色和体态不断给予清显的压力。

饭沼报告说，接到蓼科的电话，说是聪子对今晨的降雪很感兴趣，想跟清显一道去赏雪，请清显向学校请假，前去接她。

清显有生以来，还从来没有人向他提出过如此可惊的任性的要求。此刻，他已做好上学的准备，一只手提着书包，站在

---

1 内村鉴三（1861—1930），是日本评论家、宗教家、基督教无教会主义的创始人。

2 托马斯·卡莱尔（1795—1881），是英国散文家、历史家、评论家。

3 《成衣匠的改制》（1833—1834），假托一个德国哲学家的生平与见解，实际带有自传性质。第一部分讲“衣服的哲学”，作者认为整个宇宙是披盖着万物的一套衣服。第二部分叙述这个哲学家早年失恋后思想变化的三个阶段：“不断地否定”、“冷漠的中心”和“不断地肯定”。摘自《中国大百科全书·外国文学I》第五〇八页，中国大百科全书出版社，一九八二年版。

那里望着饭沼发愣。

“这是怎么啦，这真是聪子想出来的主意吗？”

“是的。蓼科老太太是这么说的，不会有错。”

奇怪的是，饭沼做这种论断的时候，多少恢复了一些威风凛凛的样子，那眼色似乎在扬言，如果清显加以抗拒的话，就要受到道德上的谴责。

清显回过头溜了一眼庭园中的雪景。与其说聪子这种不容人拒绝的做法伤害了他的尊严，不如说他感到了一种飞快地用手术刀巧妙地割除了肿瘤似的痛快劲儿。这是一种以无法察觉的快速、突然出现的无视本人意志的新鲜快感。“我已经对聪子唯命是从了……”他这么想着，只朝那纷纷扬扬地遍撒在湖心岛和红叶山上、尚未积起来的雪花望了一眼就记在心头了。

“那你给学校打个电话请假，就说我感冒了。绝对不能让我父母知道。再就是到车夫休息所去雇两个可靠的车夫和双人坐的人力车，准备好。我走着到休息所去。”

“冒着这么大的雪走去吗？”

饭沼望见年轻主人的面颊突然泛起红晕。尤其是以白雪纷飞的大窗子为背景，面颊虽然罩着一层阴影，这阴影渗出的绯红，看上去更加鲜艳夺目。

这位自己亲手培育的少年，从来没能养成一种英雄般的性格，如今不管目的如何，竟然如此充满激情，双眸中蕴含着一股火焰出门去，这使饭沼感到了一种满足。当然，清显如今正要走去的方向，正是他过去鄙视的方向；不过，就在这冶游堕落之中一定也潜伏着尚待发掘的大义名分哩。

十二

坐落在麻布区的绫仓府，是一座武士宅第。宅门[1]左右两侧是装有凸出来的格子窗的门房[2]。因为人口少，长屋里没有住人。屋顶瓦棱，望上去与其说被雪覆盖着，莫如说是顺势忠实地托着白雪。

大门上的便门前，站着一个撑着伞的黑影，像是蓼科，车子靠近时，她已急忙消失了。清显让车子停在门前等着，他只能看到敞开的便门中飘落着雪花。

过了一会儿，身穿紫色披风，用双袖掩住胸口的聪子，便在蓼科微微撑开的伞下，低着头从便门走了出来。那姿态，在清显看来，不啻是狭小栅栏中的一个硕大的紫色行李被拉到外面来，使人泛起一种人为的、华丽的美感。

聪子当然是在蓼科和车夫搀扶下上了车的，那身子一时仿佛是飘浮起来了。清显撩开车篷把她接进来，有几片雪花飞

1 原文作“長屋門”，是两侧有长屋的宅门。

2 原文作“番所”，看门人值班的地方。

进衣领和头发里。聪子同雪花一起，把一张白嫩柔润的面颊靠过来，仿佛是什么东西从呆板的梦境中站起身，突然向自己袭来。也许是车子承受聪子的重量时的摇晃，加强了这种瞬间的感觉。

那是一堆滚进来的紫色物体，发散着一股熏香的气息。清显只觉得连那飞舞在冰冷脸颊前的片片雪花，也都忽然发散着香气。聪子上车后顺势靠过来的脸颊，差点儿贴到清显的脸颊上来，清显便忙将身子坐正，一霎时那脖颈的僵直模样清晰可见，宛如一只白色水鸟挺着脖颈。

“有什么事吗？突然要……”

清显的声音有点儿气馁。

“京都的亲戚病危，家父和家母都坐昨晚的夜车出发了。剩下我一个人，只觉得非见到清少爷不可。昨儿想了一夜，今儿早晨不是又下了雪吗？就这样，无论如何也要跟您两个人一起到雪地里走走。长这么大，还头一回对您这么任性哩。您要多多原谅啊。”

聪子一反常态，说话带有稚气而兴奋的腔调。

两个车夫吆喝着一拉一推，车子就移动了。打车篷的小窗子只望得见发黄的雪花飞舞，宛若碎白点花纹。车内，微暗不断地摇晃着。

两人的膝上覆盖着清显带来的深绿苏格兰花格毯子。除了童年时代已经忘却的记忆之外，两人将身子挨得这么近还是头一遭。清显的双目望着车篷的缝隙，时宽时窄，不断把雪花引进来，落在绿色的毯子上化为水珠；或者只顾谛听车篷上面的落雪那似乎是有意发出的响声，犹如雪落在巨大的芭蕉叶上的响声。

车夫问要到什么地方去。

“哪儿都可以。能走多远就走多远。”

清显这样回答着，他知道聪子的心境也相同。这时，随着车把被抄起来，两人的身子往后仰了一下，就那样局促地坐着。至今，两人甚至从未握过手。

然而，在毯子下面，无法避免的膝盖的接触，犹如雪下的一点火花，把它的闪光输送到两人心中。清显脑子里一种难以解决的疑问正在翻腾：“聪子确实没有拆读那封信吗？既然蓼科已经那么肯定地作了回答，就不会有错。这么说，聪子是否依然把自己当作尚未同女人发生过关系的男人加以嘲弄呢？我又该怎样经受住这种屈辱呢？自己曾经那样祈望聪子没有看到那封信，而现在却又似乎觉得还是让她看过了才好。话说到这儿，这种落雪的早晨狂热的幽会，分明表现的是一个姑娘对于已经同女人发生过关系的男人的真挚挑战。如若这样，我是有办法的……但是，话虽如此，我尚未同女人发生过关系这一事实，难道不是无法作假的吗？……”

这黑色的四角车篷的摇晃，打乱了他的思绪。即使想从聪子的脸庞移开视线，除了那透亮的小窗子上发黄的赛璐珞外面的雪花之外，他再也无处可看了。他终于把手伸进毯子底下去了。那里，聪子那在温暖的巢穴中深含狡黠心理的手，正在等待着。

一片雪花飞进来，落在清显的眉毛上。聪子看到了，“哎呀”地轻叫了一声，清显随声把脸转过去，同时感到自己眼睑上有些发凉。聪子急忙把眼睛闭上了。清显就近面对着这张闭了眼睛的脸。只有京红[1]的嘴唇发着暗光，那张脸仿佛被指头轻弹了一下的花朵，摇晃着，那轮廓是飘浮不定的。

清显的胸腔激烈地跳动起来。同时明显地感到高领制服的衬领束缚着自己的脖颈。再也没有像聪子那文静、双眸微闭的白脸蛋儿那样难解的东西了。

毯子下握着的聪子的手指稍微用了点儿力。假若误认作一种信号的话，清显又必定受到伤害；他却被那轻微的力量引诱着，就势儿把自己的口唇覆盖在聪子的口唇上面。

一霎时，车子的摇晃，仿佛要把他们合在一起的口唇分开。于是，他的口唇便把接触着的口唇当作扇轴，摆稳姿势来抗拒一切摇晃。清显只觉得自己接触着的口唇的扇轴周围，缓慢地张开了一面非常硕大而芳香四溢的无形的扇子。

这时，清显确实领略到忘我的情趣，却也没有忘掉自己的美。假如站在一个公正而平等的立脚点来观察自己的美和聪子的美，此刻就一定会看到相互的美已经水银般融化为一了。类似拒人之心、焦灼和尖刻之情，都是与美无关的东西；孤绝的个体的盲从，那病灶往往并不在于肉体，而实寓于精神。

当清显的不安拂拭殆尽，确实感到了幸福的时候，接吻就更加果断和热烈了。于是聪子的口唇也跟着越发地柔润起来。清显直觉得全身似乎都要融化在温甜如蜜的口腔中去，因而泛起一种恐怖的心理，于是就想用手指去触摸有形的东西。他把手从围毯下面抽出来，去拥抱女人的肩头，去轻托女人的

1　京都特产的口红，也指其颜色，被认为是上等的颜色。

下颏。这时，女人那纤细柔弱的下颏骨的感觉立刻传到手指上来，又诱使他确认了肉体的另外部位、明确地存在于自己肉体之外的肉体的形象。这又比口唇的融合更加浓烈了。

聪子在流泪。泪水流到清显的面颊上来了才知道的。清显感到骄傲。他此刻的骄傲，却完全不是平日对人施恩后所感到的满足；聪子那种品头论足的年长人的作风，也全部消逝了。清显用自己的手指抚摸她的耳朵、胸脯，为一次又一次新的柔润的触觉感动。他学会了，原来这就是爱抚。这就要把转瞬即逝的雾霭般的官能，托于有形之物系留在自己身边。至此，他只在考虑自己的愉悦了。这又是他所能做到的最高的自我放弃。

接吻结束以后，犹如从睡梦中被搅醒，尽管还困倦，但又无法抗拒那透过薄薄的眼睑照射着的玛瑙般的朝阳，心灵深处洋溢着悒郁和依恋的情绪。只有在互相亲吻的时候，安睡的美味才达到顶峰。

且说两人将口唇离开之后，宛若一直在歌唱着的小鸟突然缄默下来，留下一片并不吉祥的沉静。两人不能再互相对望了，一动不动地坐着。这种缄默却被摇晃着的车子拯救了。这感觉就仿佛是忙着去赶办别的事情。

清显低下眼睛。只见女人白布袜[1]的趾尖，宛若在绿色的草丛中觉察到危险、窥伺着周遭的白鼠，从毯子下懦怯地伸出头来。那脚尖上隐隐约约地覆盖着一层白雪。

清显只觉得自己的两颊灼然发热，便像孩子似的摸摸聪子

1　原文作“足袋”，是日本式短布袜，大趾与其他四趾分开，袋形，着和服时穿用。

的面颊，发现那也是灼热的，从而感到了满足。只有这块地方是夏天。

“我把车篷打开啦。”

聪子点点头。

清显大张开双臂卸下前面的车篷。眼前那辉映着飞雪的四角形断面，犹如白色隔扇，无声地倒塌下来了。

车夫觉察到动静，止住了脚步。

“不是要停下来，朝前走！”清显叫了一声。车夫听到背后这明朗的青春的呼声，又弓起身来。“走，一直朝前走！”

车子又随着车夫的吆喝声滑动起来了。

聪子把湿润的眼睛隐藏到车底下去，说：

“会让人家看见的。”

“管他呢！”

蕴含在自己声音里的那个果断劲儿，简直使清显吃了一惊。他此刻已经明白，自己是想面对世界了。

仰首望长空，简直像一面雪浪奔腾的深渊。雪猛扑在两人的脸上，张开嘴就往口腔里吹来。如果就这样被雪埋在下面，那该多么好哇！

“您瞧，雪吹到这儿来……”

聪子梦幻般地告诉清显。望过去，仿佛是在说，雪水从喉咙的部位流到胸口去了。然而，雪确是在堂堂正正地下着，那下法含有典礼式的庄严；当清显感到面颊冷却下来的时候，发现心潮也平静下来。

车子恰好是在从尽是宅邸的霞町的坡上沿着一座山崖的空

地走到能够望见麻布第三团兵营内的广场的地方。整个广场都被白雪覆盖着，连一个兵卒的影子也没有，然而清显却突然在那里看见了先前那本日俄战争相册中，得利寺附近吊唁战死者的幻影。

几千名士兵猬集一处，远远地围着白木墓碑和飘动着白布的祭坛，垂下头来。如今不同于那张照片的是，士兵肩头都积着雪，军帽沿上面也都是白皑皑的。当清显望到这个幻影时，心想其实那都是已经死去的士兵。几千个士兵猬集此处，并不单是为了吊唁战友，也是为了吊唁自身而垂下头来……

幻影不久消逝了。隔着纷纷降落的雪花，只见一座高墙里面高耸着的大松树，为了预防白雪压断枝丫而新拴的吊绳呈现着鲜明的麦色，白雪玄玄乎乎地挂在上面，临街的两层楼房紧闭着的毛玻璃窗子里隐隐约约地透出白昼的灯光。

聪子说：

“放下来吧。”

放下了车篷的门帘，那熟悉的昏暗又回来了。然而，方才的陶醉情趣，却是一去不复返了。

“她是怎样接受我的亲吻的？”清显又开始泛起他所得意的疑惑来了，“会不会觉得我太热衷，太自以为是，太幼稚，又太不像样子呢？说实在的，那时我只是在追求自己的愉悦。”

“咱们回去吧。”

此刻聪子这么说，确实是非常入情入理的。

“她又在任意生拉硬拽了。”

清显这么想着，一时错过了提出异议的机会。当前，如果说不回去，骰子就拿在清显手里。但是，那尚未拿惯的沉甸甸的骰子，那只是一触摸就仿佛会冻僵手指的象牙骰子，如今还不属于他。

十三

清显回到家中，假装浑身发冷请假早退回来的，使得母亲也到房间来看望，执意地为他量了体温，快要闹得天翻地覆的当儿，饭沼前来报告本多打来了电话。

母亲要代他去接，他费了很大劲儿才制止住，无论如何也要亲自去接，于是被人从背后裹上了一条开司米羊毛毯。

本多是借了学校教务处的电话挂来的，清显的声音极不高兴。

“有点儿事，对家里的人说是今儿到学校去了一下就早退了。从早晨起就没到学校去，是瞒着家里的呀！感冒？”清显一边提防着电话室的玻璃门，阴沉而闷声闷气地说，“感冒倒不要紧，明天到学校去，再跟你细说……只缺了一天课，根本用不着担什么心。用不着打电话来，太小题大做啦。”

本多挂上电话，觉得自己的厚意遭到不礼貌的对待，感到胸中充满怒火。他对清显从未这么生过气。本多的感情之所以受到伤害，与其说是由于清显的声音冷淡而不高兴，不如说是由于清显以不礼貌的态度应对他，更重要的是因清显并非出于本意地向朋友保守了一个秘密而深表遗憾。其实，本多从未勉强清显保守过任何秘密。

“我也真是的，只休息一天，何必打电话去慰问呢！”

稍微冷静下来以后，本多重新考虑了自己的做法。但是这种性急的慰问行为，并不能说是出于无微不至的友情，而是由于产生了无法言状的不祥的预感，才利用休息时间跑过积了雪的校园到教务处去借电话的。

清显的桌子从早晨起空着，这就使他强烈地感到一种恐惧，仿佛是早就担心的事情已经出现在眼前。清显的桌子靠着窗子，窗外的雪光辉映在伤痕累累、新涂了油漆的桌子上，那桌子看上去酷似一具蒙了白布的坐棺……

回到家里，本多的心情依然是郁闷的。就在这当儿，饭沼打来电话，说清显想对方才的事情向他道歉，今天晚上派车来，接本多到他家去行不行。饭沼那种沉重而生硬呆板的语调，更引起本多的反感，他即刻回绝，说是等清显能上学了，再仔细听他述说就成了。

清显得知本多的答话，苦恼得仿佛真的得了病。深夜，本来并没有事，却把饭沼叫进屋来，说了这样的话，使饭沼吃了一惊：

“都是聪子不好。都说女人会破坏男人的友情，可真是这样。要不是聪子大清早就说了那么任性的话，也不会惹得本多这么恼火了。”

夜里雪住了，翌晨一片晴朗。清显不顾家人阻拦，到学校来了。他想赶在本多头里到校，好主动同本多打招呼。

但是一夜之后，接触到这光辉灿烂的早晨，清显那埋藏在心底的幸福感喷薄而出，又把他变成了另外一个人。本多走进来的时候，清显以微笑相迎，本多好似没有任何事情发生一样恬淡微笑着相答。清显本想把昨天早晨的事情一股脑儿说给他听，如今又改变了主意。

本多尽管露出微笑，却一句话也没问，只把书包放进自己的书桌里，然后走到窗前望了望阳光照耀下的雪景，又瞥了瞥手表。兴许是确定离上课还有半小时吧，他便径自走出教室，清显也极其自然地跟了出去。

木造二层建筑的高等科教学楼的旁边，以亭子为中心有一个几何式布置的小花坛，花坛尽头是居高临下的山崖，一条小径通向崖下的一片树林，树林中间是一泓名叫洗血池的池沼。清显心想本多总不会从那小径下到洗血池旁去吧，因为那条小径的积雪刚刚开始融化，按理说不好走。本多果然在亭子旁止步，拂掉长凳上的积雪坐了下来。清显走过积雪莹莹的花圃小径，凑近本多。

本多觉得晃眼似的，眯起眼睛望了望清显，问道：

“为什么跟着我？”

清显直爽地道了歉：

“昨天是我不好！”

“那没什么，你是装病吧？”

“是啊。”

清显也拂掉雪，坐在本多身旁。

本多觉得非常晃眼似的凝视对方，在感情的层面上镀了金，对于立即消除隔阂，起了作用。站着的时候，从挂雪的枝头望得见的池沼，坐在亭子里就从视野里消失了。无论从校舍的檐头、亭子的顶篷、四周树木的枝丫，都在齐声合奏着明快的融雪滴水曲。以凹凸不平、起伏不定的层面把花圃覆盖起来的雪，已经从冻结着的表层塌陷下去，形成花岗岩般粗糙的断面，反射着致密的阳光。

本多认定清显要公开什么内心的秘密，但又不愿承认自己正在等待着，毋宁说一半是希望清显什么也不要透露。朋友仿佛是施恩惠般来施舍一桩秘密，在他来说是不堪忍受的。于是，他不觉自己先开了口，故意转弯抹角地说道：

“近来，关于个性的问题，我想了一下。至少，在这个时代，这个社会和这个学校里，自己是一个与众不同的人。我是这样认为的，也想这样认为。你也是这样吧。”

“那当然啦。”

在这样的时候，清显更表现出他那种独特的稚气，听上去是那么非发自肺腑，又是那么漫不经心。

“但是，百年以后会怎么样？不管咱们愿不愿意，都将被不分青红皂白地放在一个时代思潮的框框里去，加以观察。美术史的各个时代的形式各有不同，就毫不留情地证明了这一点。只要人们生活在一种时代模式里，谁都非得透过这种模式来观察事物不可。”

“不过，当今的时代存在着什么模式吗？”

“你想说明治这个时代的模式正在消亡。然而，生活在一种模式中的人们，他们的眼睛绝对看不到这种模式。所以说，咱们也在被一种模式包起来，就像金鱼连它们自己也不知道是生活在鱼缸里一样啊。

“你只是生活在感情的世界里。别人看来，你与众不同，你也自以为是忠实于自己的个性吧？然而，什么也不能够对你的个性做出证明。同时代人的证词是不可靠的。你的感情世界本身也许表现了最纯粹的时代模式……不过，即便是这样，也没有任何东西可以作证。”

“那么，究竟什么可以作证？”

“是时间。只有时间呀。时间的流逝，会对你和我加以概括，严酷地得出咱们都未曾意识到的时代共同性……把咱们一股脑儿地归结为：‘大正初年[1]的青年人，思维方式是这样的，穿的是这样的衣服，谈话的方法是这样的。’你不是讨厌那些剑术部的家伙吗？不是对那些家伙怀着满肚子想蔑视他们的情绪吗？”

“是啊。”清显觉得寒气从裤子浸透过来，因而感到不舒服，便把眼光转向亭子栏杆旁边积雪刚刚滑落下来的山茶花叶那鲜艳的清光上去，“是啊，我非常厌恶那帮家伙，蔑视他们。”

事到如今，本多对清显这种漫不经心的应对，没有感到吃惊，他接着说下去：

“那么，你再想想，几十年之后，你竟然会与你最轻蔑的人们混为一类被加以论述，又该怎样？也就是说，那帮家伙的粗劣的头脑、感伤的灵魂、动辄以文弱之词辱骂别人的狭隘的心态，以及对低班学生加以制裁，对乃木将军的疯狂崇拜，还

1　大正初年是一九一二年。

有那种每天早晨都去打扫明治天皇亲手栽植的杨桐四周而感到无上欣悦的神经……要被人们同你的感情生活胡乱地归拢在一起加以处理。

“这样，在这个基础上，就会轻而易举地把当今咱们所处的这个时代概括起来，抓住它的真实面貌。当今的时代本质就仿佛是一泓搅乱了的死水，又平静下来，立刻在水面上鲜明地涌现出油质彩虹。是的，咱们这个时代的真实，在这个时代死去以后，立刻会轻而易举地加以分解，能够叫一切人都能看得一清二楚。于是这个‘真实’，在百年之后，就会明白它不过是一种错误的思想，而咱们也就会被当作一个时代的错误思想的持有者加以概括。

“你想想，这种概括的观察，是以什么为标准的呢？是那个时代的天才的思想吗？伟人的思想吗？不对！后世，要为前一个时代做出结论的标准，那就是咱们和剑术部的家伙们之间的下意识的共同性，也就是最普通的一般性信仰。时代这玩意儿，无论何时总是在一种愚神信仰的条件下被加以概括的。”

清显并不清楚本多要说的是什么。然而，听着听着，他感到自己的心田里，也有一种思想的嫩芽在渐渐地萌动起来。

二楼教室的窗子里，已经出现了几个学生的头。其他教室关闭着的窗玻璃反射着耀眼的朝阳，辉映着蓝色的天空。清显不禁把这晨曦普照的学校同昨日雪罩车篷的清冷早晨两相对比，感到已经身不由己地从那官能的黑暗的摇动中，被拉到这明亮的白色理性的校园中来了。

“那就是历史啊。”清显明白，自己在理论上比起本多来，显得过分幼稚，心里虽然觉得有点儿懊恼，却也想参加本多的议论，“你是说，不管咱们想的是什么，追求的是什么，感觉到什么，历史也丝毫不为之所动吗？”

“是啊。西洋人动辄就以为，是拿破仑的意志推动了历史，就像有人说，你的祖父他们的意志创造了明治维新。

“但是，果然如此吗？难道有过一回历史是按照人们的意志发展的吗？每逢[illegible]心里总是要这么想的。你恐怕既不是伟人，也不是[illegible]杰出的特色。在你身上，简直完全看不[illegible]时，一想到如此这般的你同历史的关系，[illegible]寻常的兴趣。”

“这是挖苦吗？[illegible]

“不，不是挖苦[illegible]与历史发展的问题上，采取全然无意志态度[illegible]我是有意志的……”

“确实是有的呀。[illegible]

“而且假定是想改变历史的意志。我就以我的毕生的精力，用掉全部财产，试图按照自己的意志，努力扭转历史的发展。或者，为了这个目的而试图获得最高的地位和权力，而确实也到了手。即便这样，历史也未必会按照我的意志，变成我所喜爱的模样。

“一百年、两百年或三百年以后，历史完全跟我没有关系，也许历史突然正好与我的梦、理想和意志所希望的完全一样，与一百年、两百年前我梦想的形态完全一样。历史赞美我的眼光美好，微笑着、冷峻地俯视着我，嘲笑我的意志。

“人们可能会说，这就是历史啊。

“这不就是机遇问题吗？不就是时机好容易成熟了吗？不用说百年，就是三五十年，也往往会发生这种情况。况且，历史在采取这种形式发展时，你的意志也许会一度消亡，变成一种无形的潜在游丝，在援助着这个历史变化的成就。假若你从未享受过这个世界的生活，也许再过几万年，历史也不会采取那种形式吧。”

清显宛若置身于一种毫无亲切感的抽象语言的冷酷森林之中，只觉得自己的身子微微地发起热来，感到一种兴奋，而他知道这都是本多给予自己的。对他来说，这无疑是一种有点儿难堪的愉悦。不过，当他望着那白雪覆盖的花圃里垂落下来的长长的枯树的影子，还有那充满滴水的明朗声音的洁白世界，他喜悦地想，本多即便直视着自己昨天的记忆中那种热切妖艳的幸福感，以本多这样清如白雪似的裁断也会明确地予以无视。这时，从校舍房顶上崩落下来一大片积雪，露出了屋瓦的黑黝黝的闪光。

“于是，到那时候，”本多接着说下去。“即便是一百年以后，历史出现了我所构思的形式，你会管它叫作什么‘成就’吗？”

“毫无疑问算是一种成就喽。”

“那么，是谁的？”

“是你的意志的……”

“别开玩笑啦。那时候，我早已死去了。刚才我不是说过吗？出现那种情况，已经跟我毫无关系了。”

“这么说，难道不能认为是历史的意志的成就吗？”

“历史有意志吗？把历史加以拟人化，不管什么时候都是危险的呀。我认为，历史没有意志。而且，跟我的意志毫无关系。因此，这种并非出于任何意志的结果，绝对不能算是什么‘成就’。那证据里的历史的虚假的成就，从接下来的瞬间就开始崩溃。

“历史总是在崩溃着，同时准备着下一次的徒劳的结晶历史的形成和崩溃，就只能含有同样的意义。

“这种事情，我了解得很清楚。然而，我跟你不一样，总想做一个有意志的人，简直无法改变。说到意志，也许是强加于我的性格的一部分。尽管对谁都无法说得确切，不过人的意志，从本质上讲，据说可以算是一种‘同历史发展具有关联的意志’。但我并不是说，这就等于是‘同历史发展具有关联的意志’。意志要同历史保持关联，几乎完全是不可能的，只是‘试图保持关联’而已。这还可以说是一切意志的宿命；当然，意志本身并不愿意承认任何宿命。

“不过，用长远的眼光看，所有人的意志都要受到挫折。一切事情都不能如愿以偿，这乃是人之常情。这种场合，西洋人是怎么想的呢？他们想：‘我的意志就是意志，失败是偶然的。’所谓偶然，就是排除一切因果规律，就是自由意志唯一所能承认的不合目的性。

“所以说嘛，西洋的意志哲学，如果不承认‘偶然’的话就不能成立。所谓偶然，不外是意志的最后遁词，是赌注的胜负……没有这些，就无法解释意志一再遭到挫折和失败的原因。我认为，这种偶然和赌注，正是西洋的神的本质。如果说偶然性的神可以做意志哲学最后的遁词，那么也只有这种神才能鼓舞人的意志。

“然而，如若这种偶然性的一切全被否定了，又该怎样呢？如若说，任何胜利和失败之中，偶然性都完全没有起作用的余地，又该怎样呢？如若真的这样，那么自由意志的一切遁词，就全都会消失。不存在偶然性的地方，意志也会失去支撑自己身体的支柱。

“你可以想象一下这样的场面。

“那是一处光天化日之下的广场，意志独自一人站在那里。他装作仿佛是只靠自己的力量站着，同时他的头脑里也产生了这样的错觉。他在这个阳光照耀、无草无木的宽大广场上，持有的只是自己的影子。

“这时，万里无云的天空突然传来了轰鸣般的声音：

“‘偶然性死去了。世界已经没有偶然性了。意志哟，你将从此永远失去自我辩护的手段。’

“听到这声音，意志就开始浑身瘫软，开始融化。肌肉腐烂，从身上脱落，眼看露出骨架，流出透明的浆液来，连那骨架也都开始瘫软，开始融化了。尽管意志依然用双脚紧紧地踏着大地，但这种努力却是毫不济事的。

“正在这时，白光四射的天空却发着可怕的吼声迸裂开来，**必然之神**便从那裂缝中探出头来……

“——我却无论如何也都要这样想象，连望望那必然之神的面孔都觉得可怕，觉得可憎。这一定是我这种意志性的性格的弱点。不过，假如说丝毫没有偶然性的话，意志也就变得毫无意义，历史也只不过是变成了因果规律时隐时现的、长在一个大锁头上的铁锈，于是干预历史的东西，也变成了唯一永久不变、光辉美丽的粒子般的无意志的作用，而且应该是唯独这里才有着人类存在的意义。

“你是不可能知道这个道理的。你也不可能相信这样的哲学。你恐怕只是朦胧地相信自己的美貌、善变的感情和个性，只相信自己的性格，不，莫如说相信自己缺乏性格。是这样的吧？”

清显一时不知怎样回答，但他一直未感到自己是受了什么侮辱。于是，无可奈何地露出了微笑。

“这对我来说，是一个最大的谜。”

本多发出一声叹息，那种真挚的神情，简直有点儿滑稽的样子。不过，那叹息随着朝阳的光辉中形成的一股白色气流，很快就消逝了。清显望着朋友，觉得他以一种隐约的形式表现了对自己的关心，从而暗暗地加强了自己的幸福感。

这时，上课的铃声响了，两个青年人站了起来。二楼上，有的同学抓起积在窗台上的雪，攥成个球，抛到二人的脚边，迸溅起了一片晶莹的雪花。

十四

书库的钥匙，父亲一直是交给清显保管的。

这间位于正房朝北的一个角落里的书库，乃是松枝府上最没有人光顾的所在。父亲松枝侯爵虽是一位根本不读书的人，这里却存放着祖父留下来的汉籍图书，或是出于知识方面的虚荣心从丸善书店订购的西洋图书，以及人家寄赠的书籍，等等。在清显入了大学预科以后，他便像是把知识的宝库留给儿子似的，装模作样地把钥匙交了出来。从那以后，只有清显才能自由地出入那个房间。那里还存放着同他父亲并不相称的不少古典文学丛书和供儿童阅读的全集。每逢这种书籍出版的时候，出版社都请求父亲提供身穿大礼服的照片和简短的推荐文章，并烫金印上“松枝侯爵推荐图书”字样，交换条件是赠送一套丛书。

然而对清显来说，这个书库也没有多大用处，因为与读书相比，他更爱耽于梦想。

饭沼负责每月从清显手里领出钥匙，把这个书库打扫一遍。对他来说，这里保存着前代爱读的丰富汉籍，乃是这个府第中最为神圣的房间。他甚至把这个书库称之为“御书房”，每逢提到它，都怀着敬畏的感情。

和本多和解的当天晚上，清显把正要到夜校去的饭沼叫到房间里来，默默地交给了他书库的钥匙。本来每月打扫书库的日子是固定的，而且一般都是在白天，而今却在不适时的晚上得到钥匙，饭沼不由得诧异地望着。那钥匙仿佛是一只被掐掉翅膀的蜻蜓，黑黝黝地落在他那朴素厚实的手掌上……

——这一瞬间的感情，直到很久以后，都多次在他的记忆中复活起来。

这把钥匙，被掐掉翅膀，赤裸裸地躺在自己的手掌上，这姿态多么凄惨啊！

他久久不停地思考着清显这样做的意思，然而总是不得其解。后来当清显向他说明用意时，他的心里愤怒得发抖。这愤怒与其说是对清显，毋宁说是对自己这种顺势而行的心态发出的。

“昨天早晨你帮助我逃了学，这回该我帮助你逃学了。你要装着上夜校，先从家里走出去，然后绕到房后，再从书房旁边的木板门进来，用这把钥匙打开书房，进去等着就成了。不过，绝对不要点灯啊！把门从里面反锁上更安全。

“阿峰那儿，由蓼科把信号详细地告诉她了。已经约好，由蓼科给阿峰打电话，问她：‘聪子小姐的香囊什么时候能做好？’这就是信号。阿峰不是做香囊一类工艺品的能手嘛，大家又都常常求她做。那么，聪子求她做个金线织花缎子的香囊，打电话催催也是极其自然的。

“阿峰一接到电话，就估量好你上夜校的时间，去轻轻地叩书库的门，前来会你。那正是晚饭杂乱的时候，阿峰就是离开那么三四十分钟，谁都不会发觉。

“蓼科认为，你跟阿峰在外边幽会反而危险，也是难以做到的。女仆要到外面去，必须要编一套理由，反而会引起人们怀疑。

“事情就是这样，没跟你商量我就自作主张了。阿峰今晚恐怕已经接到了蓼科的电话，你一定要到书库去等她。要是不去，就太对不住阿峰啦。”

饭沼听到这里，觉得自己是被迫这样做的，颤抖得更厉害起来，那把钥匙险些要从手掌上落下来了。

……书库里非常冷。窗子上只挂了一层细白布帘，后院的灯光隐约地照进来，连书籍的名字都看不大清楚。满屋子发霉的气味，仿佛是蹲在冬日淤积已久的水沟旁的感觉。

然而，哪个架子放着什么书，饭沼大致是记得的。前代人曾经认真读过的日本式装订的《四书讲义》，装订线都散了，书套也已失落殆尽。但他记得《韩非子》、《靖献遗言》和《十八史略》等都还摆在那里。他在打扫尘土时，偶然翻阅过的一页里有贺阳丰年[1]的《高士吟》。他还知道铅版印刷的《日汉名诗选》放在哪里。在他打扫书库时给他以安慰的《高士吟》中有这样的诗句：

1　贺阳丰年（751—815），是日本平安时代的汉诗家，曾与人合编汉诗集《凌云集》（814）。

一室何堪扫，九州岂足步；
寄言燕雀徒，宁知鸿鹄路。

他知道，清显了解他崇拜这间“御书房”，才特意安排他和阿峰在这里幽会……是的。方才清显亲切地述说这个安排的口吻，暗含着一种冷酷的陶醉，这叫人立刻能体会他的意图：清显希求的是饭沼用自己的手来冒渎这个神圣的地方。细想起来，打从美丽的少年时代清显就常常凭着这种力量对他施加无言的威胁。冒渎是快乐的。然而，饭沼自己必须亲自来冒渎自己最敬重的地方，这种快乐酷似在献神用的洁白币帛上缠粘上一片生肉，也就是古代素盏鸣尊[1]喜欢冒渎的那种快乐。……饭沼屈服之后，清显的力量就无限地强大起来了。然而，饭沼所难以理解的却是，清显的一切快乐世上都认为是美好而纯洁的，而自己的快乐就被看作是不断增加污秽和深重罪孽的。这么一想，他在自己眼里就越发变得卑鄙不堪了。

书库的顶棚上传来老鼠奔窜的声音和压抑般的叫声。看来上个月清扫时在顶棚上撒了很多栗子的刺壳，一点效应也没有……忽然，饭沼想起最不愿意的事情，于是浑身战栗起来。

每逢看到阿峰的面孔，一个污点般的幻影便从眼前掠过。如今，当阿峰那灼热的身体即将在黑暗中走近自己的时候，这种思虑就会郁塞在心里。清显恐怕早已掌握了一切情况，只是

1　素盏鸣尊是出现于日本《古事记》（712）、《日本书纪》（720）和《风土记》（713以后数年）中的神，性凶暴，好犯上。

没有说出口来而已；饭沼也早就了解这一情况，却绝不对清显说穿。在这个府第中，这已不是什么绝对的秘密，对他说来却是个不堪想象的秘密，也是一个苦恼，犹如一群肮脏的老鼠经常在脑海里乱窜……阿峰已经被侯爵奸污，就是目前有时也还……他在脑子里想象着群鼠血红的眼睛和群鼠那十分悲惨的处境。

冷得厉害。清晨前去拜庙，都能那样挺着胸膛走路，而当前，寒冷却从脊骨窜了进去，如同一块膏药贴在身上，使他抖个不停。阿峰一定是装作若无其事的样子，为了找适当的时机在耽搁着。

在等待的时候，饭沼感到一股子迫切的欲望奔腾在心头，种种令人厌恶的回忆、寒冷和霉味儿，一切的一切都在他的心中激荡着。这一切宛如沟渠中的垃圾，侵入裙裤，顺着大腿流下去。他想，“这便是我的快乐！”一个二十四岁的男子汉，一切荣誉和辉煌的行动，都在等待着这般年龄的男子汉前去攫取……

有人轻轻地敲门，他霍地站了起来，狠狠地撞了一下书架，赶去开了锁。阿峰斜着身子蹭进来。饭沼背手锁上门，就抓住阿峰的肩膀狠劲往书库里面推去。

不知为了什么，饭沼的脑海里忽然涌现了方才从书库房后拐过来时，被扫拢在书库外侧围墙板下面那肮脏的残雪的颜色；也不知为了什么，想要在那挨近墙外残雪的屋角里侵犯阿峰。

幻想使饭沼变得残酷起来，却加深了对阿峰的怜爱，于是那动作越发粗暴。当他发现这是类似一种对清显进行报复的心情时，又觉得自己是无比的悲惨。不能出声而且时间又很短，阿峰就只能听任他摆布。饭沼从这种质朴的屈从中，感受到一种与自己同类的善良、温柔和体贴的理解，觉得自己的心灵受到了伤害。

然而，阿峰的温柔却未必如同饭沼所想象的。怎么说呢，阿峰本来是个活泼开朗的姑娘。饭沼那种沉默而虚弱的可怕形象，和他那急切慌乱地动作着的手指头，都使阿峰从中感到一种笨拙的诚实。什么受到怜爱呀，她做梦也没有想到这一层。

阿峰的下摆被掀了起来，只觉得那下面寒气阵阵，仿佛是摸着黑触到了冰凉的铁器。她在黑暗中，仰着头隐隐约约地望得见书架上褪了色的烫金书脊和挤在一起的线装书套。必须抓紧时间，必须尽快在一个未知的地方为她准备停当的、这时间的细微缝隙里隐蔽起来。不管多么局促，多么别扭，阿峰却觉得自己隐蔽在那里，再合适不过，只要坦然敏捷地把身子隐蔽起来就行了。她那小巧而成熟了的、长着一身细嫩洁白皮肤的身子，只能期望着相应的一座小小的坟墓吧。

要说阿峰喜爱饭沼，丝毫也不算过分。人家追求她，她也深深了解这位追求者的一切优点，而且她从未和别的女仆们一起以轻蔑的态度讥讽打趣过饭沼。阿峰亲自以女人独有的直感，领会饭沼长年受到摧残时表现出的男子汉气概。

顿时，她只觉得仿佛是快活而热闹的庙会的场景突然从眼前流过去。那在黑暗中泛起电石灯强烈的闪光，和那电石的臭气一起同气球、风车和五颜六色的糖果点心的光彩搅在一起，飘动着又消逝了。

……她在黑暗中睁开了双目。

饭沼焦急地问道：

“你为什么把眼睛睁得这么大？”

老鼠又在顶棚上成群地奔窜起来，从那细碎的脚步声听得出跑得很快，群鼠乱作一团，自这个角落奔窜到那个角落去，仿佛在黑暗而广阔的原野里疾驰着。

十五

照惯例，寄到松枝府的信件都要由管家山田经手，夸示地放在泥金花纹漆盘上，亲自送到收信人手里。聪子知道这种做法，便非常谨慎，都是叫蓼科亲自送来交给饭沼。

饭沼虽然正赶上准备毕业考试，却也接待蓼科，把信收下，稳妥地交给了清显。这是聪子的情书：

每逢我想起下雪的早晨，即便是天气晴朗的第二天，那幸福的雪也在我心中纷纷降落，久久不停。那雪的每一片每一片都同清少爷您的面影紧密相连，我终日思念清少爷您，甚至祈求移住到一年三百六十五日连降瑞雪的国度里去。

假若是在平安时代，清少爷您将赠我和歌[1]，我也要咏歌回赠。然而，如今令人惊讶的是，我幼年时代学的和歌，在这样的时候，却丝毫不想用来表达自己的心迹了。

---

1 在平安时代（794—1192），男女恋爱多用和歌（日本古典诗歌）酬唱。

难道说，这只是由于我才华不足吗？

恳求您不要以为，我提出了那么任性的要求，您能听从，就是我所有的幸福。那样您就不啻认为我是个随心所欲地摆布您而觉得高兴的女人。假若如此，那就最使我难过了。

使我无比高兴的莫若清少爷您那善良温柔的心肠。您能洞察我那任性的心愿的深层，潜藏着难以克制的柔情，二话没说就带我前去赏雪，使我深蕴在心底的最令人害羞的梦想得到实现，这就是我所说的、您那善良温柔的心肠。

清少爷，您瞧，我一回忆那时的情景，如今还被一种害羞和愉悦的感情占有着，直感到浑身战栗。在我们日本，雪女便是雪的精灵，但我记得西洋的故事里，好像是年轻貌美的男子。因此，我就把清少爷您身着庄严制服的英姿，当作诱拐我的雪的精灵，我融化在清少爷您那柔美的怀抱里，就等于融化和冻死在白雪之中，然而我为此感到幸福。

这封信，请千万不要忘记投入火中烧掉。

在这封信末尾的嘱咐之前，还有很长一段情意缠绵的言语。很多地方使用了极为优雅的词句，但蕴含着迸发出来的官能性的表现，使清显为之惊讶不止。

这封信全部读完以后，会使读者欣喜若狂，然而稍微冷静下来，又觉得仿佛是她们的优雅的学校教科书。想来，聪子恐怕是在对清显进行启迪：真正的优雅是不惧怕任何淫秽的。

既然发生过清晨赏雪那样的事情，明确了两人相爱的关系，那么每天就连几分钟不见也难以忍受的情态，不就是极其自然的了吗？

然而，清显的心却没那么冲动。宛若旗帜随风飘荡，只是为了感情而生活的方式，不可思议地回避事情的自然发展。这是因为，自然发展会给人一种受到自然的强迫的感觉，那么凡事都厌恶受到强迫的感情，就试图挣脱出来，甚至反而要来束缚自己出于本能的自由。

清显之所以要暂时不见聪子，既不是为了克制，也非如同恋爱的老手那样熟悉爱情的法则。说来，乃是出于他那种有些做作的优雅作风，也就是近乎虚荣的那种幼稚的优雅作风。他对聪子那种优雅中含有近乎淫荡的自由作风，既觉得有些嫉妒，又感到自卑。

宛如流水倒灌于流惯了的水渠一样，他的心又开始爱起痛苦来了。现实生活中缺乏那种想见面又不可能见面的状况，他那极端任性和严密的梦想癖，毋宁说对此产生一种焦灼不安的情绪。蓼科和饭沼那过分热心的撮合，使他感到憎恶。他们的活动，在他看来无疑是自己这感情的纯粹性的敌人。清显发觉这种啃啮自身骨肉的痛苦和想象力的烦恼，不外全都是自己的纯洁织成的网络，顿时感到自己的矜持感情受到了伤害。爱情的苦恼本来应该是色彩鲜艳的丝织品，但是在他那小小的自家纺织厂里却只有一色纯白的丝线。

“在我的恋爱好不容易发展到正规的地步时，他们想把我引到什么地方去呢？”

然而，当把所有的感情都归结为“恋情”时，他又变成难以侍候的人了。

若是一般的少年，一想到那次接吻，由于自我欣赏的感情得到满足，就会欣喜若狂，然而对于这位过分自负的少年人来说，却是日重一日地变成了伤害心灵的事件。

那一瞬间，那种愉悦的感觉，的确酷似宝石璀璨的闪光。毫无疑问，那一瞬间的一切，已镂刻在记忆的最底层。周遭迷蒙一片的灰色的雪，那雪的中心，那不知从何处开始，到何处终结的飘忽不定的情思的中心，千真万确地闪烁着的就是这块清晰的殷红宝石。

这种愉悦的记忆和心灵的创伤，越来越强烈地从两个极端夹击着，使他沉浸于苦恼之中。这么一来，最终归结到只能使自己陷入习以为常的阴暗心境的回忆中去。也就是说，竟连那次接吻，他也当作聪子给予的一种莫名其妙的屈辱，留在记忆之中了。

他想要写一封尽可能冷淡一些的回信，不止一次地写了又撕掉，再重写。最后，他相信自己终于写出了寒冰般的情书杰作，然而，当他放下笔来，却发现使用的文章风格，乃是以前次那种指责信为前提，表现了一个情场老手般的男人的语气。这种明显的虚伪，接着又使他自己的感情受到伤害，于是又重新改写，直率地倾诉了一个初次尝到接吻滋味的男人的喜悦，结果变成了一封天真烂漫的热烈的信。他微闭双目，把信装在信封里，微微地伸出似乎发散着香气的樱桃般颜色的舌尖，濡湿了封口上的干胶，舌尖只感到一种微甜的药水般的味道。

十六

松枝府上的红叶本来就享有盛名，然而樱花也自有奇观。一直到大门之间八百多米的路两旁，排列着树木，松树中间夹着不少樱树；尤其从洋房的平台望过去，那并排的樱树，还有那前庭里挨着大银杏的几株樱树，清显十五岁时举行过“待月”活动的那座小丘上的草坪周围的樱树，以及那隔湖相望的红叶山上仅有的几株樱树，纵目望去，尽收眼底。比起那种不余一隅，满院皆樱的景观来，不少人都交口称赞还是这种韵致别具风情。

松枝府上从春到夏有三大活动：三月的偶人节、四月的赏花和五月的祭祖活动。然而，今春先皇驾崩还不满一年，便决定偶人节和赏花活动，都只在自家范围内举行。这么一来，女人们的沮丧就非比一般了。打从冬季就不断从里头传出来偶人节和赏花活动的方案、邀请艺人来做助兴表演等消息，仿佛是在挑动着人们盼望春天早日到来的心意。如今，废止了这些活动，不啻是取消了春天。

尤其值得一提的是那鹿儿岛式的偶人节，已经由受过招待的西洋客人传到外国去。每逢在这个季节前来日本的西洋人，甚至找门路托人情恳求被邀请参加，那知名度之高当然可想而知了。偶人那用象牙镌刻的、浮漾着一股春寒的面颊，在蜡烛的光辉和红地毯的闪映之下，更给人以一种清冷的感觉。衣冠束带和宫廷女子仿古礼服，偶人纤细的脖颈，似能窥视到那被嵌进去的银辉。足有一百铺席的大厅满铺着红地毯，从花格天井上垂下无数个刺绣的大球，周围贴上种种风俗偶人的贴画[1]。一个叫作“鹤”的著名贴画老太婆，每年二月就进京来，忙着裁制贴画。她有个口头语，动辄就说：“这是您的意旨！”

这么豪华热闹的偶人节虽然失去了光彩，却能够预料到赏花活动会比当初下达的指示要盛大得多——当然这绝不是公开的活动，原来是洞院宫私下里表示了要驾临的旨意。

一向爱讲排场的侯爵，正在为忌惮社会上的反应而苦心孤诣的时候，接到了洞院宫的旨意，那股喜出望外的劲儿就不必提了。既然是明治大帝的堂兄要冒犯居丧期间的清规戒律，前来赏花，侯爵大操大办也就名正言顺了。

洞院宫治久王殿下，刚巧去年曾经作为大帝的代表前往暹罗参加拉玛六世的加冕盛典，同暹罗王室有着密切的关系，因此，侯爵决定向帕塔纳迪特和库利沙达两殿下发出邀请。

侯爵是在一九〇〇年奥林匹克运动会时，在巴黎接近洞院宫的，他曾为洞院宫做向导去寻花问柳。回国后，洞院宫也很

---

1 原文作“押繪”。用厚纸制成花鸟人物等形，然后用丝绸花布等包起，填上棉花使呈凸起状，再贴附到木板或纸板上。

爱同他说些只有他们才能心领神会的话：

“松枝，设有香槟酒喷泉的那家真有意思呀！”

赏花活动已经定在四月六日举行。打从偶人节过去以后，松枝府上左一档子右一档子，为了准备这次活动，人们的起居行动也都增加了几分活跃气氛。

清显无所事事地度过春假，父母劝他出去旅游，他也不感兴趣。尽管他并不常常与聪子相会，却连片刻也不想离开聪子待着的东京。

他以充满预感的恐惧心情迎接寒气犹存而姗姗来迟的春天。在家里待得无聊，心情苦闷，有时就到祖母的隐居处走走，这本是他并不常去的地方。

他所以不常去，是因为祖母总也改不了那种永远把他当作幼儿看待的癖性，还有就是动辄就讲些母亲的坏话。祖母长着一张严厉的脸孔，男性般的双肩，看上去很是结实。打从祖父去世以后，她全然不想出外活动，好像单单以等死为乐似的，尽管只吃那么一丁点儿饭食，这反而使她更加健壮起来。

每逢从家乡来人，祖母就毫无顾忌地说起鹿儿岛方言来；对清显母亲和清显，却拙笨而生硬地说东京话，而且个别字母的发音又不准确，听起来更觉得刺耳。清显感到，祖母所以要坚决保持那种口音，仿佛是一种不满情绪的流露，即认为流利地发出东京口音，乃是一种轻薄的表现。

“听说是洞院宫殿下要来赏花呀。”

祖母把双腿伸进被炉[1]，见清显进来，劈头就这么说道。

1　被炉是日本的取暖设备，在火盆上罩以木架，上面盖上棉被而成。

“是啊，说是这样。”

“我还是不露面了。你妈妈也请过我，可还是就当我不在这里为好，我倒觉得舒服一些。”

然后，祖母担心清显无所事事，就劝他练练柔道或击剑。接着，她就埋怨说，自从毁掉从前的练武场，建筑洋房以来松枝家就开始中落了。这话叫人听着不痛快，但是清显心里也赞成祖母的意见，因为他喜欢“中落”这个词。

“要是你的叔叔们还活着，你父亲也就不能这么由着性子干了。像这种花大钱招待皇家的勾当，啥也不顶，光是外表上瞧着好看罢咧！一想到儿子们丝毫没享到荣华富贵，就战死啦，我压根儿就不想跟你父亲他们一块没完没了地欢乐了。就说遗族补助金吧，瞧，还不是分文没动，供在神龛上。那是皇上为了补偿儿子们流出的宝贵鲜血赐给的钱，就怎样也不想用它嘛！”

祖母喜欢这种关于道德的说教，不过她的衣食零用直到用人，都由侯爵关怀备至，供给无缺。清显总是疑心，祖母恐怕是觉得自己是乡下人，不好意思同那些时髦人物凑热闹。

然而，清显却觉得只有见到祖母的时候，才能够从那充满虚伪的环境中解脱出来而泛起一种喜悦，仿佛切实地接触到就奔腾在自己身旁的朴素而刚健的血液。当然，毋宁说这是一种带有讽刺意味的喜悦。

祖母那骨骼粗壮的双手，那仿佛是一笔挥成的面庞，那拥有严峻线条的嘴唇，都会使清显泛起这样的喜悦。当然，祖母也并非只说些严肃的话，此刻她又突然在被炉中碰了一下清显的膝头，逗他说：

“你一来，这里的女人们就撒了欢，叫人为难哪。在我眼里，你还只是个流鼻涕的毛孩子哩，可女人们看你就是另一回事了！”

他朝挂在横木[1]上的两位叔父的照片望去，那身着军服的姿影已经模糊不清了，他觉得那军服同自己已经没有丝毫联系，虽说那场战争打完后仅仅过了八年，那时的照片同自己的距离却已经颇为遥远，望过去只是一片苍茫了。想必是我生来就只是流淌着感情的血，而决不流淌肉体的血，清显怀了略微夹杂着不安的自豪心这样想着。

关闭着的拉门上洒满阳光，六铺席的居室温暖如春，人仿佛是在巨大的蚕茧里面，透过半透明的拉门上的白纸沐浴着强烈的阳光。祖母忽然睡眼蒙眬，打起盹来。清显坐在这明亮的屋子里，在沉寂中谛听着挂钟越来越响的嘀嗒声。略微低头酣睡着的祖母，在额头的发际附近黏附着染发的黑粉，丰腴的前额从那里鼓出来。看上去，六十年前的少女时代在鹿儿岛受到的日晒，还残留着某些痕迹。

清显从海潮的奔腾和漫长时间的流逝中，突然觉察到自己不久也会走进老境，而泛起一阵子窒息的感觉。他从来没有想过要获得什么老年人的智慧。他想的只是怎样才能在年轻的时候就溘然死去，而且尽可能不感觉痛苦。宛若一件华丽绸和服随便脱下来扔在桌子上，不知不觉又滑落在昏暗的地板上那么优雅。

1　原文为“長押”。日本式建筑的上门框上的装饰用横木。

——关于死的思考，像是第一次给了他鼓舞，骤然泛起想见到聪子的心情，哪怕是看上一眼也好。

他给蓼科打了电话，急急忙忙去见聪子。他发现聪子确实还活在那里，又年轻又漂亮，自己也活着来到那里，觉得好不容易赶到那里才得以保住了一种异常的幸运。

聪子是由蓼科引路，装作散步的样子，来到这座离麻布区府邸不算太远的小神社的院内，同清显见面的。聪子首先感谢清显邀请自己前去赏花。看来她像是相信那请帖是按照清显的指示送来的。清显那种缺乏坦率的脾气依然如故，竟然把尚未听说过的这档子事，装作早就知道的样子，含含糊糊地接受了人家的道谢。

十七

松枝侯爵经过仔细的斟酌，把邀请赏花的客人尽量削减，只限制在陪同洞院宫两殿下共进晚餐的人数之内，包括暹罗的两位王子、家属之间常常招待过的新河男爵夫妇、聪子和她的双亲。新河财阀的当代主人，万事均以英国人为楷模，男爵夫人近来同平冢雷鸟[1]过从较密，俨然成了“新女性”的保护者，他们夫妇的出现，一定会大增异彩。

下午三时，洞院宫两殿下莅临，在正厅的一个房间里稍事休息后，即被请到庭园，直到五时。装扮成元禄赏花舞姿的艺妓们，以园游会的形式担任招待，然后表演集体舞蹈，日落后便请众人入洋房，献上餐前的开胃酒。用完正餐，作为第二次余兴，由专为这天雇用的技师，放映新到的西洋影片，随后结

1　平冢雷鸟（1886—1971），本名奥村名，妇女运动家、评论家。一九一一年创立青鞜社，出版《青鞜》杂志，一九二〇年与人创立“新妇女协会”，发起争取妇女参政运动。著有《我走过的道路》等。青鞜即蓝袜子，参看第五十七页注1。

束。这是侯爵和山田管家经过种种研究最后确定的方案。

挑选放映的影片也使侯爵大伤脑筋。法国拍摄的影片，由法兰西喜剧院演技高超的著名女演员加布莱·萝本丝主演，固然是格调高雅，但又唯恐冲淡赏花的兴致。从今年三月一日起，浅草电影院改为专门放映西方影片。那里放映的《失乐园中的恶魔》，受到热烈欢迎。然而，把在那种地方放映的片子拿来给贵宾欣赏，更是不合适。话虽如此，如请皇妃殿下和贵妇人来观看德国的影片，也绝对不会讨好。想来想去，还是以稳妥为上，决定放映英国赫普沃斯公司出品，根据狄更斯的作品改编、长达五六集的表现世俗人情的影片为最好。即使它稍有阴暗气氛，但雅俗共赏，又配有英语字幕，估计所有的客人都会喜欢看的。

万一下雨的话怎么办呢？从正房大厅观赏樱花，那景象并不壮观，于是决定先请贵宾从洋房二楼上领略雨中繁英的情趣，观看艺妓的舞蹈，接着再上餐前酒和正餐。

准备工作是先在打草坪丘上望得清清楚楚的湖滨，搭一座临时舞台。假若遇上晴天，就必须在殿下一行徒步赏樱随处游览的路径，挂起红白二色的幕布，那就要大大超过寻常的范围了。此外，还要在洋房内部随处装点许多枝樱花，餐桌上也免不了做些盆景般的布置，一看就能叫人联想起阳春的田园风光来。这么一来，当然是需要众多人手的。眼看着到了前一天，梳头师傅和徒弟们忙得一言难尽。

幸亏当日是个晴天，不过阳光并不那么强烈。太阳一忽儿躲到薄薄的云彩里去，一忽儿又露出脸来，甚至早晨那阵子还觉得有点儿凉哩。

正房里平日闲着的一个房间，充作艺妓的化妆室，把所有梳妆台都搬了进去。清显一时兴起前去觑视了一下，立刻就被女仆头儿赶走了。只见那个足有二十铺席的房间，打扫得一干二净，准备迎接不久就到来的女人们。围起屏风啦，放了些棉垫啦，友禅绸帘的梳妆台掀起一角露出那明光锃亮的镜子啦，一片忙忙碌碌的景象。尽管此刻还闻不到脂粉的香气，不到半个钟头后，这里就会突然娇声四起，变成女人们换和服的地方，就仿佛是在她们自己家里一样。清显这么想象着，眼前展开了一幅艳丽的图景。比起庭园里那飘荡着新木的槎口发散出香气的临时舞台来，这里不啻是一处香气更浓的妖艳的马厩。

清显知道暹罗的王子们毫无时间观念，于是特意请他们用过午餐后马上光临。二位王子一点半就到达了。他们依然穿着那身学习院的制服，使清显吃了一惊。清显暂且把他们引进自己的书斋。

“你的情人，那位美人儿来吗？”

刚一进屋，库利沙达殿下就大声用英语问。

素来非常谨慎的帕塔纳迪特殿下嗔怪了堂弟的失礼，用结结巴巴的日语向清显道歉。

清显回答说，她确实是要来的。不过今天当着皇族和双亲的面，恳请他们不要提到这个话题。王子们听了面面相觑，这才晓得清显和聪子的关系如今还没公开，仿佛感到惊愕。

看来，二位王子受到思乡情绪的折磨一个时期之后，已经对日本相当习惯了。他们都穿着制服，加上多日相处，清显毫无隔膜地以同学相待。库利沙达殿下惟妙惟肖地模仿着学习院院长的动作，逗得昭·彼和清显笑起来。

“从现在起可真的要暖和起来了吧。”

昭·彼站在窗前，望着庭园里红白二色的幕布随风摇动，眺望着那异样的景致，担心地说。那声音里蕴含着对夏天的灼热的憧憬。

清显受到这声音的引诱，从椅子上站了起来。正在这时，昭·彼用他那少年般的清脆的声音喊了一声。堂弟库利沙达王子也吃惊地站起身来。

“是她。那就是不许咱们提到的美人！”

转眼之间，昭·彼的话又变成了英语。

千真万确。聪子那身着长袖和服的倩影，正跟双亲一起沿着湖滨石径朝正房这边走来。她穿的是一身樱桃色的和服，异常美丽，远远望过去，那下摆的花纹似乎是由阳春原野上的笔头菜和嫩嫩的青草构成的；光泽闪映的青丝笼罩着白皙的面颊，影影绰绰地看得出她正用手指着湖心岛的方向。

湖心岛虽然没有悬挂红白二色的幕布，然而那悬挂在尚未发青的红叶山小径的幕布，却隐隐约约地映入眼帘。这幕布把红白二色的影子投入湖水之中，望过去，仿佛是一排红白二色的干点心。

清显忽然泛起一种错觉，似乎听到了聪子那娇嫩而富有弹性的声音，当然隔着关紧了的窗子是无从听到的。

一个日本少年和两个暹罗少年，屏着气息把面孔排在一面窗子里，这使清显感到不可思议。也许是只要跟这两位王子在一起，就会受到他们那种热带感情的感染，清显觉得自己此刻很容易地就能相信自己的热情，并且明确地予以表白。

如今，他已经能够毫不犹豫地对自己说：我爱她，而且疯狂地爱她。

聪子的身子从湖水那面转了过来，她的脸尽管没有正对着这面窗子，却愉快明朗地对着正房。这时，清显幼年时代的记忆泛起在心头：自己为春日妃持裙裾的时候，只看到了她的侧脸，因此他心中一直有着无法释怀的遗憾；然而，六年后的今日这个遗憾被弥补，瞬间他有种心满意足的感觉。

他感到这不啻是一块时间的结晶，改变了它那瑰丽的断面的角度，使他在六年之后，真切地瞻仰到那无上的光彩。聪子的双眸中蕴藏着芳春的阴影，眼神飘忽不定地泛起了微笑，倏而那优美洁白的手弯着抬起来，掩住了嘴角。她苗条的身姿仿佛奏出了一曲优美的弦乐。

十八

新河男爵夫妇不啻是茫然自失和狂躁的出色混合体。男爵对夫人的所说所为漠不关心，夫人则一开口就滔滔不绝地说下去，又全然不顾别人的反应。

无论在家里也罢，还是在大庭广众之下也罢，全是这样。冷眼看上去，男爵似乎总是茫然自失，时或却有着以锋利的警句发人深思的特长，即或是尖锐地评论别人，也决不做冗长的发挥。夫人却往往费了千言万语，关于她要说的人物，还是丝毫描绘不出鲜明的形象。

他们在日本是第二辆劳斯莱斯汽车的买主，觉得很有气派而自豪不已。男爵在家里用完晚餐，就换上丝绸吸烟服，自自在在地休息，漠然地听着夫人那没完没了的唠叨。

夫人邀集平家雷鸟一派的人们，组织了一个集会。这个会每月召集一次，名叫“天火会”，是根据狭野茅上娘子的名歌[1]命的名。不凑巧，每次开会都赶上雨天，报界就揶揄它是“雨天会”。关于思想的事，夫人一窍不通，她望着妇女们思想上的觉醒，仿佛是面对着一群学会了生三角形鸡蛋的母鸡。千真万确，这是一种完全新型的鸡蛋，望着望着，她不禁感到一阵莫名的兴奋。

这对夫妇被邀请参加松枝侯爵府上的赏樱会，半是为难，半是高兴：为难的是没去之前就明明知道那是无聊的勾当，高兴的是可以无言地显示一下自己这正牌的西洋气派。况且，这个豪商之家，一直跟萨长政府[2]保持着互相帮助的关系，从父亲那一代起，对于乡巴佬的轻蔑，便成了他们这种顽强的新优雅作风的深层心理。

“松枝先生那里，又要招待皇族，也许要鼓乐相迎哩。把皇族的驾临当作演戏，本来就是他们家的想法嘛。”男爵说。

“咱们一定得把新的思想隐藏起来。”夫人回答说，“不过，我们把新思想藏在心里，装作若无其事的样子，不也蛮有气概嘛。悄悄地混在守旧的人们当中，倒也挺有意思哩。瞻仰一下松枝侯爵怎样毕恭毕敬地奉承洞院宫殿下，有时候又装作活像朋友似的那种样儿，倒也有意思，值得看啊。我穿哪身

---

1 狭野茅上娘子是日本天平年间（729—748）著名女歌人，生卒年不详。本书所引《天火》之歌，原出狭野茅上娘子给丈夫中臣宅守的歌中语。中臣因与狭野茅上娘子结婚，犯了重婚罪，发配越前，临别时娘子赠歌：“君行千嶂里，艰险又迢遥；欲卷关山路，祈来天火烧。”

2 日本江户时代萨摩、长州两藩的联合政府。

西服呢？大白天硬穿夜礼服又觉得不大自然，倒不如索性穿下摆染花的和服恰到好处，我就叫京都的北出赶制一件下摆上染了篝火夜樱图的和服吧。不过，不知怎么回事，总觉得下摆染花的和服，我穿着有点儿不相称哩。我也不晓得是自己认定了不相称，可实际上是相称的呢？还是别人看着本来也觉得不相称？这一点，我怎样也弄不清楚，您是怎么想的呢？”

——当天，侯爵家通知说，请客人们在皇族驾临之前，抵达他那里。新河男爵夫妇却故意迟到了五六分钟。当然，即便如此离殿下驾到还有富余的时间。

新河男爵对这乡巴佬的土气做法不禁愤然，来到这里一瞧，马上就揶揄地唠叨说：

“难道王府驾车的马半路上患中风症了吗？”

不过，他只是英国绅士般嗫嚅着，所以任何人都没听见。

后来，王府的马车终于驶进侯爵府上的大门，听得一声急报，主人方面的成员都在正厅前面列队迎接。当马蹄将路上的沙砾踏得四下飞溅，把车拉进松树掩映下的院内停车处时，清显望见拉车的马怒张鼻孔，扬起长颈，把那灰白的长鬃耸立起来，犹如余势未尽的波浪要粉身碎骨，掀起白色的浪峰。此刻，马车腹部溅上一些春天的泥浆，那面皇室的金质菊花徽章带着泥浆划了一个金色的漩涡，随即平息了。

洞院宫头戴黑色圆顶高礼帽，蓄着风度超然的半白胡须。妃殿下跟在身后，二人踏着铺在室内的白布登上正厅的典礼台。当然，在这之前已经同主人和其他客人微微颔首致意，但正式的寒暄却要等到进入正厅以后再进行。

妃殿下的黑色鞋尖，在洁白裙裾的薄纱下面一进一出地闪现着，仿佛是涌向海岸的波涛卷动着马尾藻的黑籽出没在洁白的水花中间。清显的眼中只停留下这深刻的优雅，他已经没有勇气再抬起头来瞻仰她那衰老的面容了。

在大厅里，侯爵把来临的客人一一向两位殿下引见，其中唯有聪子的面孔是殿下初次看到的。殿下抱怨地对绫仓伯爵说：

“这么一位美丽的小姐，怎么从来没有让我见到啊！”

站在一旁的清显一霎时只感到一阵莫名其妙的战栗轻轻地窜遍自己的脊椎；他觉得，在众目睽睽之下，聪子就像是一个光辉四射的彩鞠一般，被高高地踢上去了。

二位暹罗王子到达日本后很快就受到这位同暹罗关系密切的殿下的招待，于是他们马上融洽地攀谈起来。殿下问到学习院的同学们对他们是不是亲切。

昭·彼微笑着，很有礼貌地回答说：

“大家都像十年的知己一样，凡事都亲切地帮助，没有任何不如意的地方。”

清显却知道，他们除了跟自己以外，简直说不上还有什么朋友，并且至今几乎还没上过学，听了这话觉得好笑。

新河男爵的心犹如一块银子，特意打磨得明光锃亮，然而走出家门，一混进人群中间，立刻就被无聊的锈弄得暗淡无光。当他听到这种应酬的时候，哪怕仅仅一次呢，也会生锈……

终于，由侯爵引路，请殿下先行，众人一个跟着一个，走向庭园去赏花了。日本人通常都是客人之间不大容易混熟，往往是夫人跟在丈夫身后各走各的。男爵那副茫然自失的样子已经到了非常显眼的地步，他看清了前后的人们离得较远，就对夫人说：

“侯爵自从留学外国以来，变得时髦了。听说他不再搞什么妻妾同居，而是叫妾迁到大门外边供出租的房子里去了。据说从正房到大门，足有八百多米，可以说是八百多米的时髦啦！所谓五十步笑百步的谚语，可能就是为了这个才造出来的吧。”

“要讲新思想嘛，就得讲得彻底才对呀。别人怎么说，不必管它，总得像咱们这样，一切遵守欧洲的习惯，不管是受到招待，还是晚上出去，都得夫妻同行——您瞧啊，对面山上的两三棵樱花和红白幕布映在湖水里，多么好看呀！您再瞧，我这下摆的花纹怎么样？在今天的客人里头，这是最讲究的，又是最新颖、最大胆的花样，要是打湖对岸望望我这映在湖水中的影子，一定是美得很吧。我只能在湖这边，不能同时站在湖对岸，真是力不从心呀。喏，您不这么想吗？”

新河男爵对一夫一妻制的美事如此锤炼出来的拷问耐人寻味（本来也是他自己愿意这么做起来的），他只觉得自己正是先于别人一百年的思想的受难者，并且在高兴地忍受着一切考验。男爵生性不喜欢在人生中追求感激之情，无论对怎样难以忍受的痛苦，他都认为，除非有感激介入的余地，否则就是时髦、有意气的事儿。

丘陵上的园游会场里，一群柳桥[1]的艺妓装扮成表演元

1 柳桥，位于东京台东区和中央区日本桥之间的桥名和此桥北侧一带的地名。在江户时代，这是水陆码头，也是艺妓和酒楼聚集的地方。

禄[1]时代观樱舞的宽袖棉袍[2]的武士、女侠、奴仆、盲人乐师、木匠、卖花人、卖红版画[3]的人、小伙子、城镇少女、乡下姑娘和俳谐师[4]等，聚集在一起向客人表示欢迎。殿下脸上泛起微笑，向身旁的松枝侯爵表示满意；二位暹罗王子高兴地拍着清显的肩膀。

清显的父母分别全力以赴地款待洞院宫殿下和妃殿下，清显则不时和二位王子一起落在后面，艺妓们总是围着清显，使得清显照顾日语不大通的二位王子，很有些吃力，当然就更无暇去看顾聪子了。

“少爷，您有空儿也来玩玩吧！今儿可一下子增加好多单相思的姑娘哩。您要是就这么把她们丢开不理，那可就太狠心啦！”

那个扮成俳谐师的年老艺妓这么说着。年轻的艺妓，还有那女扮男装的艺妓，都在眼圈上敷了红粉，一笑起来就像喝醉了似的摇晃着。天近黄昏，清显本来已经感到相当凉，却仿佛在身边围起了一道丝绸、绢绣和敷粉肌肤的六扇两面的屏风，真挚地为他把晚风遮挡得严严实实。

这群女人竟然如此地欢笑，如此地愉悦，宛若把自己的肉体沉浸在温度恰到好处的热水之中。她们那表演般的手指的动

1　元禄（1688—1704），是东山天皇即位后改元的年号。

2　原文为“丹前”，套在和服外面穿的宽袖棉袍。

3　浮世绘版画的初期画法之一，以红色为主的套色版画。

4　俳谐师，俳谐即俳谐联歌，也称联句，主要倾向是庸俗和滑稽。俳谐师即指以此为职业的人和擅长这种技巧的人。

作、那白皙细腻的咽喉部位犹如装了一个精巧的金属合页，使自己的颔首动作恰好停止在适当的角度。那巧妙地避开人们的揶揄，一瞬间在眼角上流露出笑嗔的神情，那倏而又脸色严肃地谛听客人讲话时的姿态，那略微扬手梳发时表现出的难以排遣的茫然若失……清显望着她们这种种风姿，不知不觉地把艺妓们的频送秋波和聪子那独具特色的眼波流动做了个比较，看看究竟有什么差别。

这群女人的频送秋波，非常灵活而充满愉悦。那秋波仿佛是身外之物，又宛若烦人的虫豸，过分地飞腾不已，绝没有聪子那种蕴含着优雅情致的闪动。

清显望得见聪子的侧脸，她正在远处同殿下谈话。她的侧脸，在朦朦胧胧的余晖的辉映之下，好似远方的水晶、远方的琴声、远方山脊的起伏，充溢着这距离酿成的幽玄气氛。加上，随着暮色的缓慢加浓，她那以树枝间的天空为背景的侧脸，显示着一种仿佛是轮廓鲜明的黄昏富士山的姿容。

——新河男爵和绫仓伯爵交谈几句，就都让身旁的艺妓侍候着，做出一种根本没把艺妓放在眼里的姿态。草坪上不时飘落着春樱的花瓣。偶然一片脏兮兮的花瓣吸引住男爵的视线，一直望着它飘落在伯爵那闪映着余晖的漆皮鞋尖上，发现了那双鞋的尺码小得跟女人的鞋似的。那么说来，伯爵拿着玻璃杯的手，也像偶人的手一样又白又小。

男爵对伯爵这种贫血的体态，甚至感到了妒忌。同时他又感到伯爵那种极其自然而面带笑容的坦然态度和自己那英国式的茫然自失的状态之间，存在着一种微妙的联系，所以他们之间才有独特的共同语言。

“在动物里，无论怎么说，还是啮齿目一类的可爱。”

伯爵突然说。

“啮齿目一类啊……”

男爵应着，心里似乎并未泛起什么概念。

“比如说豚鼠和松鼠之类。”

“您饲养着这类动物吗？”

“不，不饲养，家里会有气味的。”

“即便可爱也不饲养喽。”

“首先，不能成为和歌的题材。不能吟咏的东西，就不放在家里，这乃是我的家规。”

“是吗？”

“虽说并不饲养，然而那种娇小而长满蓬松密毛的身躯和怯生生的神态，我倒是觉得最可爱呢。”

“那倒也是呀。”

“凡是可爱的动物，也不知道怎么回事，那气味也似乎相应地强烈呢。”

“这么说也未尝不可。”

“听说新河先生在伦敦待过很久……”

“在伦敦吃茶总是挨个儿问遍先要牛奶还是先用红茶，其实混起来喝也无所谓，可是先倒牛奶还是先倒红茶，对每个人来说，不啻是比国家的政治还紧要的问题。”

“我恭听了非常有趣的事。”

艺妓根本没有机会插嘴，看来这两位赏花客，脑袋里丝毫没有花的意识。

侯爵夫人一直陪着妃殿下。由于妃殿下喜欢吟唱古典歌曲，也弹三弦，因而柳桥首屈一指的担任三弦伴奏和伴唱的老年艺妓，就侍立一旁陪着说话。侯爵夫人提到一次在亲戚庆祝订婚的集会上，用钢琴、三味线和古琴合奏《松之绿》，说来大家演奏得都很愉快。妃殿下兴致勃勃地接着说，我要是也在场该多好哇。

高声的朗笑总是从侯爵嘴里发出来的，而洞院宫殿下笑的时候，却常常是用手掩起梳理得非常优美的口髭，声音并不那么高。装扮成盲人乐师的老艺妓附耳向侯爵说了些什么，侯爵便大声对客人们说：

“现在开始表演观樱舞，请诸位到舞台前面去！”

这些话本来是应该由山田执事说的，现在突然被主人代替了，山田马上在镜片后面黯然地眨着眼睛。这是他每次遇到不测事件后悄悄地忍受时的唯一表情。这乃是任何人也不会发觉的。

山田认为，但凡主人的东西自己决不染指，主人也不应该干预自己分内的事情。这时，他忽然想起去年秋季的一桩事。有一次外国房客的孩子们在庭园里捡着橡子玩耍，正赶上山田的孩子们来到那里，于是外国孩子就要把橡子分给他们一些，然而他们顽固地不肯接受。这是因为，山田平日严格地训诫孩子们不能染指主人家的东西。外国孩子的双亲看到山田的孩子们这种做法，便误会了，还特意来向山田抗议。山田却已经知道自己那些面孔过于一本正经，嘴总是谦恭有礼的孩子是怎么回事，于是大大地称赞了他们。……

——一霎时，脑际闪过这桩事以后，山田便踢动裙裤迈开不大灵便的步子，甚至有些哀伤的样子猛然跑到客人中间去，急急忙忙把大家引到舞台前面来。

这时，坐落在湖滨的舞台，从围了红白二色幕布的后台响起了两下梆子声，宛若刚切下的新木屑撒向空中。

十九

清显和聪子好不容易得到了单独叙谈的机会，那已经是临近黄昏的时分。不过，时间也是短促的。那时，观樱舞的余兴节目刚刚演完，主人为了欢迎客人，犒劳艺妓，把大家引进洋房的大厅里，设宴款待。天还没黑，离点灯还有一段时间。但人们已酒过半酣，开始乱成一团，人群熙熙攘攘，尽兴欢乐，甚至令人感到某种不安。

清显从远处递了个眼色，知道聪子乖巧地保持适当的距离跟着来了。丘陵的小径，一条通向湖滨，一条向着大门。在分岔处，红白幕布有一段缺口，这里又刚好立着一棵高大的樱树，可以避开人们的视线。

清显先走到幕布外面把身子隐蔽起来，聪子却在刚刚要走过来的关头，被一些陪侍妃殿下周游红叶山上岸来的女官们截住了。事已至此，清显又不好抛头露面，只好悄悄地躲在树下等待聪子脱身。

这样，他在一人独处的时候，方始仰起头来仔细地观察着这棵大樱树。

花儿密密麻麻地挤在黝黑无华的树枝上怒放着，酷似洁白的贝壳满满地粘在一块岩礁上。晚风一阵阵把幕布吹得鼓鼓囊囊，那樱树也首先是下边的枝头迎风摆动，花儿也婀娜多姿地跟着飞舞，仿佛是在娓娓动听地絮语着。巨大的伸展开的树枝，带动着似锦的繁花大模大样地摇晃着身躯。

樱花是洁白的，只有成串的蓓蕾才略含红色。然而，就是那洁白的花朵，仔细看上去，星形的花蕊也呈现着暗红色，犹如纽扣中心缝的线结，一个个坚实地收缩着。

黄昏时分，蓝天和浮云交融在一起，都那么轻淡。花枝同花枝交相舒展，把天空分隔开来，那花色也像是融化在天空中了。倏而，那繁枝、那树干的黑色，仿佛更加浓重，给人的印象也更加强烈了。

每一秒钟，每一分钟，黄昏的天空和那棵樱花的亲近感都在加深着。望着，望着，清显的心已经被封闭在不安的思绪中了。

当他再一次望到幕布又鼓起来，那却不是风吹的，而是聪子挨着幕布走过来了。清显握住聪子的手，给晚风吹凉了的手。

清显要接吻，聪子显然有所顾忌而拒绝了，却在她生怕被树干上仿佛是涂了粉的青苔弄脏衣服，避开身子的时候被清显抱住了。

“这样，只感到痛苦啊，清少爷，请松开我。”

聪子低沉的声音里，依然明显地蕴含着顾忌的情绪，清显对她这种不够心慌意乱的表现感到不满。

如今，在这棵樱树下，清显要得到一种保证，保证自己正处在幸福的绝顶。蕴含着一种不安情绪的晚风，在增强着清显内心的焦灼感，他想证实聪子和自己这一瞬间正处在至高无上的幸福之中。因此，只要聪子流露出一丝一毫并不起劲的情绪，这种愿望就不能实现了。此刻，他宛然做了一个忌妒心强烈的丈夫，甚至因为妻子没有和自己做过同样的梦，便加以嗔怪。

聪子半推半就地伏在他的胳膊里，闭上眼睛，那美丽的神态真是无法比拟。她那张优美的线条组成的面庞，既端庄又充满一种放纵的情调。那口唇的一角适度地往上翘着，不知是欷歔呢，还是微笑，使得他焦急地想在夕暮将临的微明中加以确认，然而此刻竟连她那鼻翼的阴影也在预示着夜幕马上就要降下来了。清显审视着聪子那半掩在青丝里的耳朵。只见那里呈现着极其精巧的形状，泛起淡淡的红润，犹如幻梦中的小巧玲珑的珊瑚佛龛，深藏着一座小小的佛像。夜色将浓，那只耳朵的深邃处，似乎蕴藏着一个神秘的东西。难道说那里面是聪子的心吗？抑或是那颗心正藏在聪子那微张着的薄嘴唇中，湿润闪光的皓齿里面？

清显在烦恼地思索着，自己如何才能潜入聪子的内心深处去？聪子似乎不让清显再把自己的脸端详下去，而主动凑上去同清显吻在一起了。清显拥抱着聪子腰部的手指尖感到温暖。他想象自己正置身于百花腐烂的温室里，伸着鼻子嗅着这种气味，就这样窒息该有多么好。聪子尽管一声未吭，但清显却清楚地看到自己的幻影，只差那么一点点就要达到完美的均衡境界了。

二人的口唇离开之后，聪子满头的黑发便紧紧地伏在身穿制服的清显胸前。清显沉浸在发油的香气之中，不禁感到一阵迷惘，同时他眺望到幕布那一方的远处的樱花略带银色，恍惚觉得那蕴含着忧悒之情的发香和黄昏樱花的气息浑然成为一体了。远方的樱花沐浴着淡淡的余晖，密集枝头，酷似竖立着一丛丛羊毛；又在那近似银灰的白色下面隐藏着不吉祥的微红，望去颇似死人用的整容胭脂。

清显忽然发现聪子脸上流着眼泪。在他还没有来得及施展自己那不幸的探索本领，还没有弄清楚这眼泪究竟是幸福的，还是不幸的，刚刚要加以试探的关头，聪子已把脸扬起来，连眼泪都没擦，就霍然改变神色，闪烁着锐利的目光，严肃地说：

“清少爷是个孩子！是个孩子！什么也不懂。什么也不想懂。我本来应该毫不客气地把一切都教给您。不管您多么自以为了不起，清少爷您还只不过是个小娃娃呀！说真格的，我本来应该多关心您一下，教给您就好了。可是，已经来不及了……”

聪子说完就转身朝幕布那面跑去，清显独自一个被撇下，觉得自己的心灵受到了伤害。

发生了什么事情？聪子的话是精心选择的足以深深地刺伤他的心灵，是一支瞄准射向他最脆弱部位的利箭，是一剂最能置他于死地的毒药，总之是伤害他的语言的精华。清显必须认识到这剂毒药的浓度，首先更应该想想自己为什么会得到这么一个纯粹恶意的结晶。

清显只觉得心悸加快，双手颤抖，眼睛里流出了窝心的泪水，全身奔腾着愤怒的他，完全不再考虑这种感情之外的一切。他意识到，再回到客人面前去，或者是心平气和地挨到集会结束，已经是世界上最难做到的事情了。

二十

宴会没有发生任何疏漏，顺利地结束了。委实粗疏的侯爵，感到满意，当然相信客人们也是满意的。在这个短暂的时刻，夫人的价值对侯爵来说乃是最宝贵的。下面这段话就是证据。

“你看两位殿下自始至终兴致都很高吧？恐怕是满意而归吧？”

“那还用说嘛。两位殿下说，打从先皇驾崩以来，头一次过了今儿这么愉快的日子呢。”

“说这种话，当然是不够谨慎，可倒是实感嘛。不过，从下午一直到深更半夜，时间太长，客人们没有感到疲劳吗？”

“您说到哪儿去啦！您的筹划细致周到，进行得又很顺利，一个连着一个，都是愉快的节目。我看，大家连感到疲劳的时间都不会有的呀！”

“放映电影的时候，没人打盹儿吗？”

“不，大家都睁大了眼睛，着了迷似的看哪。”

“说起来聪子可是个温柔善良的姑娘。那部电影也确实叫人感动，可只有她看得直哭。”

看电影的时候，聪子毫无顾忌地哭着，侯爵在室内一亮的当口，才看到了她的泪珠。

清显疲惫不堪，好容易才回到自己的房间里来，但是只觉得目光清炯，根本无法入睡。他打开窗子，仿佛看到成群的甲鱼那青黑色的头正朝这边仰望着……

他终于按了电钮把饭沼唤来。如今，饭沼已经从夜间大学毕了业，晚上必定在家。

饭沼走进清显的房间，一眼就看到了“少爷”那张被愤怒和焦灼扭曲了的面孔。

饭沼近来渐渐地领会了观察别人脸色的本事，这是他从前根本无能为力的。特别是清显这张平日常常接触的面孔，此刻看那表情仿佛是一个万花筒。那张由纤细的五光十色的玻璃片组成的图案，一眼就看得清清楚楚。

结果是连饭沼的心灵和爱好也随着发生了变化。少主人那张由于烦恼和忧悒而憔悴了的脸，如在过去，在饭沼看来不过是怠惰和脆弱的灵魂的表现，从而激起他的憎恶，现在却从那里看出一种风韵来了。

清显那蕴含着忧悒的美貌，确实不大适于表现幸福和喜悦；而能够提高它的格调的，倒是悲哀和愤怒。而且，每当清显发怒表现出焦灼情绪的时刻，在他那张面孔上，就会增加一层毫无着落的娇痴神色，两相映衬，别具一格。本来就白皙的双颊，变得苍白了，秀美的双眼挂上几道血丝，流动着的双眉颦蹙着，表现出蹒跚着的灵魂攀附一个物体的渴望，酷似那飘荡在荒原的歌声，蕴含着一种颓废中的娇痴情调。

近来，饭沼总是不等让就在固定的一把椅子上坐下来。由于清显好久不吭一声，他就拿起清显放在桌上的今晚正餐的菜谱，读了起来。饭沼知道，今后就是在这里再待上几十年，这些菜肴恐怕也绝没有品尝的机会。

大正二年[1]四月六日观樱会晚餐

一、汤：鳖甲汤

二、汤：鸡肉末汤

三、鱼肉：牛奶炖鳟鱼、白葡萄酒，挂汁

四、兽肉：牛肉里脊烩洋菇

五、鸟肉：鹌鹑烧炖洋菇

六、兽肉：烤羊肉里脊配堇菜

七、鸟肉：鹅肝酱冷盘

酒：菠萝汁冷饮酒

八、鸟肉：暹罗鸡肉烧洋菇（软纸盒包装）

九、蔬菜：奶油芦笋

奶油扁豆

十、点心：巴伐露奶油布丁

十一、点心：双拼花式小点心

——清显盯着一味读着菜谱的饭沼，眼睛里一忽儿泛起轻蔑的神色，一忽儿又表现出哀凄的感叹，情绪难以稳定下来。

1　大正二年是一九一三年。

看得出来，饭沼在等待他先开口说话，他这种迟钝的谦恭，令人气愤。假如饭沼能够忘掉主仆关系，而以一个老大哥的身份拍拍自己的肩膀问一问，那该多么好开口说话呀。

清显并没有发觉饭沼已经不是原来的饭沼了。清显并不知道，原先这个汉子只是经常笨拙地掩饰着内心的激情，而今饭沼是在想以体贴柔和的态度对待自己，是在想用不够熟悉的做法进入饭沼本人并不擅长的纤细的感情中去。

“你现在可能不了解我的心情。”清显终于开了口，“我受到聪子小姐的严重侮辱。那口气简直是不把我当一个成人对待，甚至说我过去的行动都是愚笨的，完全是个小孩子。她可当真是这么说的。本来是我最讨厌的话，可偏偏由她劈头盖脸地说出来，这态度真叫我失望。这么一来，那个下雪的早晨，我居然顺从地听了她的话，那不是自己乖乖地去当了她的玩具吗！……关于这一点，你没有什么线索吗？比如说，从蓼科那里听到了些情况什么的……”

“啊，我猜想不到什么。”

饭沼想了一会儿，说了这么一句。他思索的时间很长，显得不大自然，像根藤蔓般缠在清显那变得过敏的神经上。

“说谎，你一定知道些什么！”

“不，什么也不知道。”

经过这样的问答之后，饭沼终于把一直想隐瞒下去的事情说出来了。饭沼虽然已经能够了解别人的内心活动，但对别人心灵上的反应依然有些迟钝，因而他无法预料自己要说的话，对清显来说究竟是多么沉重的打击。

“这话是听阿峰说的。阿峰叮嘱过，只能我一个人知道，绝对不许跟任何人说。但是，这事牵涉到少爷您，所以我想跟您说说也许有好处。

“新年的亲属家族团拜会，绫仓府上的小姐不是来过么。侯爵阁下每年都在那天亲切地跟亲戚家的少爷小姐们叙谈叙谈，大家有什么问题还一一给以解答。

“那天侯爵阁下曾经开玩笑似的问绫仓小姐：

“‘有什么事要跟我商量吗？’

“于是，小姐也像开玩笑似的回答说：

“‘是的，有一件非常重要的事情要请教您。我想请伯父谈谈您的教育方针。’

“这话是为了您今后多多留神，我才跟您说的。这件事一切都是侯爵阁下作为私房话——这么说可能有点儿不妥当（这句话，饭沼是含着难以言状的痛恨脱口说出的），但确是侯爵阁下当作私房话笑嘻嘻地跟阿峰说的，阿峰也原原本本地跟我说了。

“据说当时，绫仓小姐的话引起了侯爵阁下的兴趣：

“‘教育方针，究竟指的是什么呀？’

“‘清少爷跟我说，您曾带他去寻花问柳，进行实地教育。少爷还逞能说，这下子他学会了嫖女人，成了一个道道地地的男子汉哩。请问伯父您是真的进行过这种不道德的实际教育吗？’

“据说，绫仓小姐竟然把这种难以启齿的话，说得挺流利呢。

“侯爵阁下听了哈哈大笑，随即说道：

“‘这倒是个很厉害的提问哪。真像是矫风会[1]的代表在贵族院的质询会上站起来进行质询一样呢。如果真像清显说的那样，倒也罢了，我也有办法辩解。其实哪，我这种教育却遭到了他本人的拒绝。你也知道，那是一个不肖的儿子，晚熟而又有洁癖，一点儿也不像我。不必否认，我是这样邀过他，但他立刻就驳了我，怒气冲冲地走开了。事情尽管如此，他却硬充好汉，跟你说谎还觉得自豪，倒是挺有趣的。不过，无论多么亲密，多么不见外，竟然向大家闺秀谈起烟花柳巷的事来，我可从来没有对他进行过这样的教育，该立刻把他叫来教训一顿。这样，那小子也许会发奋起来，想去体验一下逛妓院的味道哩。’

“然而，小姐费尽唇舌劝阻了侯爵阁下这样轻率地行事，侯爵已答应小姐，这话听听就算了，不去往外说。既然答应了，侯爵总归没有对别人说，可终于悄悄地跟阿峰说了，还边说边眉飞色舞地笑着，并且严厉地叮嘱阿峰不能向任何人透露。

“可是阿峰终归是女人，有话怎么能憋在心里，就跟我一个人说了。我呢，因为这是有关少爷您的名声的事情，当场就严厉地吩咐她，要绝对保守秘密；如果她透露出去，我就跟她断绝关系。她没想到我居然那么较真儿，受到威胁，一定不会再跟外人说了。”

清显听着的当儿，脸色越发苍白起来。但是，他觉得自己一直在浓云密雾中撞来撞去，忽然一天云雾散，一排白色圆柱玲珑地显露出来，一切模模糊糊的东西都有了鲜明的轮廓。

首先，尽管聪子那么坚决地否定过，其实已经看过清显给

1 即妇女矫风会，信奉基督教，主张禁酒。

她的信。

当然，那件事曾经使她感到一些不安，及至在亲属家族的新年团拜会上确认了清显说的不过是谎话，便欣喜若狂，沉醉在她所谓的“幸福的新年”中了。于是，聪子突然在马厩前边作了充满热情的告白，其缘由也就显而易见了。

正因为如此，聪子才那样大胆地约清显前去赏雪！

今天，聪子流的眼泪和非礼的嗔怪，尽管只凭这些现象还不足以解明，不过已经弄清楚的是：聪子一直在说谎，一直在心灵的深层对清显怀有轻蔑的潜意识。无论怎样往好的方面理解，她就是用这种以捉弄人为快的态度来对待清显的，这是任何人也无法否认的事实。

“聪子一边嗔怪我像个孩子，一边又想永远把我锁在孩子的天地里，这已经是丝毫不容怀疑的事情。她这种狡狯之心显而易见。有时候，她宛若一位依人的温柔姑娘，表现出优雅的情致，心灵的深层却忘不了轻蔑；表面上对人恭维，实际上却是在哄骗。”

清显在思索着。盛怒之下，他却全然忘记了事件的起因乃是自己那封说谎的信，是清显首先说出的谎言。

如今，清显把一切事情都归结为聪子的背信弃义。这主要是由于她使得这位处在少年和青年过渡关头的小伙子所最珍视的矜持心理受到了伤害。若在成年人看来，本来都是些琐碎无聊的小事（父亲侯爵的笑就是很好的佐证），然而再没有比某个时期的男性对这种琐事的矜持，更加纤细，更易于受到伤害了。聪子似乎对这些并不知晓，她用一种最缺少体贴的做法，蹂躏了清显的这种矜持心理。清显感到羞愧难忍，觉得仿佛生了什么病。

饭沼怀着沉痛的心情，凝视着清显的苍白面孔和长久的沉默，他还没觉察到是自己给人家带来了创伤。

多年来，这位美少年一直在伤害饭沼；如今，饭沼却还不知道，自己虽无报复之心，却重重地打击了对方。同时，饭沼也从未像此刻这样，觉得这位垂头丧气的少年如此可爱。

饭沼真想把他扶起来，抱上床去；如果发现他流泪，自己恐怕也会陪着哭起来。饭沼正沉浸在这种甘美而深切的想象之中的当儿，清显抬起干巴巴的面孔来，却连一丝泪痕也看不到。清显那冷峻的眼光箭一般地射向饭沼，立即打碎了他的幻想。

“知道了。你可以走了，我也要睡了。”

清显也从椅子上站起来，把饭沼推到门口。

二十一

从第二天起，蓼科打来几次电话，清显都没去接。

蓼科把饭沼叫去，说小姐非直接同少爷说话不可，恳求他务必请少爷来接电话。由于少爷有过严厉的指示，饭沼不肯去请。打了几次电话以后，聪子终于亲自拜托饭沼去请少爷，但也遭到饭沼的坚决拒绝。

一连几天，不断地打来电话，甚至引起了女仆的议论。不过，清显依然不接，于是蓼科终于找上门来了。

饭沼走到昏暗的内门厅里面去接待蓼科，他穿着笔挺的小仓裙裤，端坐在通向内廊的平台[1]正中央，摆出一副绝不让蓼科走进的架势。

“少爷不在家，您见不到他。”

“不可能不在家，您这么阻拦的话，就请把山田先生叫出来。”

1　原文作“式臺”，日本式房屋门口前面的木质平台，主人一般在这里迎送客人。

“叫山田出来也是一样，少爷是绝对不会见您的。”

“那好。我就要自己进去，直接去见少爷。”

“房门倒锁着，他绝不会让您进去。您要进去，那是您的自由，不过您既然是带着秘密使命来的，难免叫山田知道了，或是惊动了全家，也许就会传到侯爵阁下耳朵里去。那样也行吗？”

蓼科一时无言，只是在昏暗之中满怀憎恶地盯着饭沼那给酒刺弄得凹凸不平的面庞。饭沼则在辉映着明丽春光的院内停车处那翠绿五叶松的叶梢的背景中，望着蓼科那张抹了浓厚白粉的老脸，活像是一张绉绸画[1]上的人物像，又见那沉重而深厚的双眼皮覆盖着的双眸满含着怒气。

“好啊！即使是少爷的命令，您居然也这么苛刻，说明您已经做了一定的思想准备。要知道从前我可是为您办过不少好事呀，这回可要记住就此打住了。那就请您向少爷转达小姐的意思吧。”

——四五天以后，聪子寄来一封厚厚的信。

若在以往，由于顾忌山田，都是由蓼科亲自面交饭沼，再送到清显手里来；如今却是堂堂正正地寄来，由山田放在泥金花纹漆盘上交给了清显。

清显特意把饭沼叫进屋子，给他看了一下这没有启封的信，然后让饭沼打开窗子，当着他的面投进火盆。

清显那只白嫩的手避开摆动着的小火舌，拨动着厚厚的信纸，不叫火焰熄灭。那信，在桐木火盆里活似一个小动物在

1　绉绸画是日本的风俗画，画完卷在木棒上，从两头往中间挤一下，使之形成皱褶，然后再铺开，形同绉绸，故名。

转动着。饭沼只觉得自己是在观望着一个精巧而奇妙的犯罪活动。假若自己帮他的忙，烧得更会顺利些，唯恐遭到拒绝而没有那样做。看来，清显把他叫来，只不过是为了叫他做个见证人而已。

清显难以避开烟熏，眼睛里流出了一滴泪珠。饭沼曾经渴望过自己能够对主人进行严格的训练并通过眼泪互相理解，然而如今眼前那张被火烤得发烫的面颊流淌着的美丽的泪珠，却丝毫不是出于饭沼的力量。为什么在此人面前，无论何时，在任何情况下，都只能让他感到自己无能为力呢？

——大约一个星期以后，父亲松枝侯爵回家早的一天，清显在正房的日本式房间里，同双亲共进晚餐。这是好久不曾有过的事情了。只听父亲兴高采烈地说道：

"真快。你明年也会得到从五位的恩赐。那就得让家里的人们叫你'五位少爷'啦！"

清显对来年就要到来的成年[1]，心里怀着诅咒情绪。今年才十九岁，已对人生感到倦怠不堪，甚至怀疑这种心境的产生是否受了聪子远远的影响。想起童年时代曾经那样屈指计算新年的到来，焦躁地盼望早日长大；如今，那种急不可耐的心情早已离开了清显。他以极其空虚的心情聆听父亲的话。

晚餐依然按照亲子三人同席时的惯例进行，母亲的八字眉依然显得悲戚，对待丈夫和儿子十分周到而悠然自适，侯爵那张红脸膛也不无做作地泛起高兴的神色，都在扮演着固定的角

1　日本的《民法》规定二十周岁为成年。未成年者如果结婚，也视为成年。天皇、皇太子和皇太孙，则均以十八周岁为成年。

色。清显敏锐地发现双亲互相微微地递了个眼色，不禁有点儿诧异；所以这样，是因为这对老夫妻之间的默契，一向是值得怀疑的。清显先望了望母亲，母亲似乎有点儿怯懦的样子，连话都说得不那么流利了。

“……喏，这事不大好打听——其实，并不是什么不好打听的大不了的事，只是也想问问你有什么想法……”

“什么事呀？”

“其实不过是又有人给聪子小姐提亲了。这回这门亲事可很难办，要是接着谈下去，可就不能随便拒绝啦。这会儿，聪子小姐的态度还像过去一样含含糊糊。可是我想，她这回可不能像过去那样随随便便就回绝了。何况她的父母又那么愿意呢……于是我们就想到你啦，你和聪子小姐是青梅竹马之交，你对她结婚一事，没有什么不同的想法吧？在这儿，你是怎么想的就怎么说好喽。假若你有什么不同的想法，依我看，还是当着父亲的面原原本本地说出来为好。”

清显没有停筷，没有表情地回答说：

“没有任何不同的想法。这不是跟我毫不相干的事么！”

沉默片刻以后，侯爵方寸不乱，用愉快的口吻说：

“哎，现在还可以挽回。所以嘛，假如说，假如你和她有什么瓜葛的话，那就说说看吧。”

“没有任何瓜葛。”

“所以我才说‘假如说’嘛。假如没有，没有就好。长期以来，咱们受到人家的好处，这门亲事，咱们要尽些力量，能办的办，能帮的帮，在经济上也要为人家做点儿贡献……这件事就这样啦。不过下月祭祖，如果进行得顺利，聪子也要忙起来喽，也许不能来参加了。”

“要是这样，就压根儿不邀请聪子小姐，不更好嘛。”

“这倒是新鲜事儿，真没想到你们竟是这样的对头呢。”

侯爵大笑起来，笑声刚好把这话打住了。

清显的存在，对双亲说来不啻是个谜。他的感情同双亲的感情有着严重的隔阂，双亲多次想要探寻它的轨迹都迷了路，终于就连这个念头也断了。事到如今，侯爵夫妇把儿子从小寄养在绫仓家，而他们对清显进行的教育不利，这一点不禁引起侯爵夫妇的抱怨情绪。

难道侯爵夫妇长久以来憧憬过的贵族公卿的优雅，仅仅是意味着这样的意志恍惚和难以捉摸吗？即便远远望去很优美，然而瞧瞧近在身边的儿子，瞧瞧对儿子的教育成果，立刻就陷入迷雾之中了。侯爵夫妇心灵的衣裳，尽管构思巧妙，设计出众，却只是南国风情的鲜明单色；清显的心灵却宛若古代妇女穿着的多层多彩的衣裳，枯叶色中透红，红色融入竹青色，令人难以分辨：侯爵此刻再想加以忖度，已经是疲惫不堪了。仅仅瞧着儿子那看上去对任何事都漠不关心、冷酷而无言的美貌，他就累啦。侯爵即便把自己少年时代的记忆搜寻殆尽，也未曾一次被这种迷惘又彷徨的心灵苦恼过，仿佛是刚刚望到的水面上的涟漪，忽而又沉没在清澄的水底去了。

过了一会儿，侯爵又说：

“换个话题，最近必须把饭沼辞掉。”

“为什么？”

清显脸上这时才露出惊诧的神色。因为这实在出乎他的意料。

“他照拂你的生活很久了，可你明年就成年，他也大学毕业了，眼前正是绝好的时机。直接的理由是，关于他流传着不好的风言风语。”

“什么风言风语？”

“他在家里干了不检点的勾当。说实在的，他和阿峰私通，这在古代是该问斩的。”

侯爵夫人听着，平静得精彩。关于这个问题，无论在哪一方面，她都是和侯爵站在一起的。清显再一次问道：

“您是听谁说的？”

“谁都可以嘛。”

清显立刻忆起了蓼科的面庞。

“在古代虽说要问斩，可在当今的社会却不能这么办。况且他是咱们家乡推荐来的，每年中学校长不是都来拜年嘛。所以，最好叫他稳妥地离开咱们家，以免毁了他的前途。同时，我还想两全其美、有名有实地加以处理。阿峰也辞掉，如果他们自己愿意，结为夫妻也可以。还想替饭沼找个事儿做。总而言之，主要目的是叫他们离开咱们家，最好不让他们有什么怨言。他长年照拂过你的生活，在这一点上并没有什么过错。”

侯爵夫人接着说：

“这样为他们着想，可真是仁至义尽了……”

——那天晚上，清显见到了饭沼，但什么话也没有说。

清显躺在床上，思绪万千，他认识到如今自己是完全处于孤独的境地了。要说朋友，只有本多一个人，而自己又未曾把事情通盘告诉他。

清显做了梦，梦境杂乱无章，错综复杂。他在梦中想到，这个梦是怎样也不可能记在日记上的。

种种人物出现在梦中。一霎时第三团兵营内白雪霏霏的广场映入眼帘，本多当上了军官。只见一群孔雀忽而翩然飞降到雪上，接着就是暹罗王子站在聪子两侧，往她头上戴一顶瓔珞长垂的金冠。转眼又只见饭沼和蓼科正在争吵，随即扭在一起滚进千寻谷底。阿峰乘着马车前来，侯爵夫人恭谨迎接。清显自己则荡着木筏，在茫无涯际的大海上漂流。

清显在梦中寻思，由于自己陷入梦境过深，结果那梦已经漫溢到现实中来。梦在泛滥。

二十二

洞院宫第三王子治典王殿下，今年二十五岁，刚刚晋升近卫骑兵大尉，是个英俊、出众而豪爽的青年，父王对这位少亲王怀的期望也最大。也正是因为他具有这种人品与成就，在选妃的问题上便不大听别人的意见，尽管提出了种种候选女性，都不中意，以至久久地拖了下来，使得父王和母后都十分为难。松枝侯爵不失良机，邀请两宫殿下驾临赏花之宴，趁机极其自然地引见了绫仓聪子。两宫殿下非常中意，并示意奉上一张照片。绫仓家便立即将聪子身着礼服的照片送到宫中。治典王拿在手里只顾凝神注视着，往常那种刻薄的话一句也没说。这么一来，尽管聪子已经二十一岁，本来是一大缺憾，居然也不成问题了。

松枝侯爵为了报答寄养儿子的恩情，早就着意于扶持绫仓伯爵复兴中落的家业。这次虽然不是直接成为亲王的后妃，但总是同皇族联姻，也算是中兴的捷径了。何况绫仓家又是出于羽林军的名门，这么做也是名正言顺的。只是需要有个后盾，绫仓家本来已不大富裕，诸如庞大的陪嫁费用，还有逢年过节必不可少的馈赠皇室家臣们的礼金等，那数额之高简直令人头晕目眩，怎么能负担得起？因此，松枝家已做了替他们全部负担的准备。

聪子冷漠地观望着在自己周遭进展着的事情。四月里的晴天十分难得，春天在阴暗的天空下悄然淡薄下来，已经能够闻到夏天的气息了。这座昔日的武将府第如今只有门面富丽堂皇，从构造俭朴的房间的落地窗向外眺望宽阔而有些荒芜的庭园，只见茶花早已凋谢，打那黑硬的叶丛中冒出新芽，石榴树也挓挲着带刺的细叶尖端钻出微红的嫩芽来了。这些新芽都直挺挺地朝天直立着，整个庭园都像是在踮着脚向上伸着腰肢，高出了几分。

聪子显然话少了，很多时候都陷入沉思，这使得蓼科很是担心，还好的是，她宛若行云流水一般，既乖乖地听父母的吩咐，又坦然地微笑着接受一切发生的事情，绝不像从前那样坚持不同意见了。聪子就在这文雅温顺的帷幕后面隐蔽着近来那阴沉的天空般无边的漠然心态。

五月初，聪子接到在洞院宫别墅举行茶会的请柬。若在往年，这时节早就该收到松枝家祭祖活动的邀请了，然而如今聪子最期待着的邀请却未见到来，只有王府执事官员把这份请柬送来，若无其事地交给管家就走掉了。

表面上，这一切都像是自然地发生着，其实都是在背地里极其精细地筹划的。父母话不多说，却伙同人们悄悄地在聪子身边画了复杂的符咒，试图把她封锁起来。

洞院宫府上的茶会，绫仓伯爵夫妇当然也受到邀请，如若让主人派马车前来迎接，就显得有点儿小题大做的样子，因此松枝府上特意把马车借给他们了。洞院宫府上这座明治四十年[1]营造的别墅坐落在横滨市郊区，假若没有受到招待的这种事情，这次乘马车赴邀，恐怕称得上少有的全家愉快的郊游了。

幸好是个难得的晴朗的天，伯爵夫妇觉得是个吉兆，都很高兴。一路上吹起强烈的南风，鲤鱼旗帜迎风飘扬。这旗帜本来是按照自家孩子的人数悬挂的，一般要是把大黑鲤鱼和小红鲤鱼混着挂上五支，看上去就显得有些庞杂的感觉，那姿态并不显得悠然大方。然而，靠山根的一家却挂了十支，伯爵屈着白皙的手指数了数，便含笑说道：

“好兴旺啊。”

聪子听来，觉得这是异常粗俗的玩笑话，很不合父亲的身份。

绿葱葱的嫩叶仿佛在喷薄而出，鲜明耀眼。群山从略泛微黄的嫩绿到墨绿渐变着。在欣欣向荣的万绿掩映之下，闪烁着嫩枫叶的阴影，看上去酷似一片略含紫光的纯金铺成的土地。

“咦，粘上了灰尘……”

母亲注视着聪子的脸颊，想用手帕给她擦擦。聪子倏然躲闪了一下，脸上的灰尘也随着消逝了。母亲这才发现原来是玻璃窗上的污点遮住阳光，把阴影投在聪子的脸颊上了。

母亲的这种错觉，并没有使聪子感到有趣，她只是沉静地笑了笑。唯独在今天，母亲这么仔细地审视自己的脸，仿佛是在检查放在抽屉里的纺绸衣物似的，这使她不悦。

怕风吹乱头发，便紧闭了车窗，马车里热得简直像火炉似

---

1 明治四十年是一九〇七年。

的。车身不停地摇晃着，周遭连绵不断的水田还没插秧，水里倒映着嫩叶覆盖着的群山……聪子此时，简直连自己期待于未来的究竟是什么都弄不清了。一方面，她大胆到古怪的程度，被一种心猿意马的冒险心理束缚住了，不可摆脱地任自己沉沦到深渊的底层；另一方面，又怀着一种期待。现在，还来得及。还来得及。她既在危急关头期望收到一张赦免令，同时又憎恨一切希望。

洞院宫的别墅坐落在俯瞰大海的高崖上面，是一幢具有宫殿外观的洋楼，装有大理石的楼梯。绫仓全家受到执事官的迎接，下得马车，俯瞰那停泊着各种轮船的海港，赞叹不已。

茶会设在可以展望大海的朝南的廊子上。那里摆了多种枝叶葱翠的热带植物，暹罗王室馈赠的一对巨大的弦月形象牙，在守护着入口。

两位殿下就在这里迎接客人，轻松愉快地让座。侍者端上刻着菊花徽的银杯，里面是英国式的茶。茶桌上还摆着薄而精致的三明治、西式糕点和饼干。

妃殿下先谈起前些天的赏花很有情趣，又提到打麻将和吟诵歌曲[1]的事情。

伯爵替沉默着的女儿说了一句：

“小女在家里还是个孩子，没叫她搓过麻将。”

妃殿下满脸笑容地接过去说：

“哦，我们这儿可是一有空就整天搓麻将哪。”

关于自己家里那副下黑白十二子玩的老式的双六盘，聪子

1　原文为“長唄”。配合日本传统乐器三味线等唱的曲子（江户时代流行的一种较长的歌曲）。

就难以启口了。

洞院宫今天随便一些，穿了身西服。他陪伯爵来到窗前，指着停泊在港湾的轮船，向伯爵说明那是平甲板型的英国货轮，那是遮浪甲板型的法国货轮，等等，仿佛对小孩子做解释似的，显示着自己的知识。

看起来，在这种气氛之中，究竟选取什么话题，两位殿下似乎有些为难的样子。无论是体育啦、饮酒啦，能够抓住一个共同关心的话题就好了，绫仓伯爵却拘谨得很，总是笑容可掬地聆听着对方讲话。今天，聪子比任何时候都深深地感到，从父亲那里学到的优雅作风，完全无用。伯爵本来是一位常常离开谈兴正浓的话题，突然呆头呆脑地开个富有风趣的玩笑的人，今天却明显地在控制着。

过了一会儿，洞院宫看了看表，像是忽然想起来似的说：

“幸好今天治典王子向部队请了假，要回来的。他虽然是我的孩子，却是个很有英武之气的人，请你们不要介意。尽管看上去是这样，本性还是温和的。”

话音刚落，就听得门厅里一阵嘈杂，看样子是王子回来了。

随着佩刀和军靴的响声，身穿英武的军服的治典王子殿下出现在廊子上，向父宫行了举手礼。聪子一霎时从他身上感到一阵难以言状的空虚威风。很清楚，父宫对王子的威武英姿是喜爱的，王子也一切按照父宫期待的法则来处世。这也是因为他的兄长们异常柔弱，健康不佳，早就使父宫感到失望了。

治典王子殿下的这种态度，或许是由于初次见到美貌的聪子，他有点儿腼腆吧。二人寒暄的时候和之后，殿下几乎从未直视过聪子。

王子身量虽不太高，体格却很壮实。他精明机敏，高傲而意志坚强，年纪轻轻却是一副威严的神态。父宫似乎对此很是欣赏，人们都在传说，这是因为父宫虽然神采奕奕，风度翩翩，却是个意志比较薄弱的人。

谈起这位治典王子殿下的兴趣来，却是搜集西洋音乐唱片，看样子对此有独到之见。

“放一个什么曲子给客人听听吧。”

听母亲这么一说，他便立刻答应道：

“是！”

此刻，治典王子正朝室内放唱机的地方走去，聪子不禁抬起头来望着他的背影。当他跨着大步迈过廊子和房间交接处时，只见那双打磨得锃亮的黑皮长筒靴子，因为窗子的白光而映现出窗外的蓝天，仿佛是停驻在那里的光滑的蓝色陶片。聪子轻轻地闭上眼睛等待着聆听那即将响起的乐声。这时，只感到胸腔里由于等待的不安，仿佛拥塞着一片黑暗的阴霾，连那针尖落在唱片上的瞬间发出的微弱声音，也像是一个响雷在耳中轰鸣。

——同王子之间，后来也只是若无其事地交谈了两三句，黄昏时分，一家人便告辞了。约莫一个星期以后，洞院宫殿下府上的执事官前来造访，同伯爵进行了长时间的谈话。结果是决定正式向宗秩寮[1]提交奏折，办理请示天皇陛下旨意的手续，

1　宗秩寮是宫内掌管皇族、皇族会议、王族、公族、华族及爵位等有关事项的部门。

聪子也背地里看过这份奏折。这份奏折的内容如下：

关于治典王子殿下与从二位勋三等伯爵绫仓伊文之长女聪子结婚事宜，谨请示尊意，并请转奏并聆闻圣上御旨，是为至乞。

此呈

宫内府大臣阁下钧鉴

洞院宫府执事官山田三郎敬上

大正二年[1]五月十二日

三天后，收到了宫内府大臣如下的通知：

关于通知宫属执事官事项由

关于治典王子与从二位勋三位伯爵绫仓伊文之长女聪子结婚事宜，报请本府并请转奏并聆闻圣上御旨事，已予办理，兹特复示，并于举行婚礼前启奏圣上为要。

此致

洞院宫属执事官台鉴

宫内府大臣

大正二年五月十五日

这样，转请启奏圣上旨意的手续已经办妥，以后就是举行典礼以前奏请正式御批了。

1　大正二年是一九一三年。

二十三

清显已是学习院高等科的最高班生，来年秋季就该上大学了。有的同班同学打一年半以前就开始准备考试，本多却丝毫没有这种动静，这使清显很是满意。

经乃木将军恢复的全校学生住校制度，原则上都必须严格遵守，只是允许有病体弱的学生走读。诸如本多和清显这样按照家长的意思不想住校的学生，都持有挺像那么一回事儿的医师的诊断书。至于假病名，本多是心脏瓣膜症，清显是慢性支气管炎。他们常常一起拿自己的假病开玩笑，本多学着心脏病呼吸困难的模样，清显就干咳着给本多瞧。

谁也不相信他们有病，他们也不必硬装。但是，只有日俄战争幸存下来的下级军官给学生上军事训练课的时候，总是在形式上厌恶地把他们当作病人看待。训话中，还说什么不能过共同住宿生活的虚弱分子，一旦有事之秋，何以为国报效等等，讥讽一番。

暹罗王子们搬进学生宿舍，清显觉得怪可怜的，就常常带上礼物前去看望。王子们已把他当作亲人，一见面就大发牢骚，诉说不能自由活动。这里的一些既快活又冷酷的住宿生们，未必是王子们的好朋友。

本多对这位长久以来冷淡了自己，如今又像厚着脸皮的小鸟一般飞过来的朋友，毫不介意地表示欢迎。看上去，清显仿佛很快就把冷淡本多的行径忘得一干二净。本多觉得清显自从新学期开始以来，好像忽然变了样，总是流露着一种虚假的快活和欢乐。这叫本多感到奇怪，但是他当然没问什么，清显也没说什么。

如今，清显觉得即便是朋友也不交心，乃是唯一明智的做法。最使清显放心的，就是在本多看来自己并不是一个任凭女人玩弄的傻孩子。他还发现这就是自己在本多面前显得如此自由和开朗的原因。而且，清显认为自己不愿叫本多感到幻灭的心情，在本多面前要成为一个自由而摆脱一切羁绊者的心态，这都是补偿一再的疏远和自己最好友谊的明证。

清显对自己的开朗，毋宁是感到惊讶。从那以后，双亲完全是以恬淡的态度跟儿子叙说洞院宫和绫仓两家婚事的进展情况。甚至当作笑料告诉儿子，那么好强的姑娘，在相亲的时候，竟然十分拘谨，连话都说不出来了。不必说，清显没有从这里忖度聪子的悲哀。

一个想象力贫乏的人，往往纯朴地从现实的种种迹象中得出自己的结论。反而越是想象力丰富的人，就越是立刻在眼前筑成一道想象的城墙，自己钻进去不说，还把所有的窗子都关闭起来。清显也有着后者这种倾向。

“就只剩下得到圣上恩准了。”

母亲这句话久久地在清显耳底盘旋。仿佛一条宽阔而黑暗的长廊尽头有一道门，一个小巧而坚固的金锁，紧紧地把这扇门锁上了。他如此真切地听到了那上锁的响声。

清显恍恍惚惚地注视着那个坦然接受父母谈论这件事的自己。他发现自己无论在愤怒或在悲哀面前，都很坚强，于是产生了一种信心：“我原来是个比自己想象的还更难以受伤害的人。”

过去，他觉得双亲的感情粗率，从而对此怀有一种疏远的心理；如今，千真万确地发现自己继承了他们的血统，从而感到喜悦。原来，他并非易于受伤害的人，而是给人以伤害的人！

日甚一日，聪子的存在将离自己更加遥远，不久就会远到不可追及的地方。这种想象，使清显感受到一种妙不可言的愉快。宛若目送那超度亡灵的灯笼投影于水中，乘着黑夜的暗潮漂向远方，心里祈祷漂得越远越好；只有漂得更远，才能证明自己确是有力量的。

然而，如今在这广阔的人世间，却没有一个人来为他这种心态作证。这很容易使清显为自己的这种心态涂上一层伪装的颜色。“我很了解少爷的心情，这件事包在我身上啦。”平时常常对自己说这种话的心腹们的视线也被自己摆脱了。不过，与其说摆脱了蓼科这个大骗子，使自己感到高兴，不如说甩掉了饭沼这个亲密而忠实的贴心奴仆，更叫他满怀喜悦。在这里，一切烦恼都消失了。

清显认为，父亲仁慈的驱逐，乃是饭沼自作自受，从而为自己无情的心灵辩护。同时，蓼科说过的“此事绝不跟令尊讲”的保证，能够一直信守到底，这也使他高兴。于是，他觉得这一切都有赖于自己这颗水晶般冷澈、透明和棱角鲜明的心之功德。

饭沼将要离去时，来到清显的房间向他告别，并且哭了。清显甚至从他的眼泪中，也觉察到种种含意。清显感到他一味向自己强烈地表示忠诚的感情，这使得自己很不愉快。

当然，饭沼只是无言地哭着。他是想在无言中让清显感受他的一片心意。他俩一起过了七年的岁月。对清显说来，他和饭沼的联系是从十二岁那年的春季开始的，那时的感情和记忆都已模糊。如今搜索记忆，他觉得那时饭沼似乎曾经活动于左右。在清显的整个少年时期，饭沼差不多都是清显身边的一个影子，一个身着脏兮兮的藏青地碎白花纹和服的影子。他不断地表示不满，不断地生气，不断地予以否定，清显对此越是装作漠然的态度，越是感到不啻是自己心头上的一种压力。然而，另一方面，正是由于饭沼那阴暗、悒郁的目光中蕴含着这些情绪，竟然使清显在少年时期难以避免的不满、愤怒和否定别人的情绪得以抑制。饭沼追求的理想境界，始终只在他自己心灵底层燃烧着，他越是对清显寄以这样那样的期望，就越发使清显远离那期望，毋宁说也许是自然的结局。

当清显使饭沼成了自己的心腹，饭沼加在自己身上的压力再也不起作用的时候，清显或许已经向着如今的别离，在精神上迈进了一步。这一对主仆，本来不应该这样来理解对方的。

清显心情郁闷地望着垂头站在那里的饭沼——从他那藏青地碎白花纹和服的领口隐约露出乱蓬蓬的胸毛。他那咄咄逼人的忠心，被一具厚实沉重的令人生厌的肉体保护着。他这具肉体充满对清显的责难，连那长满酒刺的污秽面颊，那凹凸不平的面颊上的余晖，仿佛也如同一片泥泞上反射的微光，无耻地夸示着：忠于他的阿峰也将同他一起离开这个家。多么有失礼貌啊！这就是说，少爷遭到女人的摈弃，将孤独地留在这里；而书仆却完全信任自己的女人，得意扬扬地从这里走出去。况且，饭沼又完全认定，今日的分手乃是自己一贯忠诚的结果，这种深信不疑的态度，使清显感到焦躁。

但是清显保持着贵族风度，表现出淡漠的人情味。

“这么说，你离开以后，很快就要和阿峰结为夫妇吧。”

“是的，老爷既然允诺了，我们就想忝领他老人家的好意。”

“到时候告诉一声。我要送点儿祝贺的礼物。”

“多谢您啦！”

“等定了住处，写封信通知我，有时候，我也许前来打扰呢。”

“少爷您要来玩玩，那我是再高兴没有了。不过，总归是个又脏又窄的地方，怎么也不便劳您大驾。”

“那倒不必客气。”

“好的，您这么说，那就……”

饭沼说着又流出眼泪来，掏出一张粗糙的手纸擤了擤鼻涕。

清显觉得从自己嘴里吐出的一言一语，正是这种场合该说的话，而且能够照着自己的设想流畅地脱口而出，不带什么感情，反而使人更受感动。一直在感情中生活的清显，如今出于需要，也学了政治心理学，而且应该说，必要时这对自己也是适用的。他学会了身穿感情的铠甲，并把它擦得明光锃亮。

这个十九岁的少年，如今已经没有烦恼，也没有痛苦，从所有的不安情绪中解脱出来，他觉得自己变成了一个冷漠的万能人，一个事件确切地告终了。饭沼走后，清显从敞开的窗子眺望那嫩叶拥簇着红叶山落在湖中的美丽倒影。

窗边的榉树枝繁叶茂，一片葱茏，如若不从窗子里探出身子去，就望不到第九段瀑布落进碧潭的景象。湖畔一带的水面上覆盖着一大片浅绿色的莼菜叶，萍蓬草虽然还未见黄色的花朵，隔着大厅前边那座小石桥的拱洞，能够望见菖蒲那一簇簇利剑般的绿叶间，紫白二色的繁花探出头来。

清显看见一只停在窗框上的玉虫，正想慢慢地爬进屋子。它那闪烁着绿金二色光芒的椭圆形甲胄，托着两道耀眼的紫红色的彩纹，缓缓地晃动触角，一点一点地向前迈动着线锯般的细肢，在时间的不断流逝之中，庄重而滑稽地保持着精心凝聚在全身的沉静的光彩。望着望着，清显的心灵被玉虫深深地吸引住了。虫豸将它那光辉灿烂的风姿着实缓慢地朝清显这边移近。它那毫无意义的移动，看上去仿佛给自己一种启迪，那就是如何让每一刹那都在坚定地改变着现实的时间，过得更加美好，充满灿烂的光辉。他自己的感情的铠甲又怎样呢？能够像这只甲虫这样，放射着自然而美丽的光彩，而且拥有庄重而足以抵抗一切外界的力量吗？

这时清显只有一个感觉，这只玉虫眼下不啻是世界的核心，周遭树木的繁茂，蓝天白云和幢幢屋甍，所有的一切都围着这只玉虫，为它做出奉献。

——今年祭祖活动的气氛，总显得与过去不同。

第一，往年一到这时候，饭沼早就勤勤恳恳地把一切打扫得一干二净，还一个人把祭坛和椅子准备停当。而今他不在了，于是这些工作就落在山田身上。山田对接下这些并非分内的、况且又一直是年轻人承担的工作，满不高兴。

第二，没有邀请聪子参加。这也左不过是受邀的亲戚朋友中少了一个人，而且她也不是真正的亲戚。然而，能够代替聪子的美丽的女客，一个也没有。

神灵也似乎对这种变化不高兴，今年正举行祭奠的当儿天空阴沉起来，甚至雷鸣隆隆。女人们听着神官诵读祭文，怕遭雨淋而难以静下心来。幸而等到身着绯色裙裤的巫女为大家往杯子里斟酒时，天空又豁然开朗起来，灼热的阳光晒得妇女们浓浓地抹了白粉的脖颈上都冒出了汗珠。此刻，藤萝架上垂下来的串串花穗儿的阴影，为后面的人们遮住了阳光。

这种对祖先的虔敬和悼念之情逐年减弱的情况，如若饭沼在场，看了一定感到恼火。尤其是自从明治大帝驾崩以来，祖先们竟然被推到明治帷幕的深处去，变成了同当代毫不相干的远方神灵。在参加祭祖的人们之中，包括清显的祖母在内，有那么几位老一代的人物，这些人哀悼的眼泪早已干了。

在冗长的祭祀典礼过程中，女人们的窃窃私语的声音也逐年变大了，侯爵也并不责备。侯爵本人如今也觉得这类祭祀活动是一种负担，而想把它办得稍微轻松些，不让人感到憋闷。

一个眉眼长得像琉球人的巫女，浓妆艳抹，引人注目。侯爵一直望着这个巫女。举行祭典的时候，她那投影于盛在陶制酒器中的供酒上的黑亮眸子，始终吸引着侯爵的视线。仪式刚刚结束，侯爵就匆匆地走近酒鬼堂弟身边，似乎同这位海军中将说了些关于这个巫女的下流的玩笑话，逗得中将扯着嗓子大笑起来，以至于引起了大家的注意。

侯爵夫人深知自己这张八字眉的悲凄气质的脸孔，同这种仪式的气氛很协调，竟然丝毫没有改变自己的表情。

至于清显，已经敏锐地感觉到一阵阵浓烈的女人气息飘荡在会场上。她们或是窃窃私语，或是逐渐失去虔谨的仪态。只见五月将尽的藤萝阴影下猬集着全家的女人，包括侍女在内甚至连名字都叫不上来的女人，脸上毫无表情，连一点儿悲悼的样子也没有，只是被动地来到这里，不久又各自纷纷散去。她们内心深处积淀着一种莫名其妙的、并非出于本意的情愫，一张张呆呆的白脸活像白昼的月亮。很明显，眼前这种女人的气味，就是从她们身上发出来的，聪子也是她们的同类。尽管神官们用力摇晃缠了洁白币帛的碧绿树叶的玉串，也是难以把这种气味祓除干净的。

二十四

一种失落的安心感抚慰着清显。

他那心灵的活动一向是这样的：知道了失落已成为现实，总比为将失落什么担惊受怕强多了。

他失掉了聪子。这是件好事。随着时间的流逝，连那样的愤怒也平抚下来，再也不必那么去消耗自己的感情了。宛若点燃的一支蜡烛，看着那么明亮、那么红火，然而身子却因灼热而消融，及至被吹灭以后，虽然会孤立于黑暗之中，却不必担心身子会再消融。这时节，他才懂得孤独就是休息。

季节向梅雨期靠近。清显如同康复期病人一样，小心翼翼地停止保养，想尽早试试自己面对聪子的回忆不动心。他取出相册，观看昔日的照片。在绫仓家的槐树下，并肩的两个幼儿都系着白色的围裙，清显对个子已经比聪子高了的幼时的自己感到满意。擅长书法的伯爵热心地指导他俩临摹古老的日本式的字帖，那是藤原忠通[1]创造的法性寺派书体。看到他们腻烦了，为引起兴趣，就让他们在卷轴上轮流书写《小仓百人一首》[2]中的一首。那时写的卷轴至今还保存着。清显首先书写源重之[3]的一首："阵阵狂风猛，掀潮击岸岩；我心如浪碎，思念永无边。"聪子就接着在旁边写上大中臣能宣[4]的一首："卫士燃篝火，夜明昼敛光；我心如火炽，思念尽彷徨。"冷眼看上去，清显的字稚拙得很，而聪子的却流畅纤巧，不像是出自孩子的手笔。长大以后，清显所以没有打开过这个卷轴，就是因为他发现那里面表现着聪子先走一步的成熟和自己的幼稚，这种悬殊使他难堪。然而，如今这样坦然地观察一下，他感到自己的字虽说稚拙，但那又细又硬而且飘摇不定的笔道却蕴含着男子汉般的跃动感，恰恰同聪子那流畅优雅的风格形成绝妙的对照。不仅如此，当他忆起勇气十足地将蘸满墨汁的笔锋往那绘有小松枝和点缀着金箔粉的彩笺落下去的事时，与此有关的许多情景都鲜明真切地浮现在脑际。那时聪子蓄着又黑又密又长的刘海发，当她弓着身子书写卷轴时，由于非常认真，竟连长长的

---

1 藤原忠通（1097—1164），是日本平安时代末期的公卿、歌人、汉诗人和书法家，别号法性寺殿下。和歌是日本定型诗，与汉诗相对而言。日本古代称和歌作者为歌人，汉诗作者为诗人，以示区别。

2 《小仓百人一首》（1235）是日本镰仓时代编成的和歌选集，从古代百人的作品中各选一首，共收百首。编者可能是著名歌人藤原定家（1162—1241）。由于编选时先将作品书写在纸上，贴在京都小仓山庄的木棂拉门上，故冠以"小仓"二字。

3 源重之（？—1000），平安时代中期的歌人。

4 大中臣能宣（921—991），平安时代中期的歌人。

黑发从肩头滑落到前面来，也毫不介意，只顾用纤细小巧的手指紧紧地握住笔管。这时，她那全神贯注的可爱的侧脸，紧紧地咬住下唇、闪着智慧之光的玲珑皓齿，还有那已经长得匀称而轮廓清晰的鼻梁等，都从头发的缝隙中间透露出来，清显怎么看也看不够。此外，还有那似乎蕴含着一些伤感气息的浓暗的墨香，笔走纸面墨汁干涩时造成的风吹竹叶般的声响，砚海和砚陆[1]等奇特的名称，还有那墨波不兴从汀渚陡然陷入目不能睹的“海”底和那里漆黑的淀积，再就是墨上的金箔剥落下来散在上面，宛若月影的飞光闪烁在永恒的夜海之中……

清显自豪地想着：

“我居然能够这样无所牵挂地缅怀往事了。”

最近以来，甚至在梦中，聪子也没有出现过。或许是聪子的影子反射在思想里，清显梦中的女性倏地转身就走开了。然后，屡次出现在梦中的就是大白天里的宽阔的大路，那里见不到一个人影。

——在学校，帕塔纳迪特殿下请求清显把他为殿下保存的戒指送回来。

在学校里，两位王子的名声并不太好。无论怎么说，他们的日语还不够用，学习自然会受到影响，这原是无可奈何的。同时，他们对住宿生们的善意的玩笑话，也全然不懂；大家对他们感到不耐烦，从而采取敬而远之的态度。尽管两位王子脸上总是泛着微笑，粗暴的住宿生只觉得那样笑是莫名其妙的。

1　砚海即砚池，砚边存墨的凹沟；砚陆即砚面，磨墨的平面。

清显听说，让两位王子住进集体宿舍，原是外务大臣[1]的决定，舍监为这两位贵宾伤透了脑筋。舍监给他们以准皇族的待遇，安排他们住在特级房间，提供上等床榻，尽力为他们能和住宿生们和睦相处创造条件。然而，过了些日子，王子们就把自己封闭在狭小天地里，很多时候甚至连朝会和体育课都缺席，这就逐渐加深了与住宿生们的隔阂。

这里面种种原因搅在一起。他们抵达日本后，要在不到半年的准备时间里，听懂日语授课，时间本来就很不够；同时在准备期间，他们也并非那么勤奋好学。即便本应一显身手的英语课，无论是英译日，还是日译英，他们也是茫然不知所措。

却说，帕塔纳迪特殿下寄存在松枝侯爵那里的戒指，侯爵把它收藏在五井银行的个人金库里了。清显只好特意借了父亲的图章，从银行里取出来。傍晚又回学校，送到王子宿舍里的房间。

这是一个阴沉郁闷的日子，仿佛是个干旱的梅雨天。王子们翘盼着的光辉灿烂的夏天，似乎即将露出姿影来，然而终是姗姗来迟。今天，这天气也宛若在酝酿着王子们的焦灼情绪。集体宿舍那粗糙的木板平房深深隐藏在浓重的树荫里。

操场那儿仍在不时地传来练习橄榄球的呼喊声。清显讨厌那些年轻人喊出的理想主义的声音。其实不过是粗暴的友情、新人道主义、无尽无休的俏皮话和双关语、对罗丹的天才和塞尚的完美没完没了的歌颂等等……这一切的一切，都不过是同练习古剑术的吼声相对应的新型体育的喊叫罢了。他们的喉咙经常充血，年轻得如同那青桐的翠叶发散着芬芳的气息，高高

1　日本政府称外交部为外务省，外务大臣即外交部长。

地戴着无形的乌帽子[1]，象征着他们那唯我独尊的气质。

言语不方便的两位王子，夹在这新旧两种潮流中间，究竟该怎样打发这漫长而又不称心的日子呢？清显思念及此，不禁泛起一股子同情。如今，他自己已经从一个思虑的束缚中解脱出来，变得心胸开阔了。两位王子，虽说住的是特别高级的房间，但那走廊却粗陋阴暗，两块名牌挂在走廊尽头的一扇旧了的门扉上。清显走到门前，轻轻地敲了敲门。

两位王子欢迎清显，一见面就表现出要偎靠他的样子。二人当中，帕塔纳达特殿下生性耿直，常常耽于梦想，清显喜欢这位昭·彼；不过那位库利沙达殿下，本来是轻薄浮躁的人，这一阵子也倾向于沉默：二人常常躲在屋里用祖国的语言悄悄地谈心。

房间里除了床、桌子和衣柜以外，没有装饰品一类的东西。这幢建筑本身，就是按照乃木将军的所好设计的，洋溢着兵营气味。护壁板上面就是光秃秃的白墙，那里小小的板架上放着释迦牟尼的金色雕像，大放异彩，王子们恐怕要朝夕膜拜的。窗子两侧收拢着满是雨水渍痕的细白布窗帘。

在黄昏的阴影中，两位王子的面庞看上去晒得格外黧黑，微笑时只有一口白牙异常鲜明。他们请清显坐在床头，立刻就催问戒指的事。

这只镶嵌着黄金雕成的一对半兽形门神面孔的浓绿翡翠戒指放射出的光辉，同这个房间非常不协调。

昭·彼欢呼着接下戒指，马上就戴在他那浅黑色的手指上

1　日本旧时的一种礼帽，现为神官所戴。

端详起来。他那手指仿佛是专为爱抚女人而创造出来的，纤细而充满柔软的弹力，酷似那从门缝里透射进来、利爪般深入到嵌木地板里的一缕热带的月光。

“月光公主总算又回到我的手指上来了。”

昭·彼感伤地叹息着。库利沙达殿下这回可没像往常那样嘲笑他，而是打开衣柜，从几件衬衣中把仔细收藏着的妹妹——月光公主的照片取了出来。

“在这个学校里，竟连自己妹妹的照片放在桌子上，也都会遭到嘲笑，所以我们才把馨·香的照片这么慎重地藏起来。”

库利沙达殿下用快要哭泣般的声音说。

不一会儿，昭·彼坦率地说，月光公主已经两个月没来信了。他也问过公使馆，一切都不清楚。甚至哥哥库利沙达王子也没被告知妹妹是否平安。假如是她得了病或有了什么变化，当然要打一份电报来告诉他，如若连兄长都要瞒着，那就该是昭·彼不堪想象的变故，只能认为是在暹罗宫廷中火急进行着一种政治联姻了。

昭·彼想起这件事，心里就憋闷。明天能有信吗？即便有信来，还不晓得是多么不祥的消息！光想这些，也就足以使得他没有心思学习了。在这种处境中，王子想到的就是取出公主饯别时送的戒指，把自己的怀念寄托在蕴含着密林的曙色的浓绿翡翠上。

昭·彼此刻仿佛已经忘记了清显在身边，把戴着翡翠戒指的手指向桌上公主的照片，试图召唤被时空阻隔起来的两个实体能够结合在一起的那一瞬间。

库利沙达殿下拉开从天花板上悬垂下来的电灯，于是昭·彼手指上的翡翠反射在照片镜框的玻璃上，刚好在公主蕾丝边白上衣的左胸部镂刻上一块四方的浓绿影子。

“怎么样？这么一瞧，”昭·彼以梦幻般的腔调，用英语说着，“她不就像是镶上了一颗绿火般的心脏吗？也许是一条细细的绿蛇，蜿蜒地爬行在密林中的繁枝之间，仿佛是缠绕在那繁枝上的藤蔓，同时又像是长着一颗放射着绿色寒光、略带裂纹的心脏呢。她或许有过这样的期待，期待我能从她那温存体贴的临别赠品中看出这样的寓意。”

库利沙达殿下尖锐地打断了他的话：

“哪会有这种事呢，昭·彼！”

“库利，你别生气嘛。我绝没有侮辱你妹妹的意思，只不过是说，情人对咱们而言是多么奇怪的存在而已。

“我觉得，她的照片只是录下了当时的姿态，而赠别的宝石才真实地反映了她如今、此时此刻的心灵。她的照片和宝石，她的姿态和心灵，在我的记忆中曾经是各自分开的，而今却合而为一了。

“咱们在情人面前的时候，却把她的姿态和心灵看作是互不相关的，那很愚蠢；眼前，即便我实际上离开了她，却看到了已经形成一个结晶体的月光公主，这乃是同她在一起时没有感觉到的。假如说离别是痛苦的，相聚也有可能是痛苦的；相聚时是欢悦的，离别后也没有不欢悦的道理。

“松枝君，你说是不是这样？我想探索在恋爱的时候魔术般地穿过时间和空间的秘密。即便是在她面前，也未必一定迷恋着她的实体。即使认为她那美丽的姿影是实体不可缺少的形式，然而在时间和空间上发生阻隔以后，就会产生双重的诱惑，同时反过来也可能在实体上获得超过两倍的接近……”

难以预料王子的哲学性的思辨还会深奥到什么地步，清显却不能等闲听之，因为王子的话使他悟出种种道理来。他至今满以为对聪子已经做到“超过两倍的接近”了，却千真万确地认识到自己所迷恋的并非聪子的实体。这有什么可以作证吗？很有可能自己只是陷入“双重的诱惑”之中了。那么自己所迷恋的果然是她的实体……清显半下意识地微微摇了摇头。这时，他忽然又想起做过的梦：从昭・彼的戒指的宝石中浮现出一张奇特的美女的面孔。那个女人是谁呢？是聪子？是未曾晤面的月光公主？抑或是……

“然而，夏天什么时候才来呀？”

库利沙达殿下茫然地望着窗外茂密树木中的黑夜。树木对面，集体宿舍的灯影隐隐约约地闪动着，忽然传来一片嘈杂声，像是宿舍餐厅开饭的时间到了。学生们穿过树木中的小径，其间有人在吟诵诗歌，那马虎草率的态度引起一阵哄笑。两位王子像是害怕夜间出没的魑魅魍魉似的皱起眉头。

——清显这样将戒指交还王子，不久以后竟然引起一件不愉快的事件。

几天后，女仆前来报告说，蓼科打来了电话，清显却没有去接。

第二天又来了电话，清显依然没理。

这件事，在清显心田里只是引起了轻微的涟漪，但由于他为自己定下了一个约束：聪子的事情暂且抛开，只将怒火发泄在蓼科一个人身上。这个老太婆骗子恬不知耻，又来骗人了，清显一想到这里就气不打一处来，至于自己没去接她的电话，虽然也多少有些不安，不过也能够顺利地挨过去了。

过了三天，梅雨连绵，下个不停。清显下学回来，只见山田恭恭敬敬地把一封信放在托盘上送了进来。清显看了看信封的背面[1]，发现蓼科用清丽的字迹写了名字，心里吃了一惊。这封信精心地封了口，相当厚实，用手一摸就知道，在双重纸糊的信封里面还有一个信封。清显生怕自己一个人的时候也许会产生打开来看的念头，就故意当着山田的面把厚实的信撕碎，并且命令山田把它扔掉。他担心如果丢在自己房间的纸篓里，也可能会拾起来拼在一起读下去。山田那双眼睛在镜片后面吃惊地眨着，一句话也没说。

又过了几天。这之间清显只觉得撕碎来信的事，使自己的心情越来越沉重，从而生气。假如单是为了这封同自己已经毫不相干的信生气的话，倒也罢了；如今发觉这里面也蕴含着一种后悔的情绪，埋怨自己为什么没有果断地把信拆开来，这是难以忍受的。当时，自己把信撕碎扔掉，应该说的确是出于坚强的意志力量，然而随着时间的流逝，他又反复地想到这样做是否只是由于懦怯。

当自己撕碎那封白色的双层信封的信时，那里面仿佛滤进了柔软而强韧的麻丝，手指感觉到一种顽强的抗拒力量。其

1　日本人一般都是把发信人的姓名及地址写在信封背面。

实，并非滤进了什么麻丝，而是潜伏在他自己心灵深层的一种阻力：如若不把更坚强的意志力量振奋起来，就无法把那封信撕碎。这又是多么可怕的事情呀！

他不想再为聪子烦恼，不愿意让她那含有浓烈香气的迷雾再来笼罩自己的生活。如今，他好不容易才使自己的头脑恢复了清醒……这且不说，当时撕碎那封厚实的信，他曾经泛起一种感觉，仿佛是在撕碎聪子白嫩而薰香了的皮肤。

梅雨间歇，星期六的一个大热天过午，清显下学回来，正房门厅前一片嘈杂，家里的马车正在等待出发。仆人们把体积挺大的礼品一类的东西用紫色软绸覆盖着装进马车。马车每一摇晃，马就扇动两耳，从肮脏的臼齿间流下涎水。强烈的阳光照射着青毛闪闪的马脖子，连那浓毛下面跳动着的静脉都看得一清二楚。

清显刚要走进门厅，正好母亲身穿带家徽的三层礼服从里面走出来。清显便迎头打招呼：

“我回来了。”

“哟，你回来了。我现在要到绫仓府上道喜去。”

“道什么喜呀？”

母亲一向不愿让仆人们听到重要的事情，此刻便把清显拉到宽阔门厅放伞架子的昏暗角落，低声说道：

“今天早上，敕准终于下来了，你也一起去道喜吧？”

儿子还没回答，侯爵夫人已经发觉儿子听到她的话，双眸倏而闪过了黯淡的喜悦，由于急着要走，此刻她已没有时间探索儿子那目光的含意了。

夫人跨过门槛，又回过头来，八字眉依然浮漾着感伤的情致，对儿子说了这么一句话，说明在这一刹那，她什么也不曾了解到。

“喜事嘛，总是喜事呀！不管感情怎么不对劲了，这种时候，也该坦诚地去道个喜嘛。”

“请您代劳吧。我不去了。”

清显站在门厅前面目送母亲的马车离去。马蹄踢散路上的沙砾发出雨点落下般的声音，马车上的松枝家的金质家徽穿过五叶松的树林间，活泼地摇晃着消失在远方。清显只觉得，仆人们在主人离开以后，一齐松了口气，宛若是一片无声的雪崩就发生在自己身后。他回过头去，望着没有主人的空荡荡的宅第。仆人们低下头去静静地等候他走进门厅里去。清显如今感到自己切切实实地掌握了思考的诀窍，能够填补巨大的空虚。他连仆人们的脸都没看，就大步流星地走进门厅，匆匆地穿过走廊，渴望尽快地关在自己的房间里。

这之间，他觉得心脏灼热起来，并且奇异而激烈地跳动；同时心灵又在凝视着“敕准”这两个尊贵而光辉灿烂的字眼。终于获得了敕准。蓼科几次打来的电话和厚实的信，宛如敕准前的最后挣扎，无疑是一种焦急心态的表现，不外是想在敕准之前恳求清显的宽恕，还清感情上的负债。

这天余下的时间里，清显委身于翱翔着的想象之中。外界的一切都不在他的视野之内，而今他内心这面宁静的明镜已经碎成粉末，被热风吹得七零八落，沙沙作响，久久不停。过去他些许的热情带来的悒郁的影子，如今已经在这样的激情之中消失殆尽。假若搜寻与此类似的感情，首先最为相近的就只有欢喜这个词了。然而，在人们的感情里，恐怕再也没有比这种毫无缘由的激烈的欢喜更令人毛骨悚然的了。

假如要问什么东西给清显带来了欢喜，那就是“不可能”这个观念。绝对的不可能。聪子和自己之间的情丝，一如琴弦被锋利的刀刃割断一样，也被“敕准”这光闪闪的刀刃割断了，而且发出迸裂之声。他从少年时代起，很久很久一直在优柔寡断之中暗暗梦想着的，暗暗期望着的，就是这样的事态。当年为皇妃捧裾时，瞻望过皇妃那白雪般的颈项，发现那挺拔而蕴含着无比威力的美，由此产生了他的这个梦，无疑预言了他这种愿望的结果。绝对的不可能。这就是清显本人一贯忠实于自己极端扭曲的感情所招致的后果。

然而，这种欢喜到底意味着什么呢？他已无法摆脱这种欢喜为自己带来的黯淡、危险和可怕的影子。

他发现对自己来说是唯一的真实情况，那就是为了既无方向也没有归宿的“感情”而生活……如果说这种生活态度终于把他引到这种欢喜的旋涡起伏的黑暗深渊前边，那么最后就只剩下投身水底了。

他又一次取出幼年时代和聪子轮流书写的《百人一首》来，审视着，还把鼻子贴近卷轴嗅了嗅，想知道十四年前聪子焚过的熏香是否还留有气味。于是，他只觉得自己昔日那种深切的异常软弱无力而又放荡不羁的感情，又从这也许是霉味的缥缈香气中，获得了复苏。当年玩双六，聪子赢了，他们一起吃着皇后下赐的糕点。她用玲珑的小牙齿嚼着，只见菊花瓣在嘴里融化，那颜色更显得嫣红起来；自己却细细品尝着白菊点心那冷凝的雕刻般的棱角，在嘴里变成泥浆般的糊糊状时的甘甜味道……还有那每一个昏暗的房间，那从京都运来的宫廷式的秋菊屏风，以及那寂静的夜晚里聪子那黑发下隐约出现的打着哈欠的小嘴……这一切的一切，都在飘浮着寂寥的优雅之中，真切地出现在记忆的屏幕上。

而后，清显感到自己正向着一种新的观念走近，尽管这是连转一下念头都会有所顾忌的观念。

二十五

……仿佛是高音喇叭的响声，在清显心中涌起。

“我热恋着聪子。”

这种感情，无论从什么角度看，都是毫无可疑之处的，而他怀有这种感情，却是平生头一次。

“所谓优雅，就是犯禁，而且是冒犯至高无上的禁忌。”

这种观念，第一次让他产生了长期以来被压抑着的真正的肉欲。回想起来，他这种游移不定的肉欲，毫无疑问一直是在暗暗地寻求这种观念的坚强支柱。为了找到适合于自己的任务，他曾付出了多大的劳力和时间啊。

“只有现在，我才爱着聪子。”

为了使这种感情的正确性和真实性得到证明，只有这么一条也就足够了：“这已经是绝对地不可能了。”

他沉不住气，从椅子上站起来，又坐了下去。过去总是充满不安和悒郁的心灵，如今却感到洋溢着青春的活力。自己曾经觉得受到伤感和敏感的摧残，原来都不过是一种错觉而已。

他把窗子打开，眺望那阳光闪烁的湖水，深深地呼吸着近在鼻端的榉树嫩叶的芬芳。红叶山一带的天空中飘浮着多姿的云层，已经含有夏天的云光的分量。

清显的脸颊在燃烧，双眸放射着光辉。他变成了一个新人。不管怎么说，他已经十九岁了。

二十六

……清显在炽烈梦想中消磨时光，一心翘盼母亲归来。母亲待在绫仓府上的当儿，他是不宜闯去的。终于，他再也等不下去，就脱下制服，换上藏青地碎白花纹的夹和服，配上裙裤，叫仆人备车。

来到青山六条后，他故意把自家的人力车打发走了，换乘刚刚开通的六条至六本木的市营电车，在终点下了车。

通往鸟居坂的拐角处，还剩下三棵大榉树（当年曾有六棵，六本木因而得名）。市营电车开通以后，“人力车停车场”的大块招牌依然挂在树下，周围还拦着木桩子。头戴圆顶斗笠、身穿藏青色号衣[1]和细筒裤的车夫们在等候顾客。

清显唤来一个车夫，先给了一大笔小费，叫他尽快拉到离得很近的绫仓府上去。

绫仓府上的大门，松枝家的英国马车是进不去的。因此，

1　原文作“法被”，手艺人、工匠等所穿的一种日本式短外褂，领上或后背印有字号。

假如门前停着马车，两扇大门又敞着，就说明母亲还在里面；若是马车不见了，又闭了大门，那就是母亲已经告辞了。

清显搭乘的人力车走过门前时，只见大门紧闭，门前留下四条来往的车辙。

清显让车折回鸟居坂，自己留在车里，要车夫前去叫蓼科。人力车刚好充当了清显隐身等人的地方。

蓼科姗姗来迟。清显从车篷的缝隙望得见夏日渐渐倾斜的太阳，那光辉仿佛是充沛的果汁，滋养着树木，使得枝头的嫩叶闪闪发光。远处，鸟居坂一带，高大的橡树从红砖高墙那面探出嫩叶的树冠来，望去仿佛是蓬松的白鸟的巢，戴着无数略含红晕的白花。此情此景，不由得使他忆起那个降雪的早晨，一阵难以名状的感动激荡在心头。然而，此时此地如若非要见到聪子不可，并非上策。由于自己的热情已是明智的，也就没有必要任凭一时的感情冲动行事了。

蓼科让车夫跟在身后，从便门走了出来，一眼望见清显揭开车篷伸出头来，便茫然呆立在那里了。

清显握住她的手，将她硬拉上车来。

“有话要说，到个隐蔽些的地方去吧。”

“话虽这么说，这么突然，您叫我……您瞧，这不是松枝夫人刚刚回府去了……立刻就得准备今晚的祝贺家宴，我可是太忙啊。”

“得了得了。赶快吩咐车夫走吧！”

蓼科看看清显抓住自己的手不放，只好吩咐车夫：

“请往霞街一带去吧。有个坡道打霞街三段一带绕到第三团的正门那边，拉到坡道下面就成了。”

人力车跑起来了。蓼科神经质地拢了拢两鬓的短发，眼睛直瞪瞪地盯着前方。清显头一次这么近地挨着这个老太婆的躯体，望着她脸上厚厚的白粉，只觉得一阵恶心。同时，也是第一回发现这老太婆竟然这么瘦小，简直活像一个侏儒。

蓼科在喃喃自语着。那声音随着车身的摇晃，波浪般忽起忽落，难以听得真切。

“已经晚了……一切都晚了……”

接着又是：

“事情已经这样，在这之前总该回句话呀……可这是为什么……为什么呀……”

清显沉默着不回答。过了一会儿，到目的地之前，蓼科说起那家的事：

“有个远亲在这儿开了个专门接待军人的简易公寓。脏一点儿，可厢房总是空着，在那儿谈话可以放心。”

明天赶上星期日，六本木这一带就要变成闹哄哄的军人世界了，身穿土黄色军服的士兵和前来探亲的家属一道走在街上。不过，星期六黄昏以前，还不会发生这种情况。闭上眼睛琢磨着人力车绕过的路，一处处都觉得确实是那天早晨赏雪时走过的。清显正在寻思着这条下坡路也曾走过的时候，蓼科叫车夫停了下来。

这座坡道下面的简易公寓，既没有大门，又无门厅，不过院子倒是相当宽敞，围着板墙。蓼科望了望简陋的主楼的二层部分，看样子那里没住人，廊檐下的玻璃门都关闭着，一排六扇落地玻璃门的龟甲形格子上所镶的玻璃虽全是透明的，却望不见里面，粗糙的玻璃面上扭曲地闪映着黄昏的天空。对门房顶上干活的工人，也像水中的人影一般歪歪扭扭地在那上面闪动着。映在那上面的黄昏的天空也像那夕暮的湖水，仿佛略含着一些忧愁，显现着扭曲的湿润形象。

“当兵的一回来就该乱糟糟的了。不过，这里只租给军官。”

蓼科说着拉开旁边贴着鬼子母神[1]法会牌子、有九根竖条的细密水腰[2]格子拉门，打了一下招呼。

一个头发斑白、较高身量的半老男人迎出来，用略带沙哑的声音说：

“哦，是蓼科大姐，请进。”

“厢房那边，可以吧？”

“是，是！”

三人穿过后面的走廊，走进四铺半席的厢房。

“我们很快就得走，况且同这么一位英俊的少爷单独在一起，说不定人家会说什么闲话呢。”

刚刚落座，蓼科就忽然露出轻佻的样子，说了这不大得体的话，也弄不清是对老板还是对清显说的。房间收拾得格外整洁，靠近门口的地方有个半铺席大的壁龛[3]，悬挂着条幅，还有

1　鬼子母神，是梵语Hariti的意译，保护小儿的神。

2　水腰又作水腰障子，是整体糊有和纸，底部十厘米左右为玻璃的推拉门。

3　壁龛是日本式客厅里靠墙处高出席面一截的台子，用以陈设装饰品，墙上挂画。

画了源氏形象的纸隔扇把这里同室内隔开。这里边与外观上那种给军官住宿的简易模样完全不同。

“您有什么吩咐？”

老板退出后，蓼科立即说。由于清显不吭声，她毫不掩饰心中的焦躁，接着又问道：

“您到底有什么事情？偏偏又选了今儿这么个日子。”

“正是因为今天这个日子我才来了。请你想个办法，让我和聪子小姐见上一面。”

“您这是说什么呀，少爷？已经晚了……可真是的，到了这个地步，您还说什么呀。打现在起，什么都得按照上边的意思办事，完全没有别的办法。正是为了这个，我才那样两次三番给您打电话，还写了信，可您那时候一概不回信。到了今儿，又说这样的话。开玩笑嘛，也不能太过分啊。”

“这还不都是你造成的嘛！”

清显望着蓼科那太阳穴部分浓重白粉下面的青筋，做出十分威严的样子。

他指责蓼科说了弥天大谎。其实她早让聪子读了自己的信，还多嘴多舌向侯爵告密，致使清显失去了心腹人饭沼。这逼得蓼科哪管是假装也罢，终于两手触席，道了歉。

蓼科从怀里掏出白纸来揩了揩泪水，眼圈上的白粉剥落下来，老相毕露。然而，这反而叫人看到了擦红了的脸颊，仿佛是擦过口红的薄纸，呈现着一片鲜艳的皱纹。蓼科把哭肿的双眼向上望着，说了这么一番话：

“真格的是我不好。无论怎么向您道歉，也不济事了，这我知道得很清楚。不过，这种道歉，与其向少爷说，不如向小姐表示才对。没能把小姐的心意实实在在地转达给少爷，都是我蓼科的过错。满以为安排得很巧妙的事情，全都得到了相反的结果。请您仔细想想看吧。小姐读了您那封信，多么痛苦呀。况且在少爷面前还要装得根本没有那么回事似的，那该需要多么坚强的毅力呀！后来，我出了个主意，在亲戚们举行新年团拜的时候，请小姐下决心直接问了府上的老爷。打那以后小姐可真的放下心来了，白天晚上光是想着少爷，后来终于下定决心，才在那个下雪的早晨，不顾女孩儿家的羞怯，主动邀请您一同赏雪。打那以后，她只觉得活在世界上是幸福的。甚至连做梦都喊着少爷的名字哩。在这个节骨眼儿上，侯爵老爷从中斡旋，由王府提出结亲的事来，小姐得知此事，只一心指望少爷决断，甚至把一切希望寄托在少爷身上了，少爷却一直没有言语，眼睁睁地失掉了机会。后来小姐的烦恼、痛苦可真是言语无法说尽的了。到了敕准很快就要下来的时候，说是要把最后的一线希望说给少爷知道，不管怎么劝阻也都不听，终于用我的名义写了上次那封信。发现最后的希望都落空了，她就想从今儿起只好死了这条心，谁曾想在这么个紧要关头，您又这么说，真是无情啊。少爷您也知道，小姐打小时候受到的教育就是敬重天皇陛下嘛，到这最后的节骨眼儿上，她可再也不会改变主意了……一切都来不及了。要是少爷您有气消不了，就拿我蓼科发泄好了，不管您打也好，踢也好，怎么都好，直到您消了这口气……已经无法可想了，一切都晚了。”

清显听着这番话，感到了一种喜悦，仿佛是自己的心被一把锋利的刀子痛痛快快地割开了。同时又觉得这里面连一个未知的因素也没有，一切都像是清晰地浸透了自己的心底，知道得那么透彻、那么详尽。蓼科只不过是在重复地叙述着罢了。

此刻，清显觉得自己获得了一种前所未有的锐敏智慧，并相信自己有力量打开眼前这个已被严密封锁的世界。于是，他那年轻的双眸射出了光辉："我先前要求撕毁的信却被聪子读过了；所以这回可以反过来，是的，只要利用被我撕碎的信就成了。"

清显默默地、目不转睛地盯着这个满脸白粉的小个子老太婆。蓼科又把手纸捂在红红的眼角上。室内，黄昏即将来临，看上去她那缩着的肩膀，只要大把一抓，骨头就会发出一阵空响，碎成一堆。

"现在还不晚呀。"

"不，已经晚了。"

"不晚。假如我把聪子最后给我的那封信，送给王府去看看，你想想又该怎么样？那封信可是敕准下来以后写的呀。"

蓼科听完扬起脸来，眼看着就失去了血色。

接着，沉默了良久。窗子上闪映起灯光，原来是主楼二层的房客回来拧开了灯；窗畔，土黄色裤边隐约可见。板墙外面传来了卖豆腐的喇叭声，梅雨间歇的夏日黄昏扩展开来，仿佛是穿了法兰绒衣裳，只觉得浑身微温。

蓼科在喃喃自语着什么。只能断断续续地听到一些不连贯的词句。她似乎在说："所以我才劝您别再那样做……所以我才一直劝您别再那样做的……可是……"估计她指的是自己曾经规劝聪子不要写信给清显一事。

这种久久的沉默，使清显切实地感到已经稳操胜券，不啻是一只无形的兽慢悠悠地抬起头来。

“好吧。”蓼科说，“就让你们见一次面吧。不过，那封信，您肯退回来吧？”

清显说：

“好。可是光见面不够。到时候你还要回避一下，让我们两个人真正地单独在一起……信嘛，见面以后再退。”

二十七

——过了三天。

雨不断地下着。清显放学后，用雨衣把制服掩起来，朝霞街的简易公寓走去。他接到通知，聪子只能趁着伯爵夫妇不在家的当儿出来。

即便进了厢房，清显也生怕人家发现自己穿的制服，所以连雨衣都没脱。老主人边请他喝茶边说：

“您来到这儿，就只管放心好了。您对我们这些离开社会的人，丝毫也不用客气。那么，就请舒舒服服地坐吧。”

主人退了出去。抬眼望过去那间正房的二楼的窗户挂着帘子。为了防雨，这间厢房的窗子也关得严严实实，异常闷热。清显无事可做，看到小桌上放着一个供房客盛随身小东西的匣子，就顺手揭开来，只见那朱漆涂的盖里儿湿漉漉地浮着水珠。

——这时，只听得那绘有源氏形象的纸隔扇外面，传来衣裳的窸窸窣窣声和听不清楚的悄悄话，清显知道聪子来了。

纸隔扇被拉开，蓼科拄着三个指头伏首行礼。她极快地把发白的眼珠往上翻了翻，默默地将聪子送进室内，自个儿就退了出去，迅速地拉一下纸隔扇，旋即在潮湿的白昼的昏暗中，活像一条乌贼似的从纸隔扇的边缘消逝了。

如今，聪子真的坐在清显眼前了。她垂着头，用手帕掩着面孔。她一只手拄在席子上，向一旁扭着身子。那低垂着的洁白的后颈，宛若山巅一泓小小的湖水浮现在跟前。

雨滴频敲着屋顶的声音，仿佛紧紧地笼罩着自己的心，清显沉默地同聪子对坐着。他几乎无法相信这一时刻终于来到了。

如今，正是清显把聪子逼到了一言也难以出口的境地。她已经无法顾及用年长者的口气来教训清显，只是默默地哭泣着。对清显来说，这乃是最称他心愿的姿态了。

况且，她又穿了一身外淡里浓的双重紫色和服，色调极其协调，格外优美，对清显说来不啻是豪华的猎物；同时，她身上还蕴含着这样一种无双的美：冒犯她乃是一种禁忌，是绝对不可能的，是要遭到拒绝的。聪子本来应该是这样一个人！然而，也正是聪子自身在不断地毁坏这样的形象，一直在威胁着他。请看看吧。只要她愿意，就能变成如此神圣和美丽的禁忌品；但是，她却总是心甘情愿地体贴他，同时又小看他，一直扮演着假大姐的角色。

清显所以会坚决拒绝妓女的寻欢作乐的诱导，无疑是因为他早就像透过蚕茧守望着淡青茧蛹的成长一样，透视到和预感到聪子那最为神圣的内核。然而，这种情形必须同清显的纯洁结合起来，只有那时，才能冲破隐含感伤的禁锢世界，望到那似乎是亘古未见的完美无瑕的灿烂曙光。

他童年时代，绫仓伯爵就在他心灵中培育了优雅的情操。然而，他感到这种情操如今已变成一条世上稀有的既纤弱又凶暴的丝绦，正在绞杀他自身的纯洁。长久以来，他并不了解这条艳丽丝绦的用途，如今他已清楚地晓得它的真正使命就是用来扼杀他的纯洁和聪子的神圣。

毫无疑问，他已在恋爱。因此他用双膝挪到聪子前面去，把手搭在她的肩上。那肩却顽强地拒绝了。他的手感到她这种拒绝的反应，觉得多么可爱呀。这拒绝乃是大规模的、典礼式的，与我们居住着的世界同等雄伟。这是凭着沉重地压在她那温柔而充满发人情欲的双肩上的敕准，对他所进行的反抗与拒绝。只有这样的拒绝，才能使他的手感到热力，才是把他的心灵烧毁的灵丹妙药。聪子那蓬起在额头上、梳得匀整的遮阳发，发散着一股香气，漆黑的光泽直透发根。他瞥了一下，顿时一种仿佛在月夜的森林深处迷失了路径的感觉涌上心头。

聪子用手帕捂着泪水涟涟的脸颊，清显把自己的脸颊贴近去。聪子摇着头，做出无言的拒绝。然而，看她那摇头时若即若离的样子，他知道所谓的拒绝，比起她那颗心来，不过是从更远的地方发出的而已。

清显拨开她脸上的手帕，想同她亲吻。然而，降雪的那天早晨曾经主动凑过来的口唇，此刻却只是一味地表示拒绝，结果却是背过脸去，把口唇紧紧地贴在衣裳的下摆上，看上去活像一只小鸟纹丝儿不动地安睡在那里。

雨声越来越厉害了。清显抱住聪子的身体，用眼睛估量着她浑身用衣物包裹得有多么严实。刺有蓟草花纹的衬领严密地掩饰着胸口上部，只露出一小块倒三角形的肌肤，仿佛是神殿的门扉严实地关闭着。肃穆地直围到胸口的又宽又硬的腰带[1]中央，装了一个光彩照人的黄金带扣[2]。然而，一股股肌肤的热风却从那腋下开口处和袖口里谨慎地浮漾出来，轻柔地抚摸着清显的脸颊。

他的一只手松开聪子的后背，用力捏住她的下巴颏。那下巴颏宛若一个象牙棋子被攥在清显手中。美丽的鼻翼闪着泪光，在轻盈地起伏着。此刻清显就能够热烈地吻她了。

倏而，聪子的内心酷似一个火炉打开了炉门，火势熊熊，一股奇妙的火焰腾空而起。她的双手灵活起来，按住了清显的脸颊，紧紧贴住清显的嘴唇，不离开了。湿漉漉的嘴唇左右摇动着，仿佛是在浮漾着方才那拒绝的余波，清显的嘴唇则沉醉在那种绝妙的濡润之中。这样，这个封闭得严严实实的世界，便像一块方糖放到红茶里去，开始了无限甘美的融化。

清显并不知道怎样解开女人的腰带，只感到聪子后背鼓形的饰结在顽强地抵抗他的手指。于是他想用蛮力去解，聪子把手伸到身后，似要强烈抗拒，却又微妙地给以协助。两人的手在腰带上下频频地拉扯着，带扣很快就被解开，整个腰带便发

1　原文作“丸带”。因面子和里子用两种料子做成，又名昼夜带。日本妇女的民族式服装，腰间系着一尺来宽的带子，后背上打个斜形的大结，主要起装饰作用。

2　原文作“带止”，也写作“带留”。系好腰带后，需用一条两头带有金属卡扣的细绦带束紧，在绦带正中央缀以一颗装饰用的带扣。

出低低的窸窣声，弹到前面去，看起来那腰带好像是自己在活动。这是一种复杂而不可收拾的粗暴行动的开端，仿佛所有的衣物都发起了反叛的暴动。清显在急切地想解开聪子胸前衣饰的过程中，缚结在各处的许多纽带，有的勒紧，有的松开来。他终于打开了胸口上部那个倒三角形的地带，此刻这里已是一片白嫩芳香的所在。

聪子一直沉默着，没说一个不字。这时，无言的拒绝和无言的诱导，已难以分辨。她在无限地引人入胜，同时也在无限地拒人于门外。如此，有一种东西使清显感到，现在同这个神圣、这个“不可能”的主人的斗争，所用的并不仅是自己一个人的力量。

那是什么呢？清显清楚地看到聪子那双眸轻闭的脸上逐渐泛起红潮，摇曳着放纵的影子。他拥抱着聪子后背的手掌感觉到越来越重的压力，那里面充满了极其微妙的害羞的情意。她就这样仿佛是再也无力抗拒的样子仰着身子躺了下去。

清显掀开聪子的友禅绸[1]的长内衫的下摆，将在菱形和龟甲形花纹的云彩上飞翔的凤凰那五色斑斓的尾巴胡乱地往两边撩开，于是远远地窥见了聪子那包了几层的腿。然而，清显感到还远得很，还有几层非拨开不可的云彩。有个核心在幽深遥远处狡猾地支持着从后面不断地涌过来的这种繁杂，能感觉到它一动不动地屏着气息。

清显的身子好容易挨近了聪子那乍看上去像是一条白色曙光的腿。这时，聪子的手温存地伸出来支持了他。这个恩泽害

1　染上花鸟、花卉等的一种丝绸。

了他，那一线曙光，他几乎还没接触便结束了。

——两人躺在席子上仰望着天花板，从那里又听到了淅淅沥沥的雨声。他们的心在激烈地跳动着，很难平静下来。清显与其说感到疲劳，毋宁说并不承认事情已经做完，依然是意气昂扬。显然两人之间还飘荡着一种并未满足的依恋情绪，就像室内那渐渐浓重起来的阴影一样。他恍如听到纸隔扇后面传来了老太婆轻微的咳嗽声，便想爬起来，却被聪子悄悄地扶住肩膀拉了回来。

接着，聪子便默默地满足了这种依恋情绪。只有这时，清显才尝到了顺从聪子的诱导行事的快感。事过之后，他对聪子是任什么都能够予以宽恕了。

清显的青春活力，忽然从死寂中获得苏生，乘上了聪子那平稳灵活的雪橇。他有生以来头一次领会到，在女人的诱导下，竟然能够这样安适地去浏览旖旎和谐的风光。室内太热，清显早已脱光衣服，犹如排除水和藻的抵抗，毅然前进的采藻船一般，他确切地感到了自身肉体的坚实。清显看到聪子脸上毫无痛苦的神色，仿佛是洒了一片微微的光亮，浮漾着嫣然的笑意，他并不感到意外，潜伏在心底的一切疑惑都消逝了。

——事后，清显把一身凌乱的聪子抱住，紧贴着她的脸颊，感到她在流泪。

他相信这是幸福的眼泪，同时也正是流淌在两人面颊上的眼泪，严肃地诉说着这样的体会：方才他们的所作所为，乃是不可挽回的犯罪。但是，这种犯罪的感觉却使清显从心灵深处涌起了一股勇气。

“您可不能着凉呀，来，穿上。”

聪子的第一句话，就是拿起衬衣来催清显穿上。然而，当清显要把衬衣抓过来的时候，聪子又稍微拒绝了一下，把衬衣捂在自己脸上，深深地吸了口气，才交给他。白色的衬衣被女人的泪水濡湿了。

他穿上制服，把衣着整顿好，这时聪子拍了拍手，他不免一愣。蓼科似乎是故意停了一会儿才拉开绘有源氏形象的纸隔扇，探进头来。

“是叫我吗？”

聪子点点头，用眼睛示意她去看散落身边的腰带。蓼科关好纸隔扇，连看也没看清显一眼，一句话没说就跪着挪了进来，帮助聪子穿上和服，系好腰带。然后，取过放在屋角的镜台来为聪子梳头。这当儿，清显无所事事，觉得自己简直像是已经死去了似的。室内已拧开电灯，在两个女人这种仿佛是举行一种仪式的漫长的活动中，他已经变成了无用的人。

打扮好了，聪子美丽地垂着头。

“少爷，我们得告辞了。”蓼科代替聪子说道，“就这样，我们已经履行了诺言。从今以后，您就把我们小姐忘了吧。少爷答应的那封信，也请还给我们吧。”

清显盘腿坐着，默不作答。

蓼科又说了一遍：

“那是您答应过的，就请把那封信……”

清显依然一声不吭，只顾凝视着坐在对面的聪子。她仿佛什么事情也未曾发生过似的，头发一丝不乱，打扮得很标致。聪子忽然抬起眼来，同清显的视线相遇。一霎时，她的双眸闪过了一道清澄而激情的光辉，这使得清显知道了她的决心。清显受到鼓舞，就说：

“那封信不能退。因为还想再这样见面呢。”

“啊，少爷您……”蓼科的话语充满怒气，“您这是要怎样呀！说这种任性的孩子话，您不知道这会造成多么可怕的后果吗？要毁掉的，可不是我蓼科一个人哪！”

“别再说了，蓼科。在少爷愉快地把那封信退给咱们以前，就只能这样再见面。再也没有别的办法能够解救你和我呀。假如你想连我也救一救的话。”

聪子制止蓼科的语声，仿佛来自另外一个世界那样清冷，就连清显听着也都感到战栗。

二十八

清显难得地说要来和自己长谈，本多就特意请母亲准备晚餐招待，晚上他还想停一下考试的准备。清显居然会到这个素朴而被烟熏黑了的房子里来作客，从而平添了一种热热闹闹的气氛。

白天，太阳仿佛一轮白金，始终被云层包裹着燃烧，空气有些溽热，夜里依然觉得余热未消，相当憋闷。两个青年人卷起单衫的宽袖，畅述衷情。

本多在朋友来到以前就怀有一种预感，等到一起坐在靠墙的长沙发上聊起来以后，果真感觉到清显完全换了个人。

本多头一次看到他的眼睛竟然闪烁着坦率的光辉。当然，那确实是双青年人的眼睛，但本多不禁对朋友失去了从前那种感伤而动辄垂下去的眼神这一点，多少感到有些惋惜。

即便是这样，如今听到朋友将这等重大的秘密毫无保留地坦白相告，依然感到幸福。当然，这本来就是本多长期以来恳切期待着的事情，不过却连一次也未曾强求过他。

仔细想来，倘若还处在只属于心灵上的秘密这一阶段，清显甚至会瞒着朋友；然而，当这已经变成重大的秘密并同名誉和犯罪密切相关的时候，他才爽快地告诉朋友。作为朋友听到这种告白，只觉得受到无上的信任，而感到极度的喜悦。

也许是心理作用，本多如今只觉得清显格外成长起来了，从前那种优柔寡断的美貌少年的面影已经淡薄下去。在眼前谈着话的，是一个恋爱着的热情青年，原先存在于他的言谈举止中的那种模棱两可、犹疑不定的表现，早已消形敛迹了。

红潮浮面，皓齿含光，话到中途虽也时或略现羞容，但那声音却富有弹性，眉宇之间比从前更增添了凛然的气概，显示出一个热恋着的青年完美的飒爽英姿。本多如今发觉，清显那种内向的性格，恐怕是与他最不相适的了。

这种发觉，使得本多刚刚听完他的告白，就不无道理地说出了下面这番驴唇不对马嘴的话：

“听你这家伙说的话，不知为什么叫我想起了一件不着边际的事。那是什么时候了，你问我还记不记得日俄战争的事。后来，我到你家去的时候，你还取出日俄战争的相册给我看过。我记得你说过，最使你满意的，是一张《追悼得利寺一带的战死者》的照片。那是一张奇怪而活像是精心导演的群众场面的剧照。当时我曾想过，像你这样一个讨厌强硬派的家伙，怎么说出了如此离谱儿的话。

“但是眼下听着你的话，竟然在你这优美恋爱故事的背景中，出现了那个黄尘弥漫中的原野上的情形。我也不大清楚这是怎么回事。”

本多也和往常不同，仿佛是发高烧烧昏了似的，说起胡话来。同时，他又含着赞叹的心情倾听着清显那种犯禁逾法的言谈，不由得有点儿惊讶。这是由于自己从来就决心成为一个守法的人。

这时，仆人把两份晚餐端上来。这是母亲为了让两个朋友自由交谈而特意安排的。在各自的托盘上还放了酒壶，本多为友人斟酒，说了句平常的话：

“你这家伙在家里净吃好的，不晓得我们的饭菜是不是可口，家母还担心来着呢。”

清显吃得挺香甜，使本多高兴。两个青年默默地大嚼大咽，表现了一种胃口很好的健康。

——饭后，他们愉快地度过一段充实的沉默时间。本多在想，自己听着同年的清显这种恋情的告白，竟然会丝毫也没产生嫉妒和羡慕，而只是把幸福灌输到心田里来了。这种幸福感宛如雨季的湖水，悄悄地湿润着水边的庭院，浸透着自己的心田。

本多问道：

“这么说，今后你这家伙打算怎么办？”

“没什么怎么办的。我这个人，凡事绝不轻易去干；一旦干起来，就不想半途而废。”

要是以往的清显，做梦也不会做出这样的答复。这使本多为之瞠目不已。

“这么说，是要跟聪子小姐结婚喽。”

“那可不成，已蒙敕准了嘛。”

“有没有不惜冒犯敕准，也要结婚的打算？比方说，两个人逃到外国去结婚。”

“……你这家伙是不知道的。”

清显话说了一半又停了下来，只见他眉宇之间又泛起了今天头一次出现的昔日那种朦胧的感伤神色。本多恐怕是本来就想看到他这种神色而故意追问到底的，如今一旦看到了，竟连自己方才的幸福感也蒙上了一层不安的影子。

本多望着清显的侧脸，那股子标致劲儿，仿佛是一具用微妙的经过选择的线条精巧地组成的工艺品。本多心想：他期待于未来的究竟是什么？不禁感到一阵子战栗。

清显端着饭后送上来的草莓，移到本多那收拾得整整齐齐的写字台前去，坐在转椅上轻轻地摇着，并以拄在写字台上的胳膊肘为支点，变换着略微袒露的胸脯和面庞的角度，难以安定下来。他的右手用牙签把草莓一个一个地扔到嘴里，那种不拘礼节的样子，表现出摆脱了严格家教的随便态度。眼看着粘在草莓上的砂糖撒在白净的胸口，他不慌不忙地拍了拍。

“喂，要招蚂蚁的。”

听本多这么一说，清显便含着草莓笑了笑。他已经略有醉意，平日显得煞白的薄眼皮泛起了红晕。一时把转椅转过了头，就不顾那只白里透红的前臂，他微妙地把身子扭曲起来。这种姿态恰似这位青年突然遭受了一种不明确的痛苦的冲击，然而他自己并未意识到。

清显那弯度适中的眉毛下面的双眸确实炯炯有神，充满幻想；然而本多清楚地感觉到那目光的闪烁，决非显示着他在向往未来。

本多忽然一反过去，想把自己难耐的焦急情绪向友人倾泻出来。此刻，他越发感到非得用自己的手毁掉方才的幸福感不可了。

“那么，你这家伙究竟打算怎么办哪，考虑过后果吗？”

清显抬起眼来盯着友人。本多还从未见过这么光辉而又如此黯淡的眼睛。

“有什么必要去考虑那些事情呢？”

“但是，你和聪子小姐周围的人们，却都在逐步追求着后果。唯独你们两个人像蜻蜓那样相恋，永远静止地悬在空中是不可能的呀。”

“这我知道。”

清显只这么说了句就把嘴闭上了。他眼睛茫然地望着室内各个角落，比方说书架下面和纸篓旁边小小的阴影；望着那随夜幕的降临，不知不觉间蕴含着的几缕情思，悄悄地潜伏在这简朴的学生书斋里的小小阴影。清显那两道黑眉毛起伏适度的线条，宛若把这些阴影都凝聚起来，形成一条流畅有致的弓形。这两道从情思中产生，而浓缩着情思的眉毛，仿佛在保护着动辄露出黯淡的迷惘神色的双眼，活像端庄而机灵的侍从，忠实地跟随着。

这时，本多下定决心把一直盘旋在脑海的想法和盘托出了。

“我刚才说的话有点儿奇怪吧？听着你和聪子小姐的事，我就想起那张日俄战争的照片来了。

“我在想这到底是因为什么，如果牵强一点儿说的话，我想是这样的：

“轰轰烈烈的战争年代，已经随着明治时代[1]结束了。关于战争的回忆，已经堕落成军事系幸存教官的功名佳话和乡村炉边的得意谈。从今以后，青年人再也不会到战场上去送死了。

“然而，行动上的战争结束之后，感情上的战争年代接着开始了。这场无形的战争，感情迟钝的家伙是完全不会觉察的，甚至都不相信会有这样的东西。不过，这场战争确已开始，为这场战争特别挑选的青年人，无疑已经在开始战斗。你这家伙就是其中的一个。

“我想，这同行动上的战争毫无二致。在这场感情上的战争中战死的，仍然是咱们年轻人。这恐怕是以你为代表的咱们这个时代的命运吧……那么你呢，你已经下定决心，要在这场新的战争中战死。是这样的吧？”

清显只是微微一笑，没有回答。突然，一阵潮湿而有力的风从窗外刮进来，看样子要下雨了。他们两人那渗出汗珠的额头，顿时泛起一些凉爽的感觉。本多心想，清显所以没有回答，不是因为道理自明，无须表态；要不就是由于自己的话确实说到他的心坎处，只是语气过于自信，使他一时难以找到合适的言辞。二者必居其一。

1　明治时代是一九一一年结束的，日俄战争发生在一九〇四至一九〇五年间。

二十九

三天以后，刚巧学校休课，上午就能回家，本多带着家中的学仆到地方法院去旁听。这一天从早晨就开始下雨。

本多的父亲是大审院法官，在家中也是非常严厉的人物。他觉得十九岁的儿子，从入学以前就开始专攻法律，前途很有希望，于是决心让他继承自己的事业。此前，法官都是终身官职，今年四月法院体制改革，二百多个法官奉命停职和退职。大审院法官本多怀着与不幸的旧友共命运的心情而提出辞呈，但未能获准。

不过，以此为转机，父亲对儿子的态度，也有所改变，添加了宛若上级关怀自己的接班人那样的放松和宽容的态度。这种从未有过的感情，本多是头一次感受到，为了不辜负父亲的厚爱，就更加勤奋地学习起来。

父亲竟然允许未成年的儿子前来法院旁听，也是这种新变化的一种表现。除了他自己开庭时不让儿子旁听以外，无论民事和刑事案件，都允许儿子带着家里学法律的学仆自由出入法院了。

要让这个只从书本上学习法律的儿子繁邦，接触日本法院审理案件的真实情况，学习法律的实际业务的一个侧面，始终是父亲表面上的理由。然而无疑是想让儿子亲自体验能够暴露人世间种种惨相的刑事案件的实际审判，看看自己这十九岁的儿子娇嫩的感受性会从中得到什么收获。

这是一种危险的教育。然而，当下年轻人面对着很盛的游手好闲的风气和歌舞乐曲等等，一些投合青年柔软感受性的东西，只要合乎口味就加以吸收，因而很有被同化的危险。比较起来，参加审案的旁听，至少具有这样的教育效果：可以使他们真实地感受到法律秩序的眼睛在严肃地凝视着自己。在这里，人们那种没有固定形象、灼热污浊的黏液般的情欲，眼看着就被冷峻的法律组织加以烹调。这种教育就是让儿子参观这种烹调，受到技术教育，得到益处。

本多赶到刑事第八科小法庭时，觉察到这条阴暗的法院走廊在微微地闪亮，这是荒芜的院子里雨水降落在绿树枝头的反光。本多感到这座建筑物仿佛是熔铸了犯人的心，如果用它来代表理性的话，那么充溢在这里的阴郁情绪未免太浓了。

直到在旁听席上坐下来，这种阴郁情绪依然充塞在本多的脑际。性急的学仆匆匆地把他带到这里，却抛开自己先生的儿子，只顾独个儿阅读起审案实例汇编来了。本多不悦地瞥了他一眼，然后就开始望着那些空着的法官席、检察官席、证人席和律师席等，仿佛都浮着一层雨水造成的潮气，又像是自己的心也落上了一层空虚的暗影。

他只是用自己青春的眼睛观望着，犹如观望就是天生的使命。

本来，繁邦确信自己是个更有为的青年，性格明朗。但是，自从听了清显的告白，却产生了奇怪的变化。不，与其说是变化，莫如说是发生在好友之间的不可理解的换位。长期以来，他们都在珍重地维护着彼此的性格，从未试图互相给对方什么影响，然而就在三天以前，清显宛若突然治好了自己的病却使别人受到感染那样，把内向的病菌留给繁邦便走开了。如今，那病菌已飞快地繁殖起来，结果那内向的性格，与其说是清显的，毋宁说更适于本多了。

这种症状，首先的表现是莫名其妙的忐忑不安。

“清显将来到底要怎么办呢？自己作为朋友，难道只是茫然观望着事态的发展就成了吗？”

在等候下午一点半开庭之前，本多的心已离开从现在起理应看的审判，而只顾探索这种不安的前途了。

“我还是应当对自己的朋友提出忠告，请他不要再这样下去吧？

“过去自己曾经相信，不去管朋友的痛苦，而一味盯着他的优雅，便尽了朋友的情谊；如今听到他那样坦率地告白了一切，作为友情，就应该尽到平凡的管闲事的权利，把他从濒临的危险中拯救出来。即便是这样做的结果，会遭到清显的怨恨，宣布同自己绝交，那也没有什么可后悔的。十年以后，或者二十年以后，清显终将会理解的，纵令一辈子也不理解，那又何妨呢？

“清显确实是在朝着悲剧的深渊飞奔。这固然是一种美，然而我能眼看着他为了一瞬间掠过窗际的鸟影般的美，断送自己的一生而置之不顾吗？

“对，自己从今以后要闭上眼睛竭尽平庸的愚人的友情，无论遭到多大的厌恶，也要给他那危险的热情泼泼冷水，尽力阻止他走向自己命运的陷阱。”

——想到这里，本多的头脑顿时感到灼热，很难在此静待这同自己毫无瓜葛的审判开庭，恨不得立刻跑到清显那里去，诉尽衷肠，规劝清显回心转意。然而当下又无法这样去做，于是一种焦灼又使他泛起新的不安，只觉得心烦意乱。

本多忽然发现旁听席已经爆满，这才明白学仆要那么早就来占座的原因。坐在这里的有像是法律系的学生，有相貌平庸的中年男女，还有戴着臂章的新闻记者们在忙活着。这些人怀着下流的好奇心，表面上却装出一派严肃的神色，或蓄着小胡子，煞有介事地摇着扇子，或用小拇指的长指甲搔着耳朵，掏着硫黄般的耳垢来消磨时间。本多这才发现，深深相信“我们是不必担心会犯罪的”这帮子人，有多么丑恶。他认为自己应该努力，做到一丁点儿也不要同这些人有相似的地方。光线透过关闭着的窗子，酷似一片白灰，呆板地映在旁听者的脸上，只有法警那黑色帽檐上的闪光特别显眼。

被告出庭了，引起了一阵嘈杂声。被告身穿蓝色囚衣，由法警押到被告席就座。旁听的人们都争先恐后地要看看被告的面孔，使得本多无法望过去，只透过人群的缝隙隐约地看到一张稍胖的白面庞和轮廓清晰的酒窝。后来，本多只发现被告是个女囚，梳成兵库髻[1]的后脑勺，动辄瑟缩着丰满的肩膀，并不显着僵硬和紧张。

辩护律师已出庭，只剩下等候法官和检察官的莅席了。

“就是那个人呀。少爷，谁会想到她是个杀人犯呢。常言说，人不可貌相，可真是这样啊。”

学仆贴近繁邦的耳朵悄声说了这么一句。

——审判按照既定程序进行，先由法官问明被告的姓名、住所、年龄和籍贯。这时，场内鸦雀无声，甚至连书记员快速的笔记声好像都可以听到。

“东京市日本桥区滨街二条五号，平民，增田富。”

被告站起身来，流利地作答，但是声音很低，难以听清。旁听者担心即将开始的审问也会难以听清，就都向前探身，把手掌遮在耳后。被告的答话一直是流利的，但说到年龄，不知是否故意，却稍微犹豫了一下，受到辩护律师催问，才仿佛如梦方醒似的用略高的声音答道：

“三十一岁了。”

此刻她转过脸来望望律师，本多瞥见了那披散在面颊上的短发和清亮的眼睛。

站在那里的小个子女人的肉体，在旁听者看来，不啻是一只半透明的蚕茧，会抽出意料不到的复杂的罪恶之丝来。就连她那身躯的极其轻微的扭动，也会令人即刻联想到那濡湿囚衣

1　兵库髻是日本妇女的发式，将头发梳拢到头顶上，盘成高环。据说是庆长年间（1596—1615）开始流行于摄津兵库地方的妓女之间，故名。

腋下的汗珠和那由于惶恐的惊悸引起颤动的乳房，以及对一切都感觉迟钝的稍微冰凉而又丰腴的臀部。她的肉体抽出来无数根罪恶之丝，终将又被罪恶之茧封锁起来。肉体和罪恶之间，居然君临着如此精致的照应……这正是世上的人们所追求的东西，人们一旦被这种热烈的梦魂魇住，平日的一切爱情和欲望，都会成为罪恶的起因和结果。那么不论瘦削的，还是稍胖的女人，她们的身躯都会变成罪恶的形象。竟连她那可以想象到的渗出在乳房外面的汗珠，也是如此。旁听者们就这样把她那已成为无害想象力的媒介体——肉体的罪恶，沉浸到一个个可以理解的愉悦中去了。

年轻的本多也不由得觉察到了旁听者们的这种现象。然而他却出于洁癖，极力予以抵制，不使自己堕入这种想象，而专心去紧跟着被告根据法官的审问所做的陈述，走进事件的核心中去。

女人的陈述冗长，往往语无伦次，颠三倒四，然而事情的发展却是一清二楚的。这桩杀人案，原来只是任凭一连串自发的热情的行动，才糊里糊涂地导致这种悲剧结局的。

“被告是什么时候跟土方松吉同居的？”

“哦，是去年的……那我忘不了，是六月五号。”

这句“那我忘不了”，不由得引起旁听席一阵笑声，法警即刻喝令肃静。

增田富是一家饭馆的女招待，同厨师土方松吉相好，照顾新近丧偶的鳏夫松吉的生活，去年开始同居。然而，松吉却不让她正式入籍。不仅如此，从那以后他却更热衷于搞女人，打去年年底起，开始在也坐落于滨街的岸元饭馆的女招待身上花大钱。这女招待名叫阿秀，芳龄二十，善于甜言蜜语哄骗男人，使得松吉着了迷，夜里常常不回家。到了今年春天，阿富邀阿秀外出，恳求把男人还给她。阿秀却嗤之以鼻，阿富一时想不开就把阿秀杀了。

这案件是市井里司空见惯的三角关系的纠葛，没有任何特殊的东西。然而，当事实的审理接触到细节的时候，就出现了不少难以想象的微妙的真实情况。

女人有个八岁的私生子，从前一直寄养在乡下亲戚家里，后来为了让孩子在东京受到义务教育而接到身边，并因此下决心与松吉同居。阿富身为一个孩子的母亲，竟然被迫走上了杀人的道路。

审问进入当天夜里杀人的情景时，阿富陈述道：

“不，那时候阿秀要是不在家就好了，也许就不会造成那样的结果了。要不，当我到岸元饭馆去邀她的时候，她要是伤风感冒躺在那里就好了。

“用来做凶器的那把片鱼的尖刀嘛，是这样的：松吉这个人，手艺人脾气很强。专门有几把好使的片鱼刀自个儿用着，还说啥‘这对我说来就好比是武士的大刀呀’，女人孩子统统不让动，自己磨好，细心保存着。自从我为他跟阿秀的事情吃醋以来，他觉得危险，就不知给藏在什么地方了。

“他这样想，叫我很恼火，就半开玩笑地吓唬过他：‘即使没有菜刀，其他带刃的东西还有的是！’松吉已经好久不着家了，有一天我打扫壁柜，赶巧发现了那包片鱼刀。叫人吃惊的是，差不多都生了锈，一看就知道松吉被阿秀迷到什么程度。我手里攥着刀，浑身发抖。这时，孩子放学回来，我才稍微冷静些了。我就想：要是把松吉最爱惜的片鱼刀送去磨一磨，他也许会高兴的，打算像个老婆的样子尽一点儿心意。我包好刀刚要出门，孩子问我：'妈妈上哪儿去？'我说妈妈就到近处去办点儿事，小乖好好看家。可孩子又说：'妈你不回来也成啊，我要回乡下去上学了。'我觉得奇怪，一追问，孩子就告诉我，街坊的孩子笑话他，说啥你妈老缠着你爸，给你爸甩了。这一定是孩子们听家长说的吧。孩子好像是厌恶了我这个成了人家话把儿的妈妈，并想回到乡下的养父养母身边去。我气得打了孩子，也不顾孩子哭就跑出来了……"

阿富接着说，这时，她脑袋里已经没有阿秀了，一心只想磨好刀，轻松一下。

磨刀铺活儿多，挺忙，阿富足足等了一个小时才把刀磨好。出了磨刀铺又不想回家，就晃晃悠悠地朝岸元饭馆的方向走去。

岸元饭馆里，因为阿秀总是请假到处逛悠，这天过午回来，老板娘刚刚说了她几句。事情与松吉有关，阿秀哭着向老板娘认错，好歹才算是过去了。阿富正在这当口来到，要阿秀到外边来说话，阿秀竟然痛快地走了出来。

此刻阿秀已经打扮得干净利落，准备接客了。她一身倦态，活像一位名妓[1]拖着内八字形的步子，轻浮地说：

"刚才，我已跟老板娘说好了呀，以后跟一切男人都不来

1　原文作"花魁"，是曾经设在东京的吉原花街的妓院里对名妓的称呼。

往了。”

阿富一听，不由得心里一阵欢喜，但是阿秀紧接着又兴高采烈地笑起来，像是推翻刚才自己说过的话：

“不过，怕的是我连三天也熬不过去。”

阿富极力抑制自己的感情，邀阿秀到滨街河岸上的一家饭馆，请她喝杯酒，并摆出大姐姐的样子，想方设法要和她谈出个结果来。然而阿秀只是一味泛着冷笑，保持沉默。当已有些醉意的阿富像演戏似的行礼恳求的时候，阿秀却毫不留情地扭过头去。一个钟头过去，外面黑下来了。阿秀说是晚了要再挨老板娘的训，该回去了，便站了起来。

后来，两个人怎样走到滨街河岸夜色苍茫的空地上，阿富已记不清了。想必是阿秀要回去，阿富又不放，拉扯之间自然而然地走到这里来的。不管怎么说，阿富并不是一开始就动了杀机才把阿秀引来的。

两人争执了两三句以后，阿秀就在河面上尚闪映着的余晖里，龇着白色的牙齿，笑道：

“说一千道一万也都白搭呀。就是因为你老这么黏黏糊糊的，才招了阿松厌恶的呀！”

这句话起了决定性的作用。阿富是这样陈述她当时的心情的：

“……听她这么一说，我刷地血冲上了脑袋。是啊，我该说啥呢？一个婴孩想要啥，或者是心里不舒服，也不会说话，只能像被火烫了似的哭叫起来，拼命摇手蹬脚乱动一气。我心里就像婴孩一样，胡乱地动起手来，不由得把手伸进包袱皮里去，攥住了刀。刚好天黑，阿秀的身子就撞在我那晃个不停的刀刃上了。这话嘛，我就只能这么说了。”

——于是，包括本多在内的旁听者，就全部清楚地看到了在黑暗中蹬脚摇手的婴孩的幻影。

增田富说到这里，就用双手把脸捂起来，发出呜咽的声音，打后面看得到她穿着囚衣的双肩在抽搐着，那一身匀称丰腴的肌肉，着实引起了人们的怜爱。旁听席的空气，已经从开头那种明显的好奇心，逐渐变成了另外一种情绪了。

连绵的雨水把窗子冲刷得白蒙蒙的，大大地增添了场内沉痛的气氛。唯独处在这种气氛包围中的增田富，看上去似乎是代表着在呼吸、在悲痛、在呻吟的人们的一切感情。就是说，只有她才拥有表现感情的权利。刚才，人们还在望着这个三十岁的女人那微胖而微微冒汗的肉体；此刻，却都屏着气息凝眸望着一种情思冲破人的肌肤，宛若一只用生虾片拼摆成的大虾在蠢蠢蠕动。

她全身的一切都给人们看遍了。避开人们耳目犯下的罪行，而今就这样通过她的肉体把真实面貌展示在大庭广众之下，令人看到比起善意和德行来不知清晰多少倍的罪过的本质。舞台上的女演员还只是把想让观众看到的部分展示出来，而增田富却远远地超过了她们，让旁听者看尽了所有的一切。这不外是说，既然这个世界的一切都是观众的世界，那就干脆把一切都摆在明处。看来，身旁的律师要想对她有所帮助，也着实无能为力。矮小的增田富，女人装饰用的一根簪子和一块宝石也没有，更没穿引人注目的华丽衣裳，即便只是犯人的装束也十足是个女人。

“要是日本推广陪审制度，一大意这案子还兴许判成无罪呢。能言巧辩的女人，就是不好对付嘛。”

学仆又在耳旁向繁邦叨咕了这么一句。

繁邦也在思索，人们的热切感情一旦顺着自己的规律发展下去，就任何人都不能制止。这要用以人的理性和良心为当然前提的近代法律来衡量，乃是绝对无法接受的理论。

另一方面，繁邦想，开始时本以为这是与自己毫不相干的案子，前来旁听，可是如今又觉得确是同自己有点儿什么因缘。同时，又发现了像增田富这种喷薄而出的红色岩浆般的情思，自己是不能与之相通的。

雨还没停，但天空开始发亮了。阴云有的地方绽开来，连绵的雨变成短时间微弱的阵雨，只见玻璃窗上的雨珠一齐闪映着阳光，仿佛是荡漾着一片幻影。

本多内心希望自己的理性永远如同那窗上的阳光，同时又难以舍弃动辄为热烈的黑暗吸引的心性。然而，那热烈的黑暗却只是一种迷惑，并非任何别的东西，只是一种迷惑。清显也是这种迷惑。而且这种打从最深层的部位震撼着生命的迷惑，其实又必然并非生命本身，而只是同命运有着联系罢了。

本多原想向清显提出忠告，此刻却想按捺一下，观察一段时间再说。

三十

临近暑假的时候，学习院发生了一桩事件。

原来是帕塔纳迪特殿下的翡翠戒指丢失了。库利沙达殿下立刻断定这是盗窃事件，张扬出去，就把问题闹大了。帕塔纳迪特殿下希望内部解决，并责怪堂弟轻率，然而他自己也暗自深信这是一起盗窃案，在这一点上是与堂弟一致的。

学校方面对库利沙达殿下的吵闹，理所当然地做出了相应的反应，回答他说在学习院不可能发生盗窃事件。

自从发生这样的龃龉之后，更加深了王子们的思乡情绪，终于提出希望回国的要求。王子们之所以和学校正面发生对立，是由于出了下面这样一件事。

舍监诚恳地听取王子们的陈述，逐渐发现他们的证词略有出入。他们说是黄昏时分在校内散步回到宿舍，然后又出去用晚餐，等再回到房间里来的时候，才发现戒指不见了。这当口，库利沙达殿下说堂兄戴着戒指出去散步，回来后去用晚餐的时候把戒指放在房间里，就在这用晚餐的工夫被盗走了。同时帕塔纳迪特殿下本人却越回忆越想不清楚这段经过了，说什么散步的时候确是戴上戒指出去的，可是用晚餐的当儿是否把戒指留在房间里，就记不清了。

这种情况，当然是判断究竟是自己丢失的呢，还是被盗的相当重要的关键，于是舍监就询问了王子们散步的路线，查明了因为那是一个美丽的黄昏，王子们跨过禁止入内的御览台的栅栏，曾经在那里的草坪上躺过一些时候。

舍监是在一个闷热的下午查明这个情况的，雨依然断断续续地下着。舍监当即拿定主意，催着王子们说，自己也参加进去，三个人一起把御览台找遍了瞧瞧。

御览台位于演武场一角的高地上，四周都是草坪。这是明治大帝御览过学生们演武训练的纪念场所。在这个学校里，除了大帝手植的杨桐祭坛以外，就属这个地方最为神圣了。

两位王子今天在舍监陪同之下，公然跨过栅栏，登上御览台。然而，草坪被细雨淋湿了，要想找遍这差不多五六十坪的高地的每个角落，并非易事。

舍监觉得光找王子们躺着说过话的地方很不够，三个人就分头从三个角上仔细地往中间找，不落掉一块地方，拨开每一根青草，查看草根。稍微大了一些的雨淋着他们的脊背。

库利沙达殿下流露出一些抵触情绪，嘴里发着牢骚找了起来。温厚的帕塔纳迪特殿下因为是寻找自己的戒指，就非常顺从，打高地一角的斜坡上认真地查看着。

对两位王子来说，如此仔细地观察一丛一丛的青草，还是平生第一次。虽说那黄金门神的闪光容易发现，可是浓绿的翡翠却同草绿混同起来，难以辨认。

雨珠沿着制服的立领渗到脊背上，使得王子们怀恋起故国雨季的暖雨来。草根的淡绿色会令人发生阳光照耀的错觉，其实云层尚未裂开，淋湿了的绿草丛中有小白花被雨珠坠低了头，但那花粉茸茸的花瓣依然保持着未湿的光泽。一丛丛高高的杂草的锯齿形叶子，投下淡淡的阴影，尽管知道戒指不会落在那里，还是要把叶子翻过来查看一番，有时也会发现小小的甲虫在那里避雨。

由于眼睛从近处盯着青草，时间长了王子们就觉得草叶逐渐大了起来，而联想到故国雨季那茂密的森林来，只觉得草丛中，忽然有一片闪烁着闪电光芒的积云眼看着扩展开来，半边天空蔚蓝一片，半边天空又是一片阴沉昏暗，仿佛巨大的雷声立刻就要从天而降了。

现在王子们热衷于搜索的已经不是那只翡翠戒指，而是月光公主的姿影了。可惜那令人怀恋的姿影，业已消失而万难捕捉。然而，他们却受到每根杂草的绿色的欺弄，找得挺腻烦，简直都要大哭一场了。

这时候，身穿运动服的体育系的一伙学生，把毛衣搭在肩头，打着伞由此路过，望到这般光景就停了下来。

丢失戒指的消息早已传开，然而一般都认为男人戴戒指乃是一种柔弱的表现，对这种丢失和拼命地找寻，极少有人抱着好感和同情心。学生们得知王子们伏着身子找寻的就是那只戒指，加上对叫嚷盗窃事件的库利沙达的憎恶，就纷纷投以恶言冷语。

不过，此刻大家还没发现舍监在场，等舍监站直身子，人们吃了一惊。舍监刚一用令人不悦的温和口吻要大家帮忙，人们就默默地转过身去走开了。

三个人已经朝着高地的中心地带互相靠近，不抱什么希望了。这时雨已停住，一片淡淡的阳光落在草坪上。已近黄昏的斜阳照耀着淋湿的青草，使得草坪上摇曳着错落有致的光影。

帕塔纳迪特殿下忽然认定一株草影下，那只浓绿翡翠戒指正在闪烁着斑斓的绿光。然而，等王子用粘湿的手拨开那堆青草，却只见草根旁的土上闪动着微弱的光亮，照得草根发出金光而已，哪里有什么戒指的踪影。

——清显听到这场徒劳的寻找，还是后来的事情。舍监的做法毋宁说是出于诚实，然而也不可否认这样就使得王子们无端地感到屈辱。果不其然，正是因为这样做了，王子们才收拾行李，搬到帝国饭店去住，并对清显明确表示无论如何要在近期返回暹罗。

松枝侯爵听儿子说到此事，非常痛心。假若放任不管，就这样叫王子们回国去，难以弥补的是会给王子们的心灵留下不可磨灭的创伤，只要想起日本来就终生都会感到不悦吧。因此，侯爵曾经试图缓解学校和王子们的对立情绪，无奈只因王子们坚持顽固态度，估计这样调解至少在眼前看来是徒劳无益的。于是侯爵就设法挽留，先不让王子们回国，等过一段时间，王子们的情绪缓和下来再说。

刚巧暑假快要来临了。

侯爵也跟清显商量过，一放暑假就邀王子们到自家的海滨别墅去，清显也陪同前往。

三十一

清显还征得父亲准许，邀了本多也一同前去。这样，就在暑假第一天，包括王子们在内的四个年轻人搭上火车从东京启程了。

父亲每逢到镰仓别墅来，镇长、警察局局长和很多各方面的人士都到车站欢迎。从镰仓车站直到位于长谷的别墅，一路上还要撒上由海滨运来的白色沙砾。这次，由于侯爵事前通知地方政府说，不管包括什么王子，一律都把这些年轻人当作学生，绝不要到车站迎接，四个人才得以搭乘人力车从车站出发，轻松地到达别墅。

沿着树木葱茏、迂回曲折的山径走到尽头，就看到一拱石砌的大门，门柱上镌刻着“终南别业”字样，这是以王摩诘的诗题命名的。

这座日本的“终南别业”，占用了一整座山谷，足有一万坪。前代人修葺的草庐，已于几年前失火烧毁，如今的侯爵随即就在这里建造了一幢日西合璧、拥有十二间客房的别墅，把从阳台往南伸展的整个院落都改造成西式庭园。

朝南的阳台，正面能够远望大岛[1]，夜间喷火时，望去犹如远方的篝火。顺着庭园走那么五六分钟，又可抵达由比海滨。侯爵夫人洗海水浴时，侯爵曾从阳台上用望远镜眺望，兴高采烈。但是，大海和庭园之间夹着一片旱地，却同这里的景致显得很不协调，因此侯爵就想在庭园的南端种上一片松林，把这块地遮住。但等这个计划得以出色地完成的日子，庭园的景致就直接同大海连成一片。这样，望远镜再也望不见海滨，其中的余兴也就该跟着消失了。

这里夏日的壮丽风光是无与伦比的。整个山谷如同扇子一样向两侧展开，右面的稻村崎和左面的饭岛，仿佛是庭园东西两侧毗连在一起的山麓，天空和大地以及受到两座海角包围的沧海：总之极目望到的一切，都像是包容在松枝别墅的领域之中了。能够随意侵犯这个领域的只有任情舒展的云影、疏疏落落的岛影和航行在海面的小小船影了。

因此，在这个浮云显得格外雄伟的夏季，人们走进这个别墅，不啻是亲临以山峦的扇形胸怀为观众席、以海面为舞台的乱云飞舞的剧场了。据说，阳台的设计师曾经反对用拼木镶嵌地板，因而遭到侯爵的申斥，侯爵还以“轮船的木板也是木铺的”为例驳倒设计师的主张，并特意下令用柚木拼成黑白相间的图案铺在阳台的地面上。清显就曾在这里一天到晚观察大海上空的浮云的微妙变化。

---

1 大岛位于东京以西伊豆诸岛最北端，属于火山岛，是富士箱根伊豆国立公园的一部分，亦称伊豆大岛。

那是去年夏季的事。

凝聚在海上的积云，仿佛是刚刚搅拌的炼乳，直到它那褶子的深处都照进了深沉的阳光。这阳光又雕出含着阴影的部位，越发显得强大。然而，浮云的峡谷里沉郁地积淀着阳光的部位，看上去宛如沉睡般的特殊的时间，比起当前的时间流逝得更加缓慢的时间。同时，那凶猛的浮云一侧的面颊染上阳光的部位，望过去却给人以相反的感觉，仿佛是飞快地流逝着的悲剧性的时间。这两种时间都处于无人的境界，因而不管是沉睡，还是悲剧，在这里都是性质相同的游戏。

凝眸盯视，就纹丝不动；目光稍微转向别处，就已然变了形。这云彩好像一绺蓬勃挺立的马鬃，忽然变成酣梦方醒时睡乱了的一堆长发。再度凝望着的当儿，却又仿佛茫然若失般乱蓬蓬的，依然又一动不动了。

到底有什么变化呢？刚刚还光芒四射的洁白固体般形态的浮云，却似精神松弛一样散开，下一个瞬间又似沉溺到柔弱的感情里的蠢物。而且，还给人一种解脱的感觉。然而，那些浮云不一会儿又凝聚起来，把阴影投到庭园中，恍如一队奇怪的军人攻了上来。那时，海滨的沙滩和旱地首先笼罩上阴影，接着就从庭园南端一直向眼前扑过来。按照修学院离宫的样子修剪得非常齐整的枫树、杨桐、茶树、丝柏、丁香、满天星、槲树、松树、黄杨和罗汉松等，密密麻麻种满在庭园的斜坡上。原本在强烈的阳光照耀下，树叶的尖端都闪烁着斑斓色彩，仿佛是一片出自巧手的工艺品，然而顷刻间也都笼罩了一片阴影，连那蝉鸣也犹如送葬时呜咽的声音。

格外优美的是夕阳的残照。一眼能够望得见的云层，仿佛早已预感到，一旦沐浴在落日余晖，自己将被染成红色、紫色、橙黄色，或是浅绿色。云层被染上颜色之前，总是由于紧张而一度变得苍白……

“这庭园真是太美了！真没想到日本的夏天会是这么美呀！”

昭·彼的双眼放光地说。

再也没有比这两位王子的褐色皮肤与眼前的一切更相称的了。今天，他们的心情非常舒畅。

尽管清显和本多已经感到阳光过于强烈了，两位王子却觉得这阳光是无比温和，恰到好处。两人在阳光下怎么晒也不觉得厌倦。

“到海里泡泡，休息一下，然后再陪你们去看看庭园吧。”

清显这么一出口，库利沙达就接过去说：

“没必要休息啊！咱们四个人不都这么年轻，精力又充沛吗？”

对两位王子来说，月光公主、翡翠戒指、朋友和学校……什么都比不过夏天的必要。清显这么估量着。看来夏天能够为王子们填补任何不足，医治任何悲哀和抵偿任何不幸。

清显不禁想象着暹罗那尚未体验过的酷暑，面对当前豁然展开的夏天，也同样泛起了一阵陶醉的感觉。蝉声在庭园的每个角落里聒噪，只觉得冷静的理智已经变成冷汗从额头蒸发掉了。

四个人从阳台上下到宽阔的草坪中央，聚拢在日晷周围。

1716 Passing Shades[1]

镌刻着这种字样的陈旧日晷，那蔓藤花纹般的青铜针像一只鸟儿，把脖颈伸向西北和东北之间，固定在罗马数字12上面，影子却已经接近三点了。

本多用手抚弄着日晷盘的S字部位，本想问问王子们暹罗的准确方向，又怕会徒然引起他们的乡愁，于是忍住了。接着，他又无意之中背向太阳，用自己的影子遮住日晷，把那三点上的针影消去了。

“对，对。就这么遮住好了。”昭·彼注意到了本多这个举动说，“整天都这么做，时间就会被取消掉了。等我回国以后，也叫人在庭院里安设一个日晷，假若遇到非常美妙、非常幸福的一天，就让仆人用自己的影子遮住它，停止时间的流逝好啦。”

“那么仆人会中暑死掉吧？”

本多移开身子，让强烈的日光照在日晷盘上，使三点上面的影子又爬了回来。

库利沙达说：

“不，我们国家的仆人就是晒一整天太阳也不在乎。而且，阳光要比这里强烈三倍呢。”

清显心想，他俩那晒得油光闪亮的褐色皮肤，一定藏着清凉的幽暗。也就是说，他们准是在自己身体的树荫里乘凉呢。

1　英语：日晷。

——由于清显偶然向王子们透露了在后山小径上散步的乐趣，使得本多陷入困境，顾不上消汗，就非跟大家一起登上后山不可了。过去，对任何事情都那么不起劲的清显，今天竟然领先走去，本多只能投以惊叹的目光了。

攀登到山巅，将要走到山梁上的时候，松树的阴影里蕴满了海风，由比海滨一带也闪现在眼前，攀登时冒出的汗水一下子都被吹得一干二净。

四个青年恢复了少年时代的活泼劲儿，由清显领头沿着山梁上长满山白竹和凤尾草的小径走下去。这时，清显那踏乱落叶的双脚忽然停下来，指着西北方向叫道：

“瞧啊！只能从这儿才看得见！”

大家也都止住步，透过树丛的缝隙望过去。门前街那相当杂乱的房屋和高耸着的大佛塑像就映入眼帘了。

从正面可以望得见大佛那浑圆的脊背、袈裟上粗糙的褶皱、脸部侧面，以及从浑圆肩头往下顺畅地舒展开来的衣袖那边的一小部分胸脯。阳光照射下，那浑圆的肩膀闪闪发光，肩膀那边的宽阔胸脯上的闪光则是平滑澄明的。已经西斜的太阳，又照在鬈曲着的头发上，每一部分都分外鲜明。双耳长长地垂在鬈发旁边，仿佛是热带树木上悬挂着的奇异的长形干果。

王子们一望见大佛，就忽然跪在地上。这使本多和清显吃了一惊。两个王子都毫不可惜笔挺的白色亚麻裤子，双膝跪在凋落的一堆湿漉漉的竹叶上面，向着远方那沐浴着阳光的大佛合起掌来。

清显和本多一不小心对望了一下。像这种信仰早已远远地离开他们二人，已经在他们的生活中彻底消逝了。尽管他们对王子们这种虔诚的顶礼膜拜没有嘲笑的情绪，但是感到往日一直当作同学对待的这两位王子，忽然飞向观念和信仰都迥然不同的另一个世界去了。

三十二

四个人环绕着后山，走遍了庭园的各个角落，情绪总算平静下来，然后在海风吹拂的客厅里小憩，开了几瓶从横滨运来再用井水镇过的柠檬水。于是疲劳也马上被驱散，他们便急着要趁太阳西沉之前到大海中去，分头做好了准备。清显和本多是一身学习院装束：系了红色兜裆布，穿着露脊背和两肋缝了锯齿形针脚的白布游泳衣，头上戴了麦秸帽，等待着姗姗来迟的王子们。过了一会儿出现的王子们，都穿了英国制的横格游泳衣，裸露着褐色的肩膀。

清显和本多做朋友虽已很久了，然而也还从未在夏天邀他到别墅来过。只有一年秋天，曾邀他来拾过栗子。因此，本多和清显自从幼年时代同赴学习院设在片濑[1]的游泳场以来，还没一起到海边来过，况且那时两人的关系并不像现在这么密切。

四个人一直沿着庭园奔跑下去，穿过庭园尽头那片嫩嫩的松林和毗连的旱地，来到沙滩。

---

1 片濑是神奈川县东南部的海水浴场，位于江之岛对岸。

清显和本多在下海之前都要认真地做体操，王子们一边看一边笑得前仰后合。这笑声里，毋宁说包含着对他们二人远望大佛时未曾下跪的轻微报复。因为在王子们看来，他们二人这种现代式的、仅仅是为了个人的戒律行为，不过是世上罕见的滑稽表现而已。

这种笑声却足以证明王子们的心情非常舒畅，好久以来清显未曾见过外国友人如此开朗的样子。大家在海水中尽情地闹腾了一阵子之后，清显早已忘记了主人的地位，也不去照顾客人了。结果是王子们用本国语交谈，清显和本多也用日本语聊天，两人一组分别在沙滩上躺了下来。

西沉的太阳被一片薄薄的云层包围起来，失去了方才那强烈的势头。这对皮肤白嫩的清显说来，却恰到好处。他只系着一条红色兜裆布，把湿漉漉的身子舒舒服服地仰躺在沙滩上，惬意地闭上了眼睛。

本多则盘腿坐在他的左边，只顾默默地望着大海。那里风平浪静，使他感到了无限的魅力。

他只觉得自己眼睛的高度同大海水平线的高度几乎是同样的，大海却就在自己眼前告终，从这里便是陆地，这使他感到奇怪。

本多把晒干的沙子从一只手倒到另一只手上，当沙子撒掉，手掌空虚了以后，又茫然地去抓起新的沙子。他一边这么做，一边望着大海。他的眼睛和心灵都被大海征服了。

自己的眼前就是大海的尽头。这一片汪洋的大海，这么充满活力的大海，就在自己的眼前告终了。无论是从时间来看，还是从空间来说，再也没有什么比立足于这种境界线上更具有神秘感的了。一想到此时此刻自己竟然置身于如此宏伟的大海和陆地的境界线上，就宛若自己做了从一个时代走向另一个时代这伟大历史转折关头的见证人。因此，本多和清显所生活的现代，也不外是一个浪潮的即将退去，一道风吹浪打的岸边和一条境界线了。

……大海就在眼前告终。

极目远望那波涛的尽头，方才晓得那是经过了多么漫无涯际的努力，才在这里悲惨地结束了自己的生命。也就是说，环绕了整个世界的巨大海洋，它那规模宏伟的意图在此地以徒劳告终了。

……尽管如此，那又是多么安详而蕴含着善意的挫折呀。此刻海浪那最后的余波，那小巧的边缘，顿时消失了感情的激荡，同那平滑如镜、湿湿的沙滩浑然融为一体。当它变成一片淡泊的泡沫的时候，浪身大都退回到大海里去了。

远望那奔腾深海中行将破碎的白浪，那白浪激起的四道或五道余波，都永远在同时扮演着激荡、高潮、崩溃、融合与退却的角色。

再看那鼓着橄榄色肚皮溅碎的巨浪，正在从暴乱和怒吼变为一般的呐喊，接着不知何时那呐喊又变为絮语；又像是一排白色的奔马从强大变成弱小，不久那排成一列横队的马身消形敛迹，最后只剩下白色马蹄在海滨上尥蹶子了。

两道余波粗鲁地从左右两面扇形展开，互相侵犯，不知何时又一起融进平滑如镜的沙滩里去了。然而，这中间白色的细浪也还在沙滩中活跃着，奔腾着，看上去仿佛是纵长形的闪闪发光的霜柱。

退到大海中去的波浪，同重重涌向前来的波涛混合起来，又成为群浪中的一分子，失去了原来那平滑如镜的白色脊背，同浪群一起，咬紧牙关又朝着岸边涌来。然而，纵目远望那深海，就会发现一直觉得力量充沛的海滨上的波浪，其实不过是一种淡薄无力的扩展，只是给人以强弩之末的感觉。从海边到海洋深处，大海会逐渐变浓变厚，沿岸的淡薄成分被浓缩起来，渐渐受到压榨，等达到碧绿的水平线时，那受到长期煎熬的青色就会形成坚硬的晶体。尽管它同滨岸保持着距离，装扮成开阔的样子，也唯有这种晶体才是大海的本质。海浪的这种淡薄而轻浮的运动，无穷无尽地反复，最后就凝固为青色的晶体，这才是大海。……

……

想到这里，本多的眼睛和心灵都感到疲劳，不觉把视线移到他认为刚才就确实睡着了的清显的睡姿上。

清显那白皙美丽柔嫩的身体，和那条红色兜裆布形成鲜明的对照。只见那微微起伏着的白净的腹部与兜裆布的上端相挨处，闪烁着干沙和贝壳粉末的白光。刚巧清显把左腕枕在头下，本多便发现他的左侧腹、酷似樱蕾的左侧乳头偏外一点儿的地方，也就是平日总被上臂遮挡着的地方，聚集着三颗小小的黑痣。

肉体的特征说来也是不可思议的。相处多年却首次发现的这三颗黑痣，宛若是朋友无意中公开了的秘密，使得本多想要回避一下，不愿直视它们了。本多把眼睛闭上，在眼帘里面，只望到黄昏的天空似乎闪着强烈的白光，那三颗黑痣犹如远方的鸟影，鲜明地浮漾着。转瞬间，只觉得那三只鸟展翅飞向前来，直抵头顶。

当本多又张开双眼的时候，只见清显微微地蠕动着给人美感的鼻翼，发出鼾声，微张着的双唇间闪露着洁白湿润的牙齿。本多的视线又移到那三颗黑痣上去。现在看上去又觉得好像是嵌入清显那白嫩肌肤里去的沙粒了。

此刻，晒干的沙滩就在本多面前到了尽头，接近波浪冲刷的地方，大片的沙滩已经濡湿，呈现着暗淡的颜色，然而处处还浮现着斑斓有致的点点白沙。这上面还残留着微波冲刷过的浮雕般的痕迹，小石头、贝壳和枯叶等都像是已变成化石，密密麻麻地镶嵌在上面，而且不管多么小的石头都把退下去的微波的痕迹保留下来，宛如一面扇子朝着大海的方向扩展开去。

其实并不只是小石头、贝壳和枯叶，连那些被波浪卷上来的马尾藻、小木片、稻秸和酸橙皮等等，也都照样镶嵌在那里，那么清显那富于弹性的洁白皮肤上也可能有极小的黑色沙粒嵌了进去。

本多觉得清显着实可怜，便想能否在不弄醒的情况下帮他把沙粒摘掉。但是，望着望着那三颗小小的沙粒竟随着胸脯的微微起伏，有力地蠕动，从而终于认为那并非无机物，而确实是清显肉体的一部分，也就是黑痣罢了。

不知为何，本多觉得那黑痣又像是破坏了清显肉体的优雅。

清显也许觉察到了本多凝视的强烈目光，忽然睁开双眼。

四目相对，使本多感到有些惶惑，清显却扬起脖子追望着朋友的面孔说：

“你能帮助我吗？”

“啊。”

“我到镰仓来，表面上是陪王子们玩玩，其实是为了造成我不在东京的舆论，你懂吗？”

“我估计是这么回事。”

“你瞧，我会不时地把你这家伙和王子们丢下来，悄悄地回到东京去。三天不见那一位，我就受不了哇。我不在的时候，请你帮我在王子们面前敷衍一下。万一从东京的家里打来电话，你也要为我巧妙地遮掩一下，那就要看你的本事了。今晚我还要搭乘末班车的三等车厢回东京，明天早上头班车赶回来，就拜托你了。”

“好的。”

本多使劲地答应下来，使得清显似乎感到了幸福，伸出手来要求同他握手。然后又补充了一句：

“有栖川宫殿下的国葬典礼，令尊也要参加吧？”

“哦，大概会的。”

“殿下死得真是时候。昨天我听说，托他的福，洞院宫府上的纳彩仪式[1]也要跟着延期了。”

本多从朋友的话里感觉到他的恋爱与一桩桩国事攸关，再一次深刻地认识了它的危险性。

这时，王子们兴高采烈地拉扯着跑过来，库利沙达打断两

1 纳彩仪式是订婚时双方交换彩礼的仪式。

人的谈话，喘着大气操着拙笨的日本语说道：

“我们刚才都谈了什么，你们知道吗？我们谈的是关于轮回转生的事哩。”

三十三

两个日本青年听了这番话，不禁面面相觑，轻浮的库利沙达根本无心顾及听话者的脸色。昭·彼近半年来在异国饱受了种种折磨，比起库利沙达来，那褐色的脸颊已不再那么红润，看上去他在掂量着该不该把这话说下去。想必是为了多少给人以文明的印象，于是他就用流畅的英语说道：

“其实，方才我和库利谈到，童年时常常听奶娘讲述《本生经》的故事。即便是佛陀[1]，在前生当菩萨[2]的时候都曾经依次转生为黄金的天鹅、鹌鹑、猿猴和鹿王等等。那么，我们在前生该是什么呢？我们俩就互相猜测着取乐。库利坚持说他前生是鹿，而我是猴子。我讨厌他这么说，就坚持我才是鹿，库利一定是猴子，还引起了争论呢。你们二位对我们的前生怎样

---

1 佛陀，是梵文Buddha的音译，简称“佛”，意译为“觉者”。佛经说，凡是能“自觉”“觉他”“觉行圆满”者皆名为“佛”。

2 菩萨，是梵文bodhi-sattva的音译“菩提萨埵”的简称，中文意译为“觉有情”，就是觉悟的有情的意思，也就是上求佛果和下化众生的大圣人。

看呢？”

无论站在哪一边都会失礼，清显也罢，本多也罢，就都只是满面笑容而默不作答。接着，清显为了改变话题，就说关于《本生经》他和本多一无所知，希望王子们讲一个这方面的故事给他们听听。

“那么，就说说黄金天鹅的故事吧。”昭・彼随即说道，“这是关于佛陀还是菩萨的时候接连两次转生的故事。你们知道，所谓菩萨，就是在未悟道以前的修行者[1]，佛陀在前生也是菩萨。这种修行，就是追求无上的菩提[2]，普济众生，修炼各种波罗蜜[3]的佛法。据说，当时身为菩萨的佛陀，一方面转生成各种动物，一方面积累善行。”

很古以前，菩萨生在一个婆罗门[4]家，娶了同一阶级家的女子为妻。养下三个女儿后，他去世了，遗族为别的人家所收养。

辞世的菩萨，又投胎转生为黄金天鹅，却有着能够回忆前生的智慧。不久，菩萨天鹅成长起来，披上了黄金的羽毛，一身稀世的美丽风姿。它在水上漫游，那影子浑如

1　修行者，是依照佛法的路线去坚持实践的人。

2　菩提，中文意译为“觉道”，觉就是觉悟，道就是佛道，觉悟佛道的正智，叫作菩提。

3　波罗蜜，中文意译为“抵达彼岸”。修行佛法的人乘大行之船，由生死苦恼的此岸，渡到涅槃安乐的彼岸，谓之抵达彼岸。

4　婆罗门，中文意译为“净行”或“承习”。印度古代的僧侣贵族，居于四“瓦尔纳”（种姓）的首位，享有种种特权。

月影，光辉灿烂。它飞过林中，枝头的翠叶犹如黄金的笼子，玲珑剔透。有时，它停在枝头休息，就仿佛那里长出了不合时令的金果。

天鹅发觉自己前生是人，后来晓得留在世上的妻子和女儿被别人收养，靠揽手工活挣钱糊口。于是天鹅心想：

“我的羽毛，可以一根一根地拔下来打成金条卖。今后就一根根把羽毛送给她们，好让留在人世的贫穷可怜的伴侣赖以度日。”

一天，天鹅隔着窗子望见自己的妻子和女儿过着贫穷的生活，不禁泛起怜爱的感情。妻子和女儿望见停在窗框上的金光闪闪的天鹅，大吃一惊地问道：

“啊呀，多么漂亮的金天鹅呀。你是打哪儿飞来的？”

“我是你的丈夫，也是你们的父亲。我死了以后，托胎转生为金天鹅。今天特地前来看望你们，就让你们的穷苦生活变得轻松些吧。”

说罢，天鹅把一根羽毛留给她们就飞去了。

就这样。天鹅不时地飞来，把羽毛一根根地留给她们又飞去。因此，母女们的生活富裕起来了。

一天，母亲忽然对女儿们说道：

“禽兽的心是没法捉摸的。你们的父亲，那只天鹅，说不定什么时候就不来了。下次再来的时候，看准了机会，把它的羽毛统统薅下来。”

“唉哟，妈妈可太狠毒了！”

尽管女儿们叹着气反对母亲的主张，然而当天鹅又飞来的时候，贪婪的母亲依然将它哄过来，一把抓住，把羽毛薅得一干二净。但是，说也奇怪，那么光闪闪的金羽毛却随薅随变成仙鹤的白色羽毛了。天鹅不能飞了，前生的妻子就把它装在一个大罐子里喂养着，巴望它再长出黄金羽毛来。然而，新长出来的羽毛却都是白色的，等长齐了，天鹅就悠然飞去，逐渐缩小到一个耀眼的小白点儿，隐没在云中，再也没有飞回来。

“这就是我们打奶娘那里听来的《本生经》里的一个故事。”

本多和清显都感到惊讶，这个故事居然跟他们不断听的日本童话十分相似。接着，话题又转到是否相信轮回转生的问题上去了。

清显和本多从来还没有被卷进过这个问题的议论，谈起来未免有点儿困惑。清显抬起头来用商量的眼光瞥了瞥本多。一向任性的清显，每逢遇到抽象的议论，必然都会表现出这种毫无把握的神态，这反而使本多仿佛给银质的刺马针轻轻地刺了一下，引起了谈兴。

“假如说，有什么轮回转生这码事，”本多露出稍微有些性急的样子，发表议论，“那也不过是像刚才谈到的天鹅的故事，具有洞悉前生的智慧罢了。如果不是那样，就是说，一度断绝的精神，一度丧失的思想，在来生中不会留下任何痕迹。那时候又有另外一个新精神，一个毫不相干的思想，宣告重新开始……如果是这样，那么，在时间上排成一队的转生的各个个体，同分散在相同时代空间的个人的个体，只具有相同的意义……这么说来，转生的意义不也就不存在了吗？如若把轮回转生看作是一种思想的话，那就没有所谓把毫不相干的几种思想概括起来的思想吧。如今我们既然没有任何关于前生的记忆，只此也就足以说明所谓轮回转生不过是试图证明绝对没有确凿证据的无谓的努力而已。要得到这样的证明，就需要均等地观察前生和现世，具备一种比较对照的思想依据。然而，人的思想重点，对于过去、现在和未来，总是有所偏重，是无法从居于历史中心地位的'个人思想'的内核中挣脱出来的。佛教所说的中道[1]似乎就是这种东西，然而所谓中道究竟是否是人们所能持有的有机思想，还是很值得怀疑的。

"退一步说，如若把人们所抱的思想，都看作是迷惘，那就需要有第三种观点，即能够一个个识别从前生转生为现世的每个生命——它的前生的迷惘和现世的迷惘。唯有这第三种观点，才能证明轮回转生的存在，但对轮回转生的本人来说，却不过是个永远的谜而已。这样，这第三种观点恐怕就是悟道的观点，因而，转生的思想只有从转生中超脱出来的人才能掌握。不过即便此时此刻掌握了轮回转生的思想，恐怕轮回转生本身已不复存在了。

"我们活着，对于死却拥有丰富的内容。它包括关于安葬、墓地以及那里枯萎的花束，还有对死者的怀念和眼前的近亲者们的死，再就是预测自己的死，等等。

---

1 中道：不偏于空，也不偏于有，即空即有，不落二边，圆融无碍，谓之中道。

“这么说来，死者对于生可能也拥有丰富多样的内容。它包括从死者的地位观望我们的城市、学校和工厂的烟囱，以及挨个儿死去和出生的人，等等。

“我想是否这样呢？所谓轮回转生，只是相反于我们从生的方面去看死，而是从死的方面观望生的一种表现罢了。那仅仅是换了个角度加以观察而已。”

昭·彼沉静地表示反对：

“那么，人们死后还能把思想和精神传给活着的人们，这是为了什么呢？”

本多头脑敏捷，气势逼人，带点儿轻蔑的语气斩钉截铁地说：

“这和轮回转生的问题是两码事。”

“为什么是两码事？”昭·彼平和地说，“一种思想，隔着时代被另一个不同的个体继承下来，这你也会承认吧？假如是这样，要说同一个体又会隔着时代被各种不同的思想继承下来，也不是什么奇怪的事吧？”

“猫和人是同一个体吗？就像方才你讲的人和天鹅、鹌鹑、鹿……”

“按照轮回转生的观点，就把它们叫作相同的个体。即便是肉体并没有连贯性，但只要执迷不悟这一点是连贯的，就不妨称它们为相同的个体。不，也许不叫作个体，而叫作‘一个生命的脉流’好些。

“我失掉了那只蕴含着深厚怀念之情的翡翠戒指。因为这只戒指并非生物，不会转生。不过，问题在于所谓丧失究竟是什么。它对我来说，仿佛是再度出现的一个根据，说不定什么时候，这只戒指又像是一颗绿色的星星，闪现在夜空中呢。”

说到这里，王子沉浸在悲哀之中，似乎是突然离开了话题。

“昭·彼，说不定那只戒指是什么活物偷偷转生的呢。”库利沙达有些稚气，“现在，兴许它是用自己的双脚逃到什么地方去了。”

“这么说来，那只戒指如今或者已经转生为如同月光公主一样的美人了。”昭·彼立刻就被爱情的回忆包围起来，“任何其他人来信，都说她很精神。可为什么只有她不给我来信呢？准是人们在安抚我。”

此刻，本多并没留神听他说的话，依然思索他方才那一番似是而非的言论。诚然，确实会有一种观点，不把人类看作是一个个体，而看作是一股生命的脉流；不看作是一种静态，而看作是一种动态。结果，正如王子所说，一种思想就有可能被各自不同的“生命的脉流”继承下来，同时一股“生命的脉流”又会被各种不同的思想所继承：两者是一码事。这是由于生命和思想在化合中形成一体的缘故。于是乎这种生命和思想一体论的哲学如果推广开去，那么一种把无数“生命的脉流”统括为一个巨大浪潮的连环，即人们称之为“轮回”的东西，也就可能成为一种思想了……

当本多正在耽于这种冥想的时候，清显把黄昏中逐渐昏暗下去的沙子堆起来，和库利沙达一起，专心致志地在建造一座沙子的寺院。然而，要想用沙子堆起暹罗风格的尖塔和鸥尾，那是难以做到的。库利沙达却巧妙地在沙子上滴上一些水，堆起一座纤巧玲珑的尖塔，并且从浸了水的沙子的塔檐小心翼翼地拉出向上翘着的鸱尾，犹如从女人的袖口拉出一只黑嫩而柔软的手指一般。但是，那仿佛是痉挛着翘向空中的黑沙手指，随着水分的消失，立刻就脆弱地坍塌下来了。

此刻，本多和昭·彼早已停止争论，把眼光转过来望着孩子般高高兴兴地忙于玩沙子的两个人。用沙子堆起的伽蓝应该上灯了。精心镂刻的伽蓝正面和纵长的窗子，已经披上一层昏暗的影子，只望得见黑魆魆的轮廓。粉碎了的白色浪花，宛若临终者的白眼球的一闪。这个世界虽然消逝了，还将余光整个集中在那里，留下一片白色的遗迹。伽蓝在这白色的余光前面，望上去简直是一片朦胧的剪影。

不知不觉之间，一片星空展现在四个人的头上。银河清晰地挂在苍穹之中，尽管本多对于星星的名字知道得很少，却也马上认出了隔着银河相望的牛郎和织女，还有为了给他们两个人做大媒张开一对巨大翅膀的天鹅座北十字星。

四个年轻人只觉得海浪的吼声比起白天来不知高了多少倍，白天看起来隔得那么远的大海和沙滩，此刻却融合在一片黑暗之中，夜空的星斗在不停地增加着，仿佛劈头盖脸压了下来……自己的身子被这一切笼罩着，恍如被装进了一只无形的巨琴般的乐器里去了。

这正是一只琴！他们犹如混进琴腔里的四粒沙子，只觉得那里是漫无涯际的黑暗世界，而琴腔外面的世界却是光辉灿烂的。这只琴从凤颈到琴尾绷起十三根弦，倘使有一只洁白无比的纤手伸过来一撩拨，就会响起群星运行的音乐，声震琴箱，将这四粒沙子摇撼得也跟着跳动起来。

大海之夜轻风徐徐。那潮水的香气，被浪头卷上来的海藻的呼吸，一齐涌进年轻人的肺腑，使他们裸身沐浴着清凉海风的肌肤，泛起一阵阵战栗般的感觉。然而，潮湿的海风吹拂着身子，反倒引起一团烈火般的灼热，从体内喷了出来。

清显忽然说：

“咱们回去吧。”

这当然是催请客人们回去用晚餐了。但是，本多心里明白，他一心惦记的是要赶上搭末班车的时间。

三十四

清显不出三天，就悄悄地回东京去一趟。回来后，又把在那里发生的事情，详详细细地告诉本多一个人。他说，洞院宫府上的纳采仪式已经明确宣布延期举行。然而，当然这并非聪子的婚姻遇到了什么阻碍。聪子常常受到邀请拜访洞院宫家，洞院宫殿下也待之以慈祥的态度。

清显当然对这样的现状并不满意，于是开始涌起一种新的念头：下次要设法邀聪子到“终南别业”来，一同过上一夜。这个计划是危险的，当然要本多也帮着出出主意。但是，一想到这样的事，就觉得阻碍重重，不胜麻烦。

一天夜晚，闷热得很，难以成寐。清显也许是在睡意蒙眬之中吧，做了一个似乎是从未做过的梦。在梦中的浅滩上，水是温的，从海里冲过来的各种海藻之类的东西和陆地上的垃圾混杂着堆积在一起，刺着在海滩上走着的人们的双脚。

……不知怎么回事，清显竟然身着平素不穿的白布和服与白布裙裤，带着猎枪站立在野地里的路上。多少有点儿起伏的原野并不算辽阔，远处望得见一片房子的屋顶，也有自行车驶过，飘洒在四周的阳光却蕴含着沉痛的气氛。这阳光已是落日余晖，并不强烈，然而那光不知是从天上来还是地上来，呈现着一种飘忽不定的状态。原野上起伏的杂草仿佛也从茎心里发出绿色的光来，驶向远方的自行车也似在发散着呆滞的银光。清显忽然朝下一望，只见自己木屐那粗粗的白趾袢儿和脚背上的静脉，都非常奇妙地明亮地映入眼帘，细致可见。

此刻，忽然觉得天光暗了下来，一群飞鸟从天涯海角涌过来，叫声四起，直逼头顶，清显举枪勾动了扳机。这不单单是无情的射击，而是心中充满不可言状的愤怒和悲哀，与其说是对着群鸟，莫如说是向着太空那只巨大的蓝眼开的枪。

群鸟一齐被打了下来，眼看着一阵带血的龙卷风呐喊着把天和地连接起来了。所以这么说，那是因为无数的鸟儿嘶鸣着，滴着鲜血，密密麻麻地聚集成一根粗大的望不见顶端的柱子，向着地面的一点俯冲下来，就仿佛是水量极大的瀑布带着吼声和血色，没完没了地从天上落了下来。看上去，确实酷似那连续不断的龙卷风。

而后，又眼看着这龙卷风凝固起来，变成一棵参天巨树。由于这是一棵由无数鸟尸堆起来的巨树，树干也呈现着殷红的颜色而没有枝叶。然而，等这棵巨树最后定形而寂静下来，叫声也随着停止，周遭又充满方才那种蕴含着沉痛气氛的阳光，一辆空着的银色新自行车又影影绰绰地从野路驶向前来。

他感到一种骄傲，因为是自己把覆盖着天日的一片黑暗扫荡得一干二净。

这时，他发现一群与自己同样一身白色装束的人，从远处沿着野路走了过来。他们庄严肃穆地行进着，走到离自己不远的地方停下步子。仔细一瞧，每个手里都握着一支玉串，那上面的杨桐树叶发着绿光。

他们为了给清显净身，就用玉串在他面前摇晃着，沙沙直响，听起来很是清爽。

在他们当中，清显一清二楚地认出了学仆饭沼的面孔，吃了一惊。饭沼还对清显说了这么一句：

“您是一位粗暴蛮横的神，一定是的。”

清显给他这么一说，不禁望了望自己的身体。不知什么时候，一串暗紫与暗红相间的钩形玉坠儿项链已经套在自己的脖颈上，只觉得玉坠儿的清凉浸透了胸部的肌肤。他还觉得自己的胸脯就像是一块平滑厚实的岩石。

顺着白衣人的喝声和指着的方向望去，方才那棵鸟尸筑成的巨树，早已生出了茂密而色彩鲜明的绿叶，连下面的枝丫也都是一片葱郁。

……就在这时候，清显睁开了双眼。

这是极不寻常的梦，因此，他立刻打开久未记过的梦的日记，把方才的梦境尽量详细地记下来，同时觉得醒过来以后，方才那激烈行动和勇敢精神掀起的火热血潮依然奔腾在心腔。如今他还觉得自己仿佛是一个刚刚从沙场上凯旋的战士。

……要在深夜把聪子带到镰仓来，黎明时分再送回东京去，靠马车是不成的，火车也难以办到。人力车就更吃不消了。因此，无论如何也得用汽车。

然而，就是汽车，也不能雇自家附近的。聪子家附近的更不成。一个重要条件是：要有一个既不认识聪子，也不了解内情的司机和由他驾驶的汽车。

“终南别业”虽说非常广阔，但也不能叫聪子和王子们相遇。尽管还不晓得王子们是否知道聪子订婚的事，但他们要是认出了聪子的脸，就肯定会种下祸根。

要克服这么多困难，无论如何也都需要本多，要他来扮演并不熟练的角色。为了帮助朋友，他答应把聪子接来并送回去。

此刻，他的脑海里浮现了一个同班同学的名字。那是富商五井家的长子。本多的朋友当中，只有他一个人拥有独自使用的汽车。为了这件事，本多专程赶回东京，到坐落在麹町[1]的五井家去，请求他把自己的福特牌汽车连司机一起借给一夜。

这个青年一向游手好闲，常常在不及格的边缘晃来晃去。此刻，一见班上鼎鼎大名的学风严谨的秀才竟然就这种事情前来相求，先是一愣，接着心想不要坐失良机，就极为从容地流露出一种妄自尊大的神态，跟本多说，只要如实地说明理由，是可以考虑借给的。

如今竟然在这个笨蛋面前怯生生地诉说了一段假话，这当然是往常的本多难以做出来的事情。话又说回来，这也使他感到了一种喜悦。本来是说谎，话语就难免吞吞吐吐，可是五井却一味认定这是出于焦虑和羞愧的心态，那副深信不疑的面孔，也着实有趣。本来理智是那样难以令人信服的，可是虚伪

1 麹町，是东京都千代田区西部的地名。

的热情，却如此这般地轻易取得对方的信任，这使本多用一种很不愉快的喜悦心情凝视着朋友的面庞。清显也想必是以这种心态凝视着本多吧。

“真得刮目相看啦，没想到你这家伙还有这么一手。不过，你还保留着秘密主义的尾巴，总该把她的名字告诉我吧。”

“房子。”

本多没多考虑，竟然把久违了的表妹的名字说了出来。

“那么就是说，松枝借给一夜用的房间，我来提供一夜用的汽车喽。不过，下次考试时你可得多多帮忙啊！”

五井半认真地说着，低头施了一个礼。此刻，他的眼睛闪烁着友情的光辉，因为如今从各方面意义来说，自己的智慧已经同本多的处于同等地位。他的这种简单的人生观得到了确认，于是就用充满了放心的语调说道：

“归根到底，人都是一样的呀。”

本多起初抓的就是这一点。同时，应该说本多也沾了清显的光，得到了凡是十九岁的青年都想拥有的罗曼蒂克的名声。总而言之，这场交易对清显、本多和五井三人，无论谁也不吃亏。

五井的汽车乃是一九一二年出厂的最新型小轿车。由于发明了自动起动装置，再也不必司机一一下车来用手摇，大吃苦头。虽说是普通的二档变速机的型号，但黑漆涂装，以细细的红线勾了车门的边缘，只是车篷里的后座等还残留着马车的模样儿。要跟司机讲话时，就把嘴贴在通话筒上，司机则从通话筒的喇叭听取乘车者的话语。车顶上装有载货架，适用于长途旅行。

司机姓森，原来是五井家的马车夫。驾驶汽车的技术，是向五井老爷的专职司机学习的。在警察署考取驾驶执照时，他请师傅公然站在门厅前面等候，他在笔试中遇到不懂的问题就随时跑出来，问明白以后再回去继续做答案。

本多深夜到五井家去借车，为了隐蔽聪子的身份，让汽车停在先前那个军人公寓门前，等待由蓼科悄悄陪同的聪子乘人力车前来。清显希望蓼科不要跟聪子一起前来，实际上她想来也来不了，因为她有个重要任务，即在聪子不在家的时候，造成聪子一直在寝室里安睡的假象。蓼科显然十分担心，千叮咛万嘱咐，好不容易才把聪子交给了本多。

本多把嘴贴近聪子耳边轻声说：

“在司机面前，我可要一直叫您房子小姐呀。”

这辆福特牌汽车终于发出震耳的噪声，打破了这一带住宅区深夜的静寂。

本多看到聪子毫不在乎的果敢态度，不禁暗自惊讶。由于她穿了一身洁白的洋服，越发增强了这种果敢的气势。

……夏日寂静的深夜，作为朋友的替身，同朋友的情人一起乘车兜风，在这飘荡着香水气味、频频摇晃的车厢里，同女人贴身坐着，使他领略到一种奇异的情趣。

聪子是“他人的情妇”。一个无情的事实是：她是个女人。清显对自己的信任，使他感到清显和自己之间不可思议的缘分，主要是清显一贯对自己的捉弄，这种感觉又无比强烈地复活了。信任和侮蔑仿佛是薄薄的皮手套和手的关系，紧紧地严丝合缝地贴在一起，只是由于本多倾心于清显的美貌才予以宽恕。

为了躲避开清显的侮蔑，他只能深信自己的高洁。本多却不像具有守旧气质的青年那样，而是始终以理智支持了自己的信念。他绝不像饭沼那样自惭形秽，假如真是那样想就完了……只能充当清显的奴仆。

当然，聪子坐在疾驰的汽车里，头发尽管给凉风吹乱了，言语举止却绝不超越常度。二人之间自然绝不谈及清显，房子这名字却成了小小的架空的亲密标志。

……

从镰仓返回东京的路上却完全是另外一番情趣。

“唉哟，我忘记告诉清少爷了。”

汽车刚刚开动不久聪子就这么说了一句。然而，已经无法折回去了。他们必须一路赶到东京，否则在这天亮得早的夏天黎明之前回家是没有把握的。

本多接过去说：

“那就请您告诉我吧。”

“嗳……”聪子先是踌躇着，随即似乎是下定了决心，这么说，“那么，就请您转告他吧。前些日子，蓼科见到松枝府上的山田，知道了清少爷说的谎话。蓼科知道了清少爷一直装作保存着的那封信，其实早就当着山田的面撕碎扔掉了……不过，不必担心蓼科那里会出什么问题，她已经万事听其自然，闭上眼睛什么都不管了……就麻烦您把这些话转告清少爷吧。”

本多只是照她说的复述了一遍，就答应下来，不过，关于这些话的神秘内容，却一句也没问。

也许是本多那循规蹈矩的态度打动了聪子的心吧，她跟来时判若两人，变得能说会道。

“本多先生，您对挚友可真是尽心尽意啊。清少爷有您这样的朋友，也真算得上是世界上最幸福的人了。像我们女子，就没有真正的朋友。”

聪子的双眸虽然还残留着放纵的火光，但头发梳理得一丝不乱。

聪子看本多没有言语，停了片刻，就低下头去用几乎听不清楚的声音说：

“不过……您可能会以为我是个放荡的女人吧？”

“您可不该这么说。”

本多不禁用强烈的语气打断了她的话。聪子的话巧妙地击中了偶尔浮现在本多心中的情景——尽管他对此并无鄙夷之意。

本多完成这彻夜接送的任务，回想抵达镰仓后把聪子交给清显的时候，抑或是从清显手中把聪子接过来送回去的时候，自己的心却丝毫没有乱，这是他深感自豪的。本来就不应该心乱，他自己凭着这种行为不是参加了一桩严肃的危险事件吗？

然而，当清显拉着聪子的手从月光如水的庭园踏着树影跑向海滨的时候，本多发现自己这样帮助他们，确实是罪过，而且亲眼望着这罪恶留下了那么优美的背影，飘然飞去。

“您说得对，我不该说这样的话呀。就连我自己，也不认为是什么放荡嘛。

“不晓得为什么，清少爷和我明明是犯着可怕的罪过，却一点儿也不感到罪过的丑恶，只是觉得身心都得到了净化。方才也是嘛，观赏着海滨的松林，觉得今生不能再来观赏了；谛听着松林的风声，也慨叹这辈子无法再听到了。总而言之，我们的整个世界时刻都是那么清澄，毫无后悔的阴影呀。”

聪子恨不得撕掉羞涩的面纱，毫无保留地向本多倾诉说，自己每次同清显幽会，都觉得这是最后的诀别了。特别是这一夜，他们沉浸在大自然的清明和宁静之中，彼此间的感情已经达到了多么可怕的、简直令人感到眩晕的高度。究竟怎样才能使本多理解自己这种心情呢？她边说边泛起一种焦灼感。然而，就像向别人描述死、宝石的闪光和夕阳的优美一样，这乃是最难的事情。

清显和聪子避开过亮的月光，在海滨徘徊。深夜的海滨杳无人迹，由于周围亮得晃眼，高高翘起船头的渔船投在沙滩上的黑影，就使人觉得是可靠的。船上洒满月光，船板酷似片片白骨，伸出手去，月光宛若能把手穿透一般。

海风习习，二人立刻就在船影下面紧紧地拥抱在一起。聪子不常穿洋服，可今夜这身洋服的洁白却那么刺眼，令人生厌。于是她想尽快把这白衣脱下来丢掉，隐身于黑暗当中，然而却忘记了自己的肌肤也是洁白的。

明明是并非有人在窥视，却觉得散落在大海上的月影不啻是百万只眼睛。聪子仰望飘浮在夜空中的白云和那悬挂在云端的闪烁欲坠的星星。聪子感到清显那小而硬的乳头，碰着了自己的乳头，相互耍弄，最后把他的乳头压碎在自己这乳头的丰满中，这使聪子感觉到比亲吻还惬意。那种甘美的体会，简直就像是同自己豢养的小动物在戏耍着、互相偎依着一般，竟至会使意识模糊起来。闭着眼睛的聪子，依然在回味着悬挂在云端的星星，回味着那星星的闪光。

这种境界，离开深海般的喜悦并不太远，径直地就可到达了。聪子一心想把自己同黑暗融化在一起，然而当她意识到那不过是渔船的一片阴影，便感到一阵子恐怖。因为，这不是坚固的建筑物或山崖的阴影，只是一片不久就要被渔船拖进大海的短暂的阴影。渔船停在陆地上，并不是现实，它那真切的阴影也不过恰似一片虚幻而已。聪子心里怀着一种畏惧，似乎这艘相当古老的大渔船，眼看着就从沙滩上悄然滑动，逃向海中去。要想追逐这片阴影，并永远待在这片阴影里，自己就必须变成海。于是，聪子便在重量感和充实感当中变成了海。

包围着他们的一切——那皓月的长空、那海的闪光、那沙滩的清风和远处松林的絮语……一切的一切，都预示着灭亡。在这时间的薄片的那一面，巨大的“不准”二字在发出吼声。难道说松林的絮语不就是这种声音吗？聪子感觉到她和清显正被一种绝不宽容的东西包围着，监视着，犹如落在盘子里的一滴油，正被那盘子的水包围着。况且那又是一盘黑色的水，对一滴油来说不啻是一片海，却又默默无言。显然，这一滴油正漂浮在一个孤绝的海隅。

这是一个多么巨大的拥抱，“不准”的巨大拥抱！然而，他们二人并不知道这个“不准”，对自己来说究竟是黑夜，还是黎明；只是觉得这个“不准”虽在自己的近处吼叫着，却尚未发动进攻。

……两人爬起身来，从黑影中勉勉强强伸出脖颈，望着西沉的月亮。聪子觉得那一轮圆圆的月亮，仿佛是明晃晃地钉在天空上的徽章，为他们的罪行作证。

渺无人迹。为了取出藏在船底的衣裳，两人站起身来。月光照耀着，两人的腹部隐隐发亮，腹部下边一小块黑暗处，仿佛是渔船阴影的遗痕，两人互相望着那里，尽管是一瞬间，但那目光却饱含着深情。

把该穿上的衣服穿好以后，清显坐在船舷上摇晃两条腿说：

“假如咱们两个是一对公认的情侣，恐怕倒不敢这么大胆了。”

“您可真是个冷酷的人！清少爷的心本来就是这样的吧。”

聪子流露出一点点嗔怪的神色。他们之间虽这样逗着趣，却有一股难以名状的滋味，仿佛掺了沙子似的。这乃是由于绝望的结局就在近处窥视着。聪子仍蹲在阴影里。坐在船舷上的清显那垂下的双脚沐浴着一片洁白的月光，聪子捧起他的脚把自己的嘴唇贴在趾尖上。

……

“这些话，也许不该跟您说。不过，除了本多先生以外，再没有别人肯听了。我知道，我的行为是可怕的。然而，请您不要阻止吧。我晓得这桩事迟早会结束的……直到结束为止，我想这样做一天算一天。已经没有别的路可走了。”

本多不由得怀着一种凄切的心情追问道：

“您已经下定决心了？”

“是啊，下定决心了！”

“我想清显也会是这样的。”

“所以就更不应该这样给您添麻烦了。”

本多泛起一种奇怪的冲动，很想了解这位女人。原来这是一种微妙的报复心理：她要是打算把本多当作“深深理解的朋友”的话，那么他也应该同样拥有理解她的权利，这种理解，既不是同情，也不是共鸣。

然而，这样一位满怀着爱情的、婀娜多姿的女人，就坐在自己旁边，心灵却飞到远处去，要想理解她到底该采取怎样的行动呢……素来持有的一种逻辑上的探索癖开始在本多心中抬起头来。

车子的摇动，曾数次把聪子的膝头晃了过来，然而聪子却非常灵活地避免碰在本多的腿上。那简直活像一只小松鼠足蹬横杆转动滚轮一样，敏捷得令人眼花缭乱。这使得本多稍感焦躁。他想，至少聪子决不会在清显面前表现出这种令人眼花缭乱的劲儿。

“您刚才说已经下定决心啦，是吧？”本多说着，并没有看聪子的面孔，“那么这话同‘迟早会结束的’心情又有什么样的联系呢？到了结束的时候再下决心，不是就太晚了吗？或者，凭着自己的决心，难道不能够让它结束吗？这一切，我都知道，不过是提了一个残酷的问题而已。”

“您这个问题提得好。”

聪子平静地应着。本多情不自禁地凝视着她的侧脸。那侧脸美丽端庄，毫无惶惑的影子。这时，聪子突然闭上了眼睛，那本来就很长的睫毛，在车厢顶上的昏暗灯光照耀下，垂下来一道深深的阴影。窗外，黎明前的繁茂的树枝犹如一片阴云，拂掠而过。

司机规规矩矩背向着他们忙于驾驶。客人和司机的座位之间，遮挡着一层厚厚的玻璃拉窗，只要不把嘴贴到通话筒上去，就不必担心他们的谈话会给司机听到。

“您是说，我应该能够迟早结束这桩事，对吧？我觉得您作为清少爷的好朋友，这么说是理所当然的。假若我活着的时候不能结束，那就等我死了……”

聪子也许正期待着本多会慌忙否定自己的话，然而本多却一味沉默着，等待聪子说下去。

“……时机总是会到来的，况且也是在并不太久的哪一天。我也可以和您说定，到时候我绝不想表现出任何留恋。如今，我既然这样体验了生存已经值得庆幸了，就不想贪得无厌。任何美梦都有个收场，任何永远的东西都是不存在的。假如只是想着永远的享受乃是自己的权利，那不是太愚蠢了吗？我和那些所谓‘新女性’并不一样啊！不过，如若真有什么永远的话，那就只是指眼前的事呀……我相信，您将来也会明白这个道理的。”

此刻，本多似乎明白了清显所以曾经那么惧怕聪子的理由了。

“方才您说过，不能这样给我添麻烦，那究竟是指的什么呢？”

“就因为您是位能够坚持走正路的人，所以不能让您这样的优秀人才牵连到里边来。这本来都是清少爷的过错。”

“我不想让您认为我是那样一个正义派人物。诚然，我的家庭是无比规矩的。不过，今天夜里我已经参与了犯罪的行动。”

“您可不能这么说。”聪子强烈地打断他的话，仿佛有点儿怒气，“罪孽仅只是清少爷和我两个人的。”

听起来，这话很像在庇护本多，却闪烁着不准旁人插手的冷漠而矜持的光影。本多因而得知聪子是把这一罪孽看作只有她和清显二人同住的小小的水晶离宫。这离宫很小，可以托在掌上。由于过小，即便有人想钻进去，也无法做到。只有他们二人凭着自身的变形，能在里面待那么一瞬间，而且从外面能够细微地明确地看到他们二人的身姿。

由于聪子忽然低下头去，本多伸手要去扶她，却触到她的头发。

“请您原谅。尽管我那么细心地注意，可沙子还像是留在鞋里了。管鞋的不是蓼科，万一不小心，回到家里一脱鞋，别的侍女觉得奇怪，告了密就麻烦了。”

聪子收拾鞋的时候，本多不知所措，便一直把脸扭向车窗，不去看她。

汽车已驶进东京市区。天空泛着鲜明的青紫的曙色，破晓的横云飘浮在一排排屋顶上面。他一方面盼望车子尽早地抵达，同时又觉得这人生不可再有的奇特的一夜就要告终，值得惋惜。也许是幻听吧，只觉得背后传来了极其微弱的响声，多半是聪子从鞋里往下抖落沙子的窸窸窣窣的声音。本多只觉得那是无比美好的沙漏滴沙的声音。

三十五

看来，两位暹罗王子对于几天来“终南别业”的生活完全满意。

一天黄昏时分，着人搬出四把藤椅放在草坪上，四个人在晚餐前沐浴着晚风，乘凉谈天，很是愉快。两位王子用祖国语言交谈，清显在耽于沉思，本多则把书籍放在膝盖上读着。

“来支‘弯弯’吧。”

库利沙达用日语说着，把英国威斯敏斯特牌金嘴香烟递给大家。王子们很快就记住了学习院的这句隐语，把香烟叫作“弯弯”。学校里本来是禁止学生吸烟的，不过对高年级的学生却宽容一些，只要不公然吸，就睁一眼闭一眼。学校有个半地下室，原是一间锅炉房，就成了吸烟的巢穴，叫作“弯弯室”。

如今，在光天化日下毫无顾忌地吸上一支烟，里面似乎还蕴含着一股子“弯弯室”里那种神秘的味道。提起吸烟，只有在那锅炉房中充满煤炭气味，或是在阴暗之中不时闪动着警戒的白色眼光的时候，才尽量想把烟更多地吸进肚子里去，让烟头儿永远闪烁着火光；也只有在这种急切的情态之下，才会品尝出真正的味道来。

清显背向大家，顺着飘向黄昏天空中去的烟痕，眺望那海上的浮云飘散开去，飘渺之中还在闪映着一片黄色蔷薇般的余晖。他在那里也感到了聪子的踪影。如今聪子的影子和气味，已经浸进一切景物中去，大自然的任何微妙的变化都和聪子并非无缘。晚风忽然静止下来，当夏日黄昏微热的大气触到皮肤的时候，就会觉得裸体的聪子站在近旁，而泛起一种紧紧贴在一处的感觉。甚至在那渐渐昏暗下去的合欢树下，那仿佛是翠绿的羽毛重重堆积起来的树荫中，也有聪子的身姿断续地闪动着。

本多的习惯是任何时候身边都要放着一本书。一个书仆悄悄地借给他一册禁书：北辉次郎[1]著的《国体论及纯正社会主义》[2]。这位二十三岁的作者，使本多觉得不啻是日本的传奇人物。然而，它那过分新奇的过激内容，却使得本多那稳健的理性产生了戒心。其实，这并非由于他憎恶过激的政治思想，而只是他不会发怒，因此对于别人的发怒，觉得似乎人家给他看了一种传染性较强的病症。也正是出于这种原因，他认为自己能够蛮有兴趣地阅读别人发怒的著作，在良心上乃是一种并不有趣的事儿。

此外，通过与王子们讨论轮回转生的事，也使他产生了增

1　北辉次郎（1883—1937）：即北一辉，是日本的思想家、社会活动家、政治哲学家，在《日本改造法案大纲》中主张右翼革命，因受到二二六事件的牵连，被处死刑。

2　《国体论及纯正社会主义》是北一辉的主要著作。

加一点儿这方面的学识的念头，他就在那天送聪子返回东京的早晨，顺便回家，从父亲的书架上抽出一册斋藤唯信著的《佛教学概论》。开头部分，关于业感缘起论[1]的叙述着实有趣，简直使他想起去年初冬热衷于《摩奴法典》的情况来了。只是担心过分深入地钻研下去，会影响准备考试的复习，他便没有再多读下去。

他就这样把几本书摆在藤椅的扶手上，只是漫不经心地翻阅着，最后连放在膝头的那一本也不看了，而眯起稍微有点儿近视的眼睛来，向着西面那些包围着庭园的山崖望去。

尽管当中的天空还有些发亮，但山崖也已笼罩了一层阴影，黑黝黝地堵在眼前。然而，透过山崖顶巅那茂密的丛林的缝隙，依然射过来西天细细的白光。西天仿佛是一张透明的云母纸，在这夏季的一天展示过色彩斑斓的画卷之后，只剩下尽头那片长长的余白了。

……年轻的人们愉快而稍感内疚地品尝着香烟的滋味，游泳以后全身感觉到惬意的疲倦，还有那被太阳晒黑的皮肤。暮色苍茫，草坪的一个角落里成群的蚊子正在飞舞……

本多尽管一言未发，但是他觉得今天应该算是显示青春活力的真正幸福的一天了。

两位王子也一定会是这样的。

王子们显然对忙于恋爱的清显，佯装视而不见的样子；清显和本多对王子们在海滨同渔家姑娘调情，也表现出若无其事

1 佛语“业感”即善恶业因能够招感苦乐的果报。“缘起”即众缘和合而起，也就是各种条件和合而生的意思。

的神情，只是清显给了姑娘们的父亲一些慰藉金。王子们每天从山上膜拜大佛，在大佛的保佑下，美丽的夏天悠然地向初秋走去了。

男仆出现在阳台上，只见他手里捧着上面放有信件的闪闪发光的银盘（这仆人由于不是在本馆服侍主人，很少有机会用这银盘，因而感到有些遗憾，平日一有工夫就擦磨这个银盘）向草坪这边走过来。最先发现他的是库利沙达。

他急忙跑过去，一看那是王太后陛下给昭·彼的亲笔信，便做出恭敬得有点儿滑稽的样子，双手捧着送给坐在椅子上的昭·彼。

这情景，清显和本多当然都看在眼里，却不流露好奇的神态，而静候着王子们向他们倾泻满心的喜悦，或者是怀乡的激情。那白色信笺被拆开时发出爽耳的声音，在夕阳残照中看上去鲜亮夺目，仿佛是一支洁白的箭翎。但是，清显和本多突然听到一声尖叫，只见昭·彼瘫在椅子上，不禁吓得站起身来。昭·彼已经不省人事了。

库利沙达站在那里茫然地望着被两位日本朋友照料着的表兄，等到他把落在草坪上的信笺拾起来读过以后，就趴在草坪上失声痛哭起来。库利沙达的叫声和一连串暹罗语的含义，都难以理解。本多望了望王太后那封亲笔信，也是写的暹罗文，一切都如堕五里雾中。能够看得清楚的只是信笺上部烫金的王家徽章，中心是三只白象，周围由佛塔、怪兽、蔷薇、剑和王笏等构成复杂的图案。

人们很快就把昭·彼抬到床上，这之前他已经茫然地睁开了双眼。库利沙达哭号着跟在后面。

清显和本多尽管蒙在鼓里，也察觉到是收到了很不吉利的消息。昭·彼在逐渐昏暗下来的室内，只是把头偎在枕头上，用那褐色双颊上的两只珍珠般暗淡的眸子望着天花板，一语不发。神智比较清醒以后最先能用英语讲话的还是库利沙达。

“月光公主死去了。你们知道，她是昭·彼的情人，我的妹妹呀……假若，最先只是通知我一个人，以后再找合适的机会告诉昭·彼，他也就不会受这么大的打击了。事情本来是可以这么办的。但是，王太后陛下想必是怕我受打击，才先通知昭·彼的。陛下在这一点上估计错了。不过，也许是陛下考虑得更加深远，想让昭·彼首先面对这次真切的悲痛的考验，锻炼他的勇气呢。”

库利沙达的这番话，蕴含着深思熟虑的内容，同他平日的言谈迥然不同。王子们的悲叹如同热带的骤雨那么激烈，深深地打动了清显和本多的心；并使他们想象到这闪电和雷鸣带来的骤雨之后，翠美而悲哀的密林将很快获得更加茂盛的新生。

当天的晚餐是派人送进王子们房间里去的。他们都没有动筷。然而，随着时光的流逝，库利沙达首先意识到必须恪守客人的义务和礼节，就约了清显和本多，把那封王太后的长信口译成英语，念给他们听。

其实，月光公主今年春天就病了。病情较重，自己不能握笔写信，但是她要求人们绝不要把她得病的消息告诉哥哥和堂兄。

月光公主白嫩的纤手渐渐麻木，以至不能动弹，宛若那从窗子射进来的一道清冷的月光。

尽管英国的主治医师竭尽全力精心治疗，也未能遏止麻痹蔓延到全身去，甚至连话都说不清楚了。尽管如此，月光公主也许想在昭·彼心目中保持临别时自己那健美的姿容，而用已经很不利落的口吻反复地嘱咐不要把得病的事通知昭·彼，人们听了都流下了同情的眼泪。

王太后陛下曾经多次前来看望她，每次都不能抑制住悲怜之情而落下泪来。听到公主过世的消息后，王太后不顾人们的劝阻，说道：

“由我直接通知帕塔纳迪特。”

这封亲笔信是这样开头的：

> 这是个悲痛的消息。请你做好精神准备读下去。
>
> 你挚爱的江特拉帕公主离开了人世。当她躺在病床上的时候，她是多么想念你，后面再详细告诉你吧。更重要的是我作为母亲必须先向你说清楚，我衷心祈祷上苍，愿你把一切都认定是佛祖的旨意，坚持达观的态度，能够保持一个王子的荣誉，勇敢地对待这个噩耗。我能够体察你身在异邦得知这个噩耗时的心情，觉得母亲不能同你在一起安慰你，很是遗憾。并且，请你作为兄长，深情委婉地把妹妹的死讯告知库利沙达吧。我之所以要直接写信给你，就是因为我深信你有着不会被悲痛挫败的刚毅精神。

同时，公主直到弥留之际还在思念着你，这不也是个最大的安慰吗？你未能最后为公主送终，当然会觉得是一大憾事；但是，你要体谅公主的美好心意，她是要把健美的面容留在你心目中啊……

——昭·彼一直凝神地听完这封信的翻译，才从床上吃力地坐起来，对清显说：

“我这么心慌意乱，甚至失去理智，有违家母的训诫，实在惭愧。然而，也请您想想……

“我一直想解开的谜，并不是关于月光公主谢世的谜，而是月光公主患病以后直到离开人世——不，是公主已经不在人世的二十天之内，虽然我不断受到一种不安情绪的折磨，却一点儿也不晓得真实情况，也就是说，我居然泰然地生活在这个世界上。这就是我要解开的谜。

“我既然能够这么清楚地看到大海和沙滩的闪光，为什么竟然看不出正在这个世界的底层进行着的微妙的质变呢？世界本来如同一瓶葡萄酒，时刻在进行着质变，而我却只是透过瓶子的玻璃出神地凝视那紫红的颜色。但是，为什么我未能每天一回也罢，品尝一下那味道的微妙变化呢？清晨的微风摇动着树木，还有那鸟的飞翔和鸣啭，我都没有仔细观察，凝神谛听，只把它们看作是生的巨大喜悦，从整体上去享受它们，而未能发现这些仿佛是世界之美的沉淀物，时刻从它的底层发生着质的变化。假如，在哪一天的早晨，我的舌头对于世界的品味发生了微妙变化的话……啊！倘若我真的那样做了，我一定立刻会嗅出这个世界已经变成了‘没有月光公主的世界’了。”

说到这里，昭·彼又哽咽着流泪不止，连话都说不清了。

清显和本多把昭·彼托付给库利沙达，回到自己的房间。然而，两个人都难以入睡。

“王子们恐怕很想早一天回国吧。不管别人怎么劝说，也绝不会这样继续待下去了。”

只剩下两个人，本多立刻说。

“我也是这么想。”

清显沉痛地回答说。显然，他也受到王子们悲痛之情的感染，沉湎在一种难以言状的不祥的思绪之中了。接着，他又自言自语似的说：

“假若王子们真的走了，光咱们两个人在这儿住下去，就显得不自然了。也许我父母会来同咱们一块儿度过这个夏季。不管怎么说，咱们幸福的夏天就算结束了。”

恋爱中的男人，他的心是容纳不下恋爱之外的任何事物的，甚至连对别人的悲痛，也都丧失了同情心。本多从清显的话中清清楚楚地看出了这一点。然而，他也知道，清显那颗冰冷坚硬的玻璃心，本来就是纯粹热情的颇为理想的容器。

—— 一周后，两位王子便搭英国轮船踏上归途，清显和本多把他们送到横滨。因为正在暑假期间，并没有别的同学前来话别，只有与暹罗关系较深的洞院宫殿下派了首席执事至此送行。清显也只同这位首席执事略作寒暄，态度冷淡。

庞大的客货混合船离开码头，彩带很快就被风吹得四处飞开去。此刻，两位王子走到船尾，站在随风飘荡的英国国旗旁边，久久地摇晃着白色手帕。

清显眼望着轮船渐渐驶向遥远的海浪中去。甲板上反射着夏季偏西的阳光，送别的人们全都离去了，但他依然伫立在那里，本多终于不得不催他回去了。此刻清显感觉到，自己送别的并不是暹罗的王子，而是自己最美好的青春正随波远去消失了。

三十六

——秋天，学校上课了。清显和聪子的幽会越来越受到限制，就连黄昏时分避开人们的耳目一起散步，蓼科也都要跟着出来，前后提防着。

连对那点燃街道煤气灯的工人也都有所顾忌。这些工人身穿煤气公司的竖领制服，举着长长的点火棍，把鸟居坂一角剩下来的街灯，挑起灯罩点着。清显和聪子常常是在这每晚例行的“仪式”结束，左近已无行人以后，才在弯弯曲曲的小胡同里漫步。这时刻，四处虫声已经唧唧鸣起，户户灯火大半熄灭，竟连那没有院门的人家，晚归的丈夫脱鞋的声音也已消逝，传来了响亮的锁门声。

“再过一两个月，就要完结了。洞院宫家不会把纳彩仪式永远延缓下去。”聪子仿佛并非谈论自家的事情，那态度是悠闲的，“我每晚都在想着明天该结束了吧，该发生不可挽回的事件了，尽管已经做下了难以补救的事情，可奇怪的是却睡得非常安详。”

“就是在举行过纳彩仪式以后，也还要……”

“您这是说什么呀，清少爷！罪过太重了，就会把善良的心灵毁掉的。最好还是现在就算一算咱们以后还能见几次面更稳妥些吧。”

“你已经决心以后把一切都忘得一干二净了？”

“是呀。不过现在我还不晓得要采取什么样的形式。咱们两个人走的并不是一般的道路，而是栈桥，一个无可奈何的事实，就是总要走到尽头，前面就是汪洋大海呀！”

回想起来，这还是他们两人头一次谈到关于终结的事情。

谈到这个终结问题，两人的心情酷似赤子，毫无责任心，没有任何办法、任何准备，也没有任何解决的对策。仿佛唯有如此，才是他们的纯洁性的唯一保证。但是，即便如此，而今既然说出口来，这个终结的观念就立刻锈住了他们的心，不再离去了。

这究竟是从来没考虑到终结就做起来的呢，还是唯独考虑到终结才做出来的，此刻对清显说来已经是一笔糊涂账了。倘若一个万钧雷霆，一霎时就把他们两个人烧得焦黑，那倒也好；万一就这样并无任何劫难降罪下来，那该如何是好呢？清显感到不安：“即便是到了那样的时刻，自己依然能够如同现在一样，对聪子保持着强烈的爱吗？”

清显还是第一次体验这种不安。这种不安使得他握住聪子的手，聪子立刻顺势用指头扭住清显的手指。两人的手指紧紧地扭在一起，怪令人心烦的，清显便使劲儿握住聪子的整个手掌，几乎都要捏瘪了。聪子绝不流露出疼的反应。然而，清显的粗暴握力也没放松。远处二楼上的灯光的残照刚好照亮了聪子的双眸，清显看到那里浮着泪水，心头涌起了一阵子阴暗的满足感。

如今他正在了解到自幼学习的优雅，此刻已经潜伏着一种血污的本质。他们二人的事情，如要解决，最容易的办法无疑是双方达成协议一起自杀，然而那要忍受更大的痛苦。就连眼前这种幽会中流逝的每一刻时光，清显都认为是冒犯禁忌，而且越陷越深，不啻是怀着一种憧憬谛听着远处类似金铃的鸣声，然而却是无法走到那里去的。只是觉得罪行越犯，就会离开自己越远……一切的一切，最后都不外是一个巨大的骗局。想到这里，清显不禁感到一阵战栗。

“咱们这样一起走着，您看着也并不像是感到幸福哩。可我却是非常珍惜着现在的每一刻，仔细地体味着无上的幸福呀……您是否已经厌烦了？”

聪子的声音依然像平日那么清脆，平静中表现出一种埋怨的情绪。

“因为太喜欢你啦，已经超越了幸福的界限。”

清显郑重地说。他自己知道，即便是讲这种遁词的时候，已经不必再担心自己的话语还会残留着些许稚气了。

眼看就走到六本木的商店街了。制冰商店已经拉上防雨板，只有印着“冰”字的幌子还在迎风招展。充满虫鸣声的街道令人不安。再往前走，就有较宽的灯影撒落在黑暗的路上了。那个专门为军队提供产品的田边乐器厂，仿佛有什么急活，正在加夜班。

两人避开灯影走过去，玻璃窗里黄铜的闪光直冲眼角。原来是挂着一大排崭新的军号，在意想不到的耀眼灯光下，如同在盛夏的演习场上一样，闪烁着光辉。只听得一阵闷声闷气的低鸣之中，又发出爆炸般的巨响，随即呜咽而止，看来是对新产的军号做试吹检查。清显从这样的响声中感到一种不祥的预兆。

不知什么时候，蓼科贴近身后，低声对清显说道：

“请你们二位往回走吧。再往前去，耳目就多了。”

三十七

洞院宫府上对聪子的生活未作任何干涉，治典王殿下又忙于军务，家里的人也没想为他和聪子安排见面的机会，殿下本人更没表现出强烈要求见面的意愿。然而，所有这一切，并非出于王府上的冷淡，而是这种家庭订婚以后的一般惯例。洞院宫府上的人们大都认为像这样已决定结婚的对象，常常见面是害多于益的。

另一方面，即将成为王府妃子的女方，如若在门第上不够般配，为了叫女儿能够配得上对方，就要重新受些必要的教养。然而，绫仓伯爵府上的教育传统，却是素来就有充分的准备，无论何时成为妃子都是无懈可击的。谈起聪子的风雅，无论任何情况下，都能做出优雅的短歌，写出秀丽的书法，插出清逸的鲜花，那技艺的熟练，都与妃子的身份极为相称。即使是早在十二岁那年被选为妃子，也都丝毫用不着大人为她担心的。

只是还有三件事是聪子的教养中所不足的。伯爵夫妇已经留心到，并想让女儿补上这几门课：一是洞院宫妃殿下喜欢吟诵的长歌和爱打的麻将，再就是治典王殿下本人嗜好的西洋音乐。松枝侯爵一听绫仓伯爵谈到这个问题，立刻就聘了吟诵长歌的师傅前来传授，并送来德国德律风根牌留声机和能够买到的所有西洋音乐唱片。只是打麻将一事嘛，要找一位师傅可费了点儿事。本来，侯爵唯一的拿手游艺是英国式的台球，王府上反倒要玩那种庸俗的游戏，使他觉得有点儿遗憾。

结果是常常把打麻将的高手、柳桥地区召妓游乐的酒馆的老板娘和一个年老的艺妓，派到绫仓府上去，加上蓼科凑成一桌，来教聪子。当然，费用全由侯爵府上负担，老艺妓外出服务的费用，自然也包括在内。

本来，像这种老练人物的荟萃，会给一向清清冷冷的绫仓家，酿出异乎寻常的热闹气氛，然而却使蓼科觉得非常厌恶。她表面上说是与这样的女人为伍会降低身份，实际上最担心的是聪子的秘密逃不过这两个行家的锐利眼光。

纵使不会被识破秘密，这个麻将的会战，也等于把松枝侯爵家的密探引进来。蓼科这种排外的傲慢态度，立刻就使老板娘和老艺妓的矜持受到伤害，不出三天，她们的反感就传到侯爵耳朵里去了。于是，侯爵找到一个好机会，极为温和委婉地对伯爵说：

“您府上的那位老太婆，很珍视绫仓家的身份和排场，是好事情，不过如今这些做法都是为了投合洞院宫殿下阖府所好，因此我希望贵府多少要表现出一些妥协态度才是。柳桥那里的女人们至少觉得这是一件光荣的差事，才在百忙之中拨出时间前来府上服侍的。”

由于伯爵马上把侯爵的抗议向蓼科说了，蓼科所处的地位就更加难堪了。

原来，不管是老板娘，还是老艺妓，以前都同聪子见过面。上次的赏花游园会上，老板娘就曾在背后指挥过女人们的服务和表演，老艺妓也扮演了俳谐师。首次前来陪着打麻将的时候，老板娘向伯爵夫妇祝贺小姐订婚，献上厚礼，夸张地致了贺词：

“真是一位美丽的小姐呀，简直是言语都没法形容的，又天生就是王妃的气派，所以这次才结了这么高贵的良缘，殿下指不定多么心满意足呢！像我们这样的人能够陪陪小姐，真是一辈子也忘不了的佳话，当然是不会泄露出去的，我要把这佳话一直传到子孙后代。”

然而，当四个人在另外的房间里围起麻将桌来，也就不能那么规规矩矩，本来都是用恭维的目光望着聪子的，此刻也如同失去水流的河床，露出了干巴巴的品评的神色。连蓼科都感到自己腰带上那已经过时的银质刻花带扣[1]，也常常受到这种眼神的光顾，不禁暗自生厌。

“可也不知道松枝府上的少爷如今怎么样了，像那么相貌堂堂的男子汉，我可真再也没见过呢。”

当老艺妓双手洗牌，嘴里若无其事地说出这种话的当儿，老板娘也着实巧妙而又不露痕迹地扭转话题。但是，这些话都被蓼科会意地听在心里，不禁大伤脑筋。当然，老板娘也许只是觉得老艺妓的话不够郑重而加以纠正而已……

1　带扣，参看第二〇六页注2。

聪子听从蓼科的好主意，在这两个女人面前尽量少说话。然而，这两个人对女人身体的变化，眼光极其敏锐。在她们面前，聪子由于过分留神不要打开心扉，就又产生了另一种顾虑。如若过分地沉闷，恐怕会给人一种不满意亲事的话柄，背地里说长道短。掩饰身体，心灵就要被识破；隐蔽心灵，身体的特征就有暴露的危险。

到头来，还是蓼科机智出众，成功地结束了打麻将的活动。她对伯爵是这么说的：

“松枝侯爵轻信那种女人的谗言，我觉得同侯爵的身份是不相称的。她们一定是看到小姐不那么起劲，就把责任推在我身上……无论怎么说，小姐不高兴，就得怪她们服侍得不好……一定反而说我傲慢什么的，告了我的状。话又说回来，这虽是侯爵老爷的一片心意，但一来府上竟然让这些不三不四的女人出出进进会影响声誉，二来小姐已经初步掌握了麻将的打法，结婚后陪殿下打牌，经常输上那么几回更显得可爱。所以，我想还是就此把打麻将的事告一段落。万一侯爵老爷还不想辞退的话，那我蓼科只好告退了。”

侯爵听到她这种威胁的口吻，不得不采纳她的提议。

——本来蓼科从松枝府上的管家山田那里听说了关于清显所说那封信的谎言以后，就站在一条岔路口上了：一条是从此站到同清显的对立立场上去；一条是承担一切风险，按照清显和聪子的愿望顺水推舟。结果，蓼科走了后一条路。

当然，这可以算是蓼科对聪子出于真诚的爱护。同时，事到如今，她也害怕如若棒打鸳鸯，硬是把这对情侣拆散，会引起聪子自杀。为此，最好的办法莫如保守秘密，听任他们随心所欲，等一旦到了关键时刻，他们自会死了心。况且这样做，只要竭尽全力为他们保守秘密也就成了。

蓼科怀有一种自负心理，她觉得自己是深知热情这条法则的，同时也怀有这样一种哲学观，即凡是尚未暴露的事情就是不存在的。归根结底，蓼科既没背叛主人伯爵和洞院宫殿下，也未背叛任何人。宛如在做化学实验，一个恋爱事件，只要一方面亲手给以帮助，保证它的存在，另一方面保守秘密，消除迹象，否定它的存在，就万无一失了。蓼科正在走的当然是一座危险的桥，但是她暗自坚信自己无论什么时候都是为了最后为旁人补缀破绽，才降生在这个世界上的。只要尽多地卖人情，最后总会让对方跟着自己的意图行动。

蓼科安排两个青年人尽量频繁地幽会，却在期待着他们这种热情的衰退，但她却未发觉，自己也不知不觉地陷进热情的漩涡中去了。她认为对于清显那种贪婪的情欲，唯一的报复就是不久他会来央求自己说："我想跟聪子分手了，请你稳妥地开导她。"这样就让清显看到自己的热情遭到崩溃。然而，就连蓼科自己对这种梦想的实现也是半信半疑的。果真是这样的话，首先聪子不是太可怜了吗？

在这个世界上根本没什么安全的事物，这本来是这个老太婆的明哲保身、不断自戒的哲学观。然而，如今她却放弃了自身的安全，把这种哲学观当作了冒险的借口。这究竟是出于什么原因呢？原来蓼科不知何时已经成了一个难以言状的愉快情绪的俘虏。为这两个年轻貌美的人安排幽会，又亲眼守望着他们无望之恋的烈火越烧越旺，蓼科本人不禁也尝到了一种欢快的滋味，而且不惜甘冒一切风险。

在这种欢快之中，她觉得两个优美年轻的肉体的融合，仿佛是同某种神圣的、越轨的正义相符的。

二人会面时目光的闪烁，贴近时心脏的跳动，不啻是使蓼科那冷透了的心得到温热的暖炉，就是为了自己，她也不会让这火种熄灭。二人一直到见面之前，还是那么面带愁容，憔悴不堪呢，等到一看见对方的姿影，就马上变得比六月的麦穗还光辉四射……在这一瞬间，瘫痪的人也会站立起来，盲者也能睁开双眼，充满了奇迹。

本来蓼科的职责，是保护聪子不受邪恶的侵犯。然而，燃烧着的事物绝非邪恶，入歌的事物也属正常。这不正是绫仓家祖传的庭训所谓优雅之中蕴含着的精神吗？

蓼科正在凝神等待什么，也可以说是等待着把撒出去的小鸟捉回笼中去吧，然而这种等待里却蕴含着不祥而沾满血污的东西。蓼科每天清晨都按照京都的风习，出神入化地浓妆艳抹一番，用白粉把眼窝微波起伏的皱纹掩盖起来，用京都产的口红使嘴唇上的褶子发出嫣红的光彩。尽管细心地修饰过，她依然避免窥视镜中的面目，而把阴暗的视线移向半空中去，好像是探询着什么。那辽阔的秋空，在她的双眸中闪映着点点光影，而且遥远的未来从那光影的深邃处摆着一副渴望着什么的面孔，向她窥视着……蓼科为了重新检查一下自己的化妆，便取出平日并不常用的老花镜来，把纤细的金丝腿架在耳根上，那衰老苍白的耳朵立即被镜腿的尖端刺痛了……

一进十月，便接到十二月举行纳彩仪式的指示，并附了一份礼品清单：

一、洋服料五匹

二、日本酒二樽

三、鲜鲷鱼一盒

后两项不成问题，只有洋服料一项，最后是由松枝侯爵给五井产业公司伦敦分公司打了封长长的电报，让他们快速运来特制的英国最上等料子。

一天早晨，蓼科去叫醒聪子，却见她两眼睁着，脸色苍白，立刻爬起来，推开蓼科的手，跑到走廊上去，几乎就在走进厕所的当儿呕吐了。吐出的东西并不多，只是稍微濡湿了睡衣袖而已。

蓼科服侍聪子走回房间，重新探视过关好的纸拉门外面并无人迹。

绫仓家后院饲养了十几只鸡。雄鸡的鸣声，总是冲过纸拉门，为绫仓家唱起报晓的歌，一直唱到太阳高高升起，依然唱个不停。聪子在这歌声中，重新仰着苍白的脸蛋，闭上了双眼。

蓼科把嘴附在聪子耳旁悄声叮嘱：

“我说小姐，您可要记住，这件事千万不能跟任何人说，好吗？弄脏的衣服，由我来悄悄地处理，绝对不能交给下人们。吃的东西，今后也由我细心安排您喜欢的，不让下人们察觉。出于对您的爱护，我要关照您一声：从今以后最要紧的是您要听蓼科的呀！”

聪子听了，似有若无地点头，那张美丽的脸上淌下了泪珠。

蓼科心里充满喜悦。第一，这最初出现的反应，除了自己以外，没被任何人发觉；第二，事情刚一发生，她自然而然地就领会到：这正是她翘盼已久的事情，今后聪子就成了她的人，掌握在她手中了！

——想来，对蓼科而言，比起单纯的感情世界来，总是在这个领域更为得心应手。诸如聪子首次来例假，就是她即刻发觉，给以指点的。说起来，蓼科乃是个办事精确，处理血污事件的专家。伯爵夫人对世上的一切都漠不关心，甚至聪子初次来月经之后两年，才从蓼科那里得知。

蓼科一直不懈地注视着聪子的身体。自从那天早晨呕吐以后，诸如聪子敷粉后是否同肌肤适度融合，在她想到遥远的未来时由于心中烦恼而皱起的眉头，饮食嗜好的变化，以及起居的过程中泛起的绛紫色的沉郁情绪……蓼科都一一注意到，一种迹象一旦得到证实，就毫不犹豫地采取果断措施。

“总闷在屋里，对身体有害。我陪您去散步吧。”

这样的话语大都暗示着能够跟清显见面。可是刚过晌午，天光还大亮呢。聪子对时间太早这一点感到纳闷，像询问般地抬起眼睛。

蓼科脸上异乎寻常地充满了拒人于千里之外的神情，因为她知道自己掌握的关系到国事的声誉。

她们想从后门出去，就沿着后院走。女仆正在那儿喂鸡，伯爵夫人将双袖交叠在胸前，眺望着。秋阳映照下，成群地走动的鸡的羽毛看上去挺光润，晾在晒台上的白色衣物得意地飘扬着。

聪子听任蓼科轰她脚边的鸡，她边走边对母亲微微点头致意。从鸡那丰满的羽毛当中一步步伸出来的脚，显得很倔强。聪子觉得自己头一次感到动物对她怀有这样的敌意——由于和她有相通之处而产生的敌意。她厌恶这种感觉。几根脱落的鸡毛白乎乎地飘浮着，快挨着地面了。蓼科请安道：

“我陪着去散散步。”

伯爵夫人说：

“散步吗？辛苦啦。”

随着女儿大喜日子的逼近，就连夫人也露出一副心神不定的样子；然而另一方面，她对女儿愈益尊敬了，就像是对待客人似的。这是公卿家的教养，她绝不对已经成了皇家之人的女儿数落一句。

她们二人走到龙土町的小神社，花岗岩栏杆上刻着天祖神社字样。秋祭已经结束，她们走进狭窄的神社院内，在悬挂着紫色幔幕的拜殿前，低头膜拜。蓼科随即走向小小的神乐堂[1]后边，聪子跟随于后。

不知怎的，今天聪子被蓼科压倒了，她畏畏缩缩地问道：

1　神乐堂，也叫神乐殿，是神社院内奏神乐用的殿宇。神乐是民间神社里祭神时奏的舞乐。

“清少爷会到这儿来吗？”

“不，他不会来。今天我有事求小姐，所以才把您领到这儿来的。在这里就用不着担心被人听见。”

那里横放着两三条石料，充作从侧面欣赏神乐的人们的座位。石面上长了青苔，蓼科把自己的和式外褂叠起来放上去，并让聪子落座：

“这样，您的腰就不至于受寒了。”

于是蓼科郑重其事地开腔道：

“喏，小姐，现在无须再提了，您总该知道，皇上是比什么都重要的。

“敢情，绫仓家祖祖辈辈蒙受皇恩，到现在已经是第二十七代了。蓼科之流跟小姐说这样的话，像是班门弄斧。但是，一经皇上敕许的婚姻，就决不能挽回了。违背了它，就等于违背了皇恩，世上再也没有这么可怕的罪孽了……”

接着，蓼科又缕述下去，说自己这话绝没有谴责聪子过去的行径之意；在这一点上，自己是同样有罪的。而且不必为还没有暴露出来的事引咎懊悔。不过，这也是有限度的，既然已经怀上胎儿，事情到了非了结不可的时候啦。蓼科一直默不作声地观望，但是事已至此，聪子与清显不能一个劲儿地继续恋爱下去了。现在聪子必须下定决心与清显分手，凡事都得听从蓼科的指示去办……蓼科尽量不夹杂私情，顺理成章地把这番话说了出来。

蓼科说到这里，聪子马上统统明白了，这下子蓼科遂正中下怀。她这才把话顿住，将叠着的手帕轻轻按在渗出汗水的额头上。

蓼科是以表示共鸣的悲切神情说出这番说理的话的，甚至带着哭腔，同时她却意识到，其实自己和这个比亲闺女还叫她心疼的姑娘接触时，并不曾怀着真正的悲哀。心疼和悲哀之间有着一道鸿沟，蓼科越是心疼聪子，就越巴望聪子能够分享一种莫名其妙的骇人的欢乐——它是暗藏在自己那可怕的决心中的。业已犯下一桩大不敬的罪恶，又借着另外犯一桩罪过来拯救之。归根结底，让两桩罪过相互抵消，于是就都不复存在了。将另外一种人为的黑暗掺混到原有的黑暗中去，从而招来令人毛骨悚然的牡丹色曙光。而且，要神不知鬼不觉地干！

聪子缄默得太久了，蓼科忐忑不安地问道：

“您样样都能按照我的劝告去做吧？您是怎么想的？”

聪子脸上没有表情，丝毫也不曾流露惊惧的神色。她不明白蓼科这种夸张的说法意味着什么。

“那么，你要我怎么办？你得挑明了说呀。”

蓼科四下里打量了一下，弄清悬挂在神社前檐下的铃铛之所以发出轻微的响声，不是人拉绳子击响的，而是被风刮的。神乐堂的地板[1]底下，蟋蟀时断时续地鸣叫着。

“要及早把胎儿处理掉。”

聪子屏住了气。

“你说什么呀，那样一来我就得被判刑啦。”

“您别这么说，就叫我蓼科一手办理吧。即便从什么地方

1　日本式房屋的地板下留有约三十厘米的空隙，殿堂的地板下面留的空隙更多一些。

走漏了风声，首先警察是不能把小姐和我治罪的。订婚的事已经谈妥了，等十二月间举行了纳采仪式，就越发安全了。警察对这一点自是心里有数。

“可是小姐，请您好好考虑一下：要是小姐老是拖拖沓沓，听任肚子大下去，皇家自不用说，世人也不会答应的。到头来这桩婚事非破裂不可。老爷再也没脸见人，只好隐退了。而且清显少爷的处境就很困难了，说实在的，不论松枝侯爵家还是他本人的前途都会被断送掉，唯一的办法就是推得一干二净。到了那时候，小姐就失掉了一切。这怎么能行呢？无论如何，现在只有一条路可走了。”

“哪怕警察守口如瓶，风声总会从什么地方透露出去，迟早会传到洞院宫一家人的耳朵里。你说说，我拿什么脸去出嫁，以后又拿什么脸去伺候殿下呢？”

“对一般的风言风语您也用不着提心吊胆嘛。王府的人们怎么想，那就全看您的了。您只消作为美丽贞淑的妃子过一辈子就行了。流言蜚语什么的，准会不久就消失的。”

“你能担保我绝不会被判刑、坐牢什么的吗？”

“那么，我给您讲得透彻一些吧。头一桩，警察对王府有顾忌，是绝对不会把事情公开出去的。如果还不放心的话，还可以把松枝侯爵拉到咱们这边来，倒也是个招儿。只要侯爵说项，什么事儿都能压下去。说来这毕竟是替那边的少爷办理善后嘛。”

“啊，那可不行！”聪子嚷道，“只有这一点我是决不允许的。决不能求侯爷或清少爷帮忙。这样一来我就成了个下贱女人啦。”

“哎，我不过是作为一个假设来提的。

“第二桩，在法律方面，我也打定主意保护小姐。只消说成是‘小姐对我的阴谋丝毫没有觉察，在全然不知的情况下被迫闻了麻药，才落到这般田地的’就成了。再怎么打官司，到时候只要我一个人担待了罪名，事情就了结啦。”

“那么，你是说，无论如何我也不至于坐牢吗？”

“这一点请您放心好了。”

听了这话，聪子脸上并不曾泛出安心的神色。相反地，她却说出一句出乎意料的话：

“我想坐牢哩。”

蓼科的紧张心情消失了，她笑起来：

“瞧您这话像是娃娃说的！那又是为什么呢？”

“女囚穿什么样的衣服呢？我想知道，我变成那副样子后清少爷还肯不肯爱我。”

——聪子说出这种歪话时，非但没有落泪，眼睛里还闪过狂热的喜悦；蓼科看了，浑身发颤。

这两个女子，尽管身份悬殊，她们心里无疑是渴望着同样的力量、同样的勇气。不论是为了欺骗，还是为了真实，再也没有需要如此等量等质的勇气的时刻了。

蓼科感到，自己和聪子好比是逆流而上的小船和河水，二者的力量刚好相抗衡，船就一时停滞不前了；此刻，她们两个人每一瞬间都结合在一起，亲密到令人焦躁的程度。她们两个人还彼此理解同样的欢乐。这是一种欢乐的振翅声，恰似那为了逃避迫在眉睫的风暴而逼向她们上空的群鸟扑棱翅膀的声音……这种被称为欢乐的热烈的感情，既类似悲哀、惊愕、不安，又有所不同。

在秋阳映照下，聪子的脸颊泛红。蓼科望着她说：

“那么，您反正肯按照我说的那样来做吧？”

“这件事，一点儿都不许告诉清少爷。当然这是指我的身子的所有情况。

“不论你的话会不会应验，只管放心好了。我只和你一个人商量，不会与其他任何人谈这件事，而且会选择我认为最好的一条路。”

聪子的话语已经带有妃子的威严了。

三十八

十月初和父母一道吃晚饭时，清显听说纳彩仪式终于要在十二月份举行了。

父母对这次的仪式表示出浓厚兴趣，竞相炫耀自己对典章制度的知识。

“绫仓先生府上，为了迎接首席执事，得装修起一间正房，不知道他们打算用哪一间屋子？”

“都是站着行礼，倘若有间体面的洋房，就再好不过了。但是他们家只好在内客厅里铺上布，再从门厅一直铺过去，以便迎接来宾。王府的首席执事带上两名下属乘马车上门。绫仓家得准备好大高檀纸[1]，写上谢启，用同样的纸包好，并用两根纸捻儿拧成的纸绳系起来。首席执事穿着大礼服来，所以接受礼物的伯爵也得穿爵服吧。这一切繁文缛节，绫仓家比咱们在行，所以咱们什么都用不着多嘴，只消在金钱方面操操心就万

1　檀纸是一种厚实的日本高级白色皱纸。根据尺寸，分为大高、中高、小高。

事大吉。”

——当天晚上，清显心乱如麻。他听见铁锁链拖在地板上逼近过来的钝重响声——它终将缠住自己的恋爱，予以禁锢。但是敕许初下达时曾把他撩拨起来的那股子青春的活力已荡然无存。“绝对不可能”这一白瓷般的观念，那时曾给予他那么大鼓舞，而今已布满细碎的裂纹。当初的决心一度孕育起狂喜之情，现在却被一个人凝视季节的终了时感到的悲哀所取代。

清显自问道：难道我打算死了这条心吗？不然。敕许曾形成一股力量，促使他们二人如此狂热地结合在一起，然而作为敕许的延续的纳彩仪式的官方公报，这次却使他分明感到是一种试图使二人分离的外来力量。对前一种力量，他只消随心所欲地对待就成了，却不知道该如何对待后一种力量。

次日，清显给联络地点——军人公寓的老板打了电话，托蓼科转告聪子，说他想立即见她。约定傍晚以前给回话，所以清显尽管上了学校，讲义却听不进去。放学后，他从校外打了个电话，老板转告了蓼科的回话：情况您是了解的，近十天无法让你们相见。到时候马上会通知您，请等待。

他在苦苦翘盼中熬过了这十天。以前他对聪子太冷酷了，他明确地感到自己的行为遭到了报应。

秋深了，枫树叶子尚未染红，唯独樱树那红得透黑的叶子已凋谢。清显无心请朋友来玩，孤零零、格外难受地度过了星期天。他眺望着从湖水上空移动的浮云投影，又茫然地远眺九段瀑布，纳闷着：为什么那水会连续不断地流也流不尽呢？他琢磨着流畅的水如此无尽无休所蕴含的奥秘，并且觉得那就是自己的感情的象征。

体内一旦沉积起空虚、不如意的情绪，就这儿热、那儿冷的，只要稍微动一下身子，沉重的倦怠与焦躁就一齐袭来，像是生了一场病似的。他在辽阔的宅邸内独行踽踽，走进了北屋后面那扁柏林中的小径，偶尔会遇见老园丁在刨蔓叶已发黄的山药。

透过扁柏树梢的空隙可以瞥见蓝天，昨天的雨水嘀嗒下来，落在清显的额头上。连这，清显都觉得几乎能穿透自己的额头，宛若给自己带来了清爽、激烈的信息。他原来感到不安，生怕自己被丢掉、遗忘了，这下子得到了拯救。他只是一个劲儿地等待，什么事也没发生，但心里忙个不停，不安与疑惑不断地穿梭着，仿佛是许许多多空虚的脚步声交叉着通过十字路口一般。他甚至把自己的美貌都抛在脑后了！

……十天过去了。蓼科信守了诺言。然而这次的相会吝啬得他的心都被撕裂了。

蓼科捎话说，聪子要到三越去订做出嫁穿的和服。伯爵夫人原来打算一道去的，但因有点儿感冒躺在床上，所以仅由蓼科陪同聪子前往。在那儿和清显会晤也是可以的，但是在绸缎柜台见面没有情趣，因为会被掌柜的看见。蓼科要求清显于下午三点在有狮子雕像的入口处等候。要是看见聪子从百货公司出来了，就听任她走过去，然后跟随她们前行。不久她们二人就会走进附近一家不引人注目的年糕小豆汤店。清显只消尾随而入，就可以在那里消磨片刻，谈谈话。在等候着她们的人力车夫面前，她们会装得始终未离开百货公司。

清显从学校早退出来，在制服外面罩了件风雨衣，遮住领章，把制帽塞进书包，站在三越入口处杂沓的人丛当中。聪子出来了，饱含着悲戚殷切的神色瞥了他一眼，踱到马路上。清显按预先被关照的那样办了，于是得以在冷冷清清的年糕小豆汤店的一角，跟聪子面对面地落座。

也许是清显的神经过敏，总觉得聪子和蓼科之间好像生分了。聪子脸上的脂粉异乎寻常地浮肿，一眼就看得出，她是硬做出一副健康的样子。她的语调那么有气无力，头发显得沉甸甸的。清显蓦地发觉，展现在眼前的这幅图画的颜色褪得厉害，而它的色彩过去是那么鲜明。这与他十天来如此殷切地巴望看到的，有着微妙的差异。

“今天晚上不能见面吗？”

清显一面焦急地问着，一面预感到绝不会得到如意的答复。

“请不要说这样办不到的话。”

“怎么会办不到？”

清显的语气激越，心头是一片空虚。

聪子刚一低下头，热泪就已夺眶而出。蓼科对周围的顾客有所顾忌，就递过一条白手帕，并推了推聪子的肩头。清显觉得她是有点儿狠巴巴地推的，于是以锐利的眼神瞪她。

“您这是什么眼神呀！”蓼科用极其不恭敬的语气说，“您难道不明白，我是拼死拼活地为少爷小姐操心着哪。不，不仅是少爷，就连小姐也一丁点儿都不体谅我。像我这样的人，还不如死掉好呢。”

三碗年糕小豆汤被端到桌上来了，但谁也不曾碰它一下。发紫的热豆沙溢出到小漆碗盖儿外面，状似春泥，慢慢地干了。

相会是短暂的，含含糊糊地约定十来天后再见，两个人就分手了。

当天晚上，清显陷入了无边的苦恼之中。聪子究竟到什么时候才不再拒绝夜间跟他幽会呢？想到这里，他觉得整个世界都在排斥自己；在绝望中，他对自己爱上了聪子这一点，再也不怀疑了。

从今天聪子掉泪来看，显然她的心是属于清显的，但同时清显也清清楚楚地知道，单是心心相印，已经起不了任何作用了。

现在他所怀抱的是真挚的感情。但与他过去所想象的所有恋情相比，这是一种粗犷、缺乏风趣、枯竭、黝黑，迥乎于娴雅的感情。看来无论如何也不能当作和歌的素材。他头一遭把如此丑陋的原料归为己有。

他熬过不能成寐的一夜，脸色苍白地上学校去了。本多立即询问他。这种欲言又止、体贴入微的询问，几乎勾出他的眼泪。

“你听我说，她好像再也不肯跟我睡觉啦。”

本多脸上泛出童贞般的迷惘神情。

“为什么呢？”

“因为终于决定十二月份举行纳彩仪式了吧。”

“所以就谨言慎行了吗？”

“只能这么认为喽。”

本多找不到片言只语来安慰朋友。他无法以亲身体验来抚慰之，只能照常泛泛而谈，这使他感到悲哀。为了朋友，他不得不勉强爬上树梢，俯瞰地面，进行心理分析。

“你不是说过吗：在镰仓跟她那样幽会的时候，你曾怀疑自己莫非是厌倦了。”

“然而，那只是刹那间的念头。”

“聪子小姐会不会是为了被再一次更深挚、更强烈地爱上，才采取那样一种态度的呢？”

本多原以为清显那自爱的幻想眼下能给予他慰藉，但是本多估计错了。清显对自己的美貌，甚至对聪子的心，均已不屑一顾了。

他唯一关心的是他们俩对谁都无所忌惮地、自由自在地坦诚相见的地点与时间。他怀疑，事到如今，那只能在这个世界之外，要么就是在这个世界崩溃之时才能找到。

重要的不是心，而是状况。清显那双疲倦而危险的眼睛布满了血丝，他幻想着这个世界的秩序为了他们两个人的缘故全盘崩溃。

“要是发生大地震就好了。那样一来我就会去救她。要是爆发一场大战就好了，那样一来……是呀，与其那样，不如发生一桩震撼国家根基的事件就好了。”

“你说的事件，总得有人去干呀！”本多以怜悯般的眼神瞧着这位温文尔雅的青年说。因为他觉察出，在这个场合下，挖苦和嘲笑都足以成为鼓舞友人的力量。“你自己干不就成了吗？”

清显脸上率直地露出茫然不知所措的神色。热恋中的青年没有这样的余暇。

刹那间，本多的话再度在朋友眼里点燃起破坏之光，它使本多着了迷。宛若狼群在眼睛那清静的神圣领域的黑暗中跑动似的。那狂暴的魂魄一瞬间疾驰的影子，仅只在眸子里一现即逝。毋庸行使力量，连清显本人都浑然不觉……

清显自言自语般地说：

“什么力量能够打开僵局呢？究竟是权力还是钱力？”

松枝侯爵的儿子竟然说出这样的话，本多觉得有点儿滑稽，就冷漠地反问道：

“倘若是权力，你怎么办？”

“为了获得权力，我什么都干得出来。不过，得容我时间。”

“不论权力还是钱力，一开始都不起作用。不要忘了：你一开始就要跟权力和钱力都奈何不了的对手去较量。正因为那是不可能的，你才被迷住了，对吗？倘若是可能的，就视之如瓦砾了。”

“但是一度显然是可能的。”

“你瞥见了可能的幻影，看见了彩虹。此外你还要追求什么？”

“此外……”

清显把话咽回去了。本多觉察到，中断了的谈话后面，有着出乎预料地展现广袤无垠的虚无的苗头，于是直打哆嗦。他思忖道：“我们交谈的话，不过是杂乱地丢在深夜的工地上的许许多多石料。一旦留意到工地上无边无际的星空的沉默，那么石料也会闭口不言。”

他们二人是下了第一堂逻辑学课后，在环绕洗血池的森林中的小径上边徜徉，边谈这些话的。第二堂课快开始了，他们沿着来路折回去。在秋天的小道上，各式各样落下的东西映入眼帘。

有着重叠的显眼的茶色叶脉的潮湿落叶、橡子、发青的时候就裂开的烂栗子、烟蒂……本多发现其中有个歪歪扭扭、白糊糊（而且是病态的白）的毛球儿，就停下脚步，凝眸注视着。等到看清楚那是鼹鼠崽的尸体时，清显也蹲下来，头顶着从树梢缝隙间射下来的晨曦，一声不吭地审视着这具尸骸。

鼹鼠崽是仰躺着死去的，唯有胸脯一带的毛是白的，刚才映入眼帘的就是这部分。全身黑得像是湿透了的黑天鹅绒，小而灵巧的爪子上的白色皱纹沾满了烂泥，一望而知是挣扎时渗进去的。鸟喙般的尖嘴朝上微启，可以瞥见里侧，一对精巧的门牙后面，张着柔嫩的玫瑰色口腔。

他们二人同时忆起曾经挂在松枝家瀑布口上的那只黑狗的尸体。那具狗尸，意想不到地享受了一场面面俱到的祭奠。

清显抓住那茸毛稀疏的尾巴，将鼹鼠崽的尸骸轻轻地横放在自己的手心上。尸体已干透，没给人以不洁净的感觉。可憎的倒是卑贱的小动物那注定片刻不得安闲的劳累命，张开来的小爪子的细微造型也令人厌恶。

他攥着那尾巴站起来，沿着小径踱到池畔，若无其事地将尸体抛进池子。

“干什么？”

朋友这种随随便便的举动，使本多皱起眉来。乍一看，这是一种书生气的粗暴作为，从中却不难看出清显在精神上不寻常的颓废。

三十九

过了七八天，蓼科依然杳无音信。第十天，清显给军人公寓的老板打了个电话，回答是：蓼科好像因病卧床不起。几天过去了。对方仍告以蓼科尚未康复，清显开始怀疑这也许是逃避之词。

在几乎让他发狂的烦恼驱使下，清显于夜间独自前往麻布，在绫仓家周围打转转。当他从鸟居坂一带的煤气灯下经过时，发现伸到灯光下的手背是苍白的，于是感到气馁。他想起了弥留之际的病人净看自己的手背这句老话。

绫仓家的宅门儿关得严严实实。门灯是那么昏暗，连风化得只浮现着墨迹的门牌上的字都难以辨认。这座宅子的照明压根儿是不够的，他晓得从墙外绝不可能看见聪子房间的灯光。

儿时，清显和聪子曾悄悄地钻进没有人住的长屋。一间间弥漫着一股霉味的幽暗屋子使他们发怵，于是眷恋外面的亮光，抓住花棂窗的格子。格子上的积尘，想必还是老样子。当时，对门院落中的绿涛光彩夺目，汹涌翻卷，从这一点来看，乃是五月间的事。这么密的格子并未把树木的绿割成一小块一小块的，正说明两个娃娃太小了，脸儿还够不着窗台。卖秧苗的走过去了。他那吆喝茄子、牵牛花的叫卖声，音尾拖得老长。两个娃娃学舌着，相互笑着。

清显在这座宅子里学会了很多东西。墨香总是幽幽地萦回于他的记忆中。在他心里，寂寥的记忆与温文尔雅难解难分。伯爵拿给他看的紫蓝地金字佛经手抄本、京都皇宫式绘有秋草的屏风……按说这些东西里都曾经沾染烦恼的肉体那明晃晃的气息，然而绫仓家的霉味和古梅园的墨香把一切都掩盖住了。如今，他被摈斥于围墙之外，当温文尔雅在多年之后重新发出妖娆的光辉时，他却连个指头也不能碰一下。

从墙外勉强可以瞥见的二楼那黯淡的灯光熄灭了，伯爵夫妇恐怕入寝了。伯爵一向睡得早。聪子大概还辗转未能成寐，但是看不见她那房间的灯光。清显沿墙绕到后门，他的手指不由自主地伸向龟裂了的发黄的门铃，他却控制住了自己。

他因自己缺乏承受伤害的勇气，于是就回家去了。

——过了几天可怕的、没有风波的日子。接着又过了几天。他仅仅为了消磨光阴才去上学，回家后就把书本丢开了。

包括本多在内的一些同学，为了参加明年春天的大学入学考试，发奋用功，在班上显得很突出。志愿被保送到免试大学去的人们，则忙于体育运动。清显与哪一类同学都不能合拍，就愈益孤独了。即使跟他说话他也经常带搭不理的，所以大家对他有点儿疏远了。

有一天清显放学回家，管家山田已在门厅里伫候着了，并告诉他道：

“今天侯爵大人回来得早，说是想跟少爷玩台球，正在台球室等着您哪。”

这个命令太异乎寻常了，清显心里慌乱起来。

侯爵很少有精神头儿邀清显打台球，平日不过是在家吃个晚饭，酒足饭饱而已。不是非常高兴，就是非常不高兴，父亲才会大白天勾起这样的念头。

清显本人白天几乎没到那间屋子去过。当他推开沉甸甸的门走进去，看见西照的阳光透过全都紧闭着的波纹状窗玻璃射入，把四面墙上的栎木镶板映照得闪闪发光时，觉得自己好像踱进了一间陌生的屋子似的。

侯爵低着头伸出球杆，正在瞄准一个白球。攥着球杆的左手手指，看上去仿佛象牙雕的琴马一般有棱有角。

清显穿着校服，伫立在半掩着的门那儿。

“关上门！”

侯爵说这话的时候，头依然朝那绿色台面俯着，脸上被隐隐约约映绿了，所以清显未能察看父亲的神色。

“读吧，那是蓼科的遗书。”

侯爵好容易直起身子，用球杆尖指了指那封放在靠窗的小桌上的信。

清显感到自己拿起信的手在发颤，他反问道：

“蓼科死了吗？”

侯爵说：

"没死，捡了一条命。正因为没死……就更可恶啦。"

于是侯爵做出一副继续克制自己，不去挨近儿子的样子。

清显犹疑不定。

侯爵头一次厉声说：

"快读！"

清显仍然站着，开始读那写在长卷信笺上的遗书：……

遗　书

伏惟侯爵大人拆阅此函时，蓼科已不在人世。深知贱人罪孽实为深重，唯有在自裁之前，以志忏悔，并略陈微衷，祈请鉴察。

由于蓼科之懈怠，绫仓家聪子小姐近有怀孕之兆，不胜惶恐。虽屡经奉劝及早予以处理，却置若罔闻；延宕下去，势必后果严重。蓼科擅自将此事向绫仓伯爵大人如实禀报，伯爵大人却只顾说"真为难，真为难"，不肯当机立断。如再耽误一月，将日益难以收拾，或会引起国家攸关之大事。凡此种种，悉应归咎于蓼科之不忠，而今唯有舍身向侯爵大人乞援矣。

侯爵大人谅必恼怒，然小姐怀孕亦属不可外扬之事。万望大人贤察贤虑。伏望对老妪之猝死予以怜恤。小姐之事，务请多惠慈怀。蓼科自在黄泉之下，顿首恳请垂恩是幸。

……清显读毕，早已把由于上面未写明自己的名字而一霎时体会到的卑鄙的放心感丢开，他巴不得仰望父亲时，自己的眼睛不要露出抵赖的神色。然而他感到自己的嘴唇发干，太阳穴热辣辣地颤动。

“读完了吗？”侯爵说，“‘小姐怀孕亦属不可外扬之事。万望大人贤察贤虑’这一段也读了吗？绫仓家和咱们家之间的关系再亲密，也谈不上什么不可外扬。然而蓼科敢于说是不可外扬……你要是有什么可申辩的，尽管说好了。在你祖父的肖像画前说好了……倘若我猜错了，我向你赔不是。作为父亲，我本来是不愿意这么猜测的。实在应该予以唾弃，这样的猜测是应该予以唾弃的。”

侯爵是个吊儿郎当的乐天派，他从未显得如此可怖，如此伟大过。侯爵背对着清显的祖父的肖像画和日俄战争海战图，一面焦躁地用球杆敲打一只手掌，一面站在那儿。

这乃是巨幅油画，描绘日俄战争中在日本海开展海战时进行敌前大迂回的情景，暗绿色的大海占去了一大半画面。每次他都是夜间看那波浪，尤其是照明不足时，就模模糊糊，只不过是与发黑的墙面连结在一起的一片坑坑洼洼的昏暗罢了。然而白天看上去，重重叠叠地耸立在跟前的波浪作浓重郁闷的茄子色，把暗绿中较明亮的部分堆积到远方，东一处，西一处，浪峰迸起乳白色浪花。而且那充满激情的北方的海，竟容许正一齐进行大迂回的舰队留下越来越宽的航迹，呈现出一派凄厉景象。画面上一艘接一艘地纵向排列到深水域的大舰队的烟，一股脑儿向右方飘去。冷冰冰的碧空中蕴含着一抹葱绿色，一看就是北方的五月天空。

相形之下，穿着大礼服的祖父的肖像画，在刚强的性格中流露出和蔼可亲的一面。就连现在，与其说是叱咤清显，倒像是以温和的威严谆谆教导他似的。清显觉得，面对祖父这幅画像，无论什么事他都可以坦白。

在祖父爷那浓重的泡眼皮、腮帮上的瘊子、厚厚的下唇前，他那优柔寡断的性格仿佛能霍然被治愈，哪怕是暂时的。

清显连眼皮都没垂地说：

“没有什么好申辩的。正如您所说……是我的孩子。”

说实在的，被置于这样一种境况下的松枝侯爵，尽管外表挺唬人的，内心里却困惑到极点。他本来就不善于应付这种局面，按说理应紧接着痛骂一顿，他却仅仅在嘴里自言自语：

“老婆子蓼科一而再地来告状。上次左不过是学仆私通的事，倒也罢了，这一次居然告到侯爵家的儿子头上来了……命又挺硬，竟没死成，好个母夜叉！”

遇到心灵上的微妙问题，侯爵一向是哈哈大笑，蒙混过去；该对同样的微妙问题发怒时，他却不知所措了。这个红脸膛、体格魁梧的人与乃父大相径庭：他连在自己的儿子面前都抱着一种虚荣心，不愿让儿子觉得自己是个麻木不仁而刻薄的男子。侯爵原想以并非老一套的方式来发脾气，却感到这样表示愤怒的结果是失去了蛮不讲理所具有的威慑力量。但也有有利的一面：再也没有比他距自我反省更遥远的人了。

父亲略一迟疑，给了清显以勇气。宛如从裂缝里喷出一股清水一样，这个小伙子平生所说的最自然的一句话脱口而出：

“然而，反正聪子是我的人儿。”

“我的人儿？你再说一遍试试：我的人儿？”

由于儿子替自己点燃了怒火，侯爵踌躇满志了。这下子他就可以心安理得地盲目行事了。

“事到如今你还说什么！王府向聪子提亲的时候，老子不是多次向你问清楚‘有没有不同的想法’吗？我不是说过吗：‘现在还可以挽回。所以嘛，假如你和她有什么瓜葛的话，那就说说看吧。’”

侯爵交互自称“老子”和“我”。“我”是表示咒骂的，“老子”表示怀柔，像这样颠三倒四的用法，充分显示出他的愤怒。侯爵沿着球台逼过来，连他攥着球杆的手的颤抖都能看得一清二楚。清显这才开始心怀恐惧。

“当时你是怎么说的？啊？怎么说的？你说：‘我跟她没有任何瓜葛！’大丈夫一言既出，驷马难追。你还算是个男子汉吗？我一直懊悔不该把你培养得过于柔弱，却没想到竟到了这步田地。不仅和经天皇敕许的王子的未婚妻有染，还让她怀了孕。玷污了门第，往父母脸上抹黑。世上再也没有比你更不忠不孝的了。要是从前，我这个做父亲的就得剖腹向天皇谢罪。你的所作所为，形同猫狗，腐化堕落到极点。喂，清显，你做何感想？不回答吗？还打算怄气吗？喂，清显！……”

清显发觉父亲上气不接下气，嗓门越来越高，就想闪过身去，躲开那抡起来的球杆，然而制服背上狠狠地挨了一击。他把左手伸到背后保护背，却也挨了一下，旋即麻木了。接着又朝头上打过来，他正朝屋门逃去，于是打偏了，击中了鼻梁。清显被那儿的一把椅子绊住，像抱着椅子似的倒下去，鼻孔里立即血流如注。球杆再也不曾追过来。

清显大概每挨一下打，就断断续续地尖叫一声。屋门开了。祖母和母亲露了面。侯爵夫人在婆婆背后浑身发抖。

侯爵依然握着球杆，呆立不动，他喘得上气不接下气。

清显的祖母说：

“啥事呀？”

听了这句话侯爵方才发觉母亲的身姿，他好像还难以相信母亲就在跟前。他再也猜不到，是妻子意识到情况危急，去把婆母喊来的。母亲难得迈出养老的屋子一步，这是异乎寻常的。

“清显行为不检点。只要读一下那边桌子上的蓼科的遗书就明白了。”

“蓼科寻短见了吗？”

“遗书是邮寄的，我接到后，就给绫仓打了电话……”

“唔，后来呢？”

婆母在小桌旁的椅子上落座，慢悠悠地掏出夹在腰带里的老花镜。她像开皮包一般，细心地打开黑天鹅绒的眼镜盒。

对倒在那里的孙子，祖母连看都不看一眼，侯爵夫人这才理会到这是出于一种体贴。婆母显示出独自对付侯爵的精神准备。了解了这一点，夫人就放心地跑到清显身边。他已拿出手帕，按住鲜血淋漓的鼻子。没有显眼的伤痕。

祖母已着手打开卷纸了，同时重新问了一遍：

“唔，后来呢？”

侯爵已经有点儿泄气了。

“打电话一问，说是一条命倒是保住了，眼下正在静养。伯爵却纳闷地向我打听，这事我是怎么知道的。看来伯爵并不知道蓼科给我寄来了这封遗书。我也反复警告伯爵，蓼科服安眠药的事一点儿都不能走漏风声。可是想来想去，无论如何也是咱们家的清显的罪过，所以也不好一味责怪对方。电话打得确实是不得要领。我和伯爵说好了，想尽早找个机会，跟他商量各种事宜，可是不管怎样，咱们这边的态度未决定之前，什么步骤都不能采取呀。”

老太太边浏览遗书，边漫不经心地说：

“那敢情……那敢情。”

肌肉厚实的光洁的天庭，仿佛用粗线条一气画成般的脸盘上，从前日晒的色泽至今犹存，只把剪短了的白发随随便便地染黑了事，显得不自然……奇怪的是，像这样硬朗的乡下气的一切，反而跟这维多利亚式的台球室相吻合，恍若剪裁下来镶嵌进去的。

“可这份遗书上，哪儿也没有清显的名字呀。”

“请您读读‘不可外扬’那段，一眼就看得出是含沙射影……而且清显亲口坦白说，那是自己的孩子。妈，您快要抱重孙子啦，况且是个没脸见人的重孙子。”

“也许清显是为了袒护啥人，瞎坦白的。”

“还有什么可说的呢。妈亲自问问清显好了。”

她这才把脸掉向孙子，像对待五六岁的娃娃似的慈祥地说：

“喏，清显，你好好儿地掉过脸来朝着祖母，仔细盯着祖母的眼睛回答。这样你就说不出瞎话来了。你父亲刚刚说的事，是真的吗？”

背脊上的疼痛尚未消尽，清显忍受着，并揩拭那还没止住的鼻血，攥着红殷殷的手帕，掉过身来。正因为他五官端正，那俊秀的鼻尖被胡乱一擦，弄得血迹斑驳，再加上湿润的眼睛，看上去很稚气，犹如狗崽子那湿漉漉的鼻尖。

“是真的。”

清显哼哼唧唧地说罢，又急忙用母亲递过来的新手帕按住了鼻孔。

再也没有比当时清显的祖母所说的话更干脆的了。它以自由奔腾的马蹄声，将好像秩序井然地排列着的一切，痛痛快快地踢得七零八落。祖母是这么说的：

“让王子的未婚妻怀了孕，真棒。如今的那些窝囊废可做不到。这多了不起呀。清显不愧是老爷子的孙子。既然干下了这样的事，哪怕坐牢也心甘情愿吧。总不至于判死刑呗。”

祖母显然很高兴。绷得紧紧的嘴唇松弛了，而且洋溢着满足感：多年的积郁舒散了，自从传到这一代侯爵就沉淀在这宅第里的东西，好像被她这番话一举荡涤干净了似的。这不仅是她的儿子、当代侯爵一个人的过错。这座宅第周围有一股力量，远远地把她的晚年重重包围起来，企图将她压垮。祖母这声音是对那股力量的反击，它明显地发自如今已被忘却了的动乱的时代。在那个时代，任何人都不怕下狱，不怕死刑，死亡与牢狱的气味弥漫到生活近旁。至少祖母她们是属于在漂流着尸体的河里沉着地洗食器的那样一些主妇的时代，那才叫作生活呢！这个貌似柔弱的孙子出色地在她眼前复苏了那个时代的幻影。祖母脸上一时浮现出陶醉般的表情。这话太过分了，侯爵夫妇无言以对，只是一动不动地从远处呆望着老太太那富于野趣的、粗线条的脸。作为侯爵家的母亲，她是不大上得了台盘的。

“您这是说到哪里去了，”侯爵好容易才从茫然自失的状态中清醒过来，有气无力地顶嘴道，“那样一来，松枝家就毁灭啦。也对不起父亲呀。”

“可不是嘛。”老母亲立即回应了，“你现在应该考虑的，不是咋责打清显，而是咋保住松枝家。国家当然重要喽，可松枝家也重要。咱们家可跟延续二十七代吃皇上俸禄的绫仓家不一样嘛……那么，你认为咋办才好呢？”

“只当什么事也没发生，从纳彩仪式到举行婚礼，照样办下去就是了。”

“这个决心倒是蛮好的，可得尽快地处理掉聪子小姐的胎儿。要是在东京附近下手，被报馆刺探出来了，可就糟啦。有没有啥好主意呢？”

“大阪好，”侯爵沉吟了片刻说，“请大阪的森博士极其秘密地办就成了。为了这，要舍得花钱。不过，非有个能够自自然然地把聪子送到大阪去的借口不可……”

“绫仓家嘛，在那边有许多亲戚，既然已决定订婚，叫她前去打个招呼，不是最好的时机吗？”

“可是，让她拜会各式各样的亲戚，假若被人察觉有了身孕，反倒坏了事……对，有个好主意。最好叫她到奈良月修寺的门迹那儿去告别致意。那本来就是王府的人担任门迹的寺庙，有资格接受这样的礼遇。从哪方面来看都没有什么不自然。聪子从小时候起就受到门迹的宠爱……先让她到大阪去，接受森博士的治疗，静养一两天，再到奈良去就是了。聪子的母亲也会陪着去吧……”

“光是这样还不行，”老太太厉声说，“绫仓太太到底是那边的人。咱们这边也得跟个人去，好好地从头到尾看清博士是怎样处置的。必须是个女人才行……”

她随即对清显的母亲说：

“啊，都志子，你去吧。”

“唉。”

“你负责监视。用不着到奈良去。你只消看清楚该办的事都办妥了，就及早只身赶回东京汇报经过。”

“唉。”

“妈说得对，就这么办吧。我和伯爵商量一下，决定出发的日期，必须做到万无一失……”

——清显觉得自己已经退居幕后了。自己的行为也好，爱情也好，都被当作已经死去的东西来处理；祖母和父母毫不介意他们的每一句话死者都听得见，却在他跟前详细地商量办葬礼的事。不，在葬礼之前，有一样东西已经被埋葬了。清显一方面是个衰弱到极点的死者，另一方面又是个挨骂受创伤、走投无路的孩子。

一切都和行为当事者的意志毫无干系，甚至也无视绫仓家那边的人们的意志，就这样出色地被收拾，做出决定。连刚才话说得如此奔放的祖母，而今也埋头于处理非常事态了。这项工作多么愉快啊。祖母的性格本来就与清显那种纤细性格迥然不同；她有本事从不名誉的行为当中找到野性的高贵，同时也有本事为了维护名誉而敏捷地把真正的高贵隐藏在手里。看来，与其说这是鹿儿岛湾夏天的阳光的赐予，毋宁说是从祖父那儿并通过祖父学来的。

自从用球杆打了清显之后，侯爵这会子才正面瞅着他说：

“打今儿起，不准你随便外出。要重新遵守学生的本分，专心致志地用功，以便投考大学。明白了吧？我只说到这里。你能不能成为男子汉，现在可是关键……当然，再也不许跟聪子见面了。”

祖母说：

“照从前的说法，这叫作闭门反省。要是读腻了书，有时候就到祖母屋来玩嘛。”

这下子清显知道了父亲侯爷当前的处境：为了面子上好看，他甚至不能与儿子断绝关系。

四十

对于受伤、疾病和死亡什么的，绫仓伯爵是极其胆怯的。

那天早晨蓼科不曾起床，就引起了一场骚动。在她枕旁发现了一封遗书，立即被送到伯爵夫人手里，随后又递给伯爵。他就像对待沾了细菌的东西似的，用指尖拈着打开来。遗书的内容挺简单，谁看了都不碍事：她只是说自己行为不端，向伯爵夫妇和聪子赔不是，并对多年的惠顾表示谢意。

夫人马上请来了医生，伯爵当然连看都不想去看一下，事后才由夫人嘴里听了详细的汇报。

“她好像吞服了约莫一百二十粒安眠药。还没有恢复神志哪，是大夫这么说的。连抡胳膊带胡乱踢蹬，身子弯成弓形，一个劲儿地抽筋，闹得可凶了。不知道这么个老婆婆怎么会有这样大的力量。大家好容易把她按住，又是打针，又是洗胃什么的（洗胃太可怜了，我可没看），大夫保证说，性命是没有危险了。

“不愧是专家，我们还没来得及说什么，他只嗅了嗅蓼科的气息，就立即猜出来了，说：‘啊，一股大蒜味道。是安眠药。’”

“得多久才能康复？”

“说是得静养十天左右。”

“这事无论如何不能泄露到社会上去，要好好封住家里那些女人的嘴，还得恳切地拜托一下大夫。聪子怎么样啦？”

“聪子总是闷在屋里。蓼科那儿她也不肯去探望。以聪子目前的身体状况，一看到蓼科那副样子，她可能会出问题。再说，自从蓼科向咱们坦白了那档子事，聪子就一直没有搭理蓼科，这会子突然去探望，恐怕也未免尴尬。我看还是不要打扰聪子为好。”

——五天前，当蓼科不知如何是好，而向伯爵夫妇坦白了聪子怀孕一事时，蓼科原以为自己会狠狠地挨一顿骂，另一方面伯爵也会被弄得狼狈不堪。不料伯爵一点儿反应也没有，蓼科就越发焦虑了，于是给松枝侯爵寄了封遗书，随即吞服了安眠药。

首先，聪子说什么也不肯接受蓼科的意见。一天比一天危险了，但她只是吩咐蓼科不准告诉任何人。看来拖到什么时候也作不出决断。蓼科无计可施，就背叛了聪子，向伯爵夫妇坦白了。也许是过于惊愕之故，这对夫妇脸上的神情就像是听说后院的鸡被猫叼走了似的。

伯爵听说了这一严重事件之后，第二天和第三天都和蓼科碰了面，却丝毫没有提及此事的苗头。

伯爵由衷地感到困惑。然而事关重大，他一个人处理不了；

和别人商量呢，又难为情，倘若可能的话，他情愿把此事抛到脑后。夫妇俩商定，在采取某种措施之前，对聪子完全不露声色。但是聪子变得十分敏感，她盘问蓼科，晓得了原委之后，就不再搭理蓼科，闷在屋里不出来了。奇异的沉默笼罩着整座宅第。凡是外界与蓼科的联系，均告以她生了病，予以谢绝。

关于这个问题，伯爵连跟妻子都不曾深谈。事情确实可怕，急需解决；正因为如此，除了一天天地延挨下去，别无他法。然而他也并不相信会出现奇迹。

此人的怠惰却蕴蓄着一种微妙的内涵。毫无疑问，他是由于不相信任何决断，以致什么事都决定不下来。他连通常意义下所指的怀疑家都不是。绫仓伯爵即使终日苦思穷于应付，也不喜欢为能够忍受的丰富感情找个解决的方案。沉思犹如祖传的蹴鞠，踢得再高，转瞬之间也会落到地上，这是明摆着的。哪怕能像难波宗建[1]那样，抓住鹿皮白鞠的紫色提手往上一踢，鞠就出色地越过十五间[2]高的紫宸殿屋顶，博得人们的赞赏，然而它随即落在小御所的御庭里。

不论解决什么问题，都有不够典雅的地方，所以不如等着什么人来承担这种不典雅的任务呢。那就非靠别人的鞋来接住落下来的鞠不可。尽管那鞠是自己踢上去的，当它腾飞到空中的那一霎时，也许就会抽冷子心血来潮，而被吹到意想不到的方向去。

伯爵的脑际全然没有浮现破灭的幻影。获得敕许的亲王

1　难波宗建（1697—1768），日本江户时代中期的蹴鞠家，官至权大纳言。

2　间是日本长度单位，一间等于六尺。

家的未婚妻竟怀上了另外一个男人的孩子——倘若这不算是大事，那么世上就决没有什么大事。然而不论是什么样的鞠，都不可能永远停留在自己手里，迟早会出现另外一个人，那么就可以把鞠托付给他了。伯爵这个人是绝对不会使自己焦急的，其结果，就总是让别人焦急。

——蓼科自杀未遂，使伯爵大吃一惊，第二天他就接到了松枝侯爵的电话。

侯爵竟已晓得了这桩秘密，简直是不可能的事。但是伯爵已打定主意，即使家里出了内奸，事到如今也不必大惊小怪。蓼科泄密的嫌疑最大，可她本人昨天一整天都神志不清，那么所有好像合乎逻辑的推测统统靠不住了。

伯爵听夫人说，蓼科的病情已大为好转，开口说话了，也有了食欲，就鼓起不同寻常的勇气，打算独自到病房去探望。

“你用不着去，我一个人去探望，那个女的想必会说真话吧。”

“地方又脏又乱，您突然去探望，蓼科也窘得慌吧。事先告诉她一声，叫她把身边整理一下吧。”

“好的。”

说是病人化起妆来了，绫仓伯爵足足等了两小时。

不同于其他下人，蓼科被安排在正房中的一室；却终年不见阳光，只有四铺半席，铺上被窝褥子就满满当当的了。伯爵从未到那个屋子去过。好容易来接了，于是前往。在铺席上给伯爵摆了一把椅子。铺盖都收起来了，蓼科身披薄棉睡衣，将双肘支在一摞棉坐垫上；为了迎接主人而施礼时，蓼科的前额几乎贴着那摞棉坐垫。蓼科仔细梳理过头发，厚厚的水粉一直涂到发际。为了保护这浓妆，尽管身体如此虚弱，当她行礼时，在额头与棉坐垫之间还是留了些空隙。这一点伯爵看在了眼里。

在椅子上一坐，对病人就只能俯视了。伯爵决不认为自己这个位置有什么不自然，却又觉得这样一来彼此的声音和心都不能沟通了似的。他边这么想，边开口说：

"可了不得。幸而得救了，真是太好啦。不该让大家这么担心。"

"不胜惶恐。实在不敢当。不知道怎样谢罪才好……"

蓼科依然俯着首，掏出怀纸[1]，似乎在往眼角上按，伯爵明白，这也是为了保护她脸上涂的白粉。

"大夫也说，保养十天就能康复了。不要客气，好好休息吧。"

"多谢……像这副样子，没有死成，真是丢人现眼。"

蓼科披着一件小菊花纹的暗红色棉睡衣跪伏在那里。她身上弥漫着不祥的气氛，有点儿像是从冥间返回来的鬼魂。伯爵心神不宁，他觉得连这间斗室的茶柜和小抽屉都浸透了污秽。这么一想，只见低着头的蓼科那后颈，过于仔细地涂得白白的，头发也梳理得一丝不乱，反而令人感到难以名状的厌恶。

"是这么回事。今天松枝侯爵打电话来了，他已经知道了这件事，使我大吃一惊。我倒要问问你是不是想得起一些情

1　怀纸是带在怀里备用的白纸。

况……”

伯爵是漫不经心地这么问的，但问题刚一提出就迎刃而解了，他说到这里，预先觉察出答案，不禁愕然。就在这当儿，蓼科仰起脸来。

蓼科在脸上施了京都式浓妆，比平时厚得多。京都胭脂从嘴唇内侧射出暗红色的光。用水粉把皱纹填起后，又整个儿涂上一层。可是由于昨天刚服毒，肌肤粗糙了，满脸都浮着涂不匀的粉，犹如长了霉菌似的。伯爵悄悄地移开视线，接着说下去：

“你是事先把遗书寄给侯爵的吧？”

“是的，”蓼科依然仰着脸儿，以毫不畏怯的声调说，“我是真正打定主意要死的，寄遗书是为了拜托后事。”

伯爵说：

“一切事都写了吗？”

“没有。”

“也有没写的事喽？”

蓼科愉快地说：

“是的，没写上去的事也不少。”

四十一

伯爵虽然这么问了，脑子里却并不曾浮想出什么真怕让侯爵知道的事。可是他一听到蓼科说没写上去的事也不少，就蓦地忐忑不安起来。

“没写上去的事，指的是什么？”

“您怎么这么说话呢？您刚才问我是不是把‘一切事都写了’，所以我才这样回答的。老爷既然这么问，心里总会有数吧。”

“别故意卖关子了。我像这样一个人来探望你，为的就是毫无顾忌地跟你谈话。痛痛快快地说吧。”

“没写上去的事可不少哩。尤其是八年前老爷在北崎家对我所说的话，我原是打算秘而不宣，一死了之。”

“北崎……”

当这个姓传到伯爵耳际时，他浑身发颤，像是听到了不祥的姓似的。这下子他明白了蓼科指的是什么。尽管明白了，却愈益不安起来，就想重新弄清楚。

“在北崎家里，我说什么来着？”

“那是梅雨季的一个夜晚，您是不可能忘记的。小姐逐渐懂得人情世故了，不过也才十三岁。那一天，松枝侯爵难得地来串门，他回去后，老爷您脸上显出不高兴的神色。为了散散心，您就到北崎家去了。那天晚上，您对我说什么来着？”

……

伯爵知道蓼科打算说什么了。她以伯爵当时所说的话为把柄，企图将自己的过错统统归咎于伯爵。伯爵顿起疑心：连蓼科服毒一举，都未必是真想寻自尽吧？

而今，蓼科从那撂棉坐垫上抬起眼睛来。这双嵌在敷了厚粉的脸上的眼睛，恰似在一堵白墙上凿出来的一对黑色堞口。墙内的黑暗中弥漫着过去，箭头从黑暗的深处瞄准了暴露在明亮的户外阳光下的伯爵。

“这会子还扯那些话干什么？那是说着玩儿的。”

“是吗？”

伯爵感到，那双堞口般的眼睛越发缩小了，从中挤出了锐利的黑光。蓼科重复了一遍：

“不过，那天晚上，在北崎家里……”

——北崎。北崎。伯爵恨不得忘掉，然而总是死死缠着他的记忆的这个姓，由蓼科那张尖刻的嘴里不依不饶地喊了出来。

打那以后，他已经足足八年不曾踏进北崎家了，但连房屋构造的细微之处都清晰地浮现在他眼前。那房子坐落在坡下，既没有大门，也没有门厅。庭园却很宽广，圈以板墙。门厅里面潮湿而昏暗，好像会爬出鼻涕虫来。地下摆着四五双黑色长统靴子。长靴内侧的皮革上，被汗渍油垢沤出的赭色斑点隐约可见。翻到靴帮外面来的宽而短的条纹带肮里肮脏，上面写着靴主的名字。粗野的高歌朗吟声响彻到门口。适值日俄战争期间，开军人公寓是个安全的行当，这座房子的外表因而显得很质朴，还发散着马厩的气味。伯爵被领到后面的厢房。他就像是经过传染病医院的廊子似的，一路上甚至提防着不让袖子触到廊柱。他由衷地讨厌人的汗水什么的。

八年前那个梅雨的夜晚，伯爵把来客松枝侯爵送出去之后，正耿耿于怀，憋得难受的时候，蓼科敏感地察觉到伯爵的脸色后说：

“北崎说他弄到了一件有趣的东西，想请您务必看一看。为了解闷，今晚就去赏光怎么样？”

聪子入睡后，蓼科就可以自由自在地去“走亲戚”什么的，所以她夜间和伯爵在外面相会，是轻而易举的事。北崎殷勤地迎接伯爵，端出酒来款待，并拿出一卷古卷轴，毕恭毕敬地放在桌上。

正房二楼上，人们正在合唱军歌，用手打着拍子。北崎有所顾忌，说道：

“吵得真厉害。有出征的，今晚举行欢送会。尽管热一点儿，还是拉上防雨板为好……”

伯爵同意了。这样一来，反而让人觉得被雨声紧紧地包围住了。隔扇上的彩画均以《源氏物语》中的故事为题材，赋予这间屋子一种令人窒息的、紧迫的妖娆气氛。这间屋子本身仿佛就在珍本当中。

北崎伸出那双满是皱纹、拘谨而老实巴交的手，隔着桌子解开卷轴的紫带，在伯爵面前首先展开对画幅的溢美之词。这里引了《无门关》[1]的公案之一。

赵州至一庵主处问讯：

有没有？有没有？

庵主把拳头举起。

赵州云，此处水浅，不宜泊舟，遂去。

那时多么闷热啊，连蓼科从背后用团扇扇过来的风，都充满了沸腾的空气所散发出来的蒸笼般的热气。酒劲儿一上来，只觉得那雨哗哗地都落到后脑勺里去了似的。外面的世界弥漫着相信战争胜利了的幼稚想法。伯爵看的是春宫。北崎的手蓦地在空中一抡，拍打了蚊子，随后道歉说，弄出声音让伯爵受惊了。伯爵瞥见蚊子的碎尸留在北崎那苍白干瘪的手心上的小黑点和血痕，觉得怪脏的。这只蚊子为什么没咬伯爵呢？难道能够说，他在各方面都得到了保护？

卷轴上的第一景是面对面地坐在屏风前的一个身披黄褐色袈裟的和尚与一位小寡妇。这是用俳画[2]风格的笔触洒脱地一挥而就，和尚脸上的神情给人以滑稽而魁伟的阳物那样的感觉。

1　《无门关》是书名。宋禅僧慧开，字无门，评点古人之公案四十八则，题曰《禅宗无门关》。此书以赵州之公案“无宗”为第一则，自云祖师之关，只一个“无”字，乃宗门之一关也，遂自曰《禅宗无门关》。

2　俳画是日本画的一种，也叫作谐象画，带有俳句趣味的淡彩画或水墨画。

接着，和尚突然压在小寡妇身上，企图污辱她。小寡妇虽抵抗，下摆却已凌乱了。随后二人赤身拥抱，小寡妇的神色是平静的。

和尚的阳物像巨松的根那样蟠曲着，脸上伸出欣悦的茶色舌头。小寡妇的脚趾是用胡粉涂白了的，并以祖传的画法都给画成深深朝内侧弯曲的形状。一阵战栗从缠在一起的大腿传到脚趾那儿就被阻住了。弯曲的脚趾仿佛紧张地憋足了劲儿，不让令人销魂的欢悦逃到漫无边际的虚无中去。在伯爵看来，这个女子挺坚强。

屏风外面，小沙弥们站在木鱼或经案上，要么骑在别人的肩上，全神贯注朝屏风里边偷看，滑稽地抑制不住那亢奋起来的阳物。屏风终于倒下，裸体女人遮掩阴部想逃，和尚连申斥小沙弥的气力也没有了，从此开始了极端粗野的场面。

小沙弥们的阳物画得几乎跟身量一样大。画家想表达用寻常的尺寸无法领会的烦恼之重担。他们一齐袭击女人时，脸上刻着无法形容的滑稽，将阳物满满当当地扛在肩上，蹒跚而行。

苦役的结果，女人全身苍白，死掉了。她的幽灵飘到随风摇曳的柳树荫里。女人变成了有着阴户脸的幽灵。

这时，画卷的滑稽突然消失了，充满了凄惨之气。不是一个，而是几个阴户脸的女幽灵披头散发、张开红嘴唇袭击男人们。乱窜的男人们无法抗击疾风般飞来的幽灵。包括和尚在内，统统被幽灵用嘴的力量拔掉了阳物。

最后的情景是海滨。失去了阳物的、赤条条的男人们在海滩上哭天喊地。一艘装满了刚刚抢夺到的阳物的船，载着头发随风摇曳、垂着苍白的手、嘲笑着在岸上哭喊的男人们的众多阴户脸的女幽灵，正朝着黑暗的海面起航。船头也是照阴户的形状刳的，一簇阴户毛在前边迎风招展。……

——伯爵看毕，心情变得无比郁闷。由于酒劲儿上来了，心神越发不宁，但他叫人添酒，一声不响地喝下去。

然而，卷轴上的女人那脚趾的顽强的弯曲，却留在他的心目中，还有那猥亵的白胡粉的颜色也犹存。

那以后所发生的事，只能说是梅雨的沉闷的热气和伯爵的厌恶感引起来的。

在这梅雨之夜的十四年前，夫人正怀着聪子时，伯爵和蓼科有染。当时蓼科已四十开外了，所以这只能说是伯爵极其偶然的心血来潮而已。不久之后，他就收敛了。伯爵本人再也不曾料到，又过了十四年，他竟会和已交五十五岁的蓼科干此等事。自从发生了这个晚上的事，伯爵再也没迈过北崎家的门槛儿。

松枝侯爵的来访，被伤害的自尊心，梅雨之夜，北崎家的厢房，酒，阴惨的春宫……只能认为，是这一切一拥而上，使他的厌恶感火上加油，让他热衷于亵渎自己，驱使他干出这样的勾当。

从蓼科的态度，丝毫也看不出抗拒之意，这就使得伯爵厌恶到极点。“哪怕是十四年、二十年、一百年，这个婆娘都打算等待下去。只消一声召唤，随时她都会伺候得周周到到。”……对伯爵而言，事情的发生纯属偶然。他被极端的厌恶感所驱使，趔趔趄趄地步入黑暗的树荫，只见春宫上的那个幽灵悄悄地在那里打着埋伏。

何况，这种时候蓼科的举止是那样一丝不苟，她赤裸裸地显示出谦恭的媚态，并以比任何人都有闺房教养而自豪；和十四年前一样，这一切对伯爵产生了一种威慑作用。

可能是早就串通好了的，北崎再也不露面了。事毕，他们两个人被雨声包围着，在黑暗中相对无言。军歌的合唱穿过雨声，这回连词句都清晰地传到耳际：

铁火闪闪酣战场，
卫国使命君等待；
忠勇吾友速前往，
君国壮士速前往。

——伯爵忽然变成了个孩子，想把满腔怒火倾诉出来，于是将主人之间的话语向蓼科和盘托出，而这些话本是不该告诉婢仆的。归根结底，伯爵感到自己的愤怒中蕴含着世代相传的愤懑。

原来这一天松枝侯爵上门后，可能是带几分醉意之故，边抚摸前来寒暄的聪子那刘海儿发，边当着这个孩子的面抽冷子说道：

“啊，小姐越来越出挑了，难以想象成年之后会长得多么标致。甭担心，叔叔会给你找个好姑爷。只要凡事都包给叔叔，管保给你找个最理想的新郎。用不着你爸爸操一点儿心，叔叔为你置办金线织花锦缎，让你的嫁妆排成一百多米长。绫仓家祖祖辈辈从来没有置办过这么长、这么豪华的嫁妆行列……”

伯爵夫人略微皱了一下眉头，那时伯爵却柔和地笑着。

对于侮辱，他的祖先并未报以一笑，却多少显示出优雅的权威予以反抗。然而如今，家传的蹴鞠早已废绝，晃给俗人们看的诱饵也没有了。充满善意的假冒者丝毫也不打算伤害真正的贵族，真正的优雅只是无意之中予以侮辱就是了。对此，贵族只是暧昧地一笑置之。文化在新的权力与金钱面前暧昧地泛出的这种微笑，隐隐约约透露出些许神秘意味。

伯爵把这些事告诉蓼科后，沉默了片刻。他在思索着：优雅一旦决定进行报复，将采取什么方式呢？有没有公卿之流用以熏长袖的香那样一种报复呢？遮在袖子底下的香缓慢地燃烧着，几乎连一点儿火色都不露就悄悄地化为灰烬的过程。经过熬炼凝制成的香，一焚烧就把微妙馥郁的毒转移到袖中，永恒地留在那里……

就这样，伯爵确实对蓼科说过：

“从现在起就拜托你啦。”

“也就是说，聪子成人后，终归会由松枝包办婚姻吧。那么，在结婚之前，让聪子和一个她所中意的、守口如瓶的男子一道睡觉吧。不拘是什么身份的男子都没关系，唯一的条件是必须是聪子喜欢的人。决不能让聪子以处女之身嫁给松枝所介绍的姑爷。这样就能暗中给松枝来个出其不意。然而不要把此事告诉任何人，也不必跟我商量，自始至终都得像凭着你个人的意愿犯下的过错那样去做。关于闺房的事，你似乎谙熟如博士。你能不能好好教会聪子两种相反的本领呢？一种是让那个跟非处女睡觉的男人以为她是处女；另一种刚好相反，让那个跟处女睡觉的人以为她不是处女。”

对此，蓼科坚定地这么回答道：

“您放心，两种本领我都有。不论是对冶游多么在行的爷们，也管保觉察不出来。我一定仔仔细细地教会小姐。可是，第二种是为了什么呢？”

“为的是避免让那个偷了未婚少女的男子具有过分的自信。倘若他晓得了这是个黄花姑娘，搞不好会认为自己应负起责任来，那可吃不消。这一点也托付给你了。”

蓼科并未轻轻说声“遵命”，而是非常拘谨地应承道：

“我明白啦。”

……

——蓼科现在所指的就是八年前的那个夜晚的事。

伯爵透彻地了解蓼科究竟想说些什么。但是像蓼科这么个女人，是不可能看不出八年前自己所应承下来的那档子事，已起了难以想象的变化。对方是王府啊，尽管由松枝侯爵从中斡旋，这桩婚事却足以使绫仓家东山再起。凡事都和八年前伯爵在盛怒之下所预测的迥乎不同。蓼科却不顾一切地按照老皇历行事，只能认为她是成心这么做的。而且秘密已传到松枝侯爵耳里。

蓼科难道认为，借着把一切推向不可收拾的局面，她这是冠冕堂皇地向侯爵家进行了报复？而怯懦的伯爵是不敢这么做的。或许这不是对侯爵家，却恰恰是对伯爵本人进行的报复吧？不论伯爵如何行动，他总归于心有愧，因为倘若蓼科把八年前的私房话向侯爵告了状，可就为难了。

伯爵打定主意不再说什么了。事情横竖已经发生了，既然传进了侯爵家的耳里，对方就是说出相当刺激人的话，也只好认头。另一方面，侯爵会发挥强大的力量，好歹也会给出补救的办法吧。一切均已进入听凭别人去办的阶段。

伯爵只弄清楚了这一点：蓼科不论嘴上怎么说，心里却完全没有谢罪之意。这个毫无歉意而又服了毒的老妪，妆化得犹如一只滚进扑粉盒的蟋蟀，身披暗红色棉睡衣蜷缩在那里。她的个子越小，就越让人觉得无处不在的郁闷能扩散到全世界去。

伯爵发觉，这间屋子和北崎那个厢房是同样大小。沙沙的雨声忽然传到他的耳底，不合时令的溽暑，像加速腐败一般袭来。蓼科又仰起那张涂白了的脸，想说点儿什么。电灯光射进她那干瘪、布满竖皱纹的嘴唇内侧，也映照了京都胭脂的紫红色，恰似湿润的口腔充血。

蓼科到底想说什么？伯爵觉得他能揣测到。正如蓼科自己所说的，她做的一切都与八年前的那个夜晚有关，左不过是为了让伯爵回忆起那一夜而已……打那以后，伯爵再也不对蓼科表示关心了。

伯爵蓦地竟像个孩子似的提出一个残酷的问题：

“唉，你捡了一条命，这比什么都好……可你真是一开始就有意寻死吗？”

原以为蓼科会发怒或哭泣，岂料她却嫣然一笑：

“哦……老爷要是叫我去死，说不定我就真打算寻死啦。哪怕您现在发话，我也会重新来一遍。话虽如此，明明下了令，八年后您大概又会忘记了……”

四十二

松枝侯爵跟绫仓伯爵晤面后，看到伯爵那副完全无动于衷的样子，不免吓得愣了神儿。但是伯爵痛痛快快地接受了侯爵所提的全部要求，侯爵也就高兴起来了。伯爵表示，一切悉听尊便。侯爵夫人肯于陪同前往，聪子和她母亲的心里就会有仗恃，而且能够请大阪的森博士在严格保密的情况下全盘处理，真是万分侥幸。今后所有的事都听从侯爵家的指示，请关照。

绫仓家只提出一个小小的条件，侯爵只好答应。这个条件就是：请允许聪子在临离开东京之际，跟清显会一面。当然，并不希望让他们二人单独见面，只要能在双方的父母陪伴下见一眼，也就能了却一桩心事。倘若能够满足这个愿望，聪子便约定今后决不再见清显……绫仓伯爵迟迟疑疑地说，这本是聪子自己提出来的，但是唯独这个愿望，做爹妈的还是想予以满足。

为了使这次的相会显得自然一些，侯爵夫人的同行是起作用的。儿子送妈妈起程，这乃是人之常情，那时清显和聪子相互寒暄，也没什么可疑之处。

事情既谈妥，侯爵就根据夫人的建议，极其秘密地把忙碌的森博士叫到东京来。在十一月十四日聪子启程前一周，博士在侯爵家做客。他暗地里盯着聪子，时刻准备着，只要伯爵家一来联系，他就能立即赶去。

之所以如此，是因为随时都有流产的危险。倘若流产了，博士就亲自处置，绝对不能走漏风声。前往大阪的这趟长途旅行要担很大风险，博士决定坐在另一节车厢，悄悄地同行。

侯爵像这样剥夺了那位妇产科名医的自由，任意颐使，钱可花海了。倘若运气好，这些计划能够实现，聪子的旅行就可以最巧妙地遮掩世人的耳目。因为世人连做梦也不会想到，一个孕妇竟会冒险乘火车去旅行。

博士是一位时髦绅士，整整齐齐地穿着英国制的西服。他是个矮胖子，面庞长得有点儿掌柜派头。他进行诊断的时候，一向在枕头上铺一张上等奉书纸[1]，每换一个病人，就把它随便一团，扔掉，再铺上一张新的，他的一部分声望由此而来。他待人殷勤郑重，脸上总是笑吟吟的。他在上层妇女当中拥有许许多多主顾，医术精湛，嘴严得像牡蛎。

博士喜欢谈论天气，如果没有其他的话题，他就说“今天闷热得厉害”啦，“每下一场雨就暖和一些”啦，十分吸引人。他擅长汉诗，曾把自己在伦敦的见闻写成二十首七言绝句，结集自费出版，书名叫作《伦敦诗钞》。他戴着一只三克拉大的钻石戒指，每次诊察前都仰起脸皱着眉头，显得很吃力似的摘下戒指来，往旁边的桌子上胡乱一放，但从未听说他遗

1　奉书纸是以桑科植物纤维制造的一种较厚的高级日本白纸。

忘过这只戒指。博士的八字胡老是像雨后的羊齿一般发出黯淡的光泽。

启程之前，照规矩绫仓伯爵夫妇还得带着聪子到王府去打声招呼。乘马车就更担风险了，所以侯爵给安排了一辆汽车，森博士借了山田的一套旧西服，化装成管家，坐在副司机席上同行。幸而少亲王参加军事演习去了，不在家。聪子在门厅里向妃殿下寒暄一通便告辞了。这趟令人担心的往返，总算平安无事地过去了。

王府曾通知说，十一月十四日动身之际将派执事官员来送行，但伯爵家婉言谢绝了。就这样，样样都照侯爵的计划妥善进行，绫仓一家和松枝母子约好在新桥车站碰头。博士则佯装与她们素不相识似的坐在二等车的一角。这次旅行的目的是向门迹尼请安，不论给谁听了去，都会觉得很体面。所以侯爵为自己的夫人和绫仓家母女预订了展望车的位置。

从新桥开往下关的特别快车，于早晨九点半由新桥发车，行车十一小时五十五分，抵达大阪。

经美国建筑师普里詹斯设计、于明治五年[1]竣工的新桥车站，是木头结构，外砌伊豆石壁。如今，带斑纹的石料颜色已发暗，在十一月那明丽的朝辉映照下，飞檐的影子清晰地留在上面。侯爵夫人想到这次上路自己连个女仆也没带，只能只身返回，这会子早已紧张起来了。毕恭毕敬地抱着皮包坐在副司机席上的山田也好，清显也好，她都几乎没有理睬，就这样抵达了车站。三个人从车站门廊攀登高高的石阶。

1　明治五年是一八七二年。

火车还没有进站。宽敞的港湾式站台[1]的两侧都是轨道，朝阳斜斜地倾泻进来，纤尘在其间飞舞。启程勾起了不安，侯爵夫人屡次深深地叹气。

夫人说：

“还没有来。可别出了什么事吧？”

眼镜片上闪着白光的山田，只是把头一低，恭顺地做出毫无意义的回答：

“哦……”

夫人明知道他会这样，可还是禁不住这么问。

清显知道母亲不安，却不去抚慰她，偏偏伫立在稍离开她一点儿的地方。悬念使得他都快晕过去了，他凭借僵直的姿势硬撑着。他觉得自己已经垂直地倒在那里了。伫立的身姿变得轻飘飘的，仿佛被铸入空气中了。站台上冷冰冰的。他身穿胸前有着盘花饰带的制服，挺起胸膛，等待的痛苦使他感到好像连内脏都冻僵了似的。

展望车的栏杆显露出来，列车宛如穿过光带，庄重地从后尾驶进站台。这时，夫人在等候列车的人群当中远远地瞥见了森博士的八字胡，就稍微放心了。事先约好，除非发生紧急情况，在抵达大阪之前，彼此要装作素昧平生的样子。

山田将夫人的手提箱搬进展望车厢，夫人这样那样地指使着他。这当儿，清显隔着车窗定睛窥视着站台。只见绫仓伯爵夫人和聪子自人丛中走过来了。聪子在和服领子外面围着彩虹

---

1 原文作“頭端式ホーム”。这种站台常见于区域或长途客运铁路的终点站。列车必须以进站时的颠倒方向驶离站台。

色披肩。当她出现在从站台顶棚的边沿射进来的阳光中时，她那毫无表情的脸白得就像凝固了的奶汁似的。

清显悲喜交集，心里激动不已。他看着在母亲陪伴下慢腾腾地踱过来的聪子，一霎时觉得仿佛是在迎接到自己这儿来的新娘似的。这仪式进行的速度很是缓慢，宛如疲劳之感点点滴滴地郁积起来；喜悦之情堵在胸口，憋得难受。

伯爵夫人登上展望车后，把扛着手提箱的仆人撂在一边，首先向清显的母亲道歉说，她们来晚了。侯爵夫人自然客客气气地还了礼，但眉宇间稍稍留下了点儿高傲的不悦。

聪子用彩虹色披肩遮住嘴，自始至终躲在母亲的肩后。她和清显像往常那样相互致意，经侯爵夫人一劝，就立即深深地坐在猩红色的椅子上了。

清显这才晓得聪子为什么来得这么迟。因为十一月的朝阳恰似清澄的苦药水，沐浴在它下面，相对无言，时光太难熬了，她准是刻意尽量缩短告别的时间。两位夫人交谈的当儿，聪子几乎一直低着头。清显担心自己投向她的视线不由自主变得热烈。当然，他心里巴不得自己的视线是热烈的。他害怕的是，过于灼热的阳光会烧掉了聪子那脆弱的白净。清显知道，在这种场合运用的力量也好，交流的感情也好，都必须是非常微妙的才行，而自己的激情所采取的形式却过于粗暴了。向聪子谢罪之意竟在他心里油然而生；而在他来说，还是平生第一次有这样的感情。

用和服遮着的聪子的身体，每个部位他都是熟悉的。他知道，她的哪部分肌肤首先会羞红了，哪部分柔软而松弛，哪部分颤动起来就像有一只被捕的天鹅在扑翅。哪部分倾诉悲哀，哪部分表达欢乐，他都一清二楚。他所了如指掌的这一切，朦朦胧胧地发出微光，隔着衣服他也能透视聪子的身体。眼下，他觉得聪子好像用和服长袖护着腹部，唯独那部分却萌生着他不大了解的东西。十九岁的清显缺乏对孩子的想象力，只觉得那是个抽象的玩意儿，被暗而热的血肉紧紧地包裹着。

唯一能够使清显和聪子息息相通的乃是叫作“孩子”的那个部位，然而它即将被残酷地断送掉，两个人的肉体随之永远分开了。对这一事态，他束手无策，只能呆呆地目送着。“孩子”毋宁说是清显本人。他还什么力量都没有呢。大家都快快乐乐地去游山，而他这个孩子却挨罚看家，由于被撇下而引起的极其沮丧、气愤、孤寂的心情，使他全身发颤。

聪子抬起目光呆滞的眼睛望着挨着站台那边的车窗。清显深切地感到，那双眼睛整个儿被来自她内心的投影遮住了，再也没有映现他的身姿的余地了。

窗外响起了尖锐的吹哨声。聪子站了起来。依清显看来，她仿佛是毅然决然竭尽浑身的力气站起来的。伯爵夫人慌忙挽住了她的臂。

聪子用略尖而听上去甚至有点儿高兴似的嗓门说：

“火车这就开了，得下去了。”

清显不得不跟母亲匆匆忙忙地交换一些任何母子都会相互叮咛的话：路上要多加小心啦，看家要注意些什么啦。清显对于自己竟能如此口齿伶俐地演戏，不免感到吃惊。

他好容易离开了母亲，和伯爵夫人简短地互道珍重，像就势儿似的轻轻地对聪子说：

“那么，请多加保重。”

他的语气也是轻松的。在这股劲头的带动下，倘若想用手去扶她的肩膀，好像也办得到。然而他的手简直如发麻了似的，一动也未动，因为这时他的目光与正凝眸看着他的聪子的目光相遇了。

聪子那双漂亮的大眼睛确实湿润了。但是清显所一直担心要落下来的眼泪，却远没有落下。眼泪硬是被抑制住了。聪子的目光直勾勾地逼视着他，宛如溺水者在求救。清显不禁畏怯了。聪子那美丽的长睫毛犹如开放的花蕾，全都向外面绽开来了。

聪子以郑重的语调一口气说：

“清少爷也多加保重……祝您健康。”

清显仿佛被轰走似的走下火车。这当儿，一位腰佩短剑、身穿有五个纽扣的黑制服的站长举手示意，随即再度传来了列车员吹哨子的声音。

清显一面顾忌着站在身旁的山田，一面在心里不断地喊着聪子的名字。火车轻轻地晃了一下身子，像是眼前的缠线板上的线松开了似的，开动了。聪子和两位夫人始终不曾出现在后尾的栏杆那儿，而栏杆也旋即远去了。发车时留下一股很冲的煤烟，倒刮到站台上，四下里突然弥漫起呛人的气味。

四十三

一行人抵达大阪的第三天早晨，侯爵夫人独自走出下榻的旅馆，到最近的邮局去拍了封电报。因为侯爵曾谆谆嘱咐她要亲自拍电报。

夫人这是平生头一遭儿上邮局，所以样样都感到困惑，并想起了一位前不久逝世的公爵夫人的事：那一位认定金钱是肮脏的，终生未碰过一个指头。预先和丈夫商量好的暗号电报，好歹发出去了。

答礼　平安到达，事毕。

夫人觉得她切切实实体会到了卸下包袱的滋味。她立即返回旅馆，打点好行李，从大阪车站孤零零地登上归程的火车，是伯爵夫人给她送的行。为此，伯爵夫人离开聪子的身边，打医院里溜出了一会儿。

由于森博士主张静养两三天，聪子住进了博士的医院；不用说，用的是假名。伯爵夫人一直陪伴着聪子。聪子的情况甚佳，然而从此一言不发，弄得夫人不胜焦虑。

住院完全是为了做到万无一失而采取的审慎措施，所以当院长允许出院时，聪子的身体已康复到经得起相当大的运动量了。孕吐也已止住，按说身心都松快了，可她硬是不吭气。

按照预定计划，母女二人到月修寺去请安，在那儿过一夜再回东京。十一月十八日下午，她们在樱井铁路线的带解车站下了车。这真是个明媚的小阳春天气，伯爵夫人尽管为一声不响的女儿担忧，心情却不禁平静下来了。

为了避免烦累老尼姑，她们不曾通知抵达的时间，于是托车站的人给雇人力车，然而车子却总也不来。等车的当儿，夫人见到什么都觉得稀奇，就把女儿撇在头等候车室里，听凭她陷在沉思中，而独自踯躅在连个人影也没有的车站周遭。

附近的带解寺的告示牌随即映入她的眼帘。那块竖着的牌子上写着：

日本最古安产求子祈愿灵场

文德[1]、清和[2]两帝，染殿皇后[3]敕愿所

带解子安地藏，子安山带解寺

1　文德天皇（827—858）是日本第五十五代天皇，在位八年（850—858）。

2　清和天皇（850—880）是日本第五十六代天皇，在位十八年（858—876）。

3　染殿皇后（829—900）是文德天皇的皇后、清和天皇之母，原名藤原明子，因住在染殿，故有此称。

夫人寻思：亏得聪子不曾看见这些说明。人力车来到后，得让车子停在车站屋檐最里边，叫聪子从那儿上车，以免聪子瞥见这块牌子。整个风景沐浴在十一月晴朗的阳光下，夫人觉得眼前这块牌子好像是意想不到地渗进来的一滴血。

带解车站是白墙瓦顶，旁边有一口井。对面是一座拥有巍峨仓库的古色古香的房子，圈以瓦顶板心泥墙。仓库的墙壁和板心泥墙都是雪白的，明亮耀眼，却又静谧如融入了幻景。

路上的霜融化了，呈现着灰色，很不好走。然而排列在铁轨两旁的枯木渐次隆起，一直延伸到轨道对面的小小旱桥，桥头有一片非常绮丽的淡黄色的东西。夫人被它所吸引，撩起和服下摆，沿着坡道往上爬。

那是摆在桥头的垂盆菊，在桥头那淡绿色柳丝下，胡乱摆着好几盆。虽说是旱桥，也不过是马鞍形的小木桥而已，桥栏上晒着方格花纹的棉被。棉被饱吸了阳光，鼓膨膨的，就好像眼瞅着就会蠕动似的。

桥附近有住户，晾着尿布，张布架上还绷着红布什么的。垂在屋檐下的一串串柿饼，依然保存着落日般光润的色泽。四下里渺无人迹。

伯爵夫人瞅见两辆黑篷人力车从道路尽头徐徐迫近了，就赶紧跑回车站去喊聪子。

——阳光真是明媚，一路上两辆车都摘下了车篷。穿过一座有着两三家客栈的镇子，在田间小道上跑上一阵，一个劲儿地奔向彼方的群山。月修寺就坐落在山坳里。

路旁的柿树上只剩下两三片叶子，果实坠得树枝都弯了。每一块田里都像迷宫似的布满了晒稻谷的稻架，真是琳琅满目。坐在前面车上的夫人，不时地回头看看女儿。她瞧见女儿将披肩叠放在膝上，扭过头去凝神观赏周围的景色，也就略微放心了。

进入山路后，车子比徒步而行还要慢了。两个车夫都上了岁数，显得步履蹒跚的样子。夫人思忖：横竖也没有什么急事要办，反而可以细细欣赏风景，倒也好嘛。

月修寺大门的石柱挨近了。门内有一条缓缓的上坡路，透过一片狗尾草的白穗，可以瞥见淡蓝色的天空，远处是连绵起伏的矮山，此外就什么也没有了。

车夫们终于停下了车，揩起汗来。夫人用盖过车夫们的对话的嗓门，对女儿大声说：

“好好记住从这儿到寺院之间的风景吧。我们只要想来，随时都可以来；你将来的身份可容不得你随意出远门啦。”

聪子泛出倦怠的微笑，轻轻地颔首，以代替回答。

车子又前进了。因为是坡路，比方才还要慢。可是进了大门后，树木蓦地茂密了，所以阳光不至于强烈得让人出汗了。

刚才车子停下时，在这个季节夫人竟然听到了白昼唧唧的虫鸣声，至今犹如耳鸣一般依稀留在耳际。但是过一会儿，她的眼睛就被道路左边越来越密集的柿子那鲜艳色彩吸引住了。

在阳光照耀下，柿子是那样光洁可爱。小枝子上结了一对柿子，一方在另一方上投下了漆一般的影子。有一棵树，所有的枝头上都长满了累累的红色果实。残留的叶子微微摇曳，果实却不同于花儿，它们完全不招风，所以抛撒到空中去的大量柿果，仿佛就那样被图钉牢牢地钉死了似的，嵌入了纹丝不动的苍穹。

“看不到红叶哩，是怎么回事呀！”

夫人宛若一只百舌鸟一般拉开嗓子朝后面的车子喊道，聪子却未回答。

路旁连草红叶[1]都不多，唯独西边萝卜地以及东边竹丛的翠绿，是那么显眼。阳光透过萝卜地那茂盛、密密匝匝的绿叶洒落下来，影子也是重重叠叠的。过一会儿，西边出现了长长的一堵茶篱[2]，它是用以遮挡沼泽的。篱笆上攀缠着结了红果实的南五味子[3]，隔着篱笆可以瞥见大沼泽里的淤泥。刚一走过这里，路就昏暗下来，进入了古杉并排的荫凉儿地方。普照大地的阳光，只能洒落到树下丛生的小竹叶上，唯有一根茁壮的竹子熠熠发着光。

猛地感到寒气袭人，夫人不再期待女儿会回答，就朝着后面的车子做了个往肩上搭披肩的动作。夫人再度回过头去，飘扬的披肩所展开的彩虹映入她的眼角。她十分清楚，聪子虽不吭气，却乖乖地听她的话。

当两辆车子从黑漆门柱间穿过的时候，道路周围竟有了浓厚的神宫庭院气氛。夫人来到这里，头一次看到红叶，不由自

---

1 草红叶，是秋季下霜后变成红黄色的野草。

2 茶篱是用茶树栽成的篱笆。

3 原文作“美男葛”，也叫真葛，是一种木兰科常绿蔓生植物。

主地发出赞叹声。

黑门内这几棵叶子已染红了的树，那颜色说不上是艳丽，但深山里这凝重的黑红色，给夫人以无法净化罪过这么一种印象。这下子像锥子那样的不安蓦地扎进夫人的心坎。她正在考虑后面的聪子的事。

红叶后边那些细溜的松和杉，不足以遮挡天空。红叶承受着辽阔的天空透过树木的缝隙透射来的光，那些伸展开来的繁枝被映衬得犹如早霞。从枝下抬头一看，暗红的纤细叶子一个挨着一个，恍若透过胭脂色花边仰望天空似的。

伯爵夫人和聪子在平唐门[1]前下了车。门里面，甬道上绵延着石板，可以瞥见尽头的门厅。

1　平唐门是两侧镶有人字形檐板的门。

四十四

自从门迹去年进京以来，不论夫人还是聪子，都已整整一年没有见到她了。月修寺的一老首先介绍说，门迹也非常期盼她们这次的造访。正说着，门迹被二老牵着手，来到二人在那里坐候的十铺席房间。

伯爵夫人将聪子即将出嫁的事说了一遍。门迹说：

“大喜大喜。那么，下次再来的话，就要住在寝殿啦！”

寺院的寝殿是接待皇族用的。

到这里后，聪子总不便继续保持缄默，于是简短地应答着。她那种郁闷神情，也可以被看成仅仅是羞涩。当然，门迹很有礼貌，对此丝毫也未显露诧异之色。当伯爵夫人夸奖了排列在中院里的几盆漂亮的菊花时，门迹便说：

“村子里有个种菊花的，每年都像这样送来，还唠唠叨叨地讲解一气。”

接着，门迹叫一老把种菊者的话照搬给夫人听，解释说这是单株盆栽的红色一文字菊[1]，那是单株盆栽的黄色管瓣菊[2]。

不久，门迹亲自陪伴二人到了书院[3]。

“今年的枫叶红得晚。”

门迹边这么说，边叫一老拉开纸窗，请她们观赏那有着干枯的草坪和美丽的假山的庭园。耸立着几棵大枫树，每一棵都唯独树梢染红了，枝子越靠下面，叶子越淡，呈现出杏黄、嫩黄以至淡绿色。树顶的红，也像凝固的血浆一般发暗。山茶花已开放，庭园角落里，紫薇那滑溜而弯曲的枯枝的光泽反而显得鲜艳。

她们又返回到十铺席的房间，门迹和夫人谈些天南海北的话。晚秋日短，天色已黑下来了。

为了祝贺，晚上的菜肴很是丰盛，还摆上了喜庆的红小豆糯米饭。一老和二老费尽心机款待，然而席间始终快活不起来。

门迹说：

“今天皇宫里举行焚烧仪式哩。”

一老曾在宫中伺候过，对于举行仪式之际，正当中怎样摆上个烧得旺旺的火盆，有所见闻。她也还记得女官围着火盆念诵的咒文，这时便为她们模仿了一番。

那是个古老的仪式，于十一月十八日举行。在天皇跟前把火烧得老高，火焰几乎够得着天花板。身穿纯白的日式礼服的女官，这么吟诵：

---

1 日本著名的传统菊花种类，花瓣大而像车轮。

2 日本著名的传统菊花种类，舌状花管瓣。

3 书院是壁龛旁有伸出的窗户的日本式客厅。

“烧啊，烧啊，焚烧啊。火神啊，焚烧啊。蜜柑、豆沙包，想要啊……”

及至投到火里的蜜柑和豆沙包烤得差不多了，就取出来奉献给天皇。模仿这种宫廷秘事，让人觉得很不郑重，可是门迹想必是体谅到一老的用意是在席间制造点儿热闹气氛，所以并不曾嗔怪什么。

月修寺的夜晚来得早，五点钟就上了门儿。晚餐后不久，人们就各自回卧室安歇。绫仓母女被领到客殿。母女二人预定逗留到次日下午，从从容容地惜别，再搭乘夜车回东京。

只剩母女二人之后，夫人本想提醒聪子一句，说她今天从早到晚忧郁过度，有失礼节；然而体贴自大阪以来聪子的心情，夫人什么也没说，默默地钻进了被窝。

就连在黑暗中，月修寺客殿的拉窗也泛出一片肃穆的白色。十一月夜间的寒气，恰似把窗纸的每根纤维都渗进了霜。拉手周围的剪纸那透明的十六瓣白菊和白色云朵装饰，透过光，清晰地浮现出来。柱子上掩盖钉帽的装饰铁片的图案，乃是被六朵菊花圈起来的桔梗。暗夜中，这些装饰用的铁片将高处每个关键地方都箍得紧紧的。是个无风之夜，听不到松涛，却能真切地感受到外界是一片静静的深山野林。

夫人只一心想着：不论对自己还是对女儿来说都是苦不堪言的这份差事，总算无一遗漏地完成了，今后会慢慢地迎来平安。她觉察出身边的女儿辗转不能成寐，可她自己不一会儿就睡熟了。

当夫人醒过来后，旁边却没有了女儿的身影。在黎明前的黑暗中伸手摸索，就弄清女儿连睡衣都叠好放在床铺上了。夫人心慌了一阵，又一想，兴许是解手去了，于是等了半晌。随后，胸口突然变得冰凉，像是麻木了似的。她到厕所去看了看，女儿却并不在。还没有什么人起身的动静，天空上是一片朦胧的蓝色。

这当儿，离得老远的厨房里有了响动，夫人便走了过去。早早儿起床的侍女一看见夫人，赶紧下跪施礼。

夫人问道：

“看见聪子了吗？”

侍女吓得直发抖，一个劲儿地摇头，拒绝为夫人领路。

夫人沿着寺院的廊子信步踱去。恰好二老起床走过来了，夫人便向她如此这般地讲了一通。二老非常惊愕，于是为她带路。

游廊尽头是正殿，殿里烛光摇曳，远远地映现出来。按说是绝不会有人这么早就来念经的。佛坛上点着一对花车图案的彩绘蜡烛，聪子坐在佛前。夫人觉得女儿的背影看着眼生，原来聪子自个儿削了青丝。她把削下的青丝供于经案，手捻佛珠，专心祷告着。

夫人发现女儿还活着，这才松了一口气。于是她意识到，原来自己一直认定女儿绝不会活在人世间了。

夫人搂抱住女儿，说：

“你把头发削了啊。”

聪子头一次把视线投向母亲说：

“妈妈，我没有旁的办法可想了。”

她的瞳仁里摇曳着小小的烛光，白膜上却已映现了拂晓的白光。夫人从未见过如此可怖的曙光，它竟是从女儿眼里射出来的。聪子用手指捻着的每一颗水晶念珠，也都映射出跟她眼里一样的越来越白的光。仿佛是由于意志力达到极限而丧失了意志力，这冰凉的一颗颗珠子一齐渗出曙光。

——二老连忙把事情的来龙去脉告诉了一老。二老完成了任务离开后，一老就陪同绫仓母女到了门迹卧房跟前，从隔扇外面招呼道：

“您哪，起床了吗？”

“是的。”

“打扰。”

拉开隔扇一看，门迹端坐在褥子上呢。

伯爵夫人结结巴巴地说：

“是这么回事。聪子、刚刚在正殿里、自个儿削了发……”

门迹迎着亮儿朝隔扇外边瞧了瞧，目光落在聪子那换了个人似的模样上。她丝毫未露出惊讶之色，只说了声：

“果然如此，我已经料到是这么回事了。”

——稍微过了一会儿，门迹仿佛忽然想起了什么似的说，个中必有种种原因，请伯爵夫人最好也回避一下，让聪子独自留下来，倾诉衷肠。夫人和一老奉命退下，聪子一个人留在门迹的房间里。

——这段时间，一老陪伴着被撇下的伯爵夫人。早饭夫人连沾都没沾，有多么焦心是可想而知的了。一老想为夫人排遣一下，苦于不晓得该选什么样的话题。过了好半天，门迹才传见她。在那里，当着自己女儿的面，夫人从门迹口中听到了意想不到的话。门迹说，聪子的遁世之志是很明显的了，因此月修寺打算接纳她为弟子。

从方才起，夫人独自把各种各样的弥补对策都想尽了。聪子的决心无疑是坚定不移的了，而头发大概要花几个月至半年时间才能长成原来的样子。只消说服她不要剃发，就可以假借旅途中生病为由敷衍几个月，纳彩仪式也请对方往后拖一拖；另一方面，借助伯爵和松枝侯爵说服之力，说不定就可以促使聪子改变初衷哩。听了门迹这番话后，夫人的这种想法非但不曾减弱，反倒越发强烈了。通常当弟子要遵循这么个程序：修行一年，随后在得度仪式上这才剃发。不拘怎样，凡事都取决于聪子的头发长得如何。倘若聪子回心转意得早一些……夫人心里涌现了奇异的妙计：要是一切都顺利，靠着一顶精巧的假发，甚至连纳彩期间也能应付过去哩。

夫人马上打定了主意：莫如姑且把聪子留在这里，自己及早回京，采取善后措施。于是她对门迹回复道：

“承蒙您这么说，但这是旅途中忽然发生的事，况且又牵连到王府，所以我想立即回到东京，和丈夫商量后再来，您看好不好？这期间，聪子就托付给您啦。”

对母亲这番话，聪子连眉梢都没动一下。夫人觉得自己甚至跟亲闺女说话都有所顾忌了。

四十五

尽管发生了这么大的变故，绫仓伯爵从返抵家中的夫人口里得悉之后，却无所事事地足足延误了一周，以致激怒了松枝侯爵。

松枝家只当聪子早已回家，并即刻到王府去汇报了返京一事。就侯爵而言，这样的疏忽是一反常态的。侯爵夫人回京后，根据她的报告，侯爵晓得计划已无一遗漏地完成，对事态的发展遂乐观到了家。

绫仓伯爵只是茫然自失。他认为相信悲惨结局或多或少是低级趣味，所以不予置信。与其面对悲惨的结局，不如采取麻木不仁的态度。即使看见了缓坡朝着未来漫无止境地往下延伸，但对鞠来说，滚落乃是常态，完全不足为奇。不论愤怒还是悲哀，就跟某种激情一样，可以比作不够优雅的心灵所犯的过错。然而伯爵从未缺乏过优雅。

一味地拖延就是了。与其接受所有的决断无不包含的粗野，毋宁承受时光那微妙的点点滴滴甘露的恩惠。不拘多么重大的事件，放置下来，从放置中就会产生利害，于是总会有人站到自己这一方。这乃是伯爵的政治学。

待在这样一位丈夫身边，伯爵夫人就也觉得自己在月修寺所感到的不安逐日淡漠了。幸而此刻蓼科不在家，不曾这样那样地轻举妄动。经伯爵的关怀，蓼科一直在汤河原做温泉治疗，以便养好病后的身体。

一周后，侯爵询问此事，伯爵终究隐瞒不下去了。当松枝侯爵被对方在电话中告以其实聪子尚未回家时，刹那间他哑口无言。侯爵心中此刻聚集了一切不祥的预感。

在侯爵夫人伴随下，侯爵马上造访绫仓家。起初伯爵的回答暧昧到极点。当松枝侯爵终于了解真相后，便大发雷霆，用拳头砸起桌面来。

——这是绫仓家仅有的一间西式房屋，是把一间十铺席的和式屋子蹩脚地改建而成的。在这里，两对夫妇暴露了在多年的交往中从未显示过的赤裸面孔。

尽管这样，两位夫人还是彼此背过脸儿去，只顾偷看各自的丈夫。两个男人相互对峙。伯爵净低着头了，放在桌上的手也像古装偶人的手那样纤小白皙。侯爵骨子里尽管缺乏那种能够作精神支柱的坚毅力量，却长着一张结实的红脸膛，盛怒之下，眉宇间青筋倒竖，令人联想到天狗面具[1]。依两位夫人看来，伯爵无论如何也不像是能取胜的。

1 原文作“大癋見の面”，系能乐面具的一种。扮作天狗（一种想象中的妖怪，脸红鼻高）的演员通常戴之。

事实上，侯爵起初乱骂一通，骂着骂着，他毕竟意识到了只因为自己处处都占上风，就变得气势汹汹，不免觉得难为情起来。再也没有比眼前的这位敌手更委顿弱小的了。棱角分明而端庄的面庞，显得很单薄，气色也不好，仿佛是用发黄的象牙雕琢而成。脸上泛着分不清是悲哀抑或是困惑的神情，一言不发。那双经常朝下看的眼睛，双眼皮轮廓鲜明，愈益使眼珠子显得凹陷，加深了寂寥感。侯爵又一次感到这像是女人的眼睛。

伯爵慵懒而无可奈何地斜倚在椅子上。侯爵迎着亮儿清晰地看见，伯爵浑身散发着古老、纤弱而受尽创伤的优雅，在侯爵的血统中是压根儿找不到这种优雅的。那优雅就像是脏透了的白色羽毛的死鸟。它的鸣叫兴许曾经是清脆悦耳的，但肉却并不好吃，终归是不能食用的。

“这事多么可叹！多么不光彩！对天皇、对国家，都羞愧难当啊！”

侯爵胡乱排列着夸张的字眼，连珠炮似的发脾气，但是他同时也感到，这愤怒之绳险些儿就要断了。这位伯爵绝不会论什么理，绝不会采取什么行动，朝他发怒也是白搭。不仅如此，侯爵逐渐发现，越是动怒，那股怒火反而烧到自己身上来了。

伯爵绝不会是一开始就这么策划的。然而有一点想必是确切的：伯爵始终泰然自若，不论会导致多么不可收拾的可怕结局，他都继续保持把一切都归咎于对方的立场。

拜托绫仓一家人使自己的儿子接受文雅教育的，毕竟是侯爵本人。毫无疑问，引起此次祸端的乃是清显的肉体，归根结底，也可以说这是因为清显的肉体自幼被绫仓家毒害了的缘故。而侯爵本人正是造成被毒害的原因的罪魁祸首。而今在关键时刻，没有预见到后果，硬把聪子送到关西去的，又是侯爵本人……这么看来，侯爵的怒火势必反过来烧到他自己身上。

侯爵尽管忐忑不安，终因精疲力竭，缄口不言了。

室内的四个人沉默良久，恍若在苦修。从后院传来了白昼的鸡鸣。窗外，初冬的松树随风摇曳那神经质的针叶的光。可能是对客厅里异乎寻常的气氛有所觉察，全家阒然无声。

绫仓夫人终于开口了：

“由于我照顾不周，出了这样的事，不知该怎样向松枝先生谢罪才好。事到如今，我想最好还是让聪子及早回心转意，纳彩仪式嘛，也照样进行。”

松枝侯爵当即驳斥道：

“头发怎么办？”

“这个嘛，赶紧定做一副高级假发，暂且瞒过世人的眼睛……”

不容她说完，侯爵就用略尖的嗓门喜洋洋地说：

“假发吗？这倒是没有想到哩。”

侯爵夫人立即随声附和道：

“可不是嘛，这倒是没有想到哩。”

侯爵的兴致这么高，于是大家也乘兴专门谈起假发的事来。客厅里第一次有了笑声。这个锦囊妙计就像是丢过来的一小片肉，四个人争先恐后地扑了上去。

然而四个人相信这一妙计的程度并不相同。至少绫仓伯爵是一丁点儿也不相信这种玩意儿能有任何用处。在不相信这一点上，说不定松枝侯爵也是一样的。然而侯爵却能威风凛凛地装出一副相信的样子。这样一来，伯爵也连忙亦步亦趋。

侯爵一边笑着，一边做作地压低嗓门说：

“少亲王即便觉得有点儿奇怪，也不至于去摸聪子的头发吧。”

尽管是暂时的，四个人围着这种虚伪，成了好朋友。他们这才明白，这种场合下最需要的是这样一种形式的虚伪。任何人对聪子的心都不曾予以考虑，唯有聪子的头发才关系到国家大事。

松枝侯爵的先父凭着令人敬畏的膂力和热情，对于建立明治政府有所贡献。倘若他死后得悉自己这样获得的侯爵家的名誉，如今竟被一副女人的假发所左右，他指不定会多么沮丧呢。如此微妙而诡谲的把戏，可不是松枝家祖传的技艺。这毋宁说是绫仓家的看家本领。只因为过去迷上了绫仓家所秉有的优雅与美——那早已死亡了的虚伪特质，如今松枝家迫不得已而落到跟绫仓家同舟共济的窘境。

然而，那左不过是眼下这里尚不存在的假发，将聪子的意志撇在一边而幻想出来的假发而已。不过，倘若能够顺顺当当地把假发嵌进去，一度被拆散了的七巧图，就变得完美无缺，玲珑剔透。于是侯爵觉得一切都取决于一副假发，便热衷于这个念头。

大家专心致志地讨论这个无形的假发。为了纳彩仪式，需要一副垂髻[1]假发，平素得戴西式发髻的假发。随时随地都可能被人瞧见，所以连洗澡的时候聪子都不能摘假发。

每个人都在心中描绘着聪子必定要戴的那副假发的形状：它比真发还来得光润潇洒，乌黑如射干的果实。那是硬逼着让人接受的王权。飘浮在空中的黑发髻那空虚的形状和艳丽的光泽，浮现在白昼的光中的夜晚的精髓……下面应该有一张脸，然而把一张漂亮而又悲伤的脸嵌进去，竟是何等困难啊。四个人未必不曾想到这一点，可是又竭力不去想。

“这一次务必请伯爵抱着坚决的态度，劳驾亲自跑一趟，进行说服。请夫人也再劳一次步，让内人也再陪着去一趟。本来我也应该前往，但是……”侯爵碍于体面，说，“假若连我都去了，世人会怀疑出了什么事。我就别去了。这次的旅行一概要绝对保密；内人不在，对世人也推托说她生了病，遮掩过去。我在东京还可以想方设法暗地里找到一个能够制造精巧假发的本领高超的师傅。倘若被新闻记者刺探出来了，那还了得？这一点就交给我来办吧。”

---

1 垂髻是日本妇女穿和服时的一种发型，前发向一旁略蓬起，在脑后挽髻，发梢下垂得很长。现在用于皇族穿礼服的时候。

四十六

母亲再度打点行装，使清显大吃一惊。然而母亲既未说要去哪儿，也未说去办什么事，只禁止他走漏风声，就动身了。清显感觉到聪子身边发生了不寻常的事，但是山田不断地监视他的行动，什么都由不得他。

绫仓夫妇和松枝夫人抵达月修寺后，遇上了触目惊心的事态：聪子业已剃了发。

——如此仓促地落发为尼，其经过如下：

那天早晨，当聪子向门迹把事情和盘托出后，门迹顿时领悟到，除了让聪子出家，已无路可走。这个寺院有着由皇族担任门迹的传统。她身为寺院负责人，对天皇是无比崇敬的。尽管事态演变得暂且竟违背了天皇的旨意，但除此而外就没有保护天皇的办法了。她打定主意后，就硬是收聪子为弟子了。

门迹一旦知晓了这是一种欺骗皇上的阴谋，她不能置诸不顾；并且知晓了这是把不忠打扮得花枝招展，她不能熟视无睹。

平素老门迹是何等谦虚谨慎而又柔弱，如今却像这样做好了威武不能屈的精神准备。为了默默地保护天皇的神圣，她敢于对抗现世的一切，甚至打定主意违背天皇的命令。

聪子亲眼看见了门迹的决心，她终于重新发誓舍弃尘寰。此事她已考虑好久了，却不曾料到门迹肯于完全满足她的愿望。聪子遇上了佛。而门迹以自己的慧眼，一下子就看穿了聪子的意志有多么坚定。

照规矩必须修行一年再举行得度仪式，但事到如今，门迹和聪子都同样想提前剃度。然而门迹毕竟没有打算在绫仓夫人返回之前这么做。门迹有意让清显对聪子残留的那点儿青丝惋惜一番。

聪子十分焦急，每天像孩子死乞白赖地要点心吃那样乞求剃发。门迹终于让步，这么说道：

“一旦落了发，就再也不能见清显君了，行吗？”

“行。”

“你要是下定决心此生此世不再见他了，那时我就为你剃发，可是后悔就来不及了。”

聪子用清脆、坚定的声调说：

“我不后悔。在这个世上，再也不见他了。我已和他畅诉了离情。所以，务必请您……”

“真不要紧吗？那么，明天早晨为你剃发吧。”

门迹又给她留下一天的时间来考虑。

绫仓夫人不曾回来。

这期间，聪子自发地投身到寺院的修行生活中去。

说来法相宗是教学性质的，这个宗派对学比对行更重视，作为国家祈愿寺的性质尤其突出，也不收施主。门迹时而像开玩笑般地说：“法相宗没有什么可‘感谢’的。”在一味乞求弥陀本愿的净土宗兴起之前，不曾有过“感谢”这一随喜之泪。

再说，大乘佛教本来没有像样的戒律，只不过寺内的规章引用了小乘戒而已。这座尼姑庵却把《梵网经菩萨戒》，即把从杀生戒、盗戒、淫戒、妄语戒直到破法戒等四十八戒当作一应遵守的戒律。

比戒律更严厉的毋宁说是修行。这几天之内，聪子早已背熟了法相宗的根本法典《唯识三十颂》和《般若心经》。她一早就起床，在门迹修行之前，就把正殿打扫毕，然后跟着门迹修行，学习经文。她已丢掉了作为客人所受的礼遇，受门迹之托进行指导的一老，像换了个人似的忽然严厉了。

举行得度仪式的早晨，聪子净了身，穿上黑袈裟，在正殿里手执念珠，双掌合十。门迹首先用剃刀剃了一刀，随后一老以熟练的动作继续剃下去。这当儿，门迹念诵《般若心经》，二老随和着。

观自在菩萨。

行深般若波罗蜜多时。

昭见五蕴皆空。

度一切苦厄……

聪子双目紧闭，也随着念诵。她觉得这只肉身之船的压舱货物慢慢被卸去了，并启了碇，乘着铿锵圆润的诵经声浪，开始漂泊。

聪子继续阖着眼睛。早晨的正殿冷如冰窖。自己在漂流，周围却结满了清莹的冰。从庭园里蓦地传来了百舌鸟的尖叫声，冰面上出现了一道闪电般的龟裂，随即又弥合，变得一无瑕疵了。

剃刀在聪子的头上细致地滑动。时而像小动物那锐利的小门牙在啃啮，时而如悠闲的食草动物那斯文的臼齿在咀嚼。

随着头发一束束地掉落，一股清冽沁入聪子的头部，这是她平生第一次体味到的。这头青丝既燥热而又充满烦恼的闷气，它把她和宇宙隔离开了。它一束束地被剃掉，头盖周围便展现了从未有人碰过一个指头的、新鲜冰冷的清净世界。随着头发被剃光，越来越多的部分冷得刺骨，恍若涂上了一层薄荷。

头部的冰凉使人感到，仿佛月亮般已经死去的天体的肌肤，密切地与宇宙的浩气相接触。青丝犹如现世，一束接一束地脱落下去，脱落后就到了无际的远方。

对某种东西来说，青丝是收获。饱含着闷热的夏日阳光的青丝，被割下来，掉在聪子的体外。但这是无谓的收获。因为那么富于光泽的青丝，一旦脱离了肉身，竟变成了丑陋的发骸。曾经属于她的肉身、与她的内在美有关联的一切东西，统统被丢弃到体外，犹如四肢从人体脱落下去似的，聪子的现世被剥离了……

当聪子的头上只剩下一片青痕时，门迹以怜惜的口吻说：

“关键在于出家之后的出家。你眼下的觉悟，着实令我佩服。今后要是潜心修行，你必定会成为尼姑之光。”

——以上就是如此匆促的剃发原委。绫仓夫妇和松枝夫人尽管对聪子改变了身份一事感到吃惊，但尚未死心。因为还有靠假发来挽救的余地。

四十七

来访的三个人中，唯独绫仓伯爵始终是和颜悦色的，他态度从容，和聪子以及门迹有一句没一句地扯些家常话，丝毫没有露出促使聪子回心转意的口风。

每天都收到询问结果如何的电报。绫仓夫人终于哭着哀求聪子，但是白搭。

第三天，绫仓夫人和松枝夫人把事情托付给独自留下的伯爵，返回东京去了。伯爵夫人操劳过度，一到家就卧病不起。

伯爵不敢回东京，所以只身在月修寺闲待了一周。

由于伯爵只字也未规劝聪子还俗，门迹也逐渐放松了警惕，甚至让聪子抽空与伯爵单独相处。然而一老还是暗中监视这对父女。

父女二人老是在浴满冬日阳光的廊檐下相对而坐。透过枯枝的空隙，可以瞥见淡淡的浮云和苍穹，鹟鸟来到紫薇的枝头，嘎嘎叫着。

父女缄默了好半晌。后来伯爵泛出献殷勤般的微笑，说道：

“由于你，爸爸今后也不便在社会上怎么出头露面啦。”

聪子不夹杂任何感情，平淡地说：

“请宽恕我吧。”

过一会儿，伯爵又说：

“各种各样的鸟儿都到这个庭园里来哩。”

“可不，各种各样的都来。”

“今天早晨我又去散步了，柿子都给鸟儿啄了，熟透了就掉下去。连捡的人都没有。”

“可不是嘛。”

伯爵又说：

“快要下雪了吧。”

聪子却不曾回答。父女二人就那样默默地闲望着庭园。

次晨伯爵终于动身回去了。松枝侯爵迎接了一无所获地返京的伯爵，他不再发脾气了。

这天已经是十二月四日，再过一周就该举行纳彩仪式了。侯爵暗地里将警视总监[1]叫到宅第里来。他企图假借警察之力将聪子夺回来。

警视总监向奈良的警察下达了绝密的指令。但是闯进由皇族担任门迹的寺院的话，就有导致与宫内省之间产生纠纷的危险。尽管每年不足千元，这座寺院毕竟接受着天皇内库拨来的款项，警察连个指头也不敢碰它。于是警视总监私下里带着一个便衣心腹，亲自西下，前来造访月修寺。门迹看了看经一老

1　警视总监是警察官的最高职衔，东京警视厅的首长。

的手递过来的名片，连眉梢也没挑一下。

警视总监受到茶水的款待，并聆听门迹讲了一个来钟头的话，慑服于她的威严，遂告辞而去。

松枝侯爵什么措施都采取了。然而他领悟到，除了去拜谒亲王，别无路子可走。亲王屡次派遣执事官员到绫仓家来，绫仓家那莫名其妙的应对，使他大惑不解。

松枝侯爵把绫仓伯爵叫到自己家来，说明原委，面授机宜。他将名医所写的一份证明聪子患有“严重神经衰弱”的诊断书送到王府，让此事变成王府与松枝、绫仓两家之间共同的隐私。亲王出于跟这两家人一道保守秘密的需要，就对他们产生信赖感，怒气也能消几分。只要向世人煞有介事地说，由于王府方面原因不明地突然提出解除婚约，聪子悲观厌世而出家，就可以了。像这样把原因和结果一颠倒，王府这一方尽管招点恨，却能维护体面与威望，绫仓家这一方呢，虽然不光彩，却能赢得世人的同情。

但是，这又不能做过了头。过头的话，世人的同情就会太集中到绫仓家。王府方面平白无故地失去人心，不得不把聪子的诊断书公之于世。要紧的是，不要对新闻记者挑明王府方面提出解除婚约与聪子落发为尼之间的因果关系。只不过把这两桩事件一道端出来，将时间错开就行。然而新闻记者还是想了解真相。那时就很为难似的将因果关系略微透露一下，不过关照他们不要报道出去。

这样商量妥当了，侯爵立即给小津脑病医院的小津博士打了个电话，请他火速极端秘密地到松枝侯爵公馆来出诊。小津脑病医院对于显贵忽然提出的这类要求，确实严格保守秘密。博士姗姗来迟，伯爵被挽留下来等待他。这当儿，在伯爵面前，侯爵再也隐瞒不住内心的焦躁了。但是唯独这样的场合，总不便派车去接，只好眼巴巴地翘待着。

博士抵达后，被领到二楼的小客厅。壁炉的火烧得旺旺的，侯爵作了自我介绍，并介绍了伯爵，随后向博士劝雪茄烟。

小津博士问道：

“病人在哪儿呢？”

侯爵和伯爵你看看我，我看看你。

侯爵回答道：

“说实在的，病人不在这儿。”

小津博士被告以要当场为连面都没见到的病人写诊断书，当即变了脸色。比此事本身更触怒博士的是，他觉得从侯爵眼中的神情可以看出，侯爵认为他必然会写。

博士说：

“为什么提出这样无礼的要求？是不是把我当成了能够用金钱任意指使的帮闲医生？”

“我们绝不认为大夫您是那样的人。”侯爵拿下了嘴里叼着的雪茄烟，在室内徘徊半晌，从远处凝望着博士那张在壁炉的火光映照下发颤的胖脸蛋儿，然后用深沉镇静的声调说：

“为了让圣上放心，必须呈献这样一份诊断书。”

——诊断书到手后，松枝侯爵立即打听洞院宫何时方便，于是深夜到王府去拜访。

幸而少亲王不在家，他参加团里的演习去了。由于预先说好想直接谒见治久王殿下，所以妃殿下退席了。

洞院宫一边劝侯爵品尝吕萨吕斯酒堡的酒[1]，一边兴致勃勃地讲着今年在松枝公馆赏花的乐趣。他们已经好久不曾这样促膝而谈了。侯爵也首先讲了一九〇〇年举行奥林匹克运动会之际巴黎的往事，并谈到“设有香槟酒喷泉的那家”，以及在那里的种种逸闻，谈得兴高采烈，就好像世上什么烦恼也没有似的。

然而侯爵很清楚，洞院宫尽管仪表堂堂，威风十足，内心里却怀着不安与恐惧，在等待侯爵开口。关于迫在眉睫的几天后的纳彩仪式，他自己只字不提。他那副挺神气的花白胡子沐浴着灯影，宛如被阳光照着的稀疏的树林一般嘴角不时地闪现一丝困惑的影子。

“说实在的，像这样夜间来拜访，”侯爵故意轻佻地进入正题，仿佛是一只悠闲地翩然飞舞的小鸟，敏捷地径直跳进巢箱似的，“为的是向您汇报一件不幸的事，简直不知道怎么说才好。绫仓的闺女患了脑病。”

洞院宫惊愕地睁大了眼睛：

“啊？”

“绫仓也太不像话，死死地隐瞒此事，甚至跟我也没商量一声，为了顾全体面而把聪子送去当了尼姑。然而直到今天都鼓不起勇气向殿下说明真相。”

1　原文为“シャトオ・イケム”。吕萨吕斯酒堡（Chateau d'Yquem）又称滴金酒庄，是波尔多历史最悠久的酒庄之一，以出产白葡萄酒闻名于世。

“这叫怎么回事呀！都到这个时候了……”

殿下紧紧地咬着嘴唇，髭须随着上嘴唇耷拉下来，凝眸看着朝壁炉伸过去的鞋尖。

“这里有一份小津博士开的诊断书。日期竟然是一个月以前，绫仓甚至对我都隐瞒下来。都怪我太疏忽了，才发生了这一切事情，真不知道该怎么赔罪才好……”

“有病就没办法了，然而为什么不早点打声招呼呢？到关西去旅行，原来是这么回事啊。难怪来辞行的时候气色那么不好，我太太还替她担心来着。”

“由于害脑病，从今年九月起，她就有种种奇特的举止。这，我是直到现在才听说的。”

洞院宫说：

“既然如此，也就无可奈何了。明天早晨须得立即进宫，拜谒圣上并谢罪。圣上会怎么说呢？到时候恐怕要呈览这份诊断书，可以借用一下吧。”

洞院宫只字未提及少亲王治典王殿下，从而显示出高风亮节。至于侯爵呢，始终全神贯注地盯着洞院宫表情的变化。一股黑涛摇摇晃晃地蹿上来了，旋即深陷下去，看似要平静了，接着又往上一冲。几分钟之后，侯爵思忖这下子可以安心了。他最害怕的那一瞬间已经过去了。

——当晚，侯爵参与了善后对策的商谈，妃殿下也在场；一直谈到深更半夜，方才辞出王府。

次晨，洞院宫正准备进宫时，不巧少亲王从演习场回来了。洞院宫将少亲王领进一室，把事情和盘托出。少亲王那年轻英俊的脸上丝毫也看不出动摇的神情，仅仅说了句“一切都托付给父亲王办理”，非但不曾动怒，连点儿怨气也未形于色。

由于通宵达旦地演习，少亲王累得刚送走父亲王就匆匆进入卧室。妃殿下觉察出他多半睡不着，于是前来探望。

少亲王抬起眼睛问母妃道：

“是昨晚松枝侯爵来汇报的吧？”

他彻夜未眠，两眼挂了些血丝，然而目光却像平素一样坚定刚毅。

“是的。”

“不知怎的，我想起了好久以前我还是个中尉的时候在宫中发生的一件事，早先我也曾告诉过您。我进宫时，在廊子里碰巧遇见了山县元帅[1]。我记得清清楚楚，那是在外宫室的走廊上。元帅想必是拜谒圣上后正退出去。他照例在平时穿的军服外面披了件宽领大氅，把军帽檐拉得低低的，双手随随便便地揣进兜儿里，挂在腰间的军刀几乎拖在地下，沿着幽暗的长廊迎面走来。我马上让路，以直立不动的姿势向元帅敬礼。元帅从军帽檐底下，用那绝无笑意的锐利目光瞥了我一眼。元帅不可能不晓得我是何许人。然而元帅不高兴地忽然掉过脸去，连礼都没答，就那样傲慢地耸着披了大氅的肩膀，沿着走廊扬长而去。

1　山县有朋（1838—1922），曾任日本首相（1889—1891；1898—1900）。中日甲午战争时，他任第一军司令官，大本营监军兼陆军大臣。日俄战争中，他任陆军参谋总长兼兵站总监。

“不知怎的，我现在想起了这件事。”

“洞院宫家因故解除婚约”，以及世人那么企望着要祝贺的纳彩仪式也随之取消的消息见诸报端了。家里不论发生什么事，一概不告诉清显，他看了报，才晓得此事。

四十八

此事公之于世后，侯爵家对清显的监视越发严了，甚至上学，管家山田都尾随于后，予以监护。不谙内情的学友，对这种保护小学生般大惊小怪的做法瞠目惊视。然而在这之后，侯爵夫妇见了清显的面也压根儿不谈此事。在松枝家，每一个人都装得好像什么事也不曾发生似的。

洞院宫家解除婚约这事儿弄得众情骚然。连学习院里相当有地位的人家的儿子，都完全不明真相，竟偏偏请清显对此事发表感想，使他不禁惊愕。

“世人好像同情绫仓家，可我认为此事损害了皇族的尊严。说是事后才知道聪子这个人脑子有病，但为什么事先不曾知道呢？”

清显简直不晓得该怎样回答，有时本多就从旁给他解围：

“疾病嘛，症状出现之前自然不知道喽。别像女生似的净扯闲话啦。”

然而像这样硬充“男子汉”，在学习院是行不通的。首先，本多家的门第不怎么高，他也就够不上当那种消息灵通人士，不足以对此类会话下个像那么一回事的结论。

一个消息灵通人士必须能够用诸如“那是我的表妹”“那是我伯父的庶子”之类的话来夸耀自己与犯罪、丑闻或多或少有点儿血缘关系，同时显摆自己身份高贵，但对此漠不关心，丝毫不会因而受到伤害，还要神情冷漠地透露出一丁点儿内幕消息（它不同于世上流传的有形无形的谣言），否则是没有资格做消息灵通人士的。

在这个学校，连十五六岁的少年往往都说这样的话：

“为了这事，内府[1]很伤脑筋哩，昨天傍晚还打电话跟发泽[2]商量来着。”

要么就是：

“说什么内务大臣感冒了，其实是进宫拜谒圣上时，慌得一脚踏空了马车的踩板，扭伤啦。”

然而奇怪的是，在此次的事件中，没有一个朋友晓得他和聪子有什么关系，更无人了解松枝侯爵怎样牵涉了进去，恐怕是清显多年来的秘密主义奏了效。同学当中倒是有一位绫仓家的亲戚。这位公卿华族一口咬定，聪明漂亮的聪子绝不可能患脑病。但是反而被认为他是在为自己的血统辩护，招致了旁人的冷笑。

这一切当然不断地给清显的心灵以创伤。不过，比起聪子

1　内府指一八八五年设立的内大臣，掌管御玺，辅佐天皇处理皇室事务和国政，一九四七年废止。

2　发泽是英语father（父亲）的译音。

所公开地蒙受的耻辱来，清显并未受到人们的指责，即使暗中受点儿伤，也只是卑怯者的苦恼罢了。每逢学友们谈及此事，提及聪子，他就觉得恰似远远地看见了聪子的身影。在众人注视之下，她默默地高高举起自己那辉煌的洁白，一如在空气极清新的早晨，隔着二楼教室的窗户眺望到的隆冬远山之雪。

在遥远的顶峰上闪耀的莹白，只映入清显的眼帘里，只照射在清显的心坎上。她把罪孽、耻辱和疯狂统统包揽在自己的身上，从而业已被涤净，洁白如玉了。可是他呢？

清显不时地产生一种冲动，恨不得到处转悠，忏悔自己的罪行。但是那样一来，聪子煞费苦心地所做的自我牺牲，便会归于泡影。莫非真正的勇气是宁可让它归于泡影也要解除良心所受的苛责吗？抑或一声不响地忍受眼下这种不啻是囚虏的生活，才是正当的耐苦？这是难以辨别清楚的。然而，不论心中郁积了多么深重的苦恼，唯有无所事事地待着，方符合父亲和一家人的愿望，这一情况使他难以忍受。

按说，无为与悲伤乃是过去的清显最感到亲密的生活因素。他究竟把乐此不倦的能力丢在哪儿了呢？就像将伞落在别人家里那样地漫不经心。

而今清显必须看到前途有希望才能忍受悲哀与无为。没有这样的迹象，所以他就自己制造了希望。

“所谓她发了疯的谣传，是不值得一辩的谎言。这种事怎么也不能相信。那么她的遁世和落发兴许也是假装的。也许聪子只是为了避免嫁到亲王家而采取了这样的弥缝之策，也就是说，**为了我**才果断地演了这么一出戏。那么，两个人虽然不在一个地方，只要能够一条心，静悄悄地一直等到世人的风言风语平息下去，那就成了。她之所以连张明信片都没寄来，不正是因为缄默能够清清楚楚地说明这一事实吗？”

倘若清显相信聪子的性格的话，他会立即发觉这种情况是不可能的。如果聪子的刚强仅仅是往日清显的怯懦所描绘出来的幻影而已，那么其后的聪子就是融化在他的搂抱中的雪。清显只顾盯着一种真实了，于是每每相信使这种真实苟延至今的虚假是永恒的。这时，他寓希望于欺瞒之中。

于是，这种希望就投下了卑劣的影子。因为他要是想把聪子描绘得很美的话，按说是不容他抱起什么希望的。

温情与怜悯的夕阳不知不觉地开始染红了他那颗坚如水晶的心。他想体贴一下旁人，就四下里打量一下。

同学当中有个门第颇为古老的侯爵之子，绰号叫“丑八怪”。风传说他患了麻风病，然而学校是不可能录取一个麻风病患者的。他想必是害过什么不会传染的其他疾病。头发脱落了一半，脸色灰黑，皮肤一点儿也不光润，驼背。连在教室里都特别允许他戴着制帽。他把帽檐拉得低低的，所以没有人看到过他的眼睛长得什么样儿。他不断地吸溜鼻涕，发出煮沸东西般的声音。他跟任何人都不交谈，课间休息时总是抱着书，走到校园尽头的草地上一坐。

清显和这个同学本来就不同学科，彼此当然不曾说过话。倘使清显说得上是在校生中美的总代表，尽管同样是侯爵之子，这个同学却代表着丑恶、阴沉与凄惨。

“丑八怪”经常去的那片草地，枯草沐浴在冬天的阳光下，暖洋洋的，然而人人都躲得远远的。只要清显一走过去坐下来，“丑八怪”就阖上书，欠起身，以便随时可以逃之夭夭。打破沉寂的，唯有那拖着柔软的锁链般的吸鼻涕声。

侯爵的俊儿子问道：

“平时都读什么书呀？”

“哦……”

侯爵的丑儿子将书一抽，藏在背后了，清显却瞥见了书脊上莱奥帕尔迪[1]一名。书被赶紧藏起来的时候，封面上的烫金瞬息间映出一道淡淡的金色反光，从枯草缝中穿过去。

“丑八怪”不搭茬儿，清显就挪身到稍离开他一点儿的地方，也不把沾到呢绒制服上的许多枯草掸下去，在地面上支起一只臂肘，伸直了腿。“丑八怪”的身姿就在对面不远处，他很不自在似的蹲在那儿，刚要摊开书又阖上。清显觉得在他身上看到了自己不幸的漫画，于是体贴之情消失了，心里涌现了轻微的愠怒。冬日温馨的阳光充满了强加于人的恩泽。这当儿，侯爵的丑儿子的姿势起了变化，徐缓地有所松弛。他那蜷起来的腿战战兢兢地伸直了，支起与清显相反的臂肘，然而不论歪头、耸肩还是身体的角度，却都和清显毫无二致。这样一来，他们二人就形似一对石雕狮子狗了。从露在拉得低低的制帽檐下的嘴唇上，虽看不出什么笑意，但他起码也在尝试着开玩

1 莱奥帕尔迪（1798—1837），意大利诗人。他在最有代表性的诗歌《暴风雨后的平静》（1829）中表明“人生的欢乐只是痛苦的间歇”，又在《一个亚洲游牧人的夜歌》（1830）中，说明人生只是走向死亡的历程，毫无幸福和意义可言。

笑，这是毫无疑问的。

侯爵的俊儿子和侯爵的丑儿子变成了一对儿。“丑八怪”面对着清显的心血来潮、温情与怜悯，并未表示恼怒或谢意，却尽情地驱使自我意识（那就像是准确地映在镜中的形象），描绘出一副对等的身姿，以示抗衡。只要不看脸蛋儿，这两个人在明亮的枯草地上，从制服上衣所镶的饰带到裤脚，全都形成了出色的对称。

对于清显试图接近自己的举动，“丑八怪”怀着无比的亲密感完全予以拒绝。然而清显正因为遭到拒绝，才接触到无与伦比的脉脉温情。

从附近的射箭场传来了绷紧并发射箭的弦音，令人联想到冬风的凝结，接着就是比这要平和的、箭中鼓面般的靶心的声音。清显感到自己的心业已失去尖锐的白翎箭了。

四十九

学校刚放寒假，用功者早就开始准备毕业考试了，但是清显连摸都不愿意摸一下书本。

明年春天毕业后，只有包括本多在内的班上约莫三分之一的人，投考夏季入学的大学。多数同学利用免考的特权，要么进东京帝大那些招生不满的学科，要么进京都帝大或东北帝大。清显大概也会不管父亲的意向怎样，偏偏选择免试的道路。倘若入了京都帝大，那么离聪子所在的寺庙就近得多了。

这样，眼下他就委身于光明正大的无为了。十二月间降了两场雪，积得老厚，然而雪天的早晨他也不曾充满稚气的喜悦，只是拉开窗幔，兴味索然地眺望湖心岛的雪景，老是赖在被窝里。连在宅第内散步，山田都瞪大眼睛予以监视。为了报复，清显便特地在朔风呼啸的夜晚，叫腿脚不灵便的山田拿着手电筒，将下巴颚埋在外套领子里，迈着仓促的步子，跑也似的登上红叶山。夜晚的森林沙沙作响，猫头鹰在叫，以飞快的步伐沿着险阻的山路往上爬，多么痛快啊。下一脚会踩着柔软的生物般的黑暗，几乎能够把它踩扁。红叶山顶上，冬夜的星空灿烂地铺展开来。

年关逼近的时候，有人给侯爵家送来一份刊载着饭沼所写文章的报纸。侯爵对饭沼的忘恩负义勃然大怒。

那是右翼团体所出版的一份发行量不大的报纸。照侯爵说来，该报凭着恐吓般的手法，以揭露上层社会的丑闻为能事；倘若饭沼落魄到事先前来讨钱，又当作别论，但是他并没有来，却写了这样的文章，这乃是一种公然挑衅的忘恩行为。

那俨然是忧国之士风格的文章，大标题作：《松枝侯爵之不忠不孝》。他弹劾道：此次婚姻的斡旋者，实际上是松枝侯爵。皇族的婚姻之所以在皇室典范中有着详尽规定，盖由于它关系到皇位继承的位次，以防万一。尽管是事后才知晓的，然而侯爵毕竟介绍了一位患脑病的公卿家小姐，连敕许都获得了。即将举行纳彩仪式之际，方才败露，土崩瓦解。侯爵本人却庆幸自己的名字未被公之于世，竟恬不知耻。这不仅是极大的不忠，就是对作为维新元勋的上代侯爵，也是不孝之至。

尽管父亲如此震怒，清显读此文时，却引起了种种疑窦：首先，这是饭沼署名写的文章，他对清显与聪子之间的内情是一清二楚的，文中却假装相信聪子患了脑病。于是他得到了这么个印象：眼下地址不明的饭沼，说不定是为了悄悄地告诉清显自己在何处，才宁肯冒忘恩的罪名，一心一意地想让清显读到而写此文的吧？他觉得，此文至少暗中包含着这么个教训：清显可不要变得像他父亲侯爵那样。

清显蓦地怀念起饭沼来了。他寻思：对现在的自己来说，最大的慰藉乃是再度接触那拙笨的爱慕，并予以揶揄。然而父亲盛怒时去见饭沼，只能愈益把事情弄得棘手，他对饭沼还没有眷恋到豁出一切去也要见的程度。

兴许容易见到的倒是蓼科，但是自从这个老妪自杀未遂以来，清显对她感到一种难以形容的厌恶。这个女人既然凭着一封遗书把清显在其父面前出卖了，她想必具有这样一种性格：凡是由她牵线而让他们幽会的人，她会统统出卖，并引以为快。清显体会到，世上竟有这样一种人，他们仅仅是为了开花后撕碎花瓣才精心栽培鲜花。

再说，做父亲的侯爵几乎不搭理儿子了。母亲也亦步亦趋，只想着不要去惊动他。

侯爵是色厉内荏。经他申请，大门增派了一名警察，后门也由新来的两名警察守卫。然而兹后并没有人到侯爵家来进行恫吓或寻衅。饭沼的言论也不曾进一步引起公开的波澜，这一年就渐到岁暮了。

圣诞节前夕，两家西洋房客照例寄请帖来。不论应邀赴哪一家的宴会，都得冷落另一家，所以侯爵家一向采取这么个态度：干脆哪家都不去，却向两家的孩子赠送礼品。今年呢，清显不知怎的想在西洋人家庭的团圆之乐中舒舒心，便托母亲去向父亲央求，却未获允准。

父亲并没有说，不让去的理由是避免冷落其中的一家；父亲的说法是：应邀赴房客的宴会，会丢侯爵家的儿子的身份。此事暗地里表明，父亲对清显依然抱有怀疑，觉得他不懂得保持身份。

光靠除夕这一天是不可能把家里打扫干净的，所以接近岁尾时，侯爵家每天都一点点地做大扫除，忙得不可开交。清显无所事事，只不过今年即将逝去这一痛苦念头却使他心如刀绞。他日益深切地觉得，今年正是再也不会回返的生涯达到顶峰之年，于是感慨系之。

清显撇下人们正忙于干活的宅第，打算独自到湖上去划船。山田追过来，提出要奉陪，清显却恶狠狠地予以拒绝。

冲倒枯苇败荷，想把船划向湖心的时候，几只野鸭腾空飞起。随着大惊小怪的振翅，它们那扁平的小腹刹那间鲜明地浮现在冬天的晴空上，柔软的羽毛一点儿也没有被水沾湿，看上去像绸子一般亮闪闪的。它们的影子歪歪斜斜地从芦苇丛上掠过去。

映在湖面上的蓝天与云彩的色调是冷的。用桨划破的水面，展开了又钝又重的波纹，使清显感到纳闷。那沉重阴暗的水所要诉说的东西，不论是玻璃晶体似的冬天的空气中，还是云彩或任何地方，都不存在。

他停下了划桨的手，回头眺望正房的大厅。在那儿忙忙碌碌干活的人们的身姿，看上去恰似远方舞台上的演员。瀑布坐落在湖心岛的另一边，所以看不见；尽管尚未结冰，瀑布的倾泻声听上去却变得尖锐刺耳。透过枯枝，可以远远地瞥见残留在红叶山北侧的斑驳的污雪。

过一会儿，清显将小船系在湖心岛那小湖岔处的木桩上，并登上松树已褪了色的岛顶。三只铁鹤中有两只把喙伸向天空，恍若将锐利的铁箭头搭在弓弦上，对准了冬空。

清显旋即找到一片沐浴在阳光下的暖和的枯草地，仰面躺下来。这下子任何人都看不见他了，孑然一身，尽善尽美。盘在后脑勺上的双手的指尖，尚留有划桨的冰冷麻木的感觉。他意识到这一点之后，在人前绝不露出来的惨痛感慨便倏地统统兜上心来。他在内心里呐喊道：

“啊……‘我的年头’快过去了！快过去了！随着一片云彩飘逝而去。”

清显心中接连不断地涌现出过于残忍的夸张的语言，仿佛在鞭笞当前自己的处境。那正是过去的清显一概禁止自己使用的语言。

“一切都苛待我。我已经丢失了陶醉的工具。而今，瘆人的明晰支配着世界。那种瘆人的明晰度，仿佛用指尖一弹，整个天空就以纤细的玻璃晶体的共鸣来回应似的……况且寂寥是炽热的。热得像吹好几遍方能入口的热腾腾的稠汤，总是摆在我眼前。厚厚的白汤盘，厚实得像棉被那样肮脏、迟钝！是谁为我订了这样的汤呢？

“我被孤零零地撇下了。渴望爱欲。对命运的诅咒。漫无止境的心灵的彷徨。茫然的心愿……小小的自我陶醉。小小的自我辩护。小小的自我欺瞒……对失去了的时间和失去了的东西那样地依恋，这种感情像火焰般地焚烧着自我。年华的虚掷。百无聊赖的青春。对一无所获的人生如此地愤恨……孤身一人的房间。独自打发的一个个夜晚……与世与人绝望地隔离开来……呐喊。谁都听不见的呐喊……徒有其表的华丽……空虚的高贵……

……这就是我！”

聚集在红叶山枯枝上的大群乌鸦，一齐发出抑制不住的打哈欠般的声音，飞移到祠堂所在的矮丘上去了，从头上传来了它们的振翅声。

五十

迎来新年后不久，宫中举行当年的首次御歌会。从清显十五岁那一年起，绫仓伯爵照例邀他去参加。伯爵用这来一年一度地纪念从前对清显所施行的优雅教育。原以为今年绝不会接到通知了，岂料这一次是由宫内省发下参观许可证的。伯爵恬不知耻，今年也担任皇室和歌事务局职员，显然这是伯爵替清显说项的。

松枝侯爵看见儿子出示的许可证，以及四个联名的职员之一的伯爵的姓名，便紧蹙眉头。他重新清清楚楚地瞥见了优雅的倔强与优雅的厚颜。

侯爵说：

“这是每年定例的会，还是去的好。假若唯独今年不去，旁人会认为咱们家和绫仓家闹了别扭。关于那个问题，按说咱们家和绫仓家之间本来就没有任何牵连嘛。”

清显对历年举行的这种仪式颇为熟悉，甚至巴望去参加。伯爵再也没有比在这种场合更平添几分威风的了，而且看上去再合适不过了。眼下看到这样一位伯爵，仅仅是感到痛苦而已。但是清显想把好像一度寓于自己心灵上的和歌残骸清楚地看个够。他觉得，到了那里，还能缅怀聪子。

清显已经完全不再把自己看作是扎在松枝这一顽强家族手指上的一根“优雅的刺”。然而他也并不曾改变想法，而认为自己无非是那顽强的手指当中的一只而已。他曾经相信寓于自己内心的优雅业已枯竭，灵魂荒芜了，构成和歌元素的隽永的悲哀哪里也不存在，刮过体内的，唯有空虚的风。现在他感到，自己比任何时候都远离优雅，甚至远离了美。

不过，自己变成真正的美，兴许就是这样的吧。像这样任何感觉都没有，也不会被陶醉，连历历在目的苦恼，都无论如何也不能相信是自己的苦恼，甚至疼痛也不认为是现世的疼痛。变成美的化身，与麻风病患者的症状何其相似。

清显早已没有了照镜子的习惯，因此不曾理会，刻在自己脸上的憔悴与忧愁怎样俨然画出一幅“害相思病的小伙子”的肖像。

一天，独自吃晚饭时，端来了一只雕花小玻璃杯，盛有稍发黑的胭脂红液体。清显懒得向侍女询问一声那是什么，估摸着是葡萄酒吧，就一口气喝干了。这下子舌头上留下了奇妙的味觉，阴暗、滑溜的余味久久不散。

“这是什么？”

“是甲鱼的鲜血。”侍女回答说，“上面有话，只要少爷没问，就先不要告诉。厨子说，为了让少爷提提神，就从池子里抓了来，烹调的。”

等着那令人恶心的、滑溜溜的东西经过胸口的当儿，清显再度瞥见了甲鱼那可憎的幻影。他小时被仆人吓唬了好几次，于是心里描绘出甲鱼从幽暗的池子里抬起头朝这边窥伺的幻影。它埋身于池底那温暾的淤泥中，不时地穿过半透明的池水，扒开使时间腐蚀的梦和歹意的水藻，浮到水面上，多年来直勾勾地盯着清显的成长。而今这个咒语般的束缚突然解除了，甲鱼被宰，他在不知道的情况下喝了其鲜血。于是，某种东西猛地结束了。恐惧顺从地在清显的胃里开始变成一种未知而不可测的活力。

御歌会的吟咏，照例首先由资历浅者吟咏预选的和歌，依次轮到资历深者。唯独头一个人从题解读起，接着读官位氏名。自第二个人起，就不再读题解了，而直接读官位氏名，随即吟咏正文。

绫仓伯爵担任着光荣的讲师。

天皇、皇后两陛下和东宫[1]殿下均出席了，并倾听了伯爵那柔和、清晰、悦耳的吟诵声。其中毫无犯了过错的颤音，竟明朗到凄切的程度。他一首首地读下去，速度缓慢得令人联想到神官穿着涂了黑漆的鞋，一步步地沿着浴满冬天的阳光的石阶攀登的速度。这声调里丝毫也没有性的馨香。皇宫中的这间屋子连点儿咳嗽声都听不见，划破寂静的唯有伯爵的声音。甚至这种时候，他的嗓音也绝不会越过言语，向人们的肉体调情。从伯爵的喉咙里直接发出一种不知羞耻的优雅（它含有开朗的

1　日本的皇太子所住的宫殿叫作东宫，故东宫就成了皇太子的别称。

悲愁），像画卷上的霞一般，缭绕于室内。

臣下的和歌均只吟诵一遍。诵毕东宫殿下的御歌，则要说声：

“……皇太子殿下的御歌如上。”

接着又吟诵第二遍。

皇后的御歌要吟诵三遍。头一句由领诵师吟咏，自第二句起，全体吟诵师合吟。吟诵皇后御歌的当儿，其他皇族和臣下自不用说，连东宫殿下都起立恭听。

皇后为今年的首次御歌会所作的和歌，格外优美高雅。清显边起立恭听，边悄悄地窥伺。远远地，只见伯爵那双像女子一般的白皙小手里，拿着双重上等日本诗笺。那是红梅色的。

尽管这之前发生过使世间如此震撼的事件，清显从伯爵的声调中却丝毫也觉察不出战栗与畏缩，更不用说是做父亲的从尘寰中丧失女儿的悲哀了。然而他对此已不再感到惊愕。在这里做奉献的，只不过是悦耳、无力、清澈的声音而已。即便到了一千年后，伯爵想必也会照这样像一只声音美妙的小鸟一般做奉献。

御歌会终于进入了最后阶段：吟咏圣上的御作。

吟诵师恭恭敬敬地踱到圣上眼前，拜领了放在御砚盖上的御歌，吟咏讲颂了五遍。

伯爵以格外清澈的声调吟咏了御歌，并高声说道：

“……以上是大御歌全文。”

这当儿，清显诚惶诚恐地仰望龙颜，立即勾起了幼时承蒙先帝抚摸过头的回忆。当今的圣上看上去御体比先帝羸弱。

圣上听了自己的和歌被朗朗吟咏，也完全不曾流露得意之色，却保持着冰一般的冷漠。清显觉得圣上内心里对他充满了愤怒（其实这是不可能的），不禁感到恐惧。

“我背叛了圣上，非死不可。”

清显这么想道，他好像即将倒在御香缥缈之中，同时，一股分不清是快感抑或是战栗贯穿全身。

五十一

进入二月，毕业考试逼近了，同学们都显得挺忙。对任何事都失去兴趣的清显，独自抱着超然的态度。本多并非不愿意帮助清显用功，但他觉得清显会拒绝的，所以就没有贸然提出。他知道，清显比什么都厌恶“讨嫌的友情”。

此时，清显的父亲忽然劝儿子入牛津大学的马顿学院。他说，这座十三世纪创立的历史上有名的学院，由于特别有主任教授的门路，入学较易。但是为此起码得通过学习院的毕业考试。儿子有朝一日会获得从五位的官衔，然而侯爵眼睁睁看着他日见苍白衰弱，方想出这么个拯救方案。清显认为这一搭救办法太离谱了，可是反而引起了他的兴趣。他暗自打定主意：要假装对此建议十分欣喜。

他也曾像一般人那样憧憬过西洋。眼下他的心灵却执着于日本最纤细、最美丽的一点上，所以打开世界地图的话，不用说是辽阔的海外各国了，连涂红了的小虾般的日本，他都认为是庸俗恶劣的。他所认识的日本，原是个更苍白、不定形、弥漫着雾一般的悲哀的国度。

父亲侯爵还叫人在台球室的一面墙上张贴了一大幅世界地图，目的是使儿子变成一个胸襟开阔的人。然而地图上那冰冷呆板的海并未使他动心，仅仅勾起了他对夏夜镰仓的大海的回忆。夜海本身具有体温、脉搏、鲜血与叫喊，活像一头庞大的黑兽，怀着极度的烦恼咆哮着。

他经常头晕眼花，害轻微的头疼，却不曾告诉人。失眠症逐渐加重了。夜间在被窝里，他依次想象着涉及细节的情景：明天，聪子的信就寄到了，与他商量好私奔的日期、时间和地点；于是他在某座偏僻的乡村小镇，在有着一幢四面涂抹泥灰的银行的街口那儿迎接聪子，把奔跑过来的她尽情地搂抱在怀里。但是这种想象背后贴了一层像锡箔般冰凉易碎的东西，不时地透露出后边的苍郁景象。清显的泪水沾湿了枕头，夤夜枉然屡屡唤着聪子的名字。

逐渐地，聪子的形影会清晰地忽然出现在幻梦与现实的分界线上了。清显的幻梦再也不记载于编织客观故事的梦的日记中了。只是愿望和绝望轮换着前来，幻梦与现实彼此抵消，描绘着宛如海滩的汀线那样不固定的线。沿着滑溜的沙子退走的海水的明镜里，倏地映现出聪子的面庞。天底下再也没有如此姣好、如此悲戚的面影了。这张脸宛若长庚星一般高雅地闪烁着，只要清显一凑过嘴唇去，就倏地消失了。

想逃出这里的念头日益强烈，在他心中形成了不可抗拒的力量。包括时间、早晨、白昼、傍晚以及天空、树木、云彩和朔风在内的一切事物，都告诉他只好死了这条心，然而捉摸不定的痛苦依然不断地折磨着他。他巴不得亲手抓住个确凿的东西，不拘那是什么。哪怕一句也好，他还想从聪子嘴里听到不容置疑的话。倘若说话办不到，仅仅见一面也好。他的心乱得几乎发疯了。

另一方面，世上的风言风语急遽地平息下去了。敕许下达后即将举行纳彩仪式的前夕，竟解除了婚约，这简直是一桩前所未有的不祥事件。世人却渐渐地将它淡忘，近来迁怒到海军受贿问题上了。

清显打定主意从家里出走。但是家人对他加以防范，连个零花钱也不给，所以能够自由支配的钱，他是一文不名。

本多听到清显向自己借钱，吃了一惊。本多的父亲特地给了他一笔可以随意取用的存款，于是全部提出来供清显应急。他只字也没有问清显准备派什么用场。

二月二十一日一早，本多把钱带到学校，交到清显手里。那是个晴朗而严寒的早晨。

清显收下钱后，露出一副怯懦的样子说：

“再过二十分钟才上课呢，你给我送送行吧。”

本多晓得大门被山田看守得很严，因而惊愕地反问道：

“到哪儿去呀？”

“那边。”

清显指着森林那边，漾出微笑。本多欣然看着朋友脸上隔了这么久方复苏的活力。但是那张清癯的脸庞上绝没有因而泛出一片红晕，反倒紧张得苍白了，宛若结满了春天的薄冰。

“身体吃得消吗？”

清显一边领先沿着通往森林的小径快活地走，一边回答说：

“有点儿感冒。不过，不碍事的。”

本多已经好久不曾见到朋友如此快活的步伐了，从而猜出其去向，嘴里却没有说。

一束束晨曦倾泻而下，黯然映照着冰封的池沼面，东一处西一处嵌有杂乱无章的浮木。他们两个人一面俯瞰着这景象，一面穿过小鸟鸣啭不止的森林，来到校园东端。从这儿起就是缓坡了，一直延伸到东边的工厂街。这一带胡乱拉上了铁蒺藜，以代替围墙，孩子们经常从断裂处钻进来。铁蒺藜外面有一道杂草丛生的斜坡，与马路衔接的矮石垣那儿，又是一道低矮的栅栏。

两个人来到这儿，停下脚步。

右边是通往学习院的院线电车道。眼下，充分沐浴着阳光的工厂街那锯齿形房顶的石棉瓦烁烁生辉，各式各样的机器嗡嗡地交相发出海潮般的声响。烟囱悲怆地屹立着，烟影爬过房顶，把夹在工厂间那贫民小巷的晾晒场都遮暗了。有些房檐底下伸出一截平台，上面摆满了盆栽的花。不知什么地方，不断地忽明忽暗：要么是在某根电杆上操作的电工腰间的钳子，要么就是某座化工厂窗口那幻影般的火焰……一处的轰鸣刚中止，锤子敲打铁板的一连串喧嚣声又急切地响起来了。

太阳静静地挂在天边。眼皮底下是一条沿着校园的白路，上面历历刻印着矮檐的影子，可以瞥见几个孩子在跳房子[1]玩。

---

1 跳房子是在地上画出若干区，用一只脚踢小石子儿，边踢边跳，由此及彼的一种游戏。

一辆锈得一点儿光也没有的自行车过去了。

清显说：

“那么，我走啦。”

这是一句干干脆脆的“出发”的话。朋友竟说出了如此不愧为年轻小伙子的朝气勃勃的话，本多将它铭记心头。清显连书包都撂在教室里了，只穿着制服和有着一排金光闪闪的樱花状纽扣的外套。清显将外套的领子潇潇洒洒地敞开来，露出了海军式竖领，稚嫩的喉核将细腻的肌肤挤到一抹洁白的衬领上端。清显的脸掩映在制帽檐的阴影下，他笑吟吟地用戴着皮手套的一只手弄弯那断裂了的铁蒺藜的一部分，试图侧着身子跨过去……

清显失踪的事家里马上得到了通知，侯爵夫妇惊骇万分。祖母的主意又一次拯救了混乱的局面。

“这不是很清楚吗？他本人对于出国留学感到那么高兴，尽管放心吧。反正他是准备留洋的，在这以前，向聪子告别去了呗。要是他说出了自己要到哪儿去，准会受到阻拦，所以就不声不响地走了呗。不是只能这样认为吗？”

“不过，聪子想必是不会见他的。”

“那样的话，他也就会死了这条心，再回来呗。年轻人嘛，就得让他尽情地闯荡一番。束缚得太紧了，才闹出这样的事儿。”

“母亲！惹了那样一件事，当然要束缚他喽。”

“所以这回的事，也是当然的喽。”

“不拘怎样，这样一件事要是泄露出去了，那还了得！得赶紧告诉警视总监，叫他极其秘密地寻找。”

“什么寻找不寻找的。他的目的地是明摆着的。”

“得及早逮住他，扭送回来……”

“那就错啦！”老太太怒目而视，大声嚷道，“那就错啦！要是那样做，下次他兴许就会干出无法挽救的事来。

“当然，叫警察悄悄地找一找也好，以防万一。要是查出了他在哪儿，可以叫警察马上报告咱们。但是，既然已经知道了他的目的和行踪，就叫巡警远远地监视，不要让他觉察。眼下完全不要束缚那个孩子的行动，只消从远处盯着就行。一切都要温和地处理。为了不扩大化，息事宁人，就没有旁的路子。现在要是事儿办砸锅了，可是闹大发啦。这一点我先向你们说清楚了。”

二十一日夜晚，清显在大阪的饭店下榻，次日一早离开饭店，乘樱井线火车来到带解站，并在带解镇上的一家叫作葛屋旅馆的商人客栈订了个房间。随后马上叫了一辆人力车，直奔月修寺。进了大门，他催促车夫沿着坡路往上爬，抵达平唐门就下了车。

门厅那白糊糊的纸拉门关得严严的，他从外面大声叫门。一位男仆迎出来，问明姓名和来意。清显等候了半晌，一老才出现。然而她坚决不让他进门，极其冷漠回绝说，门迹表示不予接见，弟子更不能见人。就这样，他被轰了回去。这样的接待本来就多少在清显的预料之中，故他不再死乞白赖地央求，姑且回旅馆去了。

他寄希望于明天。一个人细细一想，最初这趟之所以会失败，恐怕是因为心不够诚，竟乘着人力车来到门厅跟前。当然，他是由于太急躁了，恨不得及早赶到才这样做的。但是会见聪子系一种意愿，不论有没有人看到他，起码也应该在大门前弃车徒步前往，怎么也得做某种修行。

旅馆的房间污秽，饭菜难吃，夜间寒冷；但不同于待在东京，一想到聪子就生活在距此不远的地方，他心里就感到非常平静。他难得地酣睡了一宿。

次日是二十三日，他觉得精力充沛，所以上下午各去了一趟。两次都叫人力车等候在大门前，徒步攀登漫长的参拜用的道路趋访，但寺院方面冰冷的接待依然如故。回去的路上，他开始咳嗽起来，胸口深处有点儿疼，为了谨慎起见，回到旅馆后连澡都不曾洗。

从这一天的晚饭起，就乡间旅馆而言，摆出了好得过分的饭菜，对他的招待明显地不同了。还硬叫他搬到旅馆里最考究的房间去住。清显盘问婢女，她却不答。于是打破砂锅问到底，好容易解开了谜底。据婢女说，今天清显外出时，派出所的巡警前来询问了清显的事，并告以这是身份非常高贵的人家的少爷，必须好生伺候。巡警来调查一事，要对本人严格保密，但他启程的时候，务请赶紧报警。说罢，巡警就回去了。清显思忖：非要从速行事不可，心里不免焦躁。

二十四日早晨，刚起床清显就感觉不舒服，脑袋发沉，浑身倦怠。但是他认为，若要会见聪子，唯有愈益刻苦地修行，甘愿受越来越深重的苦难，旁的途径是没有的。所以他连人力车也没叫，从旅馆一路步行到寺院，约莫走了四公里。幸而天朗气清，但他走路很吃力，咳嗽得越来越厉害，不时地感到胸口的疼痛宛若胸腔深处沉淀着沙金似的。当他伫立在月修寺门厅里时，又大咳起来，但是迎出来的一老，完全无动于衷，还是重复了同样的话而予以拒绝。

及至二十五日，他感到寒冷，发起烧来。这一天他很想休息，但还是叫了一辆车去了一趟，同样遭到拒绝而返回。清显几乎绝望了。他发着烧，绞尽脑汁，但别无计策。他终于请求旅馆掌柜的给本多打了一封电报：

请速来。我在樱井线带解的葛屋。务必对父母保密。

松枝清显

——就这样，他熬过不能成寐的夜晚。二十六日的早晨来到了。

五十二

这一天，大和平野那发黄的芒草地上空飘落着雪花。它太淡了，不像是春雪，宛若羽虱飞舞般地降落着。天阴时，它和天色浑然融为一体；反而是阳光微弱地投射过来时，倒能看出原来是纷飞的细雪。寒气远比一般下雪的日子来得凛冽。

清显依然将头放在枕头上，思索着能够向聪子表露自己的赤诚。昨夜他终于求助于本多了，本多准会今天就赶来。兴许凭借本多的友情，可以打动门迹的心。然而在这之前，还有该做的事，不妨一试。他得在不借助于任何人的情况下，表露出自己一个人的最后的赤诚。回想起来，自己还从未有机会向聪子表露这样的赤诚。或许是由于自己懦怯，而一直躲避这种机会。

眼下自己只能做一件事。病越重越带病修行，按说是既有意义又有力量的事。聪子也许会对这样的赤诚有所触动，也许毫无反应。然而，事到如今，即使指望不上聪子会有所触动，但自己要是不苦修到这个程度也是不舒心的。起初，非要见到聪子的脸一眼不可的翘盼，占据了他的整个灵魂；不久，灵魂本身开始活动了，好像超越了这一企望和目的似的。

然而他的整个肉体都抵抗着这颗游离出来的灵魂。热度和隐痛就仿佛缝进了沉甸甸的金丝般地遍布全身，他感到自己的肉体宛若被织成了锦绣。四肢的肌肉一点儿劲儿也没有，刚要抬起胳膊，裸露的皮肤旋即起鸡皮疙瘩，胳膊本身变得比几乎溢出水来的吊桶还沉重。咳嗽一个劲儿地钻进胸腔里边，恍如泼墨般的苍穹深邃处那远雷似的，不断地隆隆作响。连指尖的力气都丧失殆尽，贯穿于懒慵而不由自主的肉体的，唯有那腔真挚的病热。

他内心里一味地呼喊着聪子的名儿。时光徒然流逝。旅馆的人们今天才理会到他生病了，于是把屋子弄暖，对他照拂得无微不至，可是他顽固地不许人看护自己，更拒绝延医诊治。

及至下午，清显吩咐雇人力车时，婢女方迟疑了一下，并告诉了旅馆老板。为了向前来劝阻的老板做出一副精神抖擞的样子，他只得站起来，让老板看看自己怎样在没有人帮助的情况下穿上学校的制服和外套。人力车来了。他用旅馆的人硬塞过来的毛毯裹住双膝就起身了。虽然身上裹了这么多东西，还是冷得厉害。

清显瞥见雪片隐隐约约地从黑色车篷的缝隙间飘进来，就乍然勾起去年和聪子一道冒着雪驱车的那段难以遗忘的回忆，只觉得心里一阵发紧。事实上，他的心口疼如刀割。

他对蜷缩在幽暗中、随着车子颠簸着、竭力忍耐头痛的自己感到厌恶了。还不如摘下前面的车帘，将嘴鼻包在围巾里，用因发烧而湿润了的眼睛追望外面景色的变化呢。凡是使他联想到充满痛楚的内心的东西，他一概厌烦透了。

车子业已穿过带解镇那些狭窄的十字路口，走上了延伸于田间的平坦小路。它一直通到远方朦胧云雾中坐落在半山腰上的月修寺。不论是尚留有稻架的收割完了的稻田，桑田的枯枝，以及夹在两者之间那青翠满眼的冬菜地，还是池沼那发红的枯苇和宽叶香蒲穗，都承受着静悄悄地降落的小清雪，然而雪并不曾积下来。飘落在清显膝间的毛毯上的雪花，甚至没看见它结成水滴就消失了。

刚觉得天空像水似的泛白了，就射出了稀薄的日光。在阳光照射下，雪愈益轻盈了，宛如灰尘般地飘洒着。

到处都是随着轻风摇曳的枯芒。耷拉下来的穗上的茸毛被微弱的日光映照着，发出淡光。原野尽头那低矮的群山笼罩在薄雾中，遥远的天边反而有一片清澈的蔚蓝，远山顶峰闪烁着皑皑白雪。

清显的脑袋里嗡嗡作响，他对着如此风景想：自己着实是相隔好几个月才看到了户外的景致。这的确是个万籁俱寂的所在。车子的颠簸与沉重的眼睑把这景色扭歪并搅乱了亦未可知。然而他度过了多少烦恼、悲切而捉摸不定的日日夜夜啊，只觉得好久不曾见到如此明晰的东西了。况且那里连个人影儿也没有。

即将到被竹丛围起的月修寺所在的半山腰了。大门内坡道两旁那并排的松树，也越来越看得清楚了。当仅仅竖着两根石柱的大门出现在弯曲的田间小道尽头时，一阵痛切的思绪袭上清显的心头：

“倘若坐着车进了大门，再继续乘车走上三百多米路，到门厅跟前才下来，那么今天聪子想必绝不肯见我。或许眼下在寺院里正起着微妙的变化哩。经一老的说服，门迹终于心软了，假若我今天冒雪走去，就准备让我和聪子见一面也未可知。然而，如果我乘车进去，对方的心情就会受影响，兴许又会引起微妙的逆转，并决定不许我见聪子了。我这最后一番努力的结果，正在那边的人们心里产生某种结晶。眼下，现实把许许多多隐形的薄片聚集在一起，准备编成一把透明的扇子。稍微一疏忽，扇轴也许就会脱落，扇子遂分崩离析……退一步说，要是就这样乘车到门厅，而今天聪子还是不肯见的话，那时我准会责备自己道：‘我的诚意不够。不论多么艰苦，只要下了车徒步而来，这种人所不知的赤诚会约束住她，也许她就肯见我了……’对。不该留下悔恨心情，认为自己的诚意不够。要想见到她就得豁出命去——这个念头将把她推上美的顶峰。正因为如此，我才到这里来的。”

他已辨别不出这究竟是合乎道理的想法，抑或是发烧引起的谵妄了。

他下了车，叫车夫在门前等候，开始攀登门内的上坡路。

又有一小片天空放晴了，雪花在微弱的阳光中飘舞。从路旁的竹丛中却传来了仿佛是云雀的啾啾声。夹杂在成排的松树中的枯萎的樱树上生了青苔，而混于竹丛中的一棵白梅却挂满了花。

这是第五天上第六次趋访，按说已没有什么看着新奇的景致了。而今下了车，宛如踩着棉花一般深一脚浅一脚地迈步前往，用发烧的眼睛四下里一打量，只见万象都异样清澈，变幻无常；每天见惯了的景色新颖得令人发怵地出现在眼前，就好像今天初次见到似的。其间，寒噤始终未中止，恍若锐利的银箭，接连不断地射中他的脊梁。

路边的羊齿草，紫金牛的红色果实，随风飒飒作响的松叶尖，竹身发青、叶儿却已变黄的竹林，大片大片的芒草……有着冰冻了的车辙的白色道路从中穿过，没入前方两排杉树荫的黑暗中。

这片阒寂的角角落落都那么明晰，并蕴含着不可言喻的悲愁；聪子千真万确地像一尊纯金的小佛像似的屏着气藏在这纯洁的世界中心的里边，最最里边。然而，如此清澈、如此生疏的世界，难道果真是住惯了的“现世”吗？

正走着，清显喘不过气来了，就在路旁的石头上坐下来。虽然隔着好几件衣裳，石头的冰冷却好像直接触着了肌肤似的。他咳嗽得很厉害，咳着咳着，发现吐在手帕上的痰是铁锈色的。

咳嗽好容易止住了。他回过头去，眺望远远地耸立在稀疏树林那一方的山岭顶峰的雪。他咳得泪水盈眶，雪看上去湿润了，显得越发熠熠生辉。这当儿，他倏地回忆起十三岁时的往事：自己托持着春日宫妃的裙裾，抬头望见她那露在乌黑头发下的脖颈白得晃眼。如今那白皙仿佛重新出现在眼前。那是他平生第一次对令人目眩的女人的美有所憧憬。

太阳又被遮住，雪下得稍大了些。他摘下皮手套，用手心去接雪花。雪花刚落在发热的手心上，旋即消失了。这双漂亮的手纤尘不染，连颗茧子都不曾磨出过。清显想道：自己终于把这双姣好的手保护了一辈子，从未让它们被泥土、血迹和汗水玷污。这双手是仅仅用于表露感情的。

他好不容易站了起来。

他开始担心，究竟能否冒雪挣扎着走到寺院。

不一会儿就走到两排杉树荫下了，风愈益凛冽，风声从耳旁呼啸而过。透过杉树的缝隙，可以瞥见像是一泓清水的冬日天空，下面是起着冰冷涟漪的池沼，走过这里后，老杉树越发茂盛葱茏，落到身上的雪花也就稀疏了。

除了往前迈步，清显什么也顾不得去想了。他的回忆一股脑儿崩溃了，只觉得自己是在一点点地蹭着走向未来，并一点点地剥下未来的薄皮。

不知何时已过了黑门，成排的菊花形檐瓦被雪染白了的平唐门近在眼前了。

他在门厅的纸拉门跟前瘫倒下来，咳嗽得很厉害，所以用不着叫门，一老就走出来了，并替他摩挲脊背。清显如在梦境中，怀着难以形容的幸福感恍恍惚惚地想道：现在聪子正抚摸我的背哪。

一老不曾像前几日那样，当即予以拒绝，却把清显撇在那儿进屋里去了。清显等候了好久——他觉得仿佛是在永永远远等下去。等着的当儿，眼前蒙上了一层雾般的东西，苦痛与净福的感觉朦朦胧胧地融在一起。

传来了好像是女子之间的慌里慌张的对话声。声音止住后，又过了好半晌。然而，出现的只是一老一个人。

“还是不能见面。无论你来几趟，也是一样。派寺院的人陪伴你，请回去好了。”

就这样，清显由寺院的一个壮实的男仆搀扶着，在雪花纷飞中回到车子里。

五十三

本多于二月二十六日夤夜到达了带解镇的葛屋旅馆。他发现清显的病情非同寻常，便想马上将他带回东京去，然而病人不听从。据说傍晚曾请乡间医生来诊断过，医生说有肺炎的征兆。

清显巴望本多次日务必趋访月修寺，直接拜见门迹，并央求她改变主意。清显说：倘若是第三者来说项，兴许门迹会肯予允准。要是许可了，就请把他运到月修寺去。

本多起初反对了一下，结果还是听从了病人的话，决定推迟一天启程的日子。他答应清显，自己千方百计去拜见门迹，尽力让清显得以遂愿；但他要清显保证，万一希望落空，就立即和他一道返京。那一夜，本多通宵达旦地为清显更换胸脯上所敷的湿布。借着旅馆幽暗的煤油灯光，可以看出由于冷敷的关系，清显那异常白皙的胸脯竟整个儿微微泛红了。

三天后就是毕业考试的日子，时间很紧迫。本多以为自己的父母当然会反对他在这样的时刻去旅行。没有想到，父亲看了清显打来的电报后，并未问详细情况，首先说了声“去吧”，母亲也依从之。

大审院的法官本多，当年原想与那些由于取消了终身制、突然被勒令退职的旧友们共命运，愤而辞职，结果却未能办到；此刻他想教给儿子，友谊是何等可贵。在开往带解的火车上，本多也全神贯注地用着功，准备考试。到了带解，彻夜看护清显的时候，他依然把逻辑学的笔记摊开在一旁，抽空儿复习着。

两个小伙子心里所拥抱的两个截然不同的世界的影子，将其尖端突出地显示在煤油灯那黄雾般的光圈中。一个因恋爱而卧病，一个为坚固的现实而学习。清显恍如在梦境里，他被海藻缠住了脚，在混沌的爱情之海中泅水；本多则向往着牢固地建立在地面上的井井有条的理智建筑物。早春的寒夜里，一个患病发烧的年轻人的脑袋和另一个清醒的年轻人的脑袋，在这陈旧旅馆的房间里紧紧地挨在一起。双双都被各自的世界的最终时刻之来临所束缚。

本多从未像此刻这样痛切地感到，他是绝不可能把清显脑子里的东西据为己有的。清显的肉体就躺在自己跟前，其灵魂却飞驰着。他时而半睡半醒地好像在呼唤聪子的名字，那张红晕的脸一点儿也不显得憔悴，莫如说比平素还富于活力，俊美得仿佛在象牙内部放置了火一般。然而本多知道，他连一根指头也不能碰这内部。有一种情念，他无论如何也不能成为其化身。是啊，说不定他是不可能化身为任何一种情念的。他缺乏那种容许这种东西浸透到内部来的素质。尽管他自认为既富于友谊，又懂得掉泪，可是对于真正地“有所感受”，却还缺点什么。为什么自己竟专心致力于里里外外都保持井然的秩序，而不能像清显那样，在体内蕴蓄土水火风这不定形的四大元素呢？

他又把目光移回到密密匝匝地写满了工整字迹的笔记本上：

> 亚里士多德的形式逻辑学一直统治欧洲学术界到中世纪末叶。按照时代划分为两个时期的话，首先《古逻辑学》可谓《工具论》中的《范畴篇》与《解释篇》的祖述，而《新逻辑学》则以十二世纪中叶完成《工具论》的拉丁文全译本为滥觞……

他不禁感到，这些文字恰似风化了的石头，一点点地从自己的头脑里剥落下去。

五十四

本多听说寺院的人们一早就起来，所以天刚蒙蒙亮，从假寐中醒来吃罢早饭，遂雇了一辆人力车，准备动身。

清显从被窝里抬起湿润的眼睛。他把头仍放在枕头上，唯独眼睛里露出一味地恳求的神色，刺痛了本多的心。直到此刻为止，本多只想到寺院去姑且碰碰运气，内心里却倾向于及早将身染重疴的清显带回东京。看见这副眼神之后，他就改变了主意：非要尽力让清显会见聪子不可。

幸而这一天早晨有春色，天气温煦。本多抵达月修寺后发觉，正在扫地的寺院男仆远远地瞥见他的身姿后就跑进去了。他知道，自己这身跟清显一样的学习院制服，引起了对方的戒心。出来迎接的尼姑不等他通报姓名，早就露出拒人于千里之外的僵硬神色。

“我姓本多，是松枝的朋友，为他的事专程从东京前来。能不能拜见门迹呢？”

“请您稍等一会儿。”

本多在门厅的横框那儿等了好半天，他心里盘算着如果遭到拒绝，就这么说，那么说。良久，原先那位尼姑露面了，出乎他意料之外地将他领到客厅，于是他产生了一线希望。

在这间客厅里，又让他等了好半晌。纸拉门关得严严的，所以看不见庭园，却听见黄莺在宛转歌唱。门上拉手周围的剪纸那菊花与云彩饰纹，隐隐约约浮现出来。壁龛那儿花瓶里插着油菜花与桃花。油菜花的淡黄带有乡土气，色彩鲜明；即将绽开的桃花骨朵儿从色泽暗淡的枝子与嫩绿的叶子缝隙间挺出来。纸隔扇统统是素白的，没有任何花纹，却立着一扇似乎有来历的屏风，本多便膝行靠近，细细观赏那四季图的图案：画风是狩野派[1]的，着色则是大和绘[2]风格。

画面上，季节从右手那春天的庭园开始。一群殿上人[3]在白梅、松树林立的庭园里游乐，宫殿用丝柏薄板编的篱笆圈起，殿阁的一部分从金色云丛中露出半截。稍向左边移去后，就是各种毛色的小马驹，它们在跳动。不知什么时候，池沼已被水田所取代，画面上出现了姑娘们插秧的形象。小瀑布分作两段，从金云深处倾泻而下，与池边草的青翠一道告知夏季已到了。池畔竖起献神用的币帛以袚除阴历六月的不祥；殿上人聚

1　狩野派画风的创始者是狩野正信。其子狩野元信（1476—1559）是狩野派的重要人物，擅长山水、花鸟等。他把中国宋元绘画和大和绘的表现技法相结合，确立了狩野派的画风。

2　大和绘是十二世纪至十三世纪初在日本占重要地位的日本风格的绘画。线条明快有力，色彩丰富强烈，基本上是一种插图美术。

3　殿上人指公卿中许可上清凉殿、紫宸殿者，其品级须在五位以上。

集在那儿，由听差和朱衣侍者伺候着。鹿在神社门口的红色牌坊旁嬉戏，白马从神社院内被牵出来，携弓的武官忙忙碌碌地准备着祭祀。再往左边看去，那水面上已倒映着红叶的池子即将迎来万物枯萎的冬季，洒金的雪中，人们开始猎鹰了。竹林上覆盖着雪，竹与竹的缝隙间闪烁着覆上金箔的天空。一只白狗从枯苇间朝一只野鸡吠着；颈上的毛微微发红的野鸡，像箭一般飞过冬天的天空。停在人们手上的鹰，以威武的眼神直勾勾地盯着野鸡飞去的方向……

本多看完四季图屏风，回到座位上，门迹依然不曾出现。先前那位尼姑端来了一个放有茶点的托盘，告诉本多，门迹不一会儿就出来，并说：

“请不用着急。”

桌子上放着一只贴画[1]小匣。准是本寺的尼姑手制的。手工好像有点儿蹩脚，说不定出自聪子本人那不熟练的手艺哩。小匣四边裱糊着彩色印花纸，匣盖上隆起的贴画，其色调完全是宫廷风格的，绚烂华丽，浓得化不开。贴画的图案是追蝴蝶的童子。追捕那双紫蝴蝶和红蝴蝶的裸体童子，眉眼长得活像是宫廷偶人[2]，身体也那么胖，用白绉绸做的肌肤圆鼓鼓的。本多走过早春那寂寥的田地，又攀登了排列着荒凉的冬木的坡道，趋访月修寺。他觉得在这间幽暗的客厅中央，头一次接触到犹如熬干了的饴糖那般浓重的女子的甜蜜。

1　贴画，参看第一百二十六页注1。

2　原文作“御所人形”。它是一种头大、体圆的幼童状裸体偶人，最早流行于京都的公卿家庭，故名。

传来了衣衫的綷縩声，由一老牵着手的门迹的身影投在纸拉门上。本多端正了姿势，却难以抑制住心的悸跳。

按说门迹业已年迈，但身穿紫色袈裟的她，却露出一张滋润的小脸，光洁得宛若用黄杨木雕成的，哪里也没留下年龄的尘垢。门迹和蔼可亲地落座，一老在她身旁侍奉。

“听说你是专程从东京来的，对吗？”

“唉。”

来到门迹面前，本多一时语塞。

一老补充了一句：

“据说这一位是松枝君的同学。”

“说实在的，松枝少爷也怪可怜的……”

本多这才流畅地诉说道：

“松枝发着高烧，在旅馆里卧床不起。我接到他的电报，急忙赶到这里来。今天我是替他来央求的。”

本多觉得，出席法庭的年轻律师的心情恐怕就是他这样的：根本不去考虑审判官的心绪，必须一味地陈述自己的主张，替人辩护，以证明其清白。他从自己和清显之间的友谊讲起，又告以清显目前的病情，以及清显为了见到聪子一面，不惜豁出这条命去。甚至说，倘若清显有个好歹儿，月修寺方面会后悔莫及的。本多用火一般的语言说着，浑身发热，尽管待在寺院这间春寒料峭的屋里，却感到自己的耳朵冒出火焰，头也燃烧起来了似的。

他这番话看来毕竟打动了门迹和一老的心，然而她们两个人都默默无言。

“请您体谅一下我的处境才好。由于朋友松枝向我诉苦，我就借给他一笔钱，他是用这钱上路的。关于松枝在旅途中患重病这一点，我感到自己对他的双亲是负有责任的。您大概会认为，事到如今，当然应该争分夺秒地将他护送回东京。照道理来说，我也这么认为。可是我做好了思想准备，不论事后怎样遭到松枝父母的埋怨，我也认头了；就这样，为了恳请您满足松枝的愿望，才不顾一切地前来拜见您。松枝的眼神表露出他拼死拼活地渴望着什么；我是出于想帮助他遂愿才这么做的。只要您看见了他那双眼睛，您想必也会动心的。眼下松枝所巴望的事，比治他的病还要紧，我对此不能置之不问。说句不吉利的话，我总觉得松枝的病是治不好的。我是前来转达他弥留之际的愿望的。我想，您能不能发发大慈大悲的佛心，只让他见到聪子一眼呢？是不是不拘怎样也不能答应呢？”

门迹依然沉默着。

本多生怕再说下去，反而会妨碍门迹改变初衷；虽然他心情尚激动不已，可还是缄口了。

冷冰冰的屋子鸦雀无声。糊在拉门上的雪白的纸，透进了朦胧如雾的光。

这当儿，本多觉得自己听见了幽幽的窃笑声，宛若红梅绽开来那般微弱。声音绝不是发自纸隔扇后边那么近的地方，然而相距不远：要么是走廊的一角，要么就是中间隔了个屋子。但他随即转念一想，那不像是年轻女子的窃笑声。倘非是他听错了，这无疑是从春寒的空气中传来的饮泣声。呜咽中止后的余韵，比竭力抑制着的呜咽还要急促，隐隐约约传过来，犹如断了弦似的。于是本多开始觉得，这一切仿佛是自己的耳朵刹那间产生的幻听。

“也许你认为，”门迹终于开口了，“都怪我说话毫不留情，不让这两位见面吧。其实，这不是人力所能够阻拦的，对不对？这原是聪子在佛前发过誓的。正因为聪子发誓说，绝不再在现世和少爷见面了，所以佛就冥冥中安排好，让他们见不着面。这是我的看法。尽管少爷确实太可怜啦。”

“那么，还是不允许喽？”

“唉。”

门迹的回答含有难以形容的威严，本多无言以对。这声“唉”具有能够把天空像裂帛似的轻而易举地撕开来的力量。

……本多简直没有主意了。门迹用清脆的声音这样那样地对他讲了许多宝贵的话，他却没怎么留意去听；眼下只是因为不愿意看到清显那副沮丧的样子，他才不由自主地迟迟不曾告辞。

门迹讲了因陀罗网的故事。因陀罗是印度神，这尊神一旦撒开网，现世上凡是有生命的东西，便一股脑儿落网，无一幸免。一切生灵都是挂在因陀罗网上而存在的。

所有的事物都根据因缘果的规律生息，叫作缘起。因陀罗网就是缘起。

且说，法相宗月修寺的根本法典乃是唯识的开祖世亲菩萨的《唯识三十颂》。关于缘起，唯识教义采用赖耶缘起说，形成其根本的是阿赖耶识[1]。说来，阿赖耶是梵语Alaya的音译，译意为含藏，其中含藏着一切活动的结果——“种子”。

我们在眼、耳、鼻、舌、身、意这六识之深处，还有第七识，即末那识，也就是自我意识。阿赖耶识在其更深处，正如《唯识三十颂》中所写的：

永恒转换如激流

就像水的激流似的，接连不断地转换不止。这个识正是有情的总报之果体。

无著的《摄大乘论》[2]根据阿赖耶识那变幻无常的状态，展开了关于时间的独特的缘起说。这就叫作阿赖耶识与染污[3]法的同时互更因果。唯识说认为，诸法（实际上这不折不扣就是识）仅存在于现在这一刹那，转瞬之间便消灭，化为无。因果

---

1 阿赖耶识是佛教名词，梵文，意译为含藏，是八识中的第八识。大乘唯识宗把内在的心识分为八类：前五识相当于感觉，以外界的色、声、香、味、触为对象；第六识相当于综合感觉所形成的知觉、思维等，以一切事物（诸法）为对象；第七识——末那识是第六识的根源，其作用是经常把第八识当作实我的自我意识，系世界一切的精神本原；阿赖耶识（即第八识）含藏着一切现象的“种子”（即潜能）。整个现象世界即由八识的作用而有其存在和活动。

2 无著（公元4世纪—5世纪），“著”亦作“着”，是古印度佛教哲学家、大乘佛教瑜伽宗理论体系的主要建立者。无著是瑜伽宗重要典籍《瑜伽师地论》的著者，此书和他的《摄大乘论》均有藏译与汉译。

3 染污是佛语，指清净无垢的心被烦恼所染污。

同时指的是阿赖耶识与染污法同时存在于现在这一刹那，二者互为因果，转瞬之间双方均化为无。下一刹那，又重新产生阿赖耶识与染污法，二者互为因果。由于存在者（阿赖耶识与染污法）每一刹那都在消灭，时间便产生了。每一刹那都有存在者在断绝消灭，而时间这个连续性的东西就建立在这上面，此种状况可以比作点和线的关系……

本多觉得自己逐渐地被门迹所阐述的深奥教义吸引住了，然而在这特定的场合下，他那推究事物道理的精神不曾发动起来。抽冷子像雨点般打过来的佛教用语是何等艰深。再者，按说因果自无始以来就相继而起，当然是把时间的经过包括在内的。如今门迹却向他解释说，这一乍看似是相互矛盾的观念的运作反而成了产生时间的必要因素……种种难懂的思想使他疑窦丛生，却没有闲心去向门迹请教。而且门迹每说一段话，一老就打句帮腔："可不是嘛。""就是这样。""说得对。"使他厌烦，心里感到焦躁。目前他只记住了门迹所提到的《唯识三十颂》和《摄大乘论》这两个书名，并想道：日后慢慢研究一番，再前来拜访，提出质疑就行了。本多不曾理会，门迹所发表的这套乍一听好像迂阔的议论，宛若天心的月亮照射池子一般，从多么遥远的地方，又多么周密地映照出了当前清显和他本人的命运。

本多致谢后，匆匆从月修寺告辞而去。

五十五

在返回东京的火车里，清显那副痛苦的样子使本多如坐针毡。他很着急，巴不得及早抵达东京，书也念不进去了。清显曾那样渴望与聪子重逢，却未能如愿，而今身染重疴，躺在卧铺上被送回东京。本多瞧着清显，懊悔得心如刀割。当初他协助清显出奔，果真是挚友应有的行为吗?

清显昏昏沉沉地睡着了一会儿，本多缺觉，头脑反而更清醒了，他任凭种种回忆穿梭于脑际。这些回忆中，月修寺门迹两次宣讲的佛法以迥乎不同的印象分别浮现出来。前年秋天聆听的第一次说法，讲的是饮那积在骷髅里面的水的故事。事后本多把它当作恋爱的比喻，觉得要是能够把自己内心的本质与世界的本质如此牢固地联结在一起，该多么了不起。那以后，他因学习法律涉及《摩奴法典》的轮回思想。今天早晨恭听的第二次说法，仿佛将那把唯一能解开难猜的谜语的钥匙，隐隐约约地在他眼前摇晃；另一方面他又觉得这谜语充满了过于难解的飞跃，谜语愈益莫测高深了。

火车将于明晨六点抵达新桥站。夜已阑，列车轰鸣的间隙被乘客们的鼾声填满了。本多订的是清显对面的下铺，他打算坐在那儿通宵达旦地看护清显。卧铺的帘子是拉开来的，不论清显发生任何细微变化，他都准备立即应付。隔着玻璃，他眺望窗外笼罩在夜色中的原野。

原野漆黑一团，夜空朦胧，山岭的轮廓也模模糊糊。火车分明在疾驰，然而一片昏暗，景色的变迁捉摸不透。小小的火焰或小小的灯火时而闪现，恰似黑暗中出现的鲜明的破绽，但它不能做什么方向的标志。轰隆隆的声音令人觉得不是火车发出来的，倒更像是徒然在轨道上滑行的小火车回荡在那广漠黑暗的轰鸣声。

当他们打点好行李要离开旅馆时，清显大概是向老板借的纸笔，交给本多一张潦潦草草写了些字的粗糙便笺，托他转交给清显的母亲侯爵夫人。本多将它小心翼翼地收藏在制服内兜里。此刻百无聊赖，他便掏出来，借着黯淡的灯光阅读。铅笔的字迹哆里哆嗦，不像是清显平时的字迹。他的字迹一向稚拙，却苍劲有力。

母亲大人：

有一样东西想送给本多，就是放在我抽屉里的梦的日记。本多稀罕这类东西。旁人读来也无趣，因此请务必送给本多。

清显

显然这是作为遗书，用无力的手指写的。然而真是当作遗书的话，按说对母亲也该写点儿致意的话，清显却只做些事务性的托付。

本多听到病人发出痛苦的呻吟，便旋即藏好纸片，挪到对面的卧铺，偷看他的脸。

“怎么啦？”

清显上气不接下气，时断时续地说：

“心口疼，疼得像刀扎似的。”

本多束手无策，便轻轻摩挲清显抱怨疼的左胸下边的部位。幽暗的灯光勉强够到的清显那张脸，显得异常痛苦。

然而，被痛苦扭曲了的脸却是俊美的。痛苦赋予了它前所未有的朝气，甚至使它有了青铜般严峻鲜明的轮廓。美丽的眼睛被泪水润湿了，眼角向紧蹙着的眉梢吊起。眉毛一蹙，看上去越发英俊了，黑眸闪射的光辉平添了几分悲怆。端正的鼻翼在抽动，仿佛要捕捉空中的什么东西。因发烧而干枯了的嘴唇略启，前齿闪烁着，发出阿古屋贝所含珍珠[1]般的光彩。

过一会儿，清显的痛苦减弱了。

本多说：

“睡得着吗？还是睡一睡好啊。”

本多疑心，他方才看到的清显那痛苦的神情，莫非是清显在现世的尽头瞥见了禁止看的东西而露出的欢悦表情。微妙的

1　日本海水阿古屋珍珠在日本从古代开始就被称为“和珠”，为人们所亲近喜爱，在世界范围受到好评，是代表日本的珍珠。母贝是阿古屋贝，多产于日本。

羞耻与自责之中，渗进了对看过这种东西的友人的妒意。本多微微摇了摇头。他悲哀得头脑发木，依次将连自己都莫名其妙的感情，像抽蚕丝那样地抽出来，并对此感到不安。

看起来仿佛暂时入睡了的清显，忽然睁大了眼睛，要本多伸过手去。他紧紧握住本多的手，说：

“我刚刚做梦来着。还会见面的。准会见面的，在瀑布下面。”

本多思忖：清显一定梦见在自己家的庭园里彷徨，心中描绘着位于侯爵家那辽阔庭园一角的九段瀑布。

回京两天之后，松枝清显于二十岁辞世。